AF197019

ullstein

Früher hatte TANJA WEBER großen Respekt davor, ein Buch zu schreiben. Doch seit sie einmal damit angefangen hat, kann sie nicht mehr aufhören: Aus einem Roman entstehen immer wieder Ideen für weitere. Sie ist eine Wandlerin zwischen den Welten, mit einer unbändigen Sehnsucht nach Veränderung, deshalb wagt sie sich immer wieder an neue Stoffe. Ihre Bücher handeln von Menschen, die sich etwas trauen, obwohl sie Angst haben, und sie erzählen von all den Zumutungen, denen wir im Leben ausgesetzt sind.

Tanja Weber

Unter dem Moor

Roman

Ullstein

Besuchen Sie uns im Internet:
www.ullstein.de

Wir verpflichten uns zu Nachhaltigkeit
• Papiere aus nachhaltiger Waldwirtschaft
  und anderen kontrollierten Quellen
• ullstein.de/nachhaltigkeit

MIX
Papier | Fördert
gute Waldnutzung
FSC® C021394

Ungekürzte Ausgabe im Ullstein Taschenbuch
1. Auflage Juni 2025
© Ullstein Buchverlage GmbH, Friedrichstraße 126, 10117 Berlin
2024 / List Verlag
Wir behalten uns die Nutzung unserer Inhalte für Text und Data Mining
im Sinne von § 44b UrhG ausdrücklich vor.
Bei Fragen zur Produktsicherheit wenden Sie sich bitte an
produktsicherheit@ullstein.de.
Umschlaggestaltung: bürosüd° GmbH, München
Titelabbildungen: © Lois Adomite / Arcangel (Landschaft);
© Papillon / Trevillion Images (Frau)
Satz: Pinkuin Satz und Datentechnik, Berlin
Gesetzt aus der Garamond
Druck und Bindearbeiten: ScandBook, Litauen
ISBN 978-3-548-07010-0

»Wir wissen nicht, was wir haben,
erst wenn die Wände zittern
und der Boden unter unseren Füßen wankt,
wenn diese Welt einzustürzen droht,
ahnen wir, was Leben bedeutet ...«

Maxie Wander am 5. Oktober 1976

1. Teil

WOLF

Heute

Wäre Ayla nicht abgehauen, hätte sie die Knochen niemals gefunden.

Tief bohrten sich Ninas Finger in den Sandboden, sie grub und grub, den trockenen Sand hatte sie weggeschoben, langsam drang sie in dunkle, feuchte Schichten vor. Der Sand wurde schwarz und fest wie Beton. Ihre Finger waren steif und klamm, es war keine gute Jahreszeit, um mit bloßen Händen im Boden zu wühlen. Auf dem Waldboden lagen die Handschuhe aus grauem Filz, neben den Pfoten der Hündin, die darüber wachte, was sie da trieb.

Aylas Ohren, pelzige Dreiecke, steif emporgereckt, drehten sich mal hier-, mal dorthin. Ihre Aufmerksamkeit richtete sich rundherum, war nicht nur bei Nina, die da grub, wo Ayla den Knochen gefunden hatte.

Den menschlichen Knochen.

Aylas Ohren kreisten, sie nahm jedes noch so kleine Geräusch wahr. Den leichten Wind, der durch die letzten trockenen Blätter der Steineichen strich. Das Zittern der Silbergrashalme, vielleicht das Rascheln einer Maus am Waldboden. Still war es, Nina hielt inne. Lauschte auf ihren eigenen Atem, hörte keinen Laut eines anderen Lebewesens. Auch von Ayla nicht, der Jägerin. Deren helle Augen richteten sich auf Nina. Sie sahen sich an, die Hündin wandte den Blick als Erste ab, sie zeigte keine Anzeichen hündischer Abhängigkeit, nicht einmal Interesse. Stattdessen seufzte sie, leckte sich über die Nase und ging ein paar Schritte von Nina fort.

Was habe ich getan, dachte Nina nicht zum ersten Mal, was habe ich angerichtet, als ich dich geholt habe. Sie betrachtete den langen Körper des Tieres. Ayla war weiß, das Fell dicht und weich, am Rücken grau gestromt. An den großen Pfoten schwarze Einsprengsel, wie Sommersprossen, um den Hals trug die Hündin eine Art grauweiße Löwenmähne, hier war das Fell länger als am Körper, noch wuscheliger, es verleitete dazu, hineinzugreifen, die Finger zu versenken, das Gesicht tief in den Pelz zu drücken.

So hatte Nina es sich vorgestellt, als sie Aylas Bild sah. Aber so war es nicht gekommen, die Hündin ließ sich nicht anfassen, war kein pelziges Schmusetier, hatte nichts von dem Hund, den Nina sich gewünscht hat. Und sie war, das wusste Nina nun, eine gefährliche Jägerin.

Sie setzte sich auf den Waldboden und betrachtete ihre Hündin.

Ich liebe dich, aber du verlangst mir zu viel ab. So wie das hier. Ninas Blick zuckte zu dem Tellereisen, das noch immer da war, unweit der Stelle, wo sie hockte. Sie müsste es entfernen, die Gefahr bannen, aber sie wusste nicht, wie. Ein Ring aus rostigem Eisen, wie ein Raubtier an die Kette gelegt, die rissigroten Zähne gefährlich gefletscht. Ayla hatte Glück, andere Tiere vielleicht nicht. Wie viele Füchse, Kitze oder junge Wölfe waren in dieser Falle qualvoll zu Tode gekommen?

Ihr Blick huschte zu Ayla. Um ihren Vorderfuß trug die Hündin einen dicken Verband, die noch frische Wunde schien sie nicht zu schmerzen. Jedenfalls hatte es sie nicht daran gehindert zu laufen. Die gesamte Strecke von ihrem Ferienbungalow hierher, an die Stelle des Waldes, wo sie in das Teller-eisen geraten war.

Er hat es nicht entfernt, dachte Nina. Dabei war sie sicher, dass er es war, der die grausame Falle für die Tiere ausgelegt hatte.

Er, der Waldmann.

Instinktiv warf Nina einen Blick über ihre Schulter, ob er da stand und sie beobachtete. Schauder liefen ihr über den Rücken. Aber da war niemand, Ayla hätte angeschlagen.

Nina starrte auf die Kuhle, die sie gegraben hatte. Musste sie noch mehr Knochen suchen? Was versprach sie sich davon? Sie sollte sich raushalten, keinen Ärger machen. Warum glaubte sie nicht, dass es Tierknochen waren? Von all den Tieren, die in der Falle verendeten. Schließlich wäre das nur der logische Schluss.

War es nicht viel vernünftiger, dem Impuls nachzugeben, einfach wieder zu fahren? Diesen seltsam sperrigen Ort wieder zu verlassen, der sich ihr verschloss wie ihre Hündin. Kein Zutrauen, keine Zärtlichkeit, kalt und abweisend.

Ninas Blick ging nach oben, ihre Augen suchten den Himmel zwischen den kahlen Baumkronen. Hoch ragten Kiefern auf, darunter bückten sich Eichen, grau und ausgewaschen ihr Geäst, wie tot. Die Bäume bildeten einen dichten Ring um sie und den Hund. Nina war es, als rücke der Wald näher an sie heran, je dunkler es wurde. Zeit, diese Lichtung zu verlassen, die Lichtung, die nach Tod und Sterben roch.

Um wohin zu gehen?

Zurück in ihren Bungalow, der ihr inmitten des fremden und geisterhaften Dorfes keinen Schutz bot?

Sie saß fest, in der Falle mit einem Tier, das nicht bei ihr sein wollte, an einem Ort, an dem sie fremd war. In ihrer Hand einen Knochen, den sie für ein Fragment einer menschlichen Hüfte hielt.

Es sah alles so aus, als hätte sie vor Wochen ein paar falsche Entscheidungen getroffen.

Einige Wochen zuvor

»Ein Sabbatical.«

Das Geräusch des Stiftes, der in regelmäßigen Abständen auf die Tischplatte knallte, schmerzte in Ninas Ohren. Tocktocktock. Iovannas geballter Unmut lag in diesem Geräusch. Tocktocktocktock.

Iovanna selbst blickte zum Fenster hinaus, in die Berliner Sommerhitze. Es war Juni, aber die Stadt bereits verdorrt. An den Bäumen hingen Zettel, von Kinderhand gekritzelt: *Bitte gieß mich, ich bin dein Freund.* Das Gras darunter gelb, von der Sonne und dem Urin der Stadthunde. Der Asphalt glühte und schwitzte. Wenn Nina am Morgen mit dem Fahrrad über die Invalidenstraße zur Arbeit in die Charité fuhr, sich ein morgendliches Rennen mit Lastenrädern und Fixies und Gravel Bikes lieferte, dann spürte sie, wie die Straße zu brennen begann. Auf dem Nachhauseweg war die Hitze unerträglich.

Noch drei lange Monate Sommer. Noch drei Monate jeden Tag zur Arbeit fahren. Fast jeden Tag. Und auf den Sommer folgte der Herbst, ein nasser, dunkler und garstiger Berliner Herbst, der einen auf den Winter einstimmte. Und wieder von vorn.

Seit vier Jahren fuhr Nina auf dieser Strecke am Morgen in die Charité, oft auch nachts, oder im Morgengrauen nach den langen Schichten. Zehn Minuten nur, von ihrer Wohnung in der Ruppiner Straße bog sie auf die Rennstrecke in die Bernauer ein, vorbei an Mauerresten, Nordbahnhof und Naturkundemuseum, und schon war sie da. Du hast es gut, sagte Jan, ich muss jeden Tag nach Babelsberg, was jammerst du? Ich verstehe dich nicht.

Iovanna verstand sie auch nicht, Nina glaubte, dass niemand verstand, was sie fühlte, wie es ihr ging, außer vielleicht Doktor Ullrich, der sich Zeit nahm, ihr zuhörte und seine Stirn in Falten legte.

»Ich brauche einfach eine Auszeit«, hörte sie sich sagen.

Iovanna schaute sie an, ihre Mundwinkel zuckten, und sie brauchte es nicht auszusprechen, ja, sie hütete sich, es auszusprechen, sie nahm sich zusammen, Nina sah ihr an, dass Iovanna ihr lieber ein schlechtes Gewissen gemacht hätte: Für wen hältst du dich, wir sind alle durch, jeder hier braucht eine Auszeit, und was soll das überhaupt sein?

Glücklicherweise war die Zeit der Sprüche vorbei, die Nina noch gut aus ihrer Schulzeit kannte. Nur die Harten kommen in den Garten oder früh krümmt sich, was ein Häkchen werden will. Ein Indianer kennt keinen Schmerz. Worte aus einer anderen Zeit, wenn es nach Nina ginge, könnten diese Zeiten ein für alle Mal vergessen und begraben werden.

Aber auch wenn sich in ihrer Bubble kaum noch jemand traute, so etwas auszusprechen – sie hörte es bei Iovanna durch, aber auch bei ihren Kollegen, den Äußerungen von Patienten oder Angehörigen, dass die Gedanken immer noch da waren.

Ende zwanzig und schon ausgebrannt? Du hast doch gerade erst angefangen?! Wie willst du das durchhalten, ein Leben lang Ärztin sein, wenn du jetzt schon nicht mehr kannst?

Sätze, die Nina begleiteten, jede Minute ihres Tages und ihrer Nächte.

Iovanna hütete ihre Zunge, sie wusste, dass Nina sich beschweren konnte, also legte sie mit großer Beherrschung den Stift auf den Schreibtisch, akkurat an der Kante ihres Blocks ausgerichtet, vermied es, Ninas Blick zu begegnen, und starrte stattdessen auf ihren Bildschirm.

»Ich schlage vor, du nimmst erst einmal Urlaub und baust Überstunden ab. Danach sehen wir weiter.«

Nina sagte nichts. Sie hätte ihren Urlaub lieber behalten, aber sie wusste, dass sie hier und jetzt nicht mehr erreichen würde. Sie stand auf.

»Okay«, sagte sie und spürte, wie hinter ihren Augen Tränen aufstiegen, Tränen der Wut und Enttäuschung. Sie war zu müde, um zu kämpfen. »Dann bin ich ab morgen im Urlaub.«

Überrascht wandte Iovanna sich ihr zu, klappte den Mund auf, aber bevor sie etwas entgegnen konnte, hatte Nina das Büro bereits verlassen.

Sie stand draußen, auf einem der zahllosen Gänge des großen Klinikgebäudes.

Schon so lange trug sie es mit sich herum, das Erschöpftsein, die bleierne Schwere, das Entsetzen, wenn sie die Augen aufschlug und erkannte: Da liegt der Tag vor dir und wartet auf dich. Packt dich mit seinen Krallen und zerrt dich in seine Bahn, treibt dich weiter und weiter und entscheidet willkürlich, wann er mit dir fertig ist.

Aber weil sie Ärztin war und nicht eine ihrer Patientinnen, hielt sie sich auch nicht an den Rat, den sie selbst weitergab: Passen Sie auf sich auf, holen Sie sich Hilfe, schalten Sie ein paar Gänge runter.

Nina schleppte sich durch die Tage, funktionierte, hörte zu und tippte Diagnosen, drückte an Körpern herum und betrachtete Ultraschallbilder, sprach mit Angehörigen und entließ Patienten, manche geheilt, viele würden wiederkommen. Sie nahm sich zusammen, sprach höchstens mit Jan oder ihrer Freundin Berit darüber, wie sie sich fühlte, oder wenn es ganz schlimm war, mit Doktor Ullrich. Den Konsiliarbericht, der sie für eine Therapie empfahl, und den gelben Post-it-Zettel mit der Nummer für den Psychosozialen Dienst darauf legte sie in ihre Nachttischschublade.

Eine Exit-Strategie. Ein Notausgang, durch den sie nie gehen würde. Irgendwann zerriss sie das Papier und warf die Schnipsel in den Papiermüll. Versteckte sie unter Eierkartons und Werbeflyern, weil sie nicht wollte, dass Jan sie sah.

Dabei hatte Jan Verständnis. Er war der richtige Mann, ruhig, besonnen, zugewandt. Wertschätzend. Und dennoch. Nina hatte aufgehört, mit ihm darüber zu reden, sie hatte sich irgendwann selber nicht mehr zuhören können, ihre Erschöpfung, ihr Missmut, ihre Negativität, ihr Nichtkönnen – was vielleicht auch ein Nichtwollen war – sie merkte, dass Jan innerlich Abstand von ihr nahm, sobald sie davon zu reden anfing. Schließlich nahm sie selbst Abstand von sich. Weil sie nicht zulassen wollte, dass sie so war. Ausgebrannt, müde, mutlos. Nicht mehr froh.

»Wo ist denn mein kleines fröhliches Mädchen hin?«, hatte ihre Mutter beim letzten Besuch gefragt, nicht ahnend, welche Wunde sie mit dem Satz aufriss. Denn tatsächlich war Nina ein fröhliches Kind gewesen. Das Sonntagskind. Das Nesthäkchen, dem niemand böse sein konnte. Sie war es ihre gesamte Kindheit und Jugend über gewesen und auch noch als Studentin, so hatte Jan sie kennengelernt: unbeschwert. Voller Elan, Witz und hochfliegender Pläne. Einer dieser Pläne war das Medizinstudium gewesen. Das sie im Vergleich mit ihren

Kommilitonen weitgehend mühelos hinter sich gebracht hatte. Physikum, Famulatur, praktisches Jahr, die Staatsexamina. Es fiel ihr zu, sie war dafür gemacht.

So war sie Jan begegnet. Sie waren ein perfect match – hatte Tinder behauptet. Nina kam direkt von einer langen Schicht im Urban-Krankenhaus, wo sie ihr praktisches Jahr ableistete, in die Bar zu ihrem ersten Treffen. Längst hatte sie aufgegeben, sich für ihre Dates besondere Mühe zu geben. Wenn man im Bett landen wollte, dann geschah es ohnehin, ganz gleich, wie viel Aufwand sie für ihr Aussehen betrieb oder nicht. Ohnehin glaubte sie nicht mehr daran, auf diese Art den Mann fürs Leben zu treffen. Für sie waren die Tinder-Dates eine willkommene Zerstreuung nach einem anstrengenden Tag in der Klinik.

Aber mit Jan war es von der ersten Sekunde an anders. Es war ernst, gerade weil alles zwischen ihnen leicht war.

Seit fünf Jahren waren sie zusammen, seit drei Jahren lebten sie in einer gemeinsamen Wohnung. Beste Lage, den Vertrag hatten sie Anfang März unterzeichnet, am 1. April wollten sie einziehen. Corona grätschte rein, Lockdown, sie schleppten ihre Kisten und Möbel selbst in den zweiten Stock, atemlos unter ihren Masken.

Vielleicht, dachte Nina heute, war es ein schlechtes Omen gewesen. Diese lange Zeit der Pandemie lag wie eine Filzdecke über ihrer Beziehung, die ab dem Moment des Einzugs alles Flirrende, jede Leichtigkeit verloren hatte – all das, was ihre Liebe bis dahin ausmachte.

Bevor sie den Mietvertrag unterzeichnet hatten, war es perfekt gewesen. Ihr Leben eine gerade Bahn, Erfolg vorprogrammiert. Sie angehende Medizinerin, Assistenzarztstelle an der Charité, er Jurist bei einem Medienkonzern. Leidlich-Verdienerin sie, aber mit Karrierechancen nach ganz oben. Außerdem: leidenschaftliche Überzeugungstäterin! Gutverdiener er, mit der Bereitschaft, Verantwortung zu übernehmen, wenn sie sich entscheiden würden, eine Familie zu gründen. Jan wollte Nina den Rücken freihalten. Wie oft hatte er das gesagt: Ich halte dir den Rücken frei. Mach Karriere, werd Chefärztin, egal was, mach, wo dein Herz dich hinführt. Du wirst gebraucht. Ich bin ein Paragrafenmann, ersetzbar. In der Pandemie hieß es dann: Ich kann Homeoffice machen, wie praktisch, später einmal kann ich lange Elternzeit nehmen, nicht nur zwei Monate als Alibi. Nina freute sich darüber, dass Jan so einer war, ein Backup-Mann, einer, der sie nicht an die Wand drängte. Das liebte sie an ihm.

Auf Jan war Verlass, seit sie ihn kannte. Alles an ihm war ihr weich erschienen – seine kringeligen dunklen Locken, die sich wie Seide zwischen ihren Händen anfühlten. Sein weicher, kleiner Bauch, der Röllchen über dem Hosenbund bildete. Er hatte rundliche Hände und Füße wie ein erwachsenes Baby. Weiche Lippen, spärlichen Bartwuchs, runde Haselnussaugen wie ein Reh. Sogar das Brillengestell: randlos weich.

Dabei war er meinungsstark und durchsetzungsfähig. Nina hatte sich sofort in ihn verliebt, bei ihrem ersten Date, sie war gleich mit ihm nach Hause gegangen. Der Sex war gut, nicht aufsehenerregend, aber irgendwie hatte sie das Gefühl, ihre Seelen hätten sich sofort miteinander verbunden.

Von Beginn an wusste Nina, dass Jan ein Mann war, der sie liebte, wie sie war. Der sie nicht verändern, nicht verbiegen, sie nicht kleinmachen wollte. Er war perfekt, der Mann, den sie in ihren Träumen gesucht hatte. Sie lagen humormäßig auf einer Ebene, Jan war klug, wortgewandt, und er diskutierte manch einen, der ihn aufgrund seines lieblichen Äußeren unterschätzt hatte, mit Leichtigkeit in die Defensive.

Die Pandemie hatte an ihrer tiefen Verbundenheit zunächst nichts geändert, ja, sie hatten sogar beide das Gefühl, als schweiße sie die schwierige Zeit noch enger zusammen.

Doch es hörte nicht auf. Je länger die Phase andauerte, die ständigen Lockdowns, die Verbote, desto schwieriger wurde es. Jan saß zu Hause wie festgetackert am Küchentisch, wo er sein mobiles Büro installiert hatte. Plötzlich arbeitete er am Abend, beantwortete Mails noch aus dem Bett heraus. Während Nina im Krankenhaus Doppelschichten fuhr. Sich in monatelangem Ausnahmezustand befand.

Und danach, als das Leben sich auf leisen Sohlen in die Normalität zurückschlich, fand Nina den Anschluss an ihr altes Ich nicht mehr.

Als Nina nach dem Gespräch mit Iovanna nach Hause kam – sie hatte ihr Fahrrad den gesamten Weg geschoben, hatte nicht die Kraft gefunden, sich auf den Sattel zu schwingen und in die Pedale zu treten, die leichte Steigung in ihr Quartier zu bewältigen –, war Jan noch nicht zu Hause. Nina legte sich aufs Bett und versuchte, dem nachzuspüren, was gewesen war. Vor ihr lagen Urlaubstage, ihr Jahresurlaub, aber es war alles andere als das. Vier Wochen hatte sie eingereicht und bewilligt bekommen, ein schlapper Monat. Nina wollte nicht darüber nachdenken, was nach diesem viel zu kurzen Monat sein würde. Sie schob den Gedanken daran, dass sie die Ursache ihrer profunden Erschöpfung finden und bearbeiten musste, beiseite. Das Wissen darum, dass sie es nicht aus eigener Kraft schaffte, wieder die zu werden, die sie gewesen war, setzte ihr zu. Sie wollte nicht den Weg nehmen, zu dem sie selbst ihren Patienten riet und den Doktor Ullrich ihr predigte. Weil sie darum wusste, wie lang und beschwerlich er war.

Wie viel Geduld man aufbringen musste. Und: man musste es wollen.

Aber sie war sich genau darüber nicht im Klaren. Wollte sie ihr altes Leben zurück?

Nina rollte sich aus der Embryohaltung, die sie eingenommen hatte, auf den Rücken, streckte Arme und Beine von sich und öffnete ihre Handflächen. Sie lauschte auf die Geräusche, die aus dem Hinterhof an ihr Ohr drangen. Eltern hatten ein Planschbecken aufgestellt, ihre Kinder kreischten vor Vergnügen. Eine Amsel sang, sie musste in der Kastanie sitzen, die mit ihren ausladenden Ästen sanft an der Mauer entlangstrich und dem Schlafzimmer Schatten spendete. Fetzen fröhlicher Musik, passend zur Hitze, flirrten durch die Luft, die sich zwischen den Gebäuden von Vorderhaus, Hinterhaus und Seitenflügel staute. Von dort unten, aus der begrünten Ecke des Hofes, wo die jungen Eltern mit ihren Kindern saßen, stieg die Leichtigkeit eines Sommertages empor, ein Tag, der nach See und süßem Eis, nach Sonnencreme und kaltem Drink schmeckte. Der die Menschen in der Stadt nach draußen rief, in den Mauerpark oder die vielen Kneipen, die sich in der Nähe dicht an dicht drängten. Die Grundschule am Arkonaplatz, gleich um die Ecke, hatte ihre Pforten für heute geschlossen, die Kinder und ihre Eltern tummelten sich auf dem weitläufigen Spielplatz, nur hundert Meter von ihrer Wohnung entfernt.

Und doch so unendlich weit weg von Ninas Leben, das beherrscht war von Krankheit und Leiden. Wann hatte sie zuletzt getanzt? Wann war sie mit Jan auf dem Rad aus der Stadt gefahren, zum Schlachtensee oder in die Müggelberge? Wann hatten sie sich im Freien geliebt und voneinander die Hände nicht lassen können, hatten sich geküsst und waren mit der

Zunge über die Haut des anderen gefahren? Waren sonnentrunken und erschöpft mit der Ringbahn in die Stadt zurückgefahren, betäubt von ihrer Liebe, der Natur und dem Wissen, dem freien Tag das Maximum an Schönheit abgerungen zu haben?

Nina schloss die Augen. Sie wollte ihr Leben zurück, aber doch ein anderes. Sie wollte dort unten sitzen, mit ihren Nachbarn, und nicht an morgen denken.

Sie nahm ihr Handy, schaltete den Flugmodus wieder aus und scrollte durch ihre Nachrichten. Berit hatte ein Bild geschickt. Na, wäre das nicht was für Euch? Das Bild eines Hundes, ein wunderschönes Tier. Stolz und verletzt zugleich. Graue unergründliche Augen, weißer dichter Pelz. Eine Königin. Nina glaubte, dass der Blick dieses Hund sie mitten ins Herz traf. Sie setzte sich auf und starrte die Hündin an, die angeblich in einem rumänischen Shelter auf den sicheren Tod wartete – Berit schickte ständig solche Nachrichten, sie hatte ein Herz aus Gold, was Tiere betraf, Nina und Jan machten sich lustig darüber –, und dieses eine Mal war Nina nicht zum Lachen.

Dieser Hund gehörte zu ihr. Sie wusste es, als sich ihr Blick mit dem des Hundes auf ihrem Smartphone verschränkte.

Nina wurde wach, als Jan nach Hause kam, die Schuhe im Flur polternd abstreifte. Sie hörte sein Stöhnen, das Geräusch der Kühlschranktür und wie der Kronkorken von der Bierflasche absprang.

»Na, Süße«, sagte Jan kurz darauf, setzte sich auf die Bettkante, griff sanft nach ihrem Fuß, trank aus der Flasche und lächelte sie an. »Wie war dein Tag?«

Nina setzte sich auf, beugte sich zu ihm, er reichte ihr das

Bier, sie trank und lächelte. »Ich musste Urlaub nehmen. Alles. Vier Wochen.«

Seine Augen blickten ernst hinter der Brille, die Brauen zuckten leicht.

Nina schob sich an ihm vorbei, holte sich ebenfalls ein Bier, und gemeinsam setzten sie sich auf den Balkon. Der Balkon war winzig, ein kleiner Bistrotisch und zwei Klappstühle fanden darauf Platz, für Topfpflanzen blieb dazwischen kein Raum mehr. Jan hatte Blumenkästen mit Kräutern und Sommerblumen aufgehängt, zusammen mit einem Vogelfutterspender und einer Petroleumlampe hatte er zumindest die vage Illusion einer Gartengemütlichkeit geschaffen.

Nina schob ihre Beine unter dem Tisch auf seine Oberschenkel, so saßen sie, tranken und ließen den leichten Wind, der sich am Abend im Hinterhof tummelte, ihre Körper abkühlen.

»Was ist mit Frankreich?«, fragte Jan irgendwann, seine Bierflasche hatte er geleert, ihr Herzschlag glich sich an, sie genoss, dass er noch immer sanft ihre Füße streichelte.

Trotzdem spürte Nina seine Verunsicherung, die Ratlosigkeit, die sich in seinem Schweigen manifestiert hatte, und auch die Enttäuschung.

»Das ist doch erst im September. Bis dahin …«

»Dein Jahresurlaub ist weg.«

Nina wich seinem Blick aus, beobachtete die anderen Balkone, Handtücher, die über Brüstungen hingen, ein Gummikrokodil, Sonnenschirme, wild wucherndes Grünzeug. Die WG aus dem Hochparterre stapelte Getränkekisten auf dem Freisitz, darauf volle Aschenbecher. Jemand hörte Fado. Ein Kind weinte. Großstadt.

»Doktor Ullrich schreibt mich krank. Oder ich kündige.«

Seine Hand auf ihrem Fuß hielt in der Bewegung inne.

»Lass dir Zeit. Nichts überstürzen«, sagte Jan. Er stand auf. »Nimm dir die vier Wochen. Vielleicht musst du ja nicht gleich kündigen. Okay?« Er küsste sie auf den Scheitel, und Nina war dankbar, dass er so gefasst reagierte. Es war nicht einfach mit ihr. Nicht zurzeit.

»Und wegen Frankreich«, rief sie ihm hinterher, der in die Küche verschwunden war, um sich ein weiteres Bier aus dem Kühlschrank zu holen, »das will ich natürlich trotzdem. Mit dir nach Frankreich.«

Jan kam zurück, setzte sich und lächelte sie an. »Ja klar. Wir schauen dann. Ist ja noch hin.«

Er war tapfer, dachte Nina. Sie spürte, wie schwer es ihm fiel, seine Enttäuschung vor ihr zu verbergen. Drei Wochen wollten sie zusammen wegfahren. Ein Wohnmobil mieten und durch das Land gondeln. Ein Traum, den sie schon so lange gemeinsam träumten. Er hätte ihr Vorhaltungen deswegen machen können, dass sie ihre gemeinsamen Pläne torpedierte, ohne es mit ihm abzustimmen. Aber er war klug genug, es nicht zu tun.

»Hast du die Nachricht von Berit gesehen?«

Jan lachte. »Der Hund? Berit spinnt doch. Das ist eine Mafia. Diese Hunde werden extra gezüchtet für das Geschäft mit den doofen Deutschen, die viel zu tierlieb sind. Schau dich doch um in der Stadt. Die ganzen Köter.«

Nina öffnete den Mund, um zu protestieren, doch in dem Moment zerriss ein Knall die Nacht, Lichter explodierten im tiefen Blau über ihren Köpfen. Weiße Blitze, rote Funken, ein Feuerwerk.

Nina sagte nichts mehr zu dem Thema, sie stand auf und setzte sich auf Jans Schoß, genoss den festen Griff, mit dem seine Arme ihre Taille umschlossen, und gemeinsam beobachteten sie das Spektakel am Himmel, die kleine Party über ihren Köpfen, die ihrer beider anstrengendem Tag ein Funkeln schenkte, das sie noch ins Bett begleitete.

Am Morgen nahm Nina ihr Smartphone und schickte Berit eine Nachricht. Die Augen der weißen Hündin hatten sie in ihren Träumen verfolgt.

Vier Wochen später standen sie gemeinsam auf einem Parkplatz in Heinersdorf unter einer Autobahnbrücke und warteten auf den Transporter, der ihnen Ayla lieferte.

Während sie auf dem staubigen grauen Platz wartete, den eine trockengelbe, mit Müll gespickte Grasnarbe umrahmte, sie die Abgase der Fahrzeuge einatmete und das Flirren der Hitze über dem Asphalt beobachtete, hätte Nina am liebsten einen Rückzieher gemacht. Die Angst davor, eine falsche Entscheidung gefällt zu haben, schnürte ihr die Brust eng. Ihr Atem ging schwer, sie griff nach Jans Hand.

Keiner hatte sie unterstützt. Jan hatte klein beigegeben, aber im Grunde war er gegen den Hund, alle seine Einwände waren berechtigt. Er kam aus einer Hundefamilie, seine Eltern hatten Dackel gehabt, immer schon, und auch noch heute zwei. Zuchttiere. Sie waren entsetzt über den Entschluss der Kinder, aber Nina gewann. Sie durfte Ayla adoptieren, nicht zuletzt deshalb, weil sie den Mitleidsbonus hatte.

Zufällig hatte sie gehört, wie Jan am Telefon zu seiner Mutter sagte, er könne Nina »nicht auch noch das wegnehmen«. »Das« war der Hundewunsch. »Es bleibt ihr sonst nichts mehr«, hatte er zwar nicht ausgesprochen, aber das war im Grunde, was er meinte.

Doktor Ullrich hatte sie krankschreiben wollen. Drei ganze

Monate wegen Burn-out, aber Nina hatte sich entschlossen zu kündigen. Um keinen Preis wollte sie das Gefühl haben, dass sie selbst schuld war an ihrem Zustand, dass sie an sich arbeiten musste, um wieder gesund zu werden, damit sie so rasch wie möglich wieder in ein System zurückkehren konnte, das krank machte. In ein Arbeitsumfeld, das seine Arbeitsbienen auffraß. Das nur auszuhalten war, wenn man sich einen Panzer zulegte.

Sie hatte gekündigt und mit Jan vereinbart, dass sie ein halbes Jahr Auszeit nahm, um zu sich zu kommen, darüber nachzudenken, wohin der Weg sie führte. Und wenn es ihr unbedingter Wille war, diesen Hund zu adoptieren, um Himmels willen, go for it.

Nina wollte die Herausforderung annehmen. Sie hatte im Moment nichts anderes. In den vier Wochen ohne ihre Arbeit hatte sie sich mit Berits Hilfe alles über Hunde angelesen, was sie in die Finger bekam. Arbeitete sich gründlich und effektiv in die Materie ein, so wie sie auch ihr Medizinstudium absolviert hatte.

Aber in dem Moment, als der rumänische Helfer die Hündin aus dem weißen Ford Transit hob, ihr Aylas massigen Körper in die Arme drückte und mit dem Tierpass übergab, war alles anders. Ayla hechelte nicht wie die anderen Hunde, sie fiepte nicht oder duckte sich, rieb sich nicht an Beinen, leckte an Händen. Ihr Körper war starr und schwer, sie drehte stumm den Kopf von Nina weg, wurde zu Stein. Ihr Widerstand gegen das, was man ihr antat, und insbesondere gegen die Frau, die sie an sich presste, war profund. Nina begriff augenblicklich, dass dieses Tier sich gegen alles sperren würde, sie begriff es mit ihrem Körper, der sich so gerne in den weichen Pelz gedrückt hätte, aber von den unsichtbaren Mauern, die die Hündin um sich zog, abgewiesen wurde.

Jan schwieg.

Zu Hause öffneten sie die große Box, in der sie Ayla transportiert hatten. Die Hündin reagierte nicht. Erst als sie Stunden später ins Bett gingen, hörte Nina die Krallen auf dem Holzboden. Die Hündin lief ins Wohnzimmer, erleichterte sich auf dem Teppich, lief zurück und erkor das kleine Gästeklo neben der Wohnungstür zu ihrem neuen Zuhause.

Daran änderte sich in den darauffolgenden Wochen wenig. Nina schaffte es mithilfe einer genervten und überforderten Hundetrainerin, Ayla ein Geschirr anzulegen und mit ihr das Haus zu verlassen. Die Trainerin machte aus ihrer Verachtung für Menschen, die so naiv waren wie Nina und sich Auslandshunde in die Großstadt holten, um dann an ihren Vorsätzen und Wunschvorstellungen zu scheitern, keinen Hehl. Sie gab Nina Tipps und Anweisungen, eine Bachblütenmischung und antwortete irgendwann nicht mehr auf ihre Nachrichten. Sie war weitergezogen zu anderen Verzweifelten.

Die Vorstellung von Nina, mit einem Hund lange entspannte Spaziergänge in der Natur zu machen, bei denen sie selbst ihre Seele heilen würde, verwies Ayla schnell ins Märchenreich.

Nina musste mit Engelszungen auf den Hund einreden, der ihr nach mehreren Anläufen widerwillig folgte.

Der Traum vom Frankreichurlaub war längst Geschichte, als Jan ihr von dem Vorschlag erzählte, den sein Arbeitgeber gemacht hatte.

Sie saßen in einem Hundeauslaufgebiet an der nördlichen Stadtgrenze im flirrenden Schatten unter Birken, Nina hielt eine Schleppleine aus Neopren in der Hand und hatte Ayla im Blick, die einige Meter entfernt in der trockenen Wiese nach Mäusen suchte.

»Sie haben mir vorgeschlagen, drei Monate nach Toronto zu gehen.«

Nina wandte den Blick von der Hündin ab und sah Jan an, der neben ihr auf dem Rücken lag, einen Grashalm im Mund, an dem er nagte. Sein T-Shirt war ein wenig hochgerutscht und legte seinen Bauchnabel frei, den weichen schwarzen Haarkranz drumherum, der Nina immer ein wenig rührte. Sie rollte sich neben ihn auf den Bauch.

»Ins Headquarter?«

Jan nickte.

»Das ist mega.«

Sie wusste, was das bedeutete. Jan arbeitete für einen international tätigen Medienkonzern. In Toronto war die Zentrale. Wer es dorthin schaffte, vor dem breitete sich der rote Teppich der Karriere aus. Immer wieder hatte Jan von Toronto gesprochen, zurückhaltend, schließlich war es nie der Plan gewesen, dass er Karriere machen sollte. Bis zu Ninas Kündigung.

Nina vergewisserte sich, dass Ayla mit ihren Mäusen beschäftigt war, legte eine Hand auf Jans Bauch und fuhr sanft über Haut und Haare.

»Wann, wenn nicht jetzt«, sagte sie. »Ich bin zu Hause. Du musst das machen.«

Jan drehte den Kopf zu ihr. Er nahm den Grashalm aus dem Mund und strich ihr mit der freien Hand das halblange Haar hinters Ohr. »Ich weiß nicht.« Seine Hand fuhr weiter, in ihren Nacken, er zog sie zu sich heran.

Ihr Gesicht an seinem. Sie sah die bernsteinfarbenen Sprenkel in seinen Augen, den dichten dunklen Kranz langer mädchenhafter Wimpern.

»Du hast so viel für mich getan.« Nina machte eine kleine Kopfbewegung zu Ayla, die dem Paar im Gras keine Beachtung schenkte. »Du hast mir nicht in die Kündigung reingeredet, und du hast akzeptiert, dass der Hund zu uns kommt.

Unsere Frankreichpläne haben sich pulverisiert, und ich bin nicht mehr die Frau, mit der du zusammengezogen bist.«

»Du bist die Frau, die ich liebe.«

Seine Hand übte sanften Druck an ihrem Hinterkopf aus, Nina kam seinem Gesicht noch näher, ihre Lippen berührten seine. Sie ließ ihre Hand unter den Hosenbund gleiten, folgte der Spur der schwarzen Haare, die drahtiger wurden, der Hitze, genoss seine Erregung. Sie küssten sich.

Es war schön, wie schon lange nicht mehr, eine kurze, aber heftige Erinnerung an die Erotik, die sie früher miteinander erlebt hatten, aber seit Nina im Krisenmodus war, nicht mehr. Es fühlte sich an, als habe jemand den Korken aus einer Flasche Sekt gezogen. Nina fühlte in diesem intimen Moment, wie der Druck von ihrer Brust wich, wie sie sich frei davon machte, eine Entscheidung für sich zu treffen – weil Jan ihr das abnahm. Er machte einen Schritt nach vorne, wagte sich aus der Deckung, und plötzlich durfte sie diejenige sein, die ihm den Rücken freihielt. Nina saß auf ihm, krallte ihre Finger in sein T-Shirt, in der einen Hand noch immer die Leine, bewegte sich heftig und kam rasch mit einer Wildheit, die sie von sich nicht kannte.

»Wow.« Jan lachte, zog Boxershorts und Bermuda wieder hoch, setzte sich auf und fuhr sich mit beiden Händen durch die Locken. »Das war unerwartet.«

Ayla hatte die Zeit, in der sie Sex gehabt hatten, für sich genutzt und ein Loch gegraben, in dem ihr großer weißer Oberkörper fast zur Gänze verschwand. Nina sah, wie die Hündin jetzt etwas über ihren Kopf schleuderte, aus dem Stand in die Höhe schnellte, das kleine Ding auffing, den Kopf schüttelte, die Beute erneut in die Luft warf.

Nina machte Anstalten aufzustehen, aber Jan hielt sie zurück.

»Die Maus kannst du nicht mehr retten. Es ist besser, wenn Ayla ihr das Genick bricht.«

Nina schauderte, als sie sah, wie die Maus im Maul der Hündin verschwand, es knackte. Sie ist mehr Wolf als Hund, dachte sie.

Wenige Wochen darauf brachte Nina Jan zum Flughafen. Sie hatten sich ein gebrauchtes Auto zugelegt, wegen des Hundes, weil ihm öffentliche Verkehrsmittel nicht zuzumuten waren. Ein ökologischer Irrwitz, vor ihren Freunden verschwiegen sie die Anschaffung. Nina aber, die nie verstanden hatte, weshalb man in einer Großstadt wie Berlin ein Auto haben sollte, genoss die neu gewonnene Freiheit, jeden Tag unternahm sie Fahrten mit dem Hund in die Umgebung.

Sie hatte Jan noch zum Gate gebracht. Jan umarmte sie fest, Nina drückte sich an seine Brust, atmete in den Stoff seiner Jacke. Er roch nach Herbst und feuchten Blättern, nach After-shave und Waschpulver. Kein Geruch war ihr vertrauter.

»Pass auf dich auf«, murmelte sie.

»Du pass auf dich auf.« Jan löste vorsichtig ihre Umklammerung, schob sie ein Stück von sich, sein Blick war weich und doch ernst. »Ich komme in sechs Wochen für ein paar Tage. Wir skypen. Okay? Und wenn es dir nicht gut geht …«

»Trinke ich eine Flasche Wein mit Berit«, lachte sie und meinte es ernst.

»Ich meine, da, am Haff. Ich weiß nicht, ob das so eine gute Idee war. Ganz allein.«

»Ich bin nicht allein. Ayla ist da.«

Er seufzte.

Ein langer Kuss, dann drehte sie sich um und verließ rasch das Terminal.

Kaum hatte Jan sein Vierteljahr in Toronto zugesagt, meldete sich ein kanadischer Kollege aus dem Konzern, der für vier Wochen in Berlin hospitierte und mit seiner Frau eine Wohnung suchte. Nina kam es wie gerufen. Die Vorstellung, mit Ayla allein in ihrer Wohnung zu sitzen, morgens und abends auf dem schmutzigen Grün der Großstadt mit der Hündin herumzustehen und einmal am Tag in die Auslaufgebiete am Stadtrand zu fahren, erschreckte sie. Die Fragen der Freunde nach ihren Plänen, die Angst, Kollegen zu treffen, die permanente Konfrontation mit der Tatsache, dass sie etwas *tun* musste, Überlegungen anstellen für die Zeit danach, einen Plan machen, Arbeit suchen, aktiv werden, und sei es nur mit einer Therapie zu beginnen, belastete sie. Sie brauchte Abstand. Sie wollte auch raus, ausbrechen, wenn Jan nicht da war. Und so schlug Nina Jan vor, dem Kollegen ihre Wohnung anzubieten, sie würde sich vier Wochen an der See einmieten. In ihrer Vorstellung würde sie stundenlang am Strand spazieren gehen, laufen, laufen und sich den Kopf freiblasen lassen.

Sie fand eine Unterkunft, in die sie sich auf den ersten Blick verliebte. Ein hübsch restaurierter Bungalow aus DDR-Zeiten, liebevoll ausgestaltet. Rundherum bodentiefe Fenster, ein Schwedenofen, gemütliche helle Möbel, edle Küche, ein kleines Bad. Das Beste jedoch war ein riesiges Grundstück, rundherum sicher eingezäunt, Hunde willkommen. Wie gemacht für Ayla und sie.

Nina buchte.

Und fuhr nun, Anfang Oktober, nach Mecklenburg-Vorpommern. Ans Stettiner Haff, in eine Gegend, die ihr vollkommen fremd war. Von Schönefeld nahm Nina die A10, mied den aufreibenden Weg durch die Stadt, um in den Norden zu kommen. Sie wollte die Stadt hinter sich lassen, vier stadtfreie Wochen, nicht einmal denken wollte sie an Berlin.

Im Kofferraum starrte der Hund hechelnd aus dem Fenster und zeigte heftige Anzeichen von Nervosität und Stress. Nina fragte sich, ob Ayla durch die geschlossenen Autofenster wahrnehmen konnte, dass sich die Umgebung veränderte. Dass dort draußen Wildnis war, Wälder, frei lebende Tiere? Was sah sie, was konnte sie wittern?

Tief drückte der Himmel auf das graue Band aus Teer vor ihnen, dichte Wolken wie Beton. Links und rechts der Straße zogen Buchenwälder vorbei, Gruppen von Birken oder Kiefern, die sich mühsam auf dem märkischen Sand hielten. Je weiter sie sich auf der Autobahn nach Norden bewegten, desto häufiger blitzte Wasser durch die Baumgruppen, unzählige Seen flankierten ihren Weg zum Haff.

Nina machte die Musik aus, eine Playlist, die sie sich extra für die Fahrt zusammengestellt hatte. Aber während sie sich von der Stadt entfernte, spürte sie mehr und mehr das Bedürfnis, sich auf die Umgebung einzulassen. Je länger sie fuhr, je flacher und gerader die Autobahn vor ihr herlief, desto klarer wurde sie, ihre Gedanken sortierten sich, stellten sich brav wie preußische Soldaten in die Reihe, fädelten sich entlang der Straße auf, einer nach dem anderen. An den letzten ihr bekannten Orten war sie längst vorbeigefahren, sie begab sich auf Terra incognita, ihr Herz schlug, als lägen Wochen in der Wildnis vor ihr, dabei fuhr sie einfach nur in Richtung Ostsee.

Hinter Prenzlau beobachtete Nina das Spiel zweier Rotmilane, die am Himmel zwischen den großen Windrädern ihren beeindruckenden Tanz aufführten. Sie erinnerte sich daran, dass sie über Seeadler gelesen hatte, die sich am Stettiner Haff wiederangesiedelt hatten. Ob sie das Glück haben würde, sie zu sehen?

Hinter Pasewalk machte sie eine Pause, tankte und ließ Ayla aus dem Kofferraum. Die Flanken der Hündin zitterten, Speichel lief ihr aus dem Maul. Sie war gestresst, noch nie zuvor hatte sie eine so lange Autofahrt mit Nina unternommen.

Aber es war nicht allein die Angst, erkannte Nina. Da war noch etwas anderes, eine andere Ayla, die sie hinter der Furcht sah. Die Hündin hob die Nase in die Luft und witterte. Nina war zum Tanken von der Autobahn abgefahren, sie nahmen von hier eine Bundesstraße zum Haff. Rund um die Tankstelle lag Wald, in unmittelbarer Nähe gab es Leben, das Ayla kannte. Wildes Leben. Kein Vergleich mit den Karpaten, aber was wusste Nina schon darüber, welche Zivilisationsform der Hündin vertraut war. Die Gerüche in der Luft, weitab von der Großstadt, in Armeslänge zum Wald, waren Gerüche, die Erinnerungen in dem Tier weckten. Neugier, Begierde. Erkennen blitzte in den Augen der Hündin auf, die Teilnahmslosigkeit, die sie in der Berliner Wohnung und bei den kurzen Gängen am Straßenrand zeigte, war von ihr gewichen.

Und auch Nina spürte, wie sie freier wurde. Die Aussicht darauf, die kommenden Wochen mit Luft und Weite, mit Büchern, Seeluft, ausufernden Spaziergängen und viel Ruhe und Schlaf zu verbringen, drängte ihre Ängste, Ratlosigkeit und Überforderung in den Hintergrund.

Ich lasse alles hinter mir, dachte Nina beglückt, kaufte zwei Packungen Chips und eine Flasche mittelmäßigen Tankstellen-Rotwein für ihren ersten Abend. Bugsierte Ayla wieder in den Kofferraum und fuhr los. Eine Stunde bis zum Ziel.

Vielleicht war diese erste Begegnung ein Omen. Jan sprach später davon, später, als all das hinter ihr lag. Und ja, vielleicht hatte er recht.

Das Dorf, in dem sie sich eingemietet hatte, lag am Ende der Welt. Kurz vor der Grenze zu Polen, eine einzige Straße führte dorthin, es dunkelte bereits, als Nina durch die lang gestreckten Wälder fuhr. Im Scheinwerferlicht sah sie Füchse am Straßenrand, erfasste die kahlen Stämme hoch aufgerichteter Kiefern. Das Haff lag linkerhand, zu sehen war nichts davon. Das Navi wies ihr den Weg zum Bungalow, sie musste von der Hauptstraße abbiegen, wurde über eine winzige Gasse, über rumpeliges Katzenkopfpflaster geleitet.

Und plötzlich stand sie vor ihr. Nina stieg heftig auf die Bremse, kam nur wenige Meter vor der Frau zum Stehen.

Die gelben Lichtschneisen der Vorderlichter trafen auf einen Rollator, Ninas Augen folgten dem hellen Pfad, wanderten von Gummipantoletten eine schmutzig graue Herrenhose hinauf, über einen unförmigen Pullover zu einem Nest weißer Haare, unter denen das wütende Gesicht einer alten Frau zu ihr starrte. Die Frau hob ihre Faust und schüttelte sie drohend in Ninas Richtung.

Ninas Herz schlug bis zum Hals, sie atmete heftig, um ein Haar hätte sie die Alte überfahren, es gab an dieser Stelle keine Straßenlaterne, die Häuser, deren Schemen sie kaum erkennen konnte, lagen im Schwarz des Herbstabends. Sie hatte eine scharfe Kurve gemacht, um von der hügeligen Gasse auf die Straße, an der mutmaßlich ihr Bungalow stand, einzubiegen, als urplötzlich diese Frau vor ihr auftauchte. Ihr fiel auf, dass der Rollator frontal zu ihr stand, offenbar hatte die Frau gar nicht die Straße überqueren wollen.

Nina öffnete die Autotür. »Um Gottes willen«, sagte sie, »es tut mir leid! Ich habe Sie nicht gesehen, ist alles okay?«

In dem Moment tauchte aus dem Dunkel ein Mann auf, ärgerlich griff er an den Rollator und zog die Frau mit sich von der Straße herunter. »Mutti, komm! Warum stehst du schon wieder hier herum?«

Nina beachtete er nicht, auch nicht ihren Wagen. Er war ebenfalls nicht mehr jung, Nina konnte seine Augen nur kurz sehen, eine Strickmütze, tief in die Stirn gezogen, verdeckte das halbe Gesicht.

Gemeinsam mit seiner Mutter verschwand er hinter einem Haus, sie drehten sich nicht zu Nina um, es war, als gäbe es sie gar nicht.

Nina stand da, auf der Straße, im grellen Scheinwerferlicht, starrte dem seltsamen Pärchen hinterher und hatte sich noch immer nicht von dem Schreck erholt. Erst Aylas aufgeregtes Kläffen holte sie in die Wirklichkeit zurück. Sie setzte sich hinters Steuer und erkannte, dass sie am Ziel ihrer Reise angekommen war. Nur wenige Meter von hier lag der Bungalow.

So hatte sie die Hündin noch nie erlebt. Seit ihrer Ankunft waren zwei Tage vergangen, und von Beginn an war Ayla nicht der Hund, der sie in der Stadt gewesen war. Ihr Körper erschien Nina größer, aufgerichtet und unter Spannung. Die Rute stand erregt nach oben, die Ohren drehten sich aufmerksam hierhin und dorthin, die Hündin witterte intensiv. Vor allem aber zeigte sie von der ersten Minute an Bereitschaft, mit Nina nach draußen zu gehen. Im Bungalow hatte Ayla sich im winzigen Duschbad eingerichtet, ignorierte das Hundebett, das Nina für sie mitgenommen hatte. Sobald Nina jedoch das Geschirr von der Garderobe nahm, kam die Hündin zu ihr und ließ es sich bereitwillig überstreifen. Sie konnte den Bungalow und das Grundstück kaum so schnell verlassen, wie Ayla nach vorne zog. Es waren nur wenige Meter von ihrer Unterkunft bis in das Naturschutzgebiet, in dem sie ihre Runden drehten.

Wenige Meter allerdings, die Nina mit Befremden wahrnahm. Der Ort war nicht so, wie sie ihn sich vorgestellt hatte. Viele Häuser waren nicht renoviert, wenig daran war malerisch, und kaum etwas erinnerte an die Vergangenheit als Fischerdorf. Grauer Rauputz, verwitterte Mauern, Backsteinruinen, DDR-Baracken, flach und geduckt, blinde Fenster, vergilbte Gardinen. Eines der Grundstücke, an denen sie ihr Weg vorbeiführte, war gänzlich mit schwarzer Plane umspannt, Videokameras folgten jeder Bewegung. Ein Biker-Klub verbarg sich dahinter, doch selbst dieser schien verlassen. Immerhin, in einem Haus gegenüber hatte jemand die Regenbogenflagge gehisst, das freundlichste Lebenszeichen, das Nina bisher wahrgenommen hatte.

Und dann gab es die Frau. Es war unschwer zu erkennen, dass es dieselbe alte Frau war, mit deren Rollator sie fast kollidiert wäre. Sie saß in einem Haus auf der anderen Straßenseite von Ninas Bungalow, immer am selben Fenster, und starrte zu ihr herüber. Ein einstöckiges Haus aus der Gründerzeit, wie die Stuckatur erkennen ließ. Es musste zur Bebauung von Anfang des 20. Jahrhunderts gehören, zu einer Zeit, in der der erste Bädertourismus seinen Weg ans Stettiner Haff und in diesen kleinen Fischerort gefunden hatte. Doch von jener hoffnungsvollen Zeit war dem Haus nichts anzusehen, es war heruntergekommen, stand wie ein hohler Zahn inmitten eines verrotteten Gebisses im Ort. Wären die Topfpflanzen auf dem Fensterbrett nicht gewesen, Nina hätte es für unbewohnt gehalten.

Aber die Frau saß am Fenster, kaum verborgen hinter der Gardine und beobachtete das Geschehen, das sich vor ihrem Haus abspielte. Und das war nichts anderes, als dass Nina mit Ayla ab und zu ihr Grundstück verließ und wieder zurückkehrte. Einmal, am ersten Tag, war sie mit dem Auto zum weiter entfernten Supermarkt in die Kreisstadt gefahren.

Ihr waren noch nicht viele Dorfbewohner begegnet, von Weitem hatte sie zwei andere Hundebesitzer gesehen, eine ältere Frau mit Fahrrad und weit draußen auf dem Haff die Silhouette eines Fischers auf seinem Boot.

Mehr Leben gab es nicht.

Nina glaubte sich von der Alten gegenüber auf Schritt und Tritt beobachtet, und obwohl ihr Bungalow weit hinten auf dem großen Grundstück lag und die Frau – wie alt mochte sie sein? Mitte achtzig? Älter? – mit Sicherheit nicht mehr als Umrisse von ihren Bewegungen darin erkennen konnte, hielt sie die bodentiefen Fenster zur Straße mit Vorhängen verschlossen.

Nina fühlte sich nicht sehr wohl.

Wäre Ayla nicht und die Tatsache, dass die Kanadier noch vier Wochen ihre Berliner Wohnung belegten, sie wäre wieder gefahren. Dieser Ort war ganz und gar nicht das, was sie sich erhofft hatte.

Aber vielleicht war sie auch zu pessimistisch, dachte Nina, während sie nun an der stramm gespannten Leine hinter ihrer Hündin herlief, vielleicht war es auch ihre düstere Seelenlage, die sie so negativ empfinden ließ.

Ayla lief durch den tiefen Sand, der auf die Binnendüne führte, ihre Nase immer am Boden. Kaninchenköttel zeugten von einer nächtlichen Versammlung, eine Krähe stolzierte vor ihnen her, pickte Käfer aus dem Boden. Sie erreichten einen verlassenen Fuchsbau, den sie bereits bei ihrem ersten Spaziergang entdeckt hatten. Wie schon bei den vergangenen Besuchen an dieser Stelle verschwand der massige Körper der Hündin fast zur Hälfte in dem Bau, dann robbte sie sich rückwärts wieder heraus, lief schnüffelnd um das Loch herum, markierte, grub – und verschwand erneut mit dem Kopf darin.

In einiger Entfernung stand Nina, hielt die Handschlaufe der langen Leine und starrte in die Luft. Sie hoffte darauf, den Seeadler zu sehen, zweifelte aber, ob sie ihn erkennen würde. Große Greifvögel kreisten über der Oder, sie waren weit entfernt, wahrscheinlich war das schon der Luftraum über Polen, dachte sie. Ein Rucken an ihrer Hand ließ sie aufsehen – schon wieder hatte sich Ayla mehrmals mit der Leine um einen Busch gewickelt und sah Hilfe suchend zu ihrer Besitzerin. Nina lief zu ihr, hakte die Leine am Geschirr aus und machte sich daran, alles zu entwirren.

Der Hund beschäftigte sich wieder mit dem Fuchsbau, ein hoher Schrei in der Luft ließ Nina den Blick abwenden. Sie sah nach oben, und da war er. Ein majestätischer Greifvogel glitt unter der filzgrauen Wolkendecke hindurch, Nina sah seine gekrümmten gelben Greife, den gebogenen Schnabel. Noch während sie überlegte, ob es tatsächlich ein Adler sein konnte, stieß dieser unweit von ihnen herunter, fasziniert beobachtete sie, wie aus dem Ufergürtel Feldhasen hervorstoben, ein, zwei, drei dieser Tiere setzten in ausladenden Sprüngen zur Flucht an. Der Greifvogel schien eines der Tiere gepackt zu haben, sie konnte es nicht gut erkennen, aber plötzlich schoss etwas Weißes hinter ihr auf die Szene zu.

Ayla!

Nina schrie den Namen der Hündin, lief hinterher, verfing sich in Brombeerranken und krautigen Heidebüscheln, knickte mit dem Fuß um, lief trotzdem weiter, immer hinter Ayla her, dem weißen Fleck, der sich im rasenden Zickzack weiter und weiter von ihr entfernte.

Schon sehr bald hatte Nina ihren Hund aus den Augen verloren. Niemals zuvor hatte sie die Hündin im Jagdmodus gesehen, niemals hatte sie für möglich gehalten, wie schnell und wendig dieses große Tier sein konnte. Nina lief nun auf dem Trampelpfad, der tiefer und tiefer in den Wald hineinführte, nach Süden. Sie schrie, bis ihre Stimme versagte. Ihre Augen tränten, vor Anstrengung, aber auch, weil sie verzweifelt war. Sie war allein. Dort, wo sie sich befand, gab es keine Ansiedlung, niemand ging hier an einem düsteren Oktobernachmittag spazieren, das Handy lag ausgeschaltet im Bungalow, Nina hatte sich vorgenommen, so viel wie möglich Zeit offline zu verbringen.

Irgendwann hielt Nina inne und lauschte. Sie begriff, dass ihr Schreien keinen Effekt hatte – außer, dass es sie anstrengte. Ayla war weg. Wenn sie zurückkam, dann gewiss nicht, weil Nina schrie, sondern weil sie beschloss, ihrer Fährte nach Hause zu folgen.

Nach Hause?

Ayla war hier ebenso fremd wie sie, warum also sollte sie zu ihr zurückkehren?

Erneut zerriss ein hoher Schrei die Luft, Nina blickte nach oben, ein Greifvogel kreiste über den entlaubten Baumkronen. Bleischwer der Himmel, mahnend hoben die Stieleichen ihre Äste empor, als wollten sie Nina bedeuten, dass Unheil drohe. Die Dämmerung brach herein. Hilfe suchend sah Nina sich um. Was sollte sie tun? Sie erinnerte sich, dass sie in ihren Ratgeberbüchern immer wieder gelesen hatte, dass die Hunde an den Ort zurückkehrten, an dem sie weggelaufen waren. Man sollte Ruhe bewahren, ein Kleidungsstück an der Stelle auslegen, wenn möglich Wasser und Futter bereitstellen.

Weil sie wusste, dass sie nichts erreichte, wenn sie noch

weiter in das menschenleere Gebiet vorstieß, kehrte Nina um. Längst hatte sie ihre Orientierung verloren, doch sie folgte dem schmalen Pfad, in der Hoffnung, irgendwo aus dem Wald herauszukommen, wo sie den Weg in den Ort finden würde.

Rasch stieß der schmale sandige Weg auf einen größeren, Nina beschleunigte ihre Schritte, obwohl sie das Gefühl hatte, ihre Beine bestünden aus Pudding, so wackelig und schwach fühlte sie sich. Ayla, dachte sie, Ayla, bitte komm zurück. Ab und zu rief sie laut den Namen der Hündin, von der sie erst im Moment des Vermissens merkte, wie sehr diese schon in ihrem Herzen wohnte.

Als Nina die Düne, die unweit des Dorfes lag, erreichte, zündeten die Gaslaternen und verbreiteten milchiges Licht. Ein Mann stand mit seinem Hund unter einer der Lampen, Nina hatte ihn schon ein paarmal von Weitem gesehen, aber um die beiden einen Bogen gemacht, das Herrchen schien ihr ebenso Furcht einflößend wie der Hund. Jetzt aber nahm sie ihren Mut zusammen.

»Haben Sie vielleicht einen Hund gesehen?«, fragte sie. »Weiß, groß.«

Er musterte sie. *Nordhäuser Doppelkorn* stand auf dem T-Shirt, er war gekleidet, als sei Hochsommer. Eine Jogginghose, Gummischlappen ohne Socken.

»Ist er abgehauen?«

Nina nickte.

Das Gesicht des grobschlächtigen Mannes wurde weich. Sein Hund, ein Rottweiler, kam vorsichtig näher und schnüffelte an Nina, die breite Schnauze fühlte sich zart an.

»Scheiße«, sagte der Mann. »Das tut mir leid. Wenn der 'ne Fährte aufgenommen hat …« Er warf einen wissenden Blick in das Dunkel des Naturschutzgebietes. »Hier gibt's 'ne Menge Wild, so schnell kommt der nicht zurück. So ein Mist.«

Nina zog hilflos die Schultern nach oben. »Ich weiß nicht, was ich machen soll.«

»Warten.« Der Mann versuchte sich an einem aufmunternden Lächeln, er hatte alles Bedrohliche verloren, ebenso wie sein Hund. »Und hoffen. Ich sag im Dorf Bescheid. Wenn jemand den Hund sieht …« Er zögerte. »Ich hoffe nur nicht, dass er dem Jäger vor die Flinte rennt. Der fackelt nicht lange.«

»Ich wollte eigentlich die Polizei …«

»Würd ich nicht machen. Die finden den nicht. Gibt nur Ärger.« Er lächelte. »Wird schon. Hunde sind ja nicht blöd, was, Branco?« Er tätschelte seinem Hund den Kopf. »Sie werden sehen, Ihr Hund kommt schon. Wenn ich was sehe …?«

»Ich wohne in dem Bungalow«, sagte Nina. »Hauptstraße, auf der rechten Seite.«

»Weiß ich. Ich drück die Daumen!« Er wandte sich zum Gehen, drehte sich aber noch einmal zu ihr um. »Ach ja. Wölfe gibt es auch. Ihr Hund ist hoffentlich nicht doof.«

Sie sah ihm nach, wie er mit seinem Hund weiterging, dann lief sie zu ihrem Grundstück. Nein, dachte sie. Doof ist Ayla wahrhaftig nicht.

Keine Viertelstunde später hatte Nina an der Stelle, an der Ayla entlaufen war, einen Pullover ausgebreitet, darauf einen Fress- und einen Wassernapf gestellt. Jan hatte sie eine Nachricht hinterlassen, er war offline.

Nina saß an den Stamm einer Fichte gelehnt in Sichtweite zu ihrem Pullover. Obwohl es nur wenige Meter waren, hatte sie zunehmend Mühe, die Stelle im Blick zu behalten, die

Dämmerung war dem Schwarz des Abends gewichen. Immer wieder tastete sie nach dem Handy in ihrer Tasche, in der irren Hoffnung, es würde gleich klingeln, weil jemand anrief, um ihr zu sagen, dass der Hund aufgetaucht sei.

Nina fror, aber ihre Tränen waren versiegt, und sie war fest entschlossen, so lange wie möglich auszuharren. Kampieren konnte sie hier draußen nicht, sie hatte weder Isomatte noch Schlafsack dabei, ohne war es zu kalt. Außerdem glaubte sie fest daran, dass Ayla, wenn sie die Absicht hätte zurückzukehren und wenn sie die Stelle mit dem Futter entdeckte, auch die Strecke zum Bungalow finden würde.

Gesetzt den Fall, sie würde überhaupt zu ihr zurückkommen wollen.

Nina schlang die Arme um ihre angezogenen Beine und lauschte angestrengt in die Nacht, hoffte, Ayla zu hören. Und sie tauchte in die Geräusche der Nacht.

Flügelschlagen.

Den Ruf eines Käuzchens.

Rascheln im Laub.

Äste knackten.

Der Wind sang ein Lied, scharf und dunkel.

Einmal glaubte Nina, dass sie aus dem nahen Wacholderbusch, dessen herber Duft sie umgab, ein Augenpaar anstarrte, vielleicht ein Fuchs?

Sie saß dort fast bis Mitternacht. Von Ayla keine Spur, einmal hatte ein Tier geschrien, hoch und verzweifelt, aber es war kein Hund, sondern hörte sich an wie ein Marder oder Frettchen oder was auch immer hier unterwegs war. Der Wald lebte, machte Nina Angst, doch sie fühlte sich verpflichtet auszuharren, wollte die Hündin nicht im Stich lassen. Gleichzeitig spürte sie, wie dieses Ausharren und das Aushalten der Furcht ihr gefielen. Sie nahm die Herausforderung an, weil sich alles in ihr öffnete, sie die Nacht in ihre Poren einsickern lassen konnte, den Wald und seine Bewohner in sich aufnahm. Hingabe, dachte Nina, was für ein pathetisches Wort. Aber war es nicht genau das, was sie zur Wahl ihres Berufes geführt hatte? Hingabe an ihren Willen, Menschen zu helfen, zu heilen.

Und nun spürte sie Hingabe an diese Aufgabe. In einer fremden Umgebung, in finsterem Wald, mit Bewohnern, die sie als Eindringling empfinden mussten, ausharren. Verschwinden in der Nacht, eins werden mit dem Sandboden unter ihr, den Rücken an den rauen Fichtenstamm gedrückt. Nina roch und hörte und fühlte intensiver, während sie hier saß und ihre Hündin herbeisehnte.

Als ihre Beine steif und ihre Hände gefroren waren, wollte sie gehen, aber der Wind nahm zu und trieb die Wolken fort, legte einen Sternenhimmel frei, der Nina den Atem raubte. So etwas sah man in Berlin nicht, der Stadt, die niemals schlief. Aber hier, wo keine menschlichen Lichter den Blick aufs Firmament störten, leuchteten die Sterne so klar, wie sie es selten zuvor gesehen hatte.

Einer dieser Sterne erstrahlte besonders hell, zu gern hätte Nina seinen Namen gekannt, aber sie war nicht einmal in der Lage, die bekannten Sternbilder zu identifizieren.

In Gedanken nannte sie den Stern Ayla.

Mithilfe der im Handy integrierten Taschenlampe stolperte sie schließlich zurück ins Dorf, Falter umtanzten sie, links und rechts des Wegs huschte kleines Getier ins Gestrüpp. Vom Dorf sah sie nur vereinzelte Gaslaternen, aber weiter im Norden bekam der Nachthimmel einen hellen Schimmer, es war, als hebe dort jemand den finsteren Vorhang hoch, um den Blick auf das Dahinter freizugeben.

Nina wusste: Das war das Meer. Sie konnte sich nicht verlaufen. Die Ostsee war ihr Fixstern.

Sie hörte das schwere Grollen des Motors, bevor sie den Wagen sah. Das Dorf hatte sie noch lange nicht erreicht, Nina wusste, dass hier weit und breit keine Straße war, sie hatte sich das Gebiet, nachdem Ayla fort war, sehr genau auf den Handykarten angesehen, um sich zu orientieren. Und doch fuhr ein Auto hier hindurch, mitten durch das Schutzgebiet. Das Motorgeräusch kam näher, instinktiv machte Nina einen Schritt ab vom Weg, duckte sich zwischen Brombeerranken und Heidekräutern.

Der Wagen fuhr in Sichtweite an ihr vorbei, er hatte nur das Abblendlicht eingeschaltet. Ein schweres Fahrzeug, wie ein Jeep. Der Förster? Jemand, der auf die Jagd ging? Sie hatte mehrere Hochsitze gesehen. Trotzdem schauderte sie, es kam ihr nicht richtig vor, dass der Wagen durch das Gebiet fuhr, zarte Pflanzen und kleine Tiere platt fuhr.

Als sie kein Motorgeräusch mehr vernahm, wagte sie sich aus dem Versteck und lief rasch in Richtung des Ortes.

Um sechs Uhr am Morgen holte Jan sie mit seinem Anruf aus dem Schlaf. Bei ihm war es Mitternacht, sie hörte ihm an, dass er getrunken hatte. Er war besorgt. Es tat gut, ihm zuzuhören, seine Stimme zu hören und vor allem seine Beschwichtigungen. Ayla würde wiederkommen, sagte Jan. Ganz sicher. Die Dackel seiner Eltern seien auch mehrfach weg gewesen, immer wiedergekommen.

Nina schwieg und lauschte seiner Stimme. Sie schwieg über das Dorf mit den abweisenden Häusern, über die Alte von gegenüber, sagte nichts über den Biker-Klub oder den Wagen, der nachts durch den Wald fuhr. Sie wollte ihn nicht noch mehr beunruhigen. Dass Ayla weggelaufen war, war schlimm genug. Aber das Gespräch mit Jan gab ihr Kraft auszuharren.

Wenig später ging sie zu der Stelle, die Ayla anlocken sollte, stand vor den Näpfen und füllte Futter nach. Der Napf mit dem Trockenfutter war leer, aber das besagte nichts, hier waren Füchse unterwegs, sogar Wölfe, die sich darüber hergemacht haben konnten.

Nina warf einen Blick in den Himmel. Petrus trieb seine Schafherde übers Haff, die Wolken waren weiß und luftig, nicht schwer von Wasser wie an den ersten Tagen. Ab und an blitzte blank geputzter Himmel hervor, ein Himmel, wie es ihn nur am Meer gab, ein leuchtend blaues Kleid aus Seide, leicht und flatternd.

Nina hatte sich auf eine lange Suche vorbereitet. Das Handy aufgeladen, Tee und Müsliriegel im Rucksack. Das Netz war schlecht hier draußen, aber sie hatte sich die Gegend, so gut es ging, eingeprägt. Kein Dorf in der Nähe, keine Straßen, nur Landschaft, Natur, militärisches Sperrgebiet. Wälder und Heide, Moore.

Stunde um Stunde lief sie. Über sandige Pfade, überquerte rissige Betonplatten, die vor Jahrzehnten dazu gedient hatten, Militärfahrzeugen den Weg durch die Wälder zu bahnen. An der Uferlinie des Sees zu ihrer Linken orientierte sich Nina, brach durch Schilf, versank im Morast. Wolken zogen über sie hinweg, Vogelschwärme, späte Zieher, die in den Süden aufbrachen, aber auch Gäste aus dem Norden. Zu Beginn ihres Weges hatte sie immer wieder Aylas Namen gerufen, doch je länger sie durch den Naturpark lief, desto deplazierter kam ihr ihr Rufen vor. Sie war hier nur zu Gast, so empfand sie es, sie störte die Tiere, die hier zu Hause waren.

Unweit einer Biberburg machte sie Rast am See und beobachtete fasziniert, wie eine Gruppe von Kranichen durch das flache Gewässer am Ufer stakste, ab und an fuhren ihre Schnäbel nach unten, pickten einen Fisch oder Frosch auf. Sie hatte die Vögel erst googeln müssen, nie zuvor hatte sie Kraniche in der freien Natur erlebt.

Wirkliche Ruhe jedoch fand sie nicht, ihre Gedanken waren bei Ayla und trieben sie weiter und weiter.

Nach einigen Stunden erreichte Nina ein Dorf, freundlich lag es inmitten von Feldern. Sie passierte einen verlassenen Gutshof, das baufällige Gemäuer verbarg sich am Ende einer überwucherten Allee mit einigen alten Eichen, deren Laub rotgolden verfärbt auf der Auffahrt lag, als hätte die Natur ihren roten Teppich ausgerollt. Doch niemand folgte der Einladung, der Hof lag verlassen da, eine traurige Erinnerung an große Vergangenheit.

Ein paar Häuser weiter erblickte Nina eine junge Frau im Garten, davor ein Auto mit Berliner Nummernschild. Nina sprach die Frau an, die hilfsbereit war, aber Ayla nicht gesehen hatte.

»Manchmal kommen die Wölfe«, sagte sie und musterte Nina neugierig. »In der Nacht hört man sie im Wald heulen. Ich hoffe, Ihrem Hund passiert nichts.«

Nina hatte in den letzten Stunden ihre Angst gut im Zaum halten können, aber jetzt spürte sie, wie dünn der Firnis war, ihr Herz begann heftig zu schlagen, sie musste die Tränen, die sich hinter ihren Augen sammelten, hinunterschlucken. Stattdessen zeigte sie auf den hinter den Eichen liegenden Gutshof.

»Steht der leer? Sieht toll aus.«

Die Frau sah nun auch zu dem Grundstück. »Gehört irgendeinem Typ aus Berlin. Aber der lässt es wohl verfallen. Schade drum, früher war es ein hochherrschaftliches Gut. Mit

Pferdezucht und allem Pipapo.« Sie sah Nina an und lächelte gequält. »Der Familie hat der halbe Ort gehört. Und alle Felder drumherum. Vor dem Krieg. Pommerscher Landadel.«

»Tempi passati«, sagte Nina und verabschiedete sich. Pommerscher Landadel, wie sich das anhörte. Sie hatte noch im Ohr, wie ihre Großmutter von den großen Gütern in Ostpreußen geschwärmt hatte, die sie als Kind kennengelernt hatte. Ninas Vater hatte stets die Augen verdreht und über die Landjunker-Romantik geschimpft.

Sie beschloss, nicht weiter nach Süden zu laufen und sich von ihrem Dorf wegzubewegen, besser, sie kehrte um.

Die Sonne zeigte sich häufiger, Nina hatte ihre Regenjacke in den Rucksack gestopft, die Haare zu einem Knoten gebunden und lief zielstrebig auf den Waldrand zu. Ockerfarbene Stoppelfelder erstreckten sich nach Westen, helle Farbtupfer in der graubraunen Herbstlandschaft. Wildgänse hatten sich darauf niedergelassen, vereinzelt glaubte Nina, auch hier die majestätischen Kraniche zu erkennen. Die Vögel pickten letzte Mais- oder Getreidekörner aus der mageren Erde, Proviant für ihre große Reise.

Ein Schild wies den vor ihr liegenden Wald als militärischen Bereich aus, aber Nina ignorierte die Warnung. Ayla würde sich wohl kaum daran halten. Verboten schien das Waldstück nicht zu sein, schließlich war es nicht eingezäunt. Sie würde weder auf eine Mine treten noch von einem Panzer überrollt werden.

Langsam schmerzten Ninas Beine von dem langen Marsch, die Zehen scheuerten in ihren neuen Wanderschuhen, und der Rucksack zog an der Schultermuskulatur. Der lichte Wald mit hohen Kiefern, einigen Föhren und vereinzelten Buchen wechselte sich mit dunkleren Abschnitten ab. Nina lief jetzt durch eine Senke, dicht bewachsen mit Wacholderbüschen, hohen

Farnen und wild wuchernden Brombeersträuchern. Schattig war es hier und kühl. Nina nahm ihre Rufe nach Ayla wieder auf, die düstere Vegetation machte sie traurig, in ihrem Herzen spürte sie sehnsüchtiges Ziehen. Ich vermisse sie, kam ihr der überraschende Gedanke. Ich vermisse sie. Unsere Geschichte kann hier noch nicht aufhören, sie hat ja kaum angefangen.

Plötzlich hörte sie es. Aus der Ferne, zuerst war es nur eine Ahnung, sie glaubte, sich das Geheul eingebildet zu haben. Doch dann war es deutlicher, lauter, je weiter sie sich vorwärtsbewegte. Wieder. Und wieder. Ein lang gezogener Klagelaut, dem Heulen eines Wolfes nicht unähnlich.

»Ayla!« Nina schrie, so laut sie konnte, sie stolperte vorwärts, verließ den Trampelpfad und schlug sich durch das Unterholz, immer dem verzweifelten Ton nach, den das Tier in der Ferne von sich gab. Sie schrie, dass ihr Zwerchfell schmerzte, aber je weiter sie sich in die Richtung von Ayla – und es war Ayla, ganz sicher, sie musste es sein! – durchschlug, desto deutlicher hörte sie, dass die Hündin ihr antwortete.

Nina stolperte, die Brombeerranken rissen an ihrer Hose, Äste schlugen ihr ins Gesicht, Ayla, Ayla!, Spinnweben verfingen sich in ihrem Haar, Ayla!, weiter und weiter lief Nina, schneller, überwand alle Hindernisse, stolperte über einen bemoosten Stein unter dem Farn, schlug lang hin, rappelte sich auf, lief atemlos, Ayla!, das Heulen des Hundes wurde lauter, vor ihren Augen verschwamm der Wald hinter dem Tränenschleier, Ayla!

Sie sah das Weiße durch die Bäume schimmern, ihr Herz schlug bis zum Hals, in den Ohren rauschte ihr Blut, aber sie war da, Ayla, Nina hatte sie gefunden.

Nie zuvor war die Hündin zärtlich zu ihr gewesen, aber jetzt fuhr die raue Zunge immer wieder über Ninas Gesicht, leckte

die Tränen weg, Ayla ließ zu, dass Nina sie umarmte, streichel
te, an sich drückte.

Erst dann sah Nina, warum die Hündin sich nicht bewegte –
sie saß buchstäblich in der Falle. Aylas linkes Vorderbein war
in ein Tellereisen geraten. Ein rostiges Ding an einer Kette,
die im Waldboden verankert war. Die Zähne der Falle hatten
sich in das Fleisch gegraben, das Blut musste Ayla weggeleckt
haben, das Fell an ihrem verletzten Bein war nass, die tiefe
Wunde blank geschleckt.

Nina starrte auf die Falle – wie sollte es ihr gelingen, den
Hund daraus zu befreien? Sie würde die Eisen nicht mit bloßen
Händen auseinanderbekommen. Die einzige Möglichkeit war
zu graben. So tief zu graben, bis sie an die Verankerung gelangte. Und die musste sehr weit in den Waldboden getrieben
worden sein, denn die Tiere, die in die Falle gerieten, würden
mit der Kraft der Todesangst an der Falle ziehen, dem musste
das Tellereisen standhalten.

Doch zuerst versorgte Nina ihre Hündin. Ayla trank gierig
das Wasser, das Nina ihr anbot, leckte auch den letzten Tropfen auf und machte sich dann erst über die mitgebrachten
Leckerchen und einen Rest Trockenfutter her.

Nina inspizierte in der Zwischenzeit die Falle mit den gezackten Rändern. Das Eisen war rostig, die beiden gezahnten
Klammern nicht vollständig zugeschnappt, vermutlich lag es
schon viele Jahre hier draußen. Schließlich stellte Nina fest,
dass die Feder, die die gezackten Eisen gespannt gehalten
hatte, sich außen an der Falle befand. Ihre Spiralen waren
vom Rost zerfressen, es schien vielversprechender, diese zu
zerstören, sodass sich die Klammern, die sich um Aylas Bein
schlossen, öffnen würden.

Sie suchte einen Stein und versuchte ihr Glück. Ayla misstraute der Aktion, so nah an ihrer Wunde, immer wieder versuchte die Hündin, den Fuß mit der Falle zurückzuziehen, schnappte nach Nina in ihrer Verzweiflung, aber schließlich gelang es Nina, die verrostete Feder zu brechen, von der Falle abzuziehen, und sofort ließ die Spannung in dem Mechanismus nach, sie bog die Klammer auseinander, und Aylas Bein war frei. Augenblicklich begann der Hund, daran zu lecken, aber Nina hielt ihn davon ab und besah sich die Wunde. Der Knochen schimmerte weiß zwischen den Wundrändern hindurch, Nina wusste, dass Eile jetzt nottat, Ayla brauchte rasch Antibiotika, damit sich Bakterien und Keime nicht im Blut verbreiteten. Sie desinfizierte die Wunde mithilfe der Notapotheke, die sie im Rucksack hatte, und verband sie notdürftig, aber die Hündin musste so schnell wie möglich in ärztliche Behandlung.

Nina warf einen Blick in den Himmel. Der Nachmittag war vorangeschritten, allmählich versank die Sonne hinter den Baumkronen. Durch ihre panische Suche nach Ayla hatte sie die Orientierung vollends verloren, aber mithilfe des Kompasses in ihrem Smartphone – Netz hatte sie hier keines, tief im Wald, eine Ortung war also unmöglich – wusste sie, wo Norden war. Und dort war die Ostsee, davor das Haff. Irgendwann würden sie unweigerlich an der Küstenstraße herauskommen, die in das Dorf zurückführte. Nina warf einen ängstlichen Blick auf Ayla. Würde die Hündin laufen können?

Aber das Tier überraschte sie erneut. Ayla kam langsam vorwärts, aber aufgeben schien keine Option. Dreibeinig bewegte sich die Hündin an Ninas Seite durch das Gestrüpp, den verletzten Vorderfuß hielt sie in die Höhe. Immer wieder legte Nina eine Pause ein, der Hund aber wollte nicht innehalten, Nina verstand, dass sie sich in Sicherheit bringen wollte. Nach geraumer Zeit fanden sie einen Wildpfad, auf dem sie vorwärts liefen, sie mussten sich nicht weiter durch das Unterholz schlagen, was die Fortbewegung für die tapfere Hündin erleichterte. Das Licht wurde fahl, Wolken kamen auf, Nina warf einen Blick auf die Uhr. In einer Stunde würde die Sonne untergehen, ob sie es bis dahin zur Straße schaffen konnten? Ayla hechelte, vor Stress und Anstrengung, Speichel lief ihr aus dem Maul, sie war am Ende ihrer Kraft und schleppte sich dennoch vorwärts.

Nina hatte ihn weder gesehen noch gehört.

Plötzlich stand er vor ihnen auf dem Pfad. Sie erschrak, als sie den Mann wahrnahm, die Hündin blieb seltsam ungerührt.

»Brauchen Sie Hilfe?«

Der Mann bewegte sich keinen Zentimeter, er stand ihr gegenüber, breitbeinig, als wolle er ihnen den Weg versperren. Ein groß gewachsener, hagerer, aber muskulöser Mann, Nina schätzte ihn auf Mitte, Ende vierzig. Er war gekleidet wie ein Jäger oder Förster, trug dunkle Funktionskleidung, ein Gewehr hing über seiner Schulter. Die Haut des Mannes war wettergegerbt, die Haare von der Sonne gebleicht, seine Augen konnte sie nicht sehen, er hatte sie zu schmalen Schlitzen zusammengekniffen.

»Sind Sie Jäger?«

Sie dachte daran, was der Hundebesitzer ihr gesagt hatte: Der Jäger knallt deinen Hund ab. Sie bekam Angst.

Wortlos bewegte sich der Mann auf sie zu, ohne ihr zu antworten, ging vor Ayla in die Knie, die nicht vor ihm zurückwich. Er griff nach dem Vorderlauf, besah ihn sich und blickte zu Nina hoch. »Mein Auto steht in der Nähe.«

Sie konnte seinen Gesichtsausdruck nicht deuten. Er war weder freundlich noch offen. Aber die Hilfe, die er anbot, konnte sie nicht ausschlagen. Sie war am Ende ihrer Kraft, und Ayla würde es nicht mehr viel weiter schaffen.

Nina nickte nur.

Mit geübtem Griff hatte der Mann Ayla gepackt, die Hündin ließ es ohne Gegenwehr geschehen, er hob sie hoch und lief durch den Wald. Ob Nina ihm folgte oder nicht, schien ihn nicht zu kümmern, sie stolperte hinter ihm her, unsicher, ob sie Erleichterung spürte, weil sie Hilfe bekam, oder Furcht, weil der Typ sich seltsam verhielt.

Keine zehn Minuten später erreichten sie den Wagen. Nina stockte der Atem, als sie zu erkennen glaubte, dass es sich um das Auto handelte, das im Dunklen durch die Heide gefahren war. Es war ein schwarzer Pick-up, auf der Ladefläche ein Durcheinander von Schaufeln, Hacken, Planen, auch ein weiteres Gewehr glaubte sie zu sehen, alles schmutzig und erdverkrustet. Nina zögerte einzusteigen, doch der Mann hatte Ayla bereits auf den Rücksitz verfrachtet und setzte sich, noch immer ohne Nina Beachtung zu schenken, hinters Lenkrad.

Sie stieg ein.

Innen war der Wagen ebenso verdreckt wie von außen, im Fußraum lagen Müll und Werkzeug, es roch nach Wald, aber auch nach Blut. Ob der Geruch nur von Aylas Wunde kam? Nina musterte den Typ aus den Augenwinkeln. Sie wurde nicht schlau aus ihm, er konnte ebenso gut ein Wilderer wie ein Jäger oder der örtliche Förster sein. In jedem Fall war er ein Mann des Waldes, und so nannte sie ihn insgeheim: Waldmann.

Sie sprachen kein Wort, während der schwere Wagen sich den Weg über schmale Pfade aus dem Forst bahnte. Ob hier noch immer militärisches Sperrgebiet war?, schoss es Nina durch den Kopf. Ihr Retter schien kein Interesse an ihr oder an irgendetwas sonst zu haben, er fragte nicht, was geschehen war, er fuhr, den Blick starr nach vorne gerichtet. Und Nina selbst war zu erschöpft, um krampfhaft ein Gespräch zu beginnen. Stattdessen drehte sie sich immer wieder zu Ayla um, vergewisserte sich, dass es dem Hund so gut ging, wie es eben möglich war.

Erst als der Mann vor ihrem Bungalow hielt, fiel Nina auf, dass sie ihm nicht gesagt hatte, wohin er sie bringen sollte.

Die Tierärztin zog missbilligend die Brauen zusammen, als sie sich Aylas Bein besah.

»Diese Fallen sind seit Jahrzehnten verboten. Ich verstehe nicht ...« Die blonde Frau schüttelte nur den Kopf, setzte rasch und professionell die Spritze, die Hündin zuckte nur kurz. »Ich sehe selten Tiere, die sich darin verfangen«, fuhr die Ärztin fort. »Die Wildtiere verenden jämmerlich.«

Nina schwieg. Sie war dankbar, dass die Praxis eingewilligt hatte, sie noch zu empfangen, eigentlich hatten sie bereits geschlossen. Aber Nina hatte den Fall geschildert, und man versicherte ihr, dass man auf sie warten werde. Eine halbe Stunde brauchte sie, um mit Ayla in die nächste Kreisstadt zu fahren.

»Ich würde mich allerdings nicht wundern«, routiniert verband die Ärztin die Wunde, »wenn die Fallen noch benutzt werden. Es wird gewildert hier draußen. Und nicht zu knapp.«

Nina dachte an den Waldmann und überlegte, ob sie etwas sagen sollte. Aber sie wollte nicht auf ihr bloßes Gefühl hin mit Verdächtigungen um sich werfen.

»Die Wälder sind wildreich, außerdem menschenleer. Gerade jetzt um die Zeit, keine Touristen, niemand.« Sie warf einen Blick auf Nina und lachte. Sie war nicht viel älter als Nina, höchstens Mitte dreißig, und ihrem Dialekt nach stammte sie nicht aus der Gegend. »Außer verrückte Berliner.«

»Die schießen das Wild, einfach so? Illegal?«, fragte Nina nach. Wilderer – das verband sie mit Geschichten aus den Bergen, Märchen aus anderen Zeiten. »Da gibt es doch bestimmt ein Forstamt oder Jäger, die kontrollieren.«

»Sicher. Aber kontrollieren Sie mal dieses riesige Naturschutzgebiet. Alles hier ist geschützt. Wir haben nur wenige Ranger, wenn die an der Oder patrouillieren, dann wird am Haff gewildert.«

»Und dann? Was machen die Leute mit den Tieren?«

»Verkaufen. Gibt genug Abnehmer. Privatleute in Berlin, die ordentliche Preise für gutes Fleisch zahlen. Restaurants. Nicht alle fragen danach, wo es herkommt. Ist ein einträgliches Geschäft.« Gemeinsam hoben sie die Hündin, die vor Erschöpfung jedwede Gegenwehr aufgegeben hatte, vom Behandlungstisch. »Ansonsten gibt es hier nicht gerade üppig Arbeitsplätze. Warum also nicht das schnelle Geschäft machen? Zumal man den Förstern einen Gefallen tut. Es gibt zu viel Wild, aber die Abschussquoten sind niedrig. Die Tiere verbeißen den jungen Wald, also …« Sie druckte die Rechnung aus und steckte sie in einen Umschlag. »Öffnen Sie ihn erst, wenn Sie zu Hause sind«, sagte sie. »Dann können Sie gleich einen Schnaps darauf trinken.«

Nina nahm den Umschlag und vergrub ihn in ihrer Jackentasche. Sie mochte die Frau.

»Sind Sie von hier?«, erkundigte sie sich.

»Nein. Aus Jena.«

»Darf ich fragen, was Sie hierher verschlagen hat?«

Die Ärztin begleitete Nina und Ayla, die sich kaum auf ihren Beinen halten konnte, zum Ausgang der Praxis, während ihr Assistent das Behandlungszimmer schloss.

»Die Liebe.« Die Tierärztin hielt Nina die Tür auf. »Die

Liebe zur Natur.« Sie warf einen Blick auf den Nebenarm der Uecker, an dem die Praxis lag. Ein kleiner Deich wölbte sich grün zum Fluss hin, hohes Schilfgras wiegte sich leicht im Abendwind. Einige Rallen ließen sich, den Kopf unters Gefieder gesteckt, auf dem Wasser treiben. Auf der anderen Seite des schmalen Gewässers waren schemenhaft die wolligen Körper von Schafen zu sehen, die letzten Strahlen der untergehenden Herbstsonne küssten ihren Pelz. Nina folgte dem Blick der Frau und verstand.

Während der Fahrt zurück zum Bungalow dachte Nina über die Worte der Ärztin nach. Sie war nun noch mehr als zuvor davon überzeugt, dass der Waldmann kein offizielles Amt bekleidete. Sein Auto hatte kein Forstzeichen oder Ähnliches an der Frontscheibe gehabt. Er hatte sich ihr auch nicht vorgestellt. Das Kennzeichen des Wagens war so verdreckt, dass man es kaum erkennen konnte. Nina hatte lediglich bemerkt, dass es sich nicht um ein deutsches, sondern ein polnisches Kennzeichen handelte.

Obgleich er sie gerettet hatte, verspürte Nina kaum Dankbarkeit. Eher Befremden. Der Waldmann war unheimlich, und am unheimlichsten fand sie, dass er gewusst hatte, wo sie wohnte.

Ayla lag in ihrem Bett im Kofferraum und schlief, kein einziges Mal hob sie den Kopf und schaute nach vorn. Den morgigen Tag würden sie nur im Bungalow und auf dem Grundstück verbringen, dachte Nina. Auch sie war erschöpft, bis jetzt hatte der Aufenthalt hier oben nichts von Urlaub. Aber sie waren erst wenige Tage hier. Sie musste der Sache eine Chance geben, dachte sie, während sie Mühe hatte, ihre Augen offen zu halten. Sie öffnete das Fenster und ließ frische Abendluft herein. Draußen roch es nach feuchtem Blattwerk, nach Pilzen und Fichtennadeln. Sie fuhr jetzt auf der schnurgeraden Straße durch den Wald zum Dorf, links das Haff, rechts der Wald, auch hier militärisches Übungsgelände. Bei ihrer Anreise Anfang der Woche hatten sie die große Kaserne in Torgelow passiert, und Nina fiel ein, was Jan ihr vor der Abreise erzählt hatte. Typisch Jan, er hatte recherchiert, was für eine Gegend das war, wo sie hinfuhr, ein Zug an ihm, den Nina immer schon skurril fand, sie wäre niemals auf die Idee gekommen, sich vorab mit der weit zurückliegenden Geschichte des Landstriches zu beschäftigen. Jan hatte ihr einen Vortrag darüber gehalten, wie oft das Land Herrscher und Besitzer gewechselt hatte, welche Kriege auf diesem Boden ausgetragen worden waren und wie die Grenzen sich verschoben hatten. Schweden und Franzosen hatten hier gekämpft, Preußen sowieso. Später Russen, zur Zeit der DDR war hier oben die Volksarmee präsent und hielt Manöver ab und jetzt die Bundeswehr.

So menschenleer die Gegend schien, so wenig friedlich war ihre Geschichte, dachte Nina.

In der Nacht schreckte sie hoch, weil sie glaubte, Aylas Geheul noch einmal zu hören. Nina saß im Bett, und ihr Herz klopfte. Sie musste intensiv geträumt haben, konnte sich aber an nichts erinnern. Ihr Shirt war nass geschwitzt. Nina lauschte in die Schwärze der Nacht hinaus, die Fenster ihres kleinen Schlafraumes waren bodentief, und weil diese in den Garten hineinzeigten und nicht zur Straße, wo sie sich von der alten Frau beobachtet fühlte, schlief Nina mit offenen Vorhängen. Vorsichtig stand sie auf, setzte einen Fuß auf den Holzboden und lief hinüber zur Küchenzeile, um sich Wasser zu holen.

Mit einem Blick versicherte sie sich, dass mit Ayla alles in Ordnung war, aber die Hündin schlief, eng eingerollt, tief und fest im Badezimmer. Leise schlich Nina zurück zum Bett und griff nach dem Handy auf dem Nachttisch. Kurz entschlossen aktivierte sie die Taschenlampe am Gerät und leuchtete durch das Fenster nach draußen. Im Garten blickte ein gelbes Augenpaar zu ihr. Nina erstarrte, sie hielt den Atem an und traute sich nicht, sich zu bewegen. Die Augen fixierten sie – konnte das Tier da draußen sie tatsächlich sehen? Sie stand in absoluter Dunkelheit. Aber es gab keinen Zweifel: Das Tier sah ihr genau in die Augen. Nach langen Sekunden wandte es den Kopf ab, die Augen erloschen, die Erscheinung verschwand.

Jetzt wusste Nina, dass sie nicht geträumt hatte. Nicht Ayla hatte geheult – es war ein Wolf gewesen. Ein Wolf in ihrem Garten.

Und nun saß sie hier. Zwei Tage später. Mit tierischem Instinkt hatte Ayla sie hierhergeführt, zu der Stelle mit dem Tellereisen. Und Nina begriff auch warum. Nicht etwa, weil sie hier in die Falle geraten war. Sondern weil sie einen Fund gemacht hatte.

Als sie die Hündin auf der Lichtung gefunden hatte, hatte Nina nicht darauf geachtet, was sich alles dort befand. Sie war vollkommen konzentriert auf ihre Hündin und die Falle gewesen. Aber als Ayla sie heute erneut dorthin brachte, hatte die Hündin zielstrebig begonnen zu graben. Und einen Knochen zutage gefördert. Nina nahm ihn ihr weg – und in dem Moment, als sie ihn in der Hand hielt, stutzte sie. Sie glaubte, einen Menschenknochen in der Hand zu halten, keinen Tierknochen. Sie konnte sich täuschen, glaubte jedoch, dass dieser Knochen nicht von einem Hasen, einem Vogel und auch nicht von einem Fuchs stammte.

Aylas wachsame Augen folgten jeder ihrer Bewegungen. Nina hielt den Knochen hoch, besah ihn sich genau. Keine Fraßspuren. Der Knochen war gelblich, porös, er musste lange in dem tiefen Sandboden gelegen haben, der ihn konserviert hatte. Für die Nachwelt bewahrt, für sie, Nina, damit sie ihn fand.

Nina erinnerte sich an ihren Anatomieunterricht. Sie musste jeden einzelnen Knochen des menschlichen Körpers bestimmen können. Und diesen hier hielt sie für das Stück eines Hüftknochens. Vielleicht. Nina besah ihn sich genau, aber je länger sie ihn betrachtete, desto sicherer war sie. Ein menschlicher Knochen. Der Knochen von jemandem, der hier gestorben oder begraben worden war. Heimlich? Versteckt? Ein Gefallener aus dem Zweiten Weltkrieg?

Das war doch Quatsch, schalt Nina sich. Wenn man in der Nähe einer Tierfalle Knochen fand, konnte man doch wohl davon ausgehen, dass es sich um Tierknochen handelte! Andererseits war die Fundstelle nicht unmittelbar an der Falle, war das nicht seltsam? Nina saß da, im kalten Sand, schaute auf das Fragment in ihrer Hand und dachte nach.

Sie könnte es auf sich beruhen lassen. Könnte den Knochen zurücklegen in sein sandiges Grab. Könnte mit Ayla fortgehen und nie wieder zurückkommen. Stattdessen kniete Nina sich nieder und begann, an der Stelle, an der Ayla die Vorarbeit gemacht hatte, zu graben. Der Sand war schwer, nass, nur an der Oberfläche locker. Je tiefer sie kam, desto schwerer tat sie sich, mit bloßen Händen voranzukommen. Aber da war etwas. Noch etwas … Nina stockte. Sie sah etwas Helles aus dem schwarzen feuchten Sand schimmern. Sie zog daran. Die Hündin schnüffelte interessiert, aber Nina schob sie zur Seite.

Es war ein weiterer Knochen. Eine Welle von Übelkeit überrollte Nina. Das hier war nicht gut. Es war zu groß. Sie musste etwas tun.

Nina wickelte die beiden Knochen in ein Taschentuch und steckte dieses in ihre Jackentasche. Sie hatte in den vergangenen Tagen so viele folgenschwere Entscheidungen getroffen, da kam es auf diese eine auch nicht mehr an.

Wie sehr sie sich täuschte.

1936

Gines Vater faltete das Papier wieder zusammen, er beherrschte sich nur mühsam. »Die von dem Willen erfüllt sind, einsatzbereit dem Volksganzen zu dienen«, zitierte er den Text aus dem Schreiben. »Ich weiß genau, was das heißt.« Er blickte Gine an. »Indoktrination. Verstehst du das?«

Das Mädchen schüttelte den Kopf.

»Die wollen einen guten Nazi aus dir machen.« Er schmiss seine Palette auf den Boden.

Gine trat von einem Fuß auf den anderen. Ihr war unwohl.

»Wir machen später weiter.« Martin Heuer ging zu Elli, die ihm Modell stand und dafür auf einer Mülltonne saß, nur mit einem Morgenrock bekleidet, und mit gezierter Geste eine Zigarettenspitze hielt. Elli wechselte einen verunsicherten Blick mit Gine, nahm die Wolldecke, die der Künstler ihr reichte, wickelte sich darin ein und huschte aus der Tür.

»Kann ich auch gehen?«, fragte Gine ihren Vater. »Sophia wartet auf dem Arkona.«

Sie trafen sich jeden Tag nach der Schule auf dem Platz, sie und die anderen. Matze, Heini, Sophia und sie.

»Zisch ab.« Ihr Vater wedelte mit dem Brief herum. Unwirsch schob er mit dem Fuß die am Boden liegende Palette zur Seite, rot und rosa, weiß und schwarz schmierte Farbe auf den Holzboden. Er wischte seine Pinsel mit einem fleckigen alten Hemdfetzen ab, tauchte sie dann in das Glas mit Petroleum, und Gine bemerkte, wie seine Finger dabei zitterten.

»Um sieben bist du wieder da«, ordnete er an, »Familienrat.«

Die Stimmung war im Keller, der Vater gereizt, Gine verließ rasch das helle Atelier. Durch die großen Oberlichter strömte Frühlingslicht hinein und ließ die Farben leuchten. Gines Vater Martin malte expressiv bunte Gemälde in riesigen Formaten, sie lehnten hintereinander an der Wand, stapelten sich auf dem Boden, lagen scheinbar achtlos herum. Er war bekannt und erfolgreich, aber in den letzten Jahren war »der Markt gegen ihn«, wie er sich ausdrückte. Das Abstrakte, Wilde war im Ausland gefragt, in Deutschland jedoch wollte sich kaum eine Galerie die Finger an seinen Werken verbrennen. Auch das war ein Grund dafür, warum sich in dem weitläufigen Atelier seine Werke ansammelten, mehr und mehr. Gine liebte diesen Raum, hoch, licht und luftig, über den Dächern des Arkonakiezes gelegen, die Anklamer Straße, in der sich das Atelier im obersten Stock eines Gewerbehofes befand, lag auf einer kleinen Anhöhe, man konnte, wenn man sich auf einen Stuhl stellte und durch die verglasten Fronten blickte, fast bis zum Rosenthaler Platz sehen. Die Zionskirche ragte stolz hinter den Häuserdächern auf, wenn man den Blick nach unten richtete, erkannte man die Kinder, die sich auf dem Arkonaplatz tummelten. Gines Welt, hier kannte die Vierzehnjährige jeden Stein, jeden Hinterhof und beinahe alle, die hier wohnten.

Jetzt zog es sie zu ihren Freunden, sie lief, so rasch sie konnte, die Treppen hinunter, doch anders als sonst war ihr Herz schwer. Familienrat – das bedeutete stets Ernstes.

Wie ernst es war, hatte Gine heute Mittag bereits begriffen, als Frau Kowalski sie nach dem Unterricht dabehalten hatte. »Regine und Renate«, hatte ihre Lehrerin streng befohlen, »zu mir ans Pult.«

Dann folgte das Übliche, strammstehen und Arm recken und »Heil Hitler« und all das, was Gines Eltern gar nicht wissen durften, denn bei Heuers war man mit Nazis auf Kriegsfuß. Aber Gine konnte ihre zwei Lebenswelten sauber trennen, das hatte sie schnell gelernt: in der Schule und im Milchgeschäft, bei Kohlen-Paul oder Eisen-Werner die Klappe halten und machen, was die anderen machten. Mit den Eltern oder bei ihrer liebsten Freundin Sophia durfte man sagen, was man wirklich dachte. Über die Braunhemden, den Bund Deutscher Mädel, über die Arm-Hochrecker und die Marschierer. Über den Blockwart und die Jungs aus der HJ, die es nur darauf abgesehen hatten, den Mädchen hinterherzujagen und ihnen unter die Röcke zu fassen.

Also hatte sie vor dem Pult von Frau Kowalski strammgestanden und mit keiner Wimper gezuckt, als diese ihren Sermon über die arische Rasse und hochwertiges Menschenmaterial abgelassen hatte. Renate neben ihr bildete sich auch noch sonst was darauf ein, dass Frau Kowalski sie beide lobte, weil sie Klassenbeste und darüber hinaus sportlich und gesund waren. Die dumme Kuh – Renate und nicht Frau Kowalski, obwohl die zehnmal eine dumme Kuh war – kam aus einem strammen NSDAP-Haushalt, die ganze Familie linientreue Nazis, bis hin zum Wellensittich, wie Gines Mutter stets lästerte. Als die Kowalski ihnen aber freudig verkündete, sie habe sie zum Landjahr angemeldet, da verging sogar Renate das Grinsen.

Landjahr. Das war das Schlimmste, was passieren konnte.

»Bloß gut, dass ich 'ne Niete bin«, sagte Matze und patschte ungelenk mit einer Hand auf Gines Wade. »Mich würden die nich mal dahinschicken, wenn meine Ollen dafür blechen würden.«

Gine lächelte. Sie war dankbar für den Zuspruch ihrer Freunde, die allesamt betroffene Gesichter gemacht hatten, als sie ihnen eröffnet hatte, was ihr bevorstand.

Sie gruppierten sich um die Plansche, die um diese Jahreszeit trockengelegt war. Sophia saß mit dem Rücken an den Seelöwen gelehnt, Gine hatte sich mit dem Kopf in ihren Schoß gekuschelt, Matze kauerte gleich daneben. Heini stand vor ihnen, fröstelnd, die Hände hatte er in seiner dünnen Jacke vergraben, die Beine, die unter seinen kurzen Hosen hervorkamen, zitterten blaugefroren. Heini trug die Hosen tagein tagaus, seine Mutter kümmerte sich allein um ihn und um die fünf Geschwister, für jahreszeitgerechte Kleidung war kein Geld da.

»Aber da jibbet vier Mahlzeiten am Tag«, sagte der Junge, und Gine konnte förmlich sehen, wie ihm das Wasser im Mund zusammenlief. »Könn wa nich tauschen? Det bisschen Arbeet mach ick mit links, wenn ick et dafür warm habe und wat inne Plauze.«

»Dann musst du aber auch ein Nazi werden«, mischte Sophia sich ein und guckte streng. Sie hatte gut reden, Juden wurden vom Landjahr ausgeschlossen.

Heini zuckte mit den Schultern. »Meinetwegen ooch dit. Hauptsache keen Hunger mehr.«

»Acht Monate sind gar nicht so lange.« Sophia strich Gine die blonden Haarsträhnen aus dem Gesicht. »Zu Weihnachten bist du wieder hier. Mit Muskeln, hart wie Kruppstahl.«

»Papperlapapp!« Matze stand auf und hielt Gine die Hand

hin. »Dein Vater wird der Kowalski Beine machen. Du bleibst hier, das ist beschlossene Sache.«

Gine nahm seine Hand und ließ sich von ihm hochziehen. Tapfer nickte sie. »Ich hoffe. Aufs Landjahr müssen ist schon schlimm genug. Aber ausgerechnet mit Renate, der doofen Ziege.«

Schulter an Schulter trotteten die vier Freunde über den Arkonaplatz. Die Sonne war mittlerweile hinter den Dächern verschwunden, außer ihnen trieben sich keine anderen Kinder draußen herum, und Gine wusste, dass ihre Eltern es nicht gerne sahen, wenn sie nach Einbruch der Dunkelheit um die Häuser strich. Andererseits vergaßen Angelika und Martin auch häufig, ihre Tochter rechtzeitig ins Bett zu schicken, wenn sie in ihren kreativen Tätigkeiten versanken. Gine war vernünftig oder auch müde genug, sich selbst ins Bett zu begeben, sie liebte es, in ihr Bett eingekuschelt zu lesen, bis ihr die Augen von selbst zufielen. Heute aber würde sie nicht zum Lesen kommen – Familienrat.

»Auf gar keinen Fall!« Gines Mutter hatte das Schreiben, das Lehrerin Kowalski Gine übergeben hatte, mit spitzen Fingern auseinandergefaltet, als könnte sie sich daran verbrennen. Jetzt führte sie ihre Zigarette zum Mund und zog so heftig daran, dass Gine hören konnte, wie das verbrannte Papier knisterte. Angelika Heuer warf das Schreiben auf den Tisch und fasste nach Gines Hand, die sie fest drückte. »Kommt gar nicht in die Tüte, mein Hase. Papa wird alles tun, damit die Kowalski dich nicht wegschickt.« Theatralisch verdrehte sie ihre Augen. »Ideologische Festigung, pah!« Schnaubte und stieß den Rauch durch die Nase aus. »Gehirnwäsche und Sklavenarbeit! Das ist doch die Wahrheit.«

Sie saßen zusammen an dem alten Holztisch im Atelier. Durch die Oberlichter schien der Mond. Gine legte ihren Kopf auf den Tisch und streckte ihrer Mutter den Arm hin, damit diese mit ihren langen, rot lackierten Fingernägeln darüberstrich, hin und her, hin und her, unendlich sanft. Wie sehr liebte sie diese zärtliche Geste! Früher war sie darüber eingeschlafen, aber jetzt war sie groß. Vierzehn Jahre alt und die Schule beendet. Ihre Eltern waren sich einig gewesen, dass sie nicht sofort eine Lehrstelle antreten sollte, sie wollten sie nach Dänemark zu Verwandten von Angelika schicken, damit die Tochter etwas von der Welt sah. Und nicht im Land der Nazis die prägendste Zeit ihres Lebens verbrachte. Aber zu diesem Dänemarkaufenthalt war es bis jetzt nicht gekommen, die Eltern redeten viel, aber die Durchführung von Plänen war ihrer beider Sache nicht.

Und genau dies war Gine nun zum Verhängnis geworden, der Laissez-faire-Stil ihrer Eltern. Oder der schlampige Künstlerhaushalt, wie Frau Kowalski sagte. Denn wer aufs Lyceum wechselte oder eine Lehrstelle antrat, dem blieb das Landjahr erspart. Die Kowalski war berüchtigt dafür, dass sie eine gefestigte Ideologin war, und wenn Hitler die Jugend zur Arbeit aufs Land befahl, war sie mit Feuereifer dabei, die besten ihrer Schüler dafür auszuwählen. Zwei bis drei pro Jahrgang, arisch mussten sie sein, gute Leistungen in der Schule bringen und gesund. Sophia hatte Gine schon vor ein paar Wochen gewarnt: »Deine Noten sind zu gut, pass bloß auf, dass die Kowalski dich nicht wegschickt. Besser, du gibst dir weniger Mühe.«

Aber Gine hatte die Warnung frohgemut in den Wind geschlagen, obwohl auch sie sich gut an Hans erinnerte.

Hans war im Jahrgang über ihr gewesen und im vergangenen Frühjahr von der Kowalski auserkoren, aufs Landjahr geschickt zu werden. Hans, der schmale, sensible Junge. Ein kluger Kopf, der Gedichte von Rilke auswendig hersagen konnte und die Zeitung seines Vaters las. Mit ihm hatte Gine heimlich BBC gehört und zu Swing-Musik im Kohlenkeller getanzt. Jetzt war er tot. Hatte sich in der Scheune des Hofes, auf dem er seine Arbeit im Landjahr ableisten musste, erhängt. Zuvor hatte er seinen Eltern flehende Briefe geschickt, dass er es dort nicht aushielt, dass sie ihn abholen sollten, er könne nicht mehr. Frau Lederlein, seine Mutter, lief wochenlang mit verweintem Gesicht herum aus Sorge um ihren Sohn. Doch der Gauleiter, in dessen Verantwortung es gelegen hätte, den Jungen zurückzuschicken, hatte abgelehnt.

Seitdem war das Landjahr unter den Schülern und Schülerinnen der Schule am Arkonaplatz berüchtigt. Gine würde nie vergessen, wie verächtlich Frau Kowalski über den verstorbenen Hans gesprochen hatte – das Landjahr sei eben nichts für Schwächlinge. Und sich selbst das Leben nehmen – dazu waren nur die Kranken fähig, die, bei denen was im Hirn nicht stimmte. Bloß gut, dass sich solche Individuen selbst aus dem gesunden Volkskörper entfernten.

Und nun hatte es Gine getroffen.

»Nur über meine Leiche«, sagte ihre Mutter und goss sich den dritten Kaffee in die Tasse, zäh und schwarz wie Teer. Steckte sich die nächste Zigarette zwischen die roten Lippen und warf mit einer ärgerlichen Bewegung den Kopf zurück, dass ihre Locken flogen. Sie war die schönste Frau der Welt, dachte Gine, hundertmal schöner als Lil Dagover oder Marika Rökk. Und ich möchte hierbleiben, bei meiner Mama, in diesem Atelier, wo es nach Ölfarbe und Staub und Holz, nach Ellis billiger Seife, dem teuren Parfüm meiner Mutter und dem

Whisky meines Vaters riecht. Wo sie an manchen Abenden auf der Chaiselongue in der Ecke des Ateliers lag, zugedeckt, die Katze zu Füßen und dort einschlief, weil ihre Eltern bis in die Nacht arbeiteten. Die Symphonien Gustav Mahlers begleiteten sie in den Schlaf oder die klagenden Lieder Schumanns, denen ihr Vater lauschte, während er malte. Gine wollte für immer hier oben bleiben, ihrer Mutter im Labor beim Entwickeln ihrer Filme helfen, jedes Mal von Neuem darüber staunen, wie sich das Papier im Entwicklerbad von Zauberhand verfärbte, geisterhafte Schemen erschienen, die sich zu Menschen und Städten und Landschaften formten, als wäre ihre Mutter eine Zauberin, die aus dem Nichts Welten zum Leben erweckte.

»Ich spreche morgen mit der Kowalski«, versprach Gines Vater, aber der Blick, den er seiner Frau zuwarf, sprach Bände – er machte sich wenig Hoffnung.

»Flöten hör ich und Geigen, lustiges Bassgebrumm. Junges Volk im Reigen tanzt um die Linde herum, wirbelt wie Blätter im Winde, jauchzet und lacht und tollt. Ich blieb so gern bei der Linde, aber der Wagen der rollt ...«

Renate neben ihr sang die Strophen voller Inbrunst, während Gine lediglich die Lippen bewegte. Sie saß gemeinsam mit dreißig anderen Mädchen im Bus auf dem Weg nach Pommern. Es hatte alles nichts genutzt, kein Einspruch ihrer Eltern war gehört worden, es war wie damals bei Hans Lederlein, dachte Gine und sah zum Fenster hinaus, krampfhaft bemüht, ihre Tränen zu unterdrücken. Das Lebensmotto ihrer Mutter war: »Lass sie niemals deine Schwäche sehen!« Sie predigte es, egal, um was es ging: Sei es der tyrannische Hausmeister, der die Künstlerfamilie wegen jeder Nachlässigkeit beim Vermieter anschwärzte, oder eine weitere bittere Absage eines Galeristen, seien es die Tageszeitungen, die ihre Mutter immer seltener als Fotoreporterin beschäftigten, weil sie eine Frau war, oder auch nur die Schulkameradinnen, die Gine und Sophia nicht mehr zu ihren Geburtstagen einluden. Zeige ihnen niemals deine Schwäche, das hatte Angelika ihrer Tochter auch bei der Umarmung zum Abschied ins Ohr geflüstert, bevor diese in den Bus gestiegen war. Tapfer verdrückte Gine ihre Tränen und nahm sich vor, dem Rat ihrer Mutter zu folgen, komme, was da wolle.

Acht Monate ohne Freunde. Ohne ihre Eltern und Karl, ihr Karnickel. Sie durfte keinen Besuch bekommen und auch keine Pakete von zu Hause. Lediglich Briefe und Postkarten waren erlaubt. Gine würde kein einziges Mal in den kommenden acht Monaten ihren Kiez besuchen dürfen, sie vermisste Berlin schon jetzt ganz gewaltig, dabei hatte der Bus die Stadtgrenze gerade erst hinter sich gelassen.

Lied um Lied stimmte die Gruppenführerin an, die vorne neben dem Fahrer stand und wie von innen angeknipst mit rotem Gesicht und strahlenden Augen auf die Mädelstruppe blickte. Gine hatte sich die anderen neunundzwanzig genau angesehen. Die meisten von ihnen schienen stolz darauf, dass sie zu den wenigen Auserwählten gehörten. Nur eine einzige machte ein patziges Gesicht und schien ebenso wie Gine nicht daran interessiert, ein Lied nach dem anderen zu schmettern. Sie hieß Henni, erinnerte sich Gine und blickte kurz nach hinten, wo das Mädchen saß. Henni fing ihren Blick auf, streckte ihr die Zunge raus und lachte dann. Gine zwinkerte ihr zu, dann richtete sie den Blick wieder aus dem Fenster.

Der April machte seinem Ruf alle Ehre, nachdem gestern noch die Sonne gestrahlt hatte, drückten heute die Regenwolken schwer auf das Land, Hecken und Säume duckten sich im scharfen Wind, die zarten Stämme der Birken, die entlang der Strecke wuchsen, bogen sich wie die Körper von Artisten, und die Greifvögel, die Gine hier und da erblicken konnte, suchten Zuflucht unter den kräftigen Ästen der Eichen, die die Reichsautobahn säumten.

Die Strecke von Berlin nach Stettin war in großen Teilen noch im Bau befindlich, immer wieder zuckelte der Bus im Schritttempo an Streckenabschnitten vorbei, an denen gebaut wurde. Männer mit Spitzhacken, die den Fahrbahnbelag der alten Straße mühsam aufhackten, große bullige Wagen mit dampfendem Teer, dessen beißender Gestank den Mädchen durch die geschlossenen Fenster in die Nasen stieg. Wann immer sie an einer dieser Baustellen vorbeikamen, riss die Gruppenführerin ihren rechten Arm in die Waagerechte und brüllte den Führergruß. Achtundzwanzig Mädchen taten es ihr gleich, nur Gine hob widerwillig ihren Unterarm an und murmelte Unverständliches. Henni dagegen, das sah Gine, als sie einen schnellen Blick über die Schulter zurückwarf, verschränkte demonstrativ die Arme.

Wassertropfen zogen eine ruckelige Bahn auf der Scheibe, Gine hauchte dagegen und malte in den milchigen Beschlag Gesichter.

»Frollein!«

Gine erschrak, die scharfe Stimme ließ sie aus den Gedanken hochschrecken.

»Wir sind hier nicht auf Ferienfahrt.« Die Gruppenführerin machte eine Geste zu Gines Malereien. »Wegwischen, mitsingen.«

Gine starrte die Frau an. Die war noch schlimmer als Frau Kowalski. Ob sie ebenso wie diese einen Rohrstock besaß?

Mechanisch wischte sie mit ihrem Ärmel über die Scheibe.

Die anderen stimmten nun »Am Brunnen vor dem Tore« an, und zum ersten Mal sang Gine wirklich mit. Es war eines der Lieblingslieder ihrer Großmutter, die sang es mit schönster Altstimme voller Inbrunst. Gine schloss die Augen, rief sich das Bild ihrer Großmutter vor Augen und ließ sich von der Melodie davontragen. So war es erträglich, dachte sie, sie musste es nur schaffen, sich woanders hinzuträumen.

Viele Stunden später erreichten sie ihr Ziel: den Gutshof der Familie von Wetzlaff. Er lag weit im Osten, unterhalb des Stettiner Haffs und war das »östlichste Anwesen westlich der Oder«, wie Agathe von Wetzlaff, die Gutsherrin, scherzte, als sie die Mädchen bei ihrer Ankunft in Empfang nahm. Natürlich waren die dreißig nicht auf dem Gutshof untergebracht, sondern in einem alten Gesindehaus, ein reichlich heruntergekommenes Gebäude »mit Geschichte«, so die Gutsherrin.

»So kann man es auch sagen«, hörte Gine Henni flüstern, und sie kicherte – was ihr augenblicklich einen bösen Blick der Gruppenführerin einfing.

In Reih und Glied standen sie neben ihren Koffern. Vor ihnen die von Wetzlaff, eine stramme Frau in Reitermontur, mit der Gerte unterstrich sie jedes Wort, das sie an die Gruppe richtete. Die Gruppenführerin machte ein strenges Gesicht und wachte mit Argusaugen darüber, dass keines der Mädchen aus der Reihe tanzte. Im Rücken der beiden Frauen war die Hakenkreuzfahne gehisst.

Nach ihrer kurzen Begrüßung wurde die Gutsherrin mit »Heil Hitler!« verabschiedet, ließ sich von einem Pferdeknecht auf den Gaul helfen und galoppierte davon. In den kommenden acht Monaten sollten die Mädchen sie kaum noch zu Gesicht bekommen, mit dem niederen Personal gab sich die Hochwohlgeborene nicht länger ab als nötig.

Die Mädchen wurden über die Regeln und den künftigen Tagesablauf aufgeklärt, Gine schwirrte der Kopf, sie konnte sich kaum merken, was sie alles nicht durfte – sehr vieles –, welche Rechte sie hatte – keine – und welche Pflichten – unzählige. Sie beschloss, einfach alles so zu machen wie die anderen auch, was nicht schwer war, denn genau das wurde von ihnen verlangt. Sie sollten zu einer Einheit verschmelzen, jegliche Individualität ablegen, ein einziger Mädchenkörper werden, der dem Willen eines einzelnen Mannes gehorchte – dem Adolf Hitlers in Form seiner Abgesandten, der Gruppenführerin. Diese ernannte zwei »Aufpasserinnen« aus der Gruppe, ältere Mädchen, beide waren BDM-Mitglieder, sie hatten die Aufgabe, Protokoll zu führen, darauf zu achten, dass alle in der Gruppe die Regeln einhielten, und falls nicht – sie bei der Gruppenführerin anzuschwärzen. Überhaupt wurden die Mädchen dazu angehalten, einander zu beobachten, zu kontrollieren und gegebenenfalls zu verpetzen, das war ausdrücklich gewünscht.

Nach dieser elend langen Vorrede wurden sie losgeschickt, ihre Stuben zu beziehen und ihre Kleidung zu wechseln. Ab sofort trugen sie alle das Gleiche: einfache karierte Baumwollkleider, manchmal mit Schürzen darüber, wenn es kühl war, graue Strickjoppen und hässliche Kniestrümpfe. Außerdem standen ihnen zwei Paar Schuhe zur Verfügung: Holzpantinen für die Arbeit auf Hof und Feld sowie lederne Schnürstiefel. Die Haare waren akkurat seitlich zu scheiteln und zu zwei Zöpfen geflochten zu tragen.

In der Kleiderkammer stapelten sich außerdem identische Kopftücher, weitere Kittelkleider, Unterwäsche aus kratziger Wolle und dergleichen Scheußlichkeiten mehr.

Zu ihrem großen Bedauern war Gine nicht mit Henni in

einer Stube, stattdessen mit Renate, die im Stockbett unter ihr schlafen sollte. Die Zimmer oder Kammern, wie sie treffender genannt wurden, waren winzig. Darin befanden sich zwei Stockbetten, an jeder Wandseite eines, je mit drei Betten übereinander. Schränke, Lampen, Spiegel – all das suchte man vergeblich. Dafür gab es das Gemeinschaftsbad, die Kleiderkammer und die große Umkleide. Nicht, dass eines der Mädchen auf die Idee kam, in ihrem eigenen Spind irgendetwas zu bunkern, das nur ihr allein gehörte. Kuscheltiere, Bücher, Fotos von Angehörigen – all das war »privater Tand« und somit verwerflich. Diese Dinge wurden ebenso wie die Kleidung, die die Mädchen bei ihrer Ankunft getragen hatten und die sie erst bei ihrer Abfahrt wieder tragen würden, in einem verschlossenen Raum aufbewahrt, dessen Schlüssel die Gruppenführerin an einem großen Bund an ihrem Gürtel trug.

Und auch sonst war der Alltag der Mädchen nicht für Rückzug oder kleine Fluchten gemacht. Morgens um fünf wurde der Tag mit infernalischem Krach eingeläutet: Die beiden Aufseherinnen waren dazu bestimmt, abwechselnd die Glocke im Treppenhaus zu bedienen, um die Mädchen zu wecken. Das haben sie nun davon, dachte Gine schadenfroh. Die so aus dem Bett Geworfenen hatten zehn Minuten, um aus den Nachthemden in ihre Unterwäsche zu schlüpfen, sich die Zähne zu putzen und zu waschen. Kalt natürlich, warmes Wasser stand in den acht Monaten nicht ein einziges Mal zur Verfügung. Vom ersten Glockenton bis zum Appell im Hof – barfuß, egal bei welchem Wetter – in nur wenigen Minuten alles zu erledigen war beinahe unmöglich, aber wer zu spät kam, wurde mit zehn Liegestützen extra bestraft. Dementsprechend kurz fiel die Körperhygiene der verschlafenen Mädchen aus.

Im Hof angekommen, mussten sie in Zweierreihen antreten – überhaupt mussten sie ständig wie kleine Soldaten in Formation antreten oder marschieren. »Im Gleichschritt, marsch«, brüllte die Gruppenführerin stets. Sie marschierten oder liefen hintereinander zu einer Wiese hinter ihrem Gesindehaus. Dort absolvierten sie den Frühsport. Kniebeugen, Rumpfbeugen, Liegestütze, Hampelmann, gymnastische Dehn- und Streckübungen. Die Gruppenführerin stieß zum Beginn jeder Übung einen schrillen Pfiff mit ihrer Trillerpfeife, die ihr um den dicken Hals hing, aus, und zum Ende der Übung wieder.

An den ersten Morgen glaubte Gine, die Sportstunde nicht zu überleben. Sie war hundemüde und fror. Es war April, der Boden noch steif vom letzten Frost. Alle Mädchen schlotterten vor Kälte, aber die Gruppenführerin war unbarmherzig und trieb sie noch strenger an, damit sie ins Schwitzen kamen und die Kälte nicht mehr spürten. Abhärtung war die Devise. Die Schmerzen durch die Muskelanspannung waren so stark, dass Gine nach ein paar Tagen nicht wusste, was schlimmer war: Muskelkater oder Kälte. Doch je länger sie die morgendliche Schikane ertragen musste, desto besser kam sie damit zurecht. Sie rettete sich damit, dass sie an ihre Freunde zu Hause dachte – die Stimme ihrer Mutter im Ohr: Lass sie nicht deine Schwäche sehen! – und sich vorstellte, was diese um die Uhrzeit wohl trieben. Sophia lag gewiss noch im Bett, Heini wickelte eines seiner kleinen Geschwister, Matze half dem Milchmann. Die Pfiffe der Gruppenführerin und ihre gebrüllten Anweisungen hörte Gine irgendwann nicht mehr, sie absolvierte die immer gleichen Übungen wie in Trance und träumte sich nach Berlin.

An einem Morgen aber geschah ein Wunder.

Es war ein früher Maitag, die Sonne hatte sich noch nicht in ihre goldene Rüstung geworfen, lediglich einige milchige Strahlen streckte sie aus, fahles Licht hinter dem Nebelschleier, der satt und träge auf den Wiesen lag. Die Luft roch nach Verheißung, nach einem warmen Frühlingstag, nach einem Tag, an dem Blumen ihre Knospen öffneten und sich duftend bereit machten für die Invasion der Hummeln und Schmetterlinge. Doch noch war es nicht so weit, noch hatte die frühe Stunde ihre lichte Decke über die pommerschen Auen gebreitet. Die Mädchen saßen im feuchten Gras und mühten sich mit der Gymnastik ab, als hinter der Gruppenführerin aus dem Nebel Gestalten hervortraten. Ein mächtiges Geweih war das Erste, was Gine sah. Ihr stockte der Atem, sie hielt in der Bewegung inne, als sie neben dem Geweih, das wie ein ferner Gruß aus der Welt der Mythen aus dem Nebel auftauchte, die Köpfe weiterer Hirsche wahrnahm. Schemen nur, ihre Umrisse verschwommen, aber eines nach dem anderen kristallisierte sich aus dem Dunst heraus.

Es waren sechs Tiere, neben dem Hirsch mit dem mächtigen Geweih noch ein weiterer und vier Hirschkühe. Ruhig und gelassen starrten sie zu der verschwitzten Mädchengruppe herüber, ihre großen schwarzen Augen brannten sich durch die weißen Nebelschleier. Außer Gine bemerkten auch die anderen Mädchen die Gruppe Rotwild, und sogar die Gruppenführerin, hinter deren Rücken sich die Tiere sammelten, spürte, dass etwas ganz und gar Außergewöhnliches vor sich ging. Anstatt die Mädchen weiter anzutreiben, wandte sie den Blick ab, hielt inne und drehte ihren Körper langsam, sehr langsam den Hirschen zu. Und so standen sie einander gegenüber und musterten sich. Still, ganz still, die einen wie die anderen. Die Gruppe Mädchen in ihren weißen langen Unterhemden und Unterhosen, mit roten Gesichtern und von der Feuchtigkeit gelockten Haaren, Schweiß stieg von ihren Körpern auf und verband sich mit dem Frühnebel. Die Wildtiere auf der anderen Seite, stolz und neugierig, verwundert, wer in ihr Terrain eingebrochen war. So plötzlich, wie das Rotwild aufgetaucht war, so rasch verschwand es. Wie auf ein geheimes Zeichen stoben die Tiere in geordneter Formation davon, sprangen anmutig über das feuchte Gras, aber Gine spürte das feine Beben, das ihre schweren Körper im Boden auslösten. Sie selbst vibrierte, wurde in Schwingung versetzt, fühlte sich eins mit den Hirschen, die das Schönste waren, was sie bis dahin jemals gesehen hatte. Gine, das Stadtkind vom Arkonaplatz.

Die erste Zeit verging zäh. Gine fand sich nur schwer ein in den immer gleichen Tagesablauf, in die Tätigkeiten, die ihnen auferlegt waren. Sie vermisste ihre Freunde, den Schlagabtausch und die Unternehmungen, am meisten die, die verboten waren. Natürlich versuchten die Landjahr-Mädchen auch untereinander Geplänkel, Witze, Neckereien. Aber während all dem waren sie stets auf der Hut. Ein falsches Wort, und eine Notiz ging an die Gruppenführerin. Eine kleine Träumerei während der Arbeit – Eintrag ins schwarze Notizbuch. Kichern, wenn es nicht angebracht war – Verwarnung. Nichts von den Frotzeleien der Kinder aus ihrem Kiez, in dem Gine groß geworden war, blitzte hier auch nur auf.

Sie vermisste ihre Eltern, so schmerzlich, dass sie sofort schrecklichen Druck auf der Brust verspürte, sobald sie an sie dachte. An die dichten Zigarettenschwaden, die durch das helle Atelier zogen. Die politischen Diskussionen und Wortgefechte, die sich ihre Eltern mit Freunden lieferten, wenn sie trinkend und rauchend um den Holztisch im Atelier saßen, umrahmt von den furchterregend intensiven Bildern des Vaters. Gine sehnte sich danach, dort zu liegen, in der Ecke auf der Chaiselongue, und sich schlafend zu stellen. Ihr fehlte die abendliche Lektüre im Bett, das trocken raschelnde Geräusch, das die Seiten machten, wenn sie umblätterte, mit schweren Lidern, noch eine Seite, nur noch eine, aber ach! Es war so spannend! Kara Ben Nemsi, der die Schluchten des Balkans durchquerte. Oder Tom Sawyer, wie er beschloss, Pirat am Mississippi zu werden. Dieser Name allein: Mississippi!

Wenn sie abends todmüde in ihrem Stockbett lag, die Knochen zerschlagen von der Arbeit, träumte Gine sich an die Ufer des mächtigen Flusses oder in eine Karawanserei. Ihr fehlte die Poesie ihrer Bücher, auf dem Gut der von Wetzlaffs war das Leben nur hart. Es wurde geschuftet bis zum Umfallen, was den einzigen Vorteil hatte, dass sie abends hundemüde war und die Augen zumachte, sobald die Sonne unterging. Gine hätte gar nicht lesen können, selbst wenn sie gewollt hätte, und den anderen Mädchen schien es ebenso zu gehen.

Manchmal flüsterten sie miteinander, eine jede in ihrem Bett liegend, auf der Strohmatratze, die sie selbst hatten füllen müssen und deren Halme überall durch den groben Stoff stachen. Sie erzählten sich Geschichten, Dinge, die sie beobachtet hatten: Habt ihr gesehen? Die von Wetzlaff muss einen Reitunfall gehabt haben! Kennt ihr schon die Karpfen im Teich, was für Kawenzmänner. Die Kartoffelsuppe war widerlich, ich hab das Fleisch herausgepult, das war ja schon grün.

Unverfängliches, nichts, was man am nächsten Tag verpetzen konnte. Manchmal erzählten sie einander aus ihren Leben zu Hause, Gine hielt sich bedeckt, dünnes Eis.

Diese abendlichen, geflüsterten Gespräche fühlten sich nach etwas Nähe an, nach Vertrautheit, sodass zwischen den Mädchen in einer Stube eine besondere Kameradschaft entstand, die über das Gemeinschaftsgefühl hinausging. Denn tatsächlich ging die Rechnung dessen, der sich das Landjahr ausgedacht hatte, auf: Sie fühlten sich zusammengehörig. Eine Leidensgemeinschaft. Ein Mädchenkörper, ausgeschlossen von dem Leben auf dem Gutshof, aber verschworen untereinander.

Die Verschworenheit hatte Grenzen, sobald die Gruppenführerin in ihrer Nähe war. Dann galt es, sich hervorzutun, bloß nicht ihren Argwohn zu erwecken, um möglichen Schikanen zu entkommen. Und womit konnte man sich wichtiger machen als mit dem eigenen, bedeutenden Elternhaus?

»Das war ein Sechzehnender, ich hab's genau gesehen.«

»Was weißt du schon?«

»Mein Vater ist Jagdaufseher. Der geht mit Göring jagen.«

»Ach was, mit dem gehen viele jagen. Ist nichts Besonderes.«

»Und ob! Ich wette, dein Vater war noch nie in Carinhall.«

»Aber mein Vater ist ein hohes Tier im Propagandaministerium.«

Damit hatte das Mädel den Vogel abgeschossen, die anderen verstummten und löffelten andächtig ihre Suppe. Propaganda, das war schon was.

»Ihr seid alle auserwählt«, mischte sich die Gruppenführerin ein, »weil ihr die neue Generation eines gesunden Volkes repräsentiert. Aus euch formt sich der neue Volkskörper. Eine arische Rasse, den anderen überlegen. Deshalb kommt ihr alle aus einwandfreien Familien. Keine muss sich über die andere stellen.«

»Warum ist Henni dann hier?« Das fuchsgesichtige Mädel mit den stumpfen Haaren. Gine machte instinktiv einen Bogen um sie, und nun zeigte sich, dass sie recht daran getan hatte. »Die Mutter ist 'ne Prostituierte.«

Kollektives Atemanhalten. Die Gruppenführerin sah zu Henni und kniff die Augen zusammen.

Henni dagegen ließ den Löffel in die Suppe platschen und richtete sich kerzengerade auf. »Na, und wenn schon?« Triumphierend blickte sie in die Runde. Gine bewunderte sie, dass sie Haltung bewahrte, aber sie sah auch, dass es Henni große Kraft kostete. Ihre Finger verkrampften sich, das Weiße der Knöchel trat hervor.

Die Gruppenführerin war sichtlich überfordert. »Essen ist beendet. Tisch abräumen, aber zackig!«

Rasch kamen die Mädchen ihrem Befehl nach, sie wollten alle aus der unguten Situation heraus.

Als Gine ihren Teller in die Küche brachte, hörte sie, wie Renate einem anderen Mädchen zuflüsterte: »Gines Eltern sind Künstler. Das ist auch nicht besser.« Die beiden kicherten. Aber Gine formte, als Renate ihr einen erschrockenen Blick zuwarf, die Worte »Ich hasse dich« stumm mit den Lippen.

Am Abend, als sie von der Feldarbeit zurückkamen – Unkraut jäten auf dem Kartoffelacker – und zum Essen strebten, saß Henni nicht am Tisch. Stattdessen beobachtete Gine, wie das Mädchen den Hof schrubbte. Sie scheuerte die Pflastersteine mit einem harten Besen. Goss Wasser auf die Steine, schrubbte den Dreck erst auf den Knien fort, dann schüttete sie erneut Wasser drüber und fegte das Wasser von den Steinen.

Alle konnten sie schuften sehen. Keine sagte ein Wort. Aber Gine nahm zwei Stücke Brot und ein wenig harten Käse und versteckte es unter ihrer Kittelschürze.

Sie schaffte es, noch bevor sie alle auf die Kammern geschickt wurden, unbemerkt in das Zimmer zu schlüpfen, in dem Henni schlief. Die anderen Mädchen waren in der Umkleide, machten sich für die Nacht zurecht, Gine schob die Beute vom Abendessen unter Hennis Kopfkissen. Als sie aus dem Zimmer kam, stand Renate im Flur und sah sie an.

Gine erwiderte den Blick.

Stumm starrten sie einander an, Gines Herz klopfte bis zum Hals. Renate würde sie verpetzen. Ganz gewiss. Egal, dachte sie und schob sich schließlich wortlos an ihrer Schulkameradin vorbei, ich habe ein gutes Werk getan und kann nur hoffen, dass Henni etwas isst, bevor man es ihr wegnimmt.

Aber nichts geschah. Henni, die nicht wusste, wem sie Brot und Käse unter ihrem Kopfkissen zu verdanken hatte, ließ sich nichts anmerken, fragte auch nicht herum.

Renate schien tatsächlich den Mund gehalten zu haben, wahrscheinlich, so argwöhnte Gine, um bei passender Gelegenheit etwas gegen sie in der Hand zu haben.

Fast zwei Monate waren sie bereits auf dem Gut derer von Wetzlaff, als ihre tägliche Routine aus Morgenappell, Frühsport, Arbeitseinsatz, Mittagessen, Gesinnungslehre, Hauswirtschaft oder anderen Lerneinheiten, die sie später dazu befähigen sollten, eine treu sorgende und ideologisch gefestigte Hausfrau und Mutter zu sein, Abendbrot und Nachtruhe unterbrochen wurde. An einem drückenden Tag Ende Mai, viel zu heiß für die Jahreszeit, entschied die Gruppenführerin, dass sie eine Wanderung ans Haff unternehmen sollten. Schwarze Badekleidung wurde ausgegeben und für jede von ihnen ein Handtuch. Dann marschierten sie, wie immer im Gleichtakt, ein Wanderlied auf den Lippen, los.

Gine fühlte sich, als sei Weihnachten mit ihrem Geburtstag zusammengefallen. Zwar waren die Mädchen auf dem Gutshof nicht eingesperrt, aber sie waren auch nicht frei hinzugehen, wohin sie wollten. Ihr streng getakteter Tagesablauf ließ kleine Fluchten nicht zu, die Androhung drakonischer Strafen tat ein Übriges. Der Gutshof selbst hielt anfangs für die Berliner Stadtkinder jede Menge Unbekanntes parat, die Kühe im Stall, die Katzen, die überall herumstromerten, weil sie Mäuse und Ratten fangen sollten, stattdessen vermehrten sie sich rasant, ständig war irgendwo ein Wurf mit kleinen Kätzchen zu bestaunen, der anderntags allerdings vom Erdboden verschwunden war. Gine machte Bekanntschaft mit unzähligen Vogelarten, wurde am Morgen von dem hellen Flöten und Trillern der Singdrossel geweckt, lauschte dem eintönigen Zilpzalp des gleichnamigen kleinen Vogels, ließ sich bei der Feldarbeit von den Lerchen hoch oben in der Luft verspotten und beobachtete fasziniert die ersten Flugversuche der Störche, die ihre Nester auf jedem Gebäude des Hofes errichtet hatten.

Die Mädchen fütterten Hühner und mästeten Gänse, säuberten den Schweinekoben und warfen dem Hofhund Stöckchen. Allein die Stallungen mit den edlen Zuchtpferden blieben ihnen versagt. Sie kannten die Obstbäume auf den Wiesen, deren Blütenfülle üppige Apfel-, Birnen-, Kirsch- und Pflaumenernte versprach. Waren vertraut mit den sandigen Äckern, gelb und braun, jetzt von zaghaftem Grün, die sich bis zum Waldsaum erstreckten.

Aber die Wege, die sie nun entlangliefen, waren fremd, neu, schmeckten nach Freiheit und mehr davon, und Gine ließ fasziniert den Blick in den hohen weiten Himmel schweifen, der, so kam es ihr vor, sich zum Haff, zur Ostsee hin, weitete und von intensiverem Blau war. Sie bückte sich auf dem sandigen Waldweg, der in sanften Hügeln durch Heidekraut, Brombeerranken und Holunderbüsche führte, unter rauen Fichten und knorrigen Steineichen verlief, und nahm eine Handvoll

Walderde, die sie andächtig durch ihre Finger rinnen ließ. Und als sie schließlich ihr Ziel erreichten, bohrte sie glücklich ihre Zehen in den Sand, fein und weich, der die kleine Bucht säumte. Der schmale Sandstrand war nicht einsehbar, rundherum wuchs hohes Schilfgras. Dort sollten sie sich nicht hineinwagen, warnte die Gruppenführerin. Nicht nur, weil sie Teichhühner und Rallen, Stockenten und Blessgänse bei der Brut stören würden, hier war der Boden Morast, es bestand Gefahr, stecken zu bleiben und knietief zu versinken. Die Mädchen kreischten aufgeregt, schmissen ihre Handtücher in den Sand und wateten mit staksigen Beinen in das kalte Wasser.

»Nicht so kalt wie die Ostsee«, befand eine der Aufseherinnen fachmännisch und erklärte, dass sie mit ihrer Familie jedes Jahr Urlaub in Heringsdorf machte.

Gine hatte keinen Schimmer vom Meer. Sie kannte den Wannsee und den Müggelsee. Das Wasser im Stettiner Haff war klar, die Kälte raubte ihr erst den Atem, aber wenn man nur lange genug an einer Stelle stand, gewöhnte man sich rasch daran.

Der Badeausflug war selbstredend nicht dazu gedacht, zu planschen und sich zu sonnen, kein Müßiggang für die Mädchen. Stattdessen gab die Gruppenführerin die Parole aus, dass sie bis zur Boje schwimmen sollten, die weiter draußen, mit dem bloßen Auge gerade noch sichtbar, fröhlich auf den zarten Wellen tanzte. Einmal rundherum, dann wieder zurück ans Ufer. Wer schummelte und abkürzte, wurde disqualifiziert. Wer von den Mädchen nicht schwimmen konnte, und das waren einige, musste gemeinsam mit der Gruppenführerin den Wettkampf überwachen.

Sie stellten sich – welch Überraschung – in Reih und Glied an der Wasserkante auf, ein Pfiff, und die Mädchen stürmten ins Wasser. Kreischend und prustend, dann mit verbissen ehrgeizigen Zügen.

Gine, die gerne schwamm und sich etwas auf ihre Ausdauer zugutehielt, lag im Mittelfeld, Ehrgeiz, zu gewinnen, hatte sie nicht. Sie wollte im Gegenteil so lange im Wasser bleiben, wie es ihr möglich war, also ließ sie sich etwas zurückfallen und den anderen den Vortritt.

»Komm, wir schwimmen zur Insel«, hörte sie Hennis Stimme hinter sich. Gine wandte den Kopf und sah, wie Hennis braune Augen sie anblitzten.

»Das gibt Ärger«, entgegnete sie.

Aber Henni lachte nur. Bekam Wasser in den Hals, hustete und lachte weiter. »Na und? Was ist schon ein bisschen Ärger gegen ein bisschen Freiheit?«, fragte sie und nahm, hast du nicht gesehen, Kurs auf die kleine Insel unweit vom Ufer.

Gine zögerte, stellte ihre Schwimmbewegungen ein, trat auf der Stelle, sah erst hinter Henni her, die ihr einfach davonschwamm, und dann auf die anderen Mädchen, die energisch auf die Boje zuhielten. Was soll's, dachte sie, Henni hat recht. Ein bisschen Freiheit! Zügig schwamm sie dem dunklen Haarschopf hinterher und hatte Henni bald eingeholt, die keine geübte Schwimmerin zu sein schien.

Schnell hatten sie das winzige Eiland erreicht, in ihrem Rücken ertönten die Trillerpfeife und aufgeregte Rufe.

»Lass sie«, grinste Henni und stand auf. Sie hatten jetzt Boden unter den Füßen, das Wasser reichte ihnen bis zur Hüfte, sie wateten den restlichen Weg ans Ufer. »Die können sowieso nichts machen, die alte Ziege kann garantiert nicht schwimmen, wetten?«

Gine traute sich kaum, einen Blick zurück zu riskieren, stattdessen erklomm sie neben Henni einen großen Findling, der aus dem Wasser ragte. Seine Oberfläche war warm, die Sonne hatte ihn aufgeheizt, die Mädchen kauerten sich schlotternd nebeneinander. Die Insel war keine richtige Insel, nicht so wie die von Robinson Crusoe und Freitag, ein weiteres Buch, das Gine zu Hause verschlungen hatte, sondern war ganz und gar mit Röhricht bewachsen, sodass sie sie nicht betreten oder sich dort in die Sonne legen konnten.

»Die dummen Gänse«, lachte Henni und warf den Kopf zurück, »als gäbe es was zu gewinnen.«

Gine beobachtete jetzt auch die Kolonne der Schwimmerinnen, die bald das Ufer erreicht haben würde. Die Gruppenführerin gestikulierte aufgeregt, rief etwas zu ihnen herüber, aber sie war zu weit entfernt, kein Wort kam bei ihnen an.

Die Sonne, die jetzt hoch am Himmel stand, streichelte Gine die Gänsehaut fort, genüsslich streckte sie sich der Länge nach auf dem warmen Stein aus. Dieser Moment, fast allein, ohne Gruppe, ohne Befehle, einfach nur Müßiggang, träge in der Sonne liegen und in den Himmel blicken, war köstlich. Beinahe so viel wert wie der Anblick der Rotwildherde, dachte Gine und schloss glücklich die Augen.

»Lass uns zurückschwimmen«, meinte Henni, nachdem sie ihre Freiheit für einige Minuten ausgekostet hatten. »Wir haben bekommen, was wir wollten. Oder nicht?«

Was sie vor allem bekamen, aber nicht wollten, war eine bittere Strafarbeit. Latrinendienst für die nächsten vier Wochen.

Es war ekelerregend. Gine half es auch nicht, an den Wahlspruch ihrer Mutter zu denken, ihr liefen die Tränen übers Gesicht, während sie mit Eimern die Grube unter den Donnerbalken leeren mussten. Zu Hause hatten sie das Klo auf halber Treppe – selbstverständlich mit Wasserspülung! Ein

Plumpsklo, das kannte Gine nur noch von ihrer Großmutter. Henni und sie hatten sich Kampfersalbe unter die Nase geschmiert und trugen Tücher vor Mund und Nase, aber es half alles nichts, der unerträgliche Gestank drang überall durch. Am schlimmsten aber war für Gine, dass sie der üble Geruch auch begleitete, wenn sie sich abgeseift und geduscht hatte. Sie hatte das Gefühl, er dringe durch ihre Poren, hinge im Haar. Sie schlief damit ein und wachte damit auf. Dass sie diese entsetzlichste aller Arbeiten überhaupt durchhielt, lag an Henni. Gine fragte sich, wie das Mädchen das machte. Sie schien gegen alles immun – gemeine Kommentare ebenso wie drakonische Strafen. Auf ihre Frage sagte Henni: »Das ist der Preis der Freiheit. Wenn Freiheit nichts kosten würde, dann wär sie auch nichts wert.«

Gine schwieg und sah die Gleichaltrige voller Bewunderung an. Diese Weisheit könnte von ihrer Mutter stammen, wie konnte es sein, dass eine Vierzehnjährige diese Erkenntnis von der Welt haben konnte? Denn es war keineswegs so, dass Henni diese Sprüche irgendwo aufgeschnappt hatte und nachplapperte, nein, sie schien tatsächlich über den Dingen zu stehen. Zwar schimpfte sie wie ein Bierkutscher, während sie Eimer für Eimer aus der Latrine zur Sickergrube trug und sie gemeinsam mit Schmierseife den hölzernen Toilettenbalken schrubben mussten, aber sie schien viel weniger davon in ihren Grundfesten erschüttert als Gine. Diese hätte Henni zu gerne danach gefragt, ob es stimme, dass ihre Mutter eine Prostituierte war und ob sie auch einen Vater hatte. Doch Henni schmetterte alle Fragen nach ihrem Elternhaus ab. Das Einzige, was Gine über sie in Erfahrung hatte bringen können, war, dass Henni im Wedding wohnte und dort zusammen mit der Fuchsgesichtigen die Schule besuchte.

Gine schien die Einzige zu sein, die eine Faszination für das Mädchen hegte, die anderen schlossen Henni systematisch aus, unterhielten sich nicht mit ihr, drehten ihr den Rücken zu, wenn sie in ihre Nähe kam, und benahmen sich überhaupt, als handle es sich um eine Aussätzige. Gine dagegen konnte an ihrer neuen Freundin nichts Falsches finden – außer, dass das Mädchen über einen großen Wortschatz unflätiger Schimpfworte verfügte, die Gine befremdlich fand.

Nicht nur der Latrinendienst und der damit verbundene Gestank schienen Gine mehr und mehr zur Außenseiterin zu machen, auch ihr Kontakt zu Henni führte dazu, dass sie sich von den anderen Mädchen abgelehnt fühlte. Gine wusste nicht einmal, ob ihr das etwas ausmachte. Sie hasste das Landjahr, sie hasste bis auf wenige Ausnahmen die Arbeit, und sie hasste vor allem den glühenden Fanatismus, den die anderen Mädchen an den Tag legten. Letztens hatten sich sogar zwei von ihnen darum gestritten, wer am Morgen die Hakenkreuzflagge hissen durfte! Derartiges wäre Gine niemals in den Sinn gekommen.

Seit sie sich mit Henni die Ungeheuerlichkeit geleistet hatte, sich den Anweisungen der Gruppenführerin zu widersetzen, begann eine neue Zeitrechnung für Gine. Henni war die Meisterin der Schlupflöcher. Sie wusste, wie man sich vom Heumachen wegstahl, um mit den Katzen zu spielen. In der Küche klaute sie wie eine Elster, ohne dass es jemandem auffiel. Sie hatte von irgendwoher Tabak organisiert, machte ein großes Geheimnis darum und verführte Gine zu ihrer ersten – grauenvollen – Zigarette. Jeden Morgen wachte Gine auf und fragte sich, was Henni aushecken würde. In den wenigsten Fällen wurde Henni bei ihren kleinen Fluchten und Verbrechen erwischt, und wenn, dann nahm sie jeden Tadel, jede Strafe achselzuckend auf sich.

Hennis Widerstand versüßte Gine die Tage.

Aber noch etwas veränderte sich. Noch konnte Gine es nicht einsortieren, war die Entwicklung gut, war sie schlecht? Aber sie entschied sich dafür, es anzunehmen, wie es kam.

Es geschah manchmal – und gar nicht so selten –, dass sich die Mädchen in den Schlaf weinten. Jede von ihnen hatte das erlebt, immer war es ein anderes Stockbett, aus dem das leise, vom Kissen erstickte Schluchzen kam. Alle waren sie erschöpft, die Tage waren selten freudvoll, ihre Körper waren zerschlagen, die Hände schrundig von der Arbeit, ihre zarte Mädchenhaut von der Sonne verbrannt. Die Lippen rissig und das Herz leer, so fielen sie abends in ihre Betten. Auch Gine hatte schon geweint, mehrmals, nicht immer gelang es ihr, sich zu ihrer Oma, ins Atelier, in die Mandschurei oder zu Tom in die Südstaaten zu träumen. Auch der Hirsch, an den sie jeden Abend ein stummes Gebet richtete – der Text war simpel: »Bitte, hol mich hier heraus!« –, half ihr nicht immer über die schwere Zeit.

Am häufigsten aber erklang das Weinen aus dem Bett unter ihr, dort, wo Renate schlief. Auch sie war bestrebt, ihre Seelenlage vor den anderen zu verbergen, aber Gine hörte es trotzdem.

In einer Nacht wurde Gine sogar davon geweckt. Renate gab sich kaum Mühe, ihr Weinen zu verbergen, sie wimmerte verzweifelt, und Gine hörte ihr an, dass das seit Stunden so gehen musste. Zunächst versuchte Gine, sich dagegen hart zu machen, wieder einzuschlafen. Sie drehte sich mal auf das rechte, mal auf das linke Ohr, aber es half alles nichts – Renates Leid zerriss ihr das Herz. Schließlich schlug Gine die Decke zurück und krabbelte zu ihrer Schulkameradin ins Bett. Streichelte ihr die Schulter und machte leise, beruhigende Töne. Renate aber rückte ein Stückchen an die Wand, nahm Gines Hand, die hinter ihr lag, und legte sie sich um die Hüfte. Hielt sie fest, ihr Atem wurde gleichmäßiger, das Wimmern erstarb. Sie fand in den Schlaf. Gine gab schließlich den Widerstand auf. Sie kuschelte sich an Renates Rücken, legte die Decke über ihrer beider Mädchenkörper und spürte, wie gut ihr die Nähe eines anderen Menschen tat. Nur wenige Atemzüge, dann schlief auch sie.

Am Morgen beeilte sie sich, in ihr Bett zurückzukrabbeln, in der Hoffnung, dass niemand sie gesehen hatte, aber an den verschwörerischen Blicken der anderen Mädchen aus ihrer Stube erkannte sie, dass ihr Tun nicht unbemerkt geblieben war. Es verpetzte sie jedoch niemand. Stattdessen grinsten die anderen verschämt, und Gine begriff, dass es ihnen allen gleich ging. Sie sehnten sich nach menschlicher Wärme und Trost.

Von da an geschah es häufiger, dass sich Gine, sobald Renate weinte, zu ihr legte. Die Betten waren schmal, nicht dazu gedacht, dass zwei Menschen in ihnen schliefen, aber die dünnen Mädchenkörper drängten sich fest aneinander, sodass der mangelnde Platz durch die tröstende Gegenwart der anderen wettgemacht wurde.

Sie sprachen nicht miteinander, doch sie atmeten im Gleichtakt und hielten einander bei den Händen.

Ein einziges Mal nur hatte Renate ihren Kopf zu Gine gedreht und ihr etwas zugeflüstert. »Pass auf mit Henni.«

Gine schwieg. Renate war gewiss eifersüchtig. Sie und Henni – das waren weit voneinander entfernte Pole.

»Sie macht Dinge«, flüsterte Renate weiter.

Gine sah im Dunkln das Weiß ihrer Augen. »Was meinst du?«, fragte sie nun doch zurück.

Renate öffnete den Mund, wollte etwas antworten, schüttelte dann aber leicht den Kopf und drehte sich wieder ab. »Sei einfach vorsichtig.«

Obwohl Gine versuchte, Renates Bemerkung zu vergessen, war der Samen gelegt. Sie wurde misstrauischer, beobachtete Henni, aus der sie nie richtig klug wurde. Zwar bezog Henni ihre neue Freundin Gine immer wieder in ihre kleinen Fluchten mit ein, aber diese wurde das Gefühl nicht los, dass Henni sie gleichzeitig auch auf Abstand hielt. Henni hatte Geheimnisse, so viel war gewiss. Sie verschwand manchmal unbemerkt, wie auch immer sie es schaffte, dass nicht einmal die beiden Aufseherinnen oder die Gruppenführerin – die das Mädchen mit Argusaugen überwachte! – ihr Fehlen bemerkten, aber Gine entging es nicht. Auch rückte Henni nicht mit der Sprache heraus, woher sie den Tabak, manchmal sogar richtige Zigaretten, hatte. Wenn Gine sie fragte, lachte sie nur.

Und dann ging unter den Mädchen das Gerücht herum, dass Henni sich des Nachts aus der Kammer stahl, wenn alle schliefen. Der Vorgang wurde gemeldet, aber es ließ sich nichts beweisen. Henni glitt wie ein Fisch durch alle Maschen.

»Warst du schon mal bei den Pferden?«, fragte Henni, als sie und Gine hinter der Scheune saßen und sich eine kleine Pause von der Küchenarbeit – es war Brotbacktag – gönnten. Im Landjahr oder ihrer »Ausbildung«, wie die Gruppenführerin es nannte, wurden die Mädchen darin geschult, alles, was sie im Haushalt benötigten, selbst herzustellen. So hatten sie die Felder gepflügt, Roggen, Gerste und Weizen ausgesät und Unkraut gejätet. Bald brach die Getreideernte an, dann mussten sie das Korn trocknen und dreschen, Heu binden und in der Scheune stapeln.

Sie fuhren auf dem Ochsenkarren Säcke mit Getreide aus dem Vorjahr zum Müller und halfen ihm in der Mühle. Aus dem Mehl buken sie Brot, riesige Laibe, die zum größten Teil auf dem Gutshof verbraucht wurden, nur ein paar durften die Mädchen zur eigenen Verpflegung behalten. Die Arbeit war anstrengend, der Roggensauerteig zäh und schwer, er klebte an den Händen, und man musste viel Kraft aufwenden, um die Teiglinge geschmeidig zu kneten. Vor den Holzöfen, in die das Brot geschoben wurde, herrschte unerträgliche Hitze – und das im Sommer, es war Mitte Juni, und die Temperaturen nahmen Tag für Tag zu. Auf der anderen Seite ermöglichte der Tag in der Backstube mehr Freiheiten als zum Beispiel die Feldarbeit. Während die Laibe im Ofen buken, konnten die Mädchen eine kleine Auszeit nehmen.

Und so saß Gine neben Henni, den Rücken an den warmen Backstein des Gebäudes gelehnt, die Kätzchen spielten zu ihren Füßen, und einer der Hofhunde schlief unter dem Ahornbaum am Brunnen im Schatten. Ein Idyll, wenn man es nicht besser wusste, dachte Gine.

»Bei den Pferden?«, gab sie verwundert zurück. »Aber da dürfen wir nicht hin.«

Henni zuckte mit den Schultern. Sie knabberte an einem Strohhalm und pulte sich den Sauerteig unter den Fingernägeln heraus. »Ich war jedenfalls schon mal da.«

»Wann warst du da?«

»Ist doch egal.«

»Ist es nicht. Wie bist du in den Pferdestall gekommen?«

»Ich kann dich mal mitnehmen, wenn du willst.«

Und da war es wieder. Mit zusammengekniffenen Augen musterte Gine das Mädchen neben sich. Kein Zweifel. Henni wich ihr aus und hatte Geheimnisse.

»Ach nö«, antwortete sie. »Da bin ich gar nicht scharf drauf. Gibt nur Ärger.«

»Na denn.« Henni stand auf und hüpfte davon.

Gine sah ihr nach. Sie wurde aus dem Mädchen nicht schlau.

Der große Tag der Sommersonnenwende stand bevor. Schon seit Tagen trugen die Knechte Holz auf die Wiesen, wo das Johannisfeuer gefeiert werden sollte. Sie errichteten hohe Stapel, fünf an der Zahl. Stolz berichtete die Gruppenführerin, dass die Gutsfamilie von Wetzlaff das ganze Dorf und Bauern aus der Umgebung zu den Feierlichkeiten lud, und auch die Landjahr-Mädels durften daran teilnehmen. Nicht ohne ihren Teil dazu beizutragen natürlich. So banden sie Kränze, die später zum Totengedenken in das Feuer geworfen wurden. Kräutersträuße, die ebenfalls angezündet wurden und deren aromatischer Duft reiche Ernte und Gesundheit bringen sollte. Außerdem studierten sie Volkstänze und Lieder ein – Gine schämte sich schrecklich, wenn sie sich vorstellte, dass sie diese vor den vielen Menschen vorführen mussten. Außerdem sollten sie dabei seltsame Kostüme tragen, natürlich selbst genäht, die an die Bauerntrachten der Umgebung angelehnt waren. Zum Glück konnten ihre Freunde vom Arkonakiez sie nicht sehen, die hätten sich die Bäuche gehalten vor Lachen. Und ihre Mutter erst. Ihre schicke Mutter, die so viel auf elegante Erscheinungsweise hielt, die stets aussah wie aus den Modemagazinen entsprungen, die ihr die Verwandten aus Dänemark schickten. Die so geschickt war, dass sie jeden alten Lumpen, jedes scheußliche Kleidungsstück zu etwas umarbeitete, das anschließend aussah, als sei es aus Paris. Was hätte ihre Mutter gesagt, würde sie Gine sehen, in diesem plumpen Kleid mit Schürze, dem Kopftuch aus Rupfen, rundherum mit etwas bestickt, das Blumen darstellen sollte, aber eher nach ungeschickten Klecksen eines Kindes aussah. Wenn sie sehen würde, wie ihre Tochter sich drehen und einen Reigen tanzen musste – in klobigen Holzpantinen. Sie hätte entsetzt die Hände über dem Kopf zusammengeschlagen.

Die meisten der anderen Mädchen schienen große Vorfreude zu empfinden, was daran lag, dass zumindest die, die im Bund Deutscher Mädel waren, bereits Sonnenwendfeiern mitgemacht hatten und wussten, was sie erwartete. Nicht so Gine – ihre Eltern machten einen großen Bogen um völkische Feste und überhaupt alles, was mit dem Führer und seiner Gefolgschaft zusammenhing.

Trotz der ihr von den Eltern eingeimpften Skepsis ergriff auch Gine kribbelige Erwartung, je näher der Tag rückte. Mit leuchtenden Augen hatten einige Mädchen von den großen Feuern erzählt, deren Funken in den weiten Himmel tanzten, vom Brauch, über das Feuer zu springen, von dem Gefühl der Erhabenheit, das einen ergriff, wenn man den längsten Tag des Jahres verabschiedete. Die Sonnenwendfeuer wurden überall im Land groß gefeiert, angeblich ein altgermanischer Brauch. Renate erzählte ihr, dass sie im vergangenen Jahr mit dem BDM an einem großen Feuer an der Wuhlheide teilgenommen hatte, ihre Augen leuchteten, sie schwärmte vom Gemeinschaftsgefühl, von der Schönheit der riesigen Feuer, die von einer neuen Zeit kündeten, von der Gesellschaftsordnung, die einen jeden anzündete und mitriss, und niemals sonst könne man den kommenden Aufbruch des Deutschen Reiches so sehr spüren wie an der Sonnenwendfeier.

Als der großen Tag gekommen war, wurde Gine doch von Vorfreude ergriffen, auch wenn sie sich hundert Mal sagte, dass es sich um völkisches Brimborium handelte – die Worte ihres Vaters.

Im Gänsemarsch brachen sie in ihren kratzigen Bauernkostümen auf, schwitzten unter den lächerlichen Kopftüchern, aber der Anblick der fünf Scheiterhaufen, ein jeder höher als zwei Mann, dazu der Blumenschmuck, Girlanden aus Efeu, Kornähren und Mohnblumen, kunstvoll gewunden, und all der festlich gewandeten Menschen ließ Gine ihren Aufzug vergessen und andächtig staunen.

Überhaupt Menschen! In den vergangenen Monaten hatten die Mädchen ein streng isoliertes Leben gelebt, als wären sie Nonnen im Kloster. Ein paar Knechte und Mägde hatten sie bei der Feldarbeit angeleitet, sie ins Melken der Kühe eingewiesen und halfen beim Heuen. Eine Küchenmagd wachte über das Vorratslager und schaute den Mädchen bei allen Küchenarbeiten auf die Finger. Den Müller hatten sie kennengelernt und seine Gesellen, ab und an ritt ein Mitglied der Gutsfamilie vorbei, aber mehr Kontakte hatten sie außerhalb ihrer Gemeinschaft nicht gehabt. Und nun standen sie hier, auf der großen Wiese, auf der sie auch die denkwürdige Begegnung mit dem Rotwild hatten, und es tummelte sich das Leben rund um sie herum. Der Gruppenleiterin gelang es schnell nicht mehr, ihre Mädchen alle im Auge zu behalten und zusammenzutreiben, sie verschwanden in der Menge der Dorfbewohner. Jung und Alt, Kinder und Greise, Männer und Frauen, aber auch junge Burschen, wie Gine und ihre Freundinnen kichernd bemerkten, waren gekommen. Es herrschte die heitere Atmosphäre eines Dorffestes, Bier wurde ausgeschenkt, ein Ochse briet am Spieß. Für die Kinder gab es organisierte Vergnügungen wie Seilziehen oder Heuballenspringen. Das fröhliche Treiben wurde immer wieder unterbrochen von irgendwelchen Darbietungen, Gine stellte erleichtert fest, dass die Landjahr-Mädel nicht die Einzigen waren, die Bauerntänze und Volkslieder zum Besten gaben.

Es war ein fröhliches Volksfest, und Gine vergaß für die Dauer des Festes, dass sie für acht Monate nicht viel mehr als eine Sklavin dieser neuen völkischen Gesellschaft war, inmitten derer sie nun feierte. Zu zweit oder dritt liefen die Mädchen durch die Menge, ließen sich treiben, tranken Most und fühlten sich für diesen einen Abend frei, richtig frei und unbelastet unter feiernden Menschen.

Gine entging nicht, dass die Männer, die alten wie die jungen, reichlich von dem Freibier tranken, das aus riesigen Holzfässern schäumend in Steingutkrüge ausgeschenkt wurde, auf denen auf der einen Seite das Hakenkreuz, auf der anderen das Wappen derer von Wetzlaff abgebildet war. Eines der Mädchen aus ihrer Gruppe hatte einen vollen Krug von dem Bier ergattert, kichernd ließen sie ihn herumgehen, auch Gine trank das bittere Bier, das zusammen mit dem Most Kopf und Magen in Aufruhr brachte. Wenn ihre Eltern das wüssten! Zu Hause wurde reichlich getrunken – aber ihre Eltern ließen keine Gelegenheit aus, Gine vor den Folgen des Alkoholkonsums zu warnen.

Die Gutsfamilie – Agathe von Wetzlaff, die Reitermatrone, und ihr Mann Habdank – mischte sich generös unters Volk, und ihre drei Söhne, Richard, Rainer und Robert, einer blonder und kräftiger als der andere, taten es ihnen gleich. Sie waren eine Familie wie aus dem Bilderbuch der arischen Rasselehre, dachte Gine, konnte sich aber der Faszination ebenso wenig entziehen wie alle anderen. Die Namen der Familie erfuhr sie von Renate, die ihr zuflüsterte, was sie ihrerseits von den anderen Mädchen erfahren hatte.

Habdank von Wetzlaff war ein Intimfreund von einem der obersten Parteibonzen. Er selbst hatte im Ersten Weltkrieg gekämpft, hochdekoriert mit Orden. Frühes Mitglied in der NSDAP, ebenso wie seine Frau, die das Gestüt – die von Wetzlaffs züchteten edle Pferde – mit in die Ehe gebracht hatte. Die Söhne waren sechzehn, achtzehn und zweiundzwanzig Jahre alt, dazu gab es zwei Töchter, vierzehn und zwanzig.

»Sie hat also alle zwei Jahre geworfen«, kommentierte Henni, wofür sie einen verächtlichen Blick von den anderen kassierte. Aber Henni lachte bloß und verschwand in der Menge. Zu gerne hätte Gine sich ihr angeschlossen, aber dann ertönte die Fanfare, die bei Einbruch der Dunkelheit das Volksfest beendete und den Beginn der feierlichen Sonnenwendzeremonie ankündigte.

Sodann gruppierten sich um jedes der fünf Feuer jeweils fünf junge Burschen in festlicher Tracht, auch die Wetzlaff-Söhne waren darunter. Gine konnte ihre Augen nicht von dem Jüngsten, Richard, lassen, er gefiel ihr, so ungern sie es sich eingestand. Ein Blick auf die neben ihr stehenden Mädchen, und sie erkannte, dass sie keineswegs die Einzige war, die so empfand. Die Burschen hatten jeder eine Fackel in der Hand, der Erste entzündete sie und gab die Flamme weiter an den jeweils Nächsten. Während die Burschen so ihre Fackeln entzündeten, deklamierte Habdank von Wetzlaff mit überraschend hohem und dünnem Stimmchen einen Text, den ihm vermutlich Goebbels in die Hand diktiert hatte, es wimmelte nur so von Volk und Ariern und den Gebräuchen der Vorväter und der Reinheit der Rasse, dass es ein Graus war.

Aber Gine hörte gar nicht hin. Fasziniert sah sie zu, wie alle fünfundzwanzig jungen Männer auf eine weitere Fanfare hin ihre Fackeln zum Fuß der Holzhaufen senkten und sich in

Windeseile im Inneren der Haufen eine Feuersäule bildete, die nach oben stieg und sich in den schwarzen Nachthimmel mit einer grellroten Funkenexplosion entlud. Kollektives Raunen ging durch die Menge, Gine stockte das Herz, sie spürte, wie Renate neben ihr ihre Hand ergriff und fest drückte.

Kurz darauf brannten die Holzfeuer lichterloh, meterhoch stiegen die Flammen empor, leckten mit ihren Zungen an der silbrigen Mondsichel und zogen den Sternenhimmel zu sich herab. Es war wunderschön, mit offenem Mund starrte Gine in das Feuer, ihr Gesicht erhitzte sich, brannte, die Menge wich langsam zurück, die Wärme, die von den Feuern ausging, war enorm, alles verschlingend.

Erst als das Horst-Wessel-Lied ertönte, wachte Gine aus ihrer Trance auf. »Wo man singt, da lass dich ruhig nieder, böse Menschen haben keine Lieder«, pflegte ihre Großmutter stets zu sagen. Jedes Mal, wenn sie diesen Spruch von sich gab, fuhr Gines Mutter Angelika ihr in die Parade. Sie beharrte darauf, dass auch böse Menschen sangen, die Nazis waren das beste Beispiel. Und es gab sogar böse Lieder, und das Horst-Wessel-Lied, so ihre Mutter, war das böseste aller Lieder.

Während alle um sie herum in die Flammen starrten und dazu sangen, wie die Fahne ihnen voranflatterte, wurde Gine übel. Der Alkohol, die Hitze – ihr Mageninhalt drängte nach oben, sie musste sich einen Ort suchen, wo sie sich unauffällig entleeren konnte. Sie entfernte sich von der andächtig singenden, vom flackernden Feuerschein erhellten Menge und sah sich nach einem geschützten Ort um. Man hatte die große Wiese mit Heuballen umrahmt, in denen kleine Hakenkreuzfahnen steckten. Der Mond stand jetzt hoch am wolkenlosen Himmel, die Feuer brannten langsam nieder, ihre Hitze hatte sich auf dem gesamten Festplatz ausgebreitet.

Gine lief hinter einen Heuballen, beugte sich vorneüber und wollte sich gerade einen Finger in den Hals stecken, als sie seltsame Geräusche hörte. Angstvoll blickte sie sich um, waren Tiere hinter ihr im Gebüsch?

Aber dann entdeckte sie ein paar Meter von ihr entfernt die Silhouetten zweier Menschen. Eine Person stand, eine andere kniete vor ihr. Ab und zu, wenn ein großes Holzscheit krachend in die Glut fiel und das Feuer von Neuem aufloderte, erreichte der helle Schein die zwei Gestalten. Gine glaubte, in ihnen einen Mann und eine Frau zu erkennen, war die Frau vielleicht Henni?

Je länger sie die beiden, die ihre Anwesenheit nicht zu bemerken schienen, beobachtete, desto mehr spürte sie, dass sie besser daran tat, das Weite zu suchen. Das, was die beiden dort trieben, war ungut, es war nichts, was sie sehen sollte, obwohl Gine gar nichts von dem, was dort vor sich ging, begriff.

Der Kopf der Frau bewegte sich rhythmisch vor und zurück, und erst dann, als der Mann ein röchelndes Stöhnen von sich gab, ahnte sie die Ungeheuerlichkeit, das Monströse der Szene, die sie beobachtete.

Gine bückte sich tiefer hinter den Heuballen, ging schließlich aus Angst vor Entdeckung auf die Knie, kroch auf allen vieren davon, und erst als sie außer Sichtweite war, richtete sie sich auf und rannte, rannte, rannte in die Nacht. An einem Holunderbusch kam sie zum Stehen, beugte sich vorneüber und erbrach sich.

Heute

Berits Antwort kam zögerlich. »Kann ich schon machen, aber denkst du nicht, du solltest mit deinem Verdacht zur Polizei gehen?«

Nina besah sich den Knochen, den sie in der einen Hand hielt, in der anderen ihr Handy. »Ich will mich nicht lächerlich machen. Am Ende sind es einfach Tierknochen. Und dann? Die halten mich für gaga.«

»Dann schick mir einen.« Es war nicht zu überhören, dass Berit keine große Lust hatte, ihrer Bitte nachzukommen.

»Berit, ich brauche keine tiefgehende Analyse. Ich muss noch nicht einmal wissen, wie alt die Knochen sind. Mensch oder Tier, das ist alles.«

»Wie geht es Ayla?«, erkundigte sich ihre Freundin, ohne weiter auf Ninas Ansinnen einzugehen.

Nina warf einen Blick in das Badezimmer, der weiße Pelz schimmerte in der Dunkelheit. Der Brustkorb der Hündin hob und senkte sich gleichmäßig, sie schien entspannt. Die Wunde heilte gut. »Die hat mir das alles eingebrockt.« Nina lächelte. »Aber es wird besser mit ihr. Ihr gefällt es hier.« Sie ließ einen der beiden Knochen in einen Umschlag fallen und goss sich ein großes Glas Rotwein ein, während sie noch eine Zeit lang mit Berit sprach. Sie waren Kommilitoninnen gewesen, hatten sich im ersten Semester bei Professor Habersack in Anatomie kennengelernt. Ihre Studienschwerpunkte hatten sich weit voneinander entfernt, ihre Leben jedoch waren im Gleichklang verlaufen. Berit war Gerichtsmedizinerin geworden, arbeitete als Forensikerin und hatte eine tiefe Leidenschaft für alles Morbide entwickelt. Als ob ihr die Begegnung mit Toten in ihrem Beruf nicht ausreichte, hörte sie für ihr Leben gerne True-Crime-Podcasts.

Draußen war es längst dunkel, Nina hatte sich zur Angewohnheit gemacht, den Garten abzuscannen. Ob der Wolf wieder auftauchte? Wenige Tage war sie nun hier, und trotz der Aufregung, die sie erlebt hatte, begann sie allmählich, Zutrauen zu fassen. Zum Dorf. Zum Alleinsein. Zu Ayla.

Während sie mit Berit telefonierte, musterte sie ihre Spiegelung in der Scheibe. Eine durchschnittlich große Frau mit halblangem Haar, große, offene Augen, die Stirn glatt, keine Zornesfalte zwischen den Augen. Auch der angespannte Zug um den Mund war verschwunden. Die Frau im Spiegel schien zu lächeln. Eine Vertraute, lange nicht gesehen, dachte Nina. Hallo du.

Sie hatte das Gespräch gerade beendet, als sie eine Bewegung vor dem Fenster wahrnahm, aber anders als beim letzten Mal starrte kein Augenpaar sie an. Fuchs, Katze, wer weiß schon, welche nächtlichen Gäste sich ein Stelldichein in ihrem Garten gaben. Der Hund blieb ruhig, also schien keine Gefahr zu drohen. Nina öffnete das Fenster und ging nach draußen. Sie hatte nur Strümpfe an, es war kalt, die Terrasse rutschig vom Regen, der am Nachmittag gefallen war. Nina lauschte in die Dunkelheit, sie hörte das sanfte Plätschern der Wellen, die an das Haffufer rollten. Die Blätter der Trauerweide im Garten raschelten leise, rieben sich an der Nachtluft und wisperten in einer ihr unbekannten Sprache. Der Mond hing in einer zarten Sichel am Himmel, wie ein vergessener Ohrring aus Gold.

Plötzlich wurde die ihren Fenstern gegenüberliegende Brandmauer erhellt, Autoscheinwerfer, gelbes Licht, das auftauchte und wieder verschwand. Ein großer, schwerer Wagen rollte langsam auf der Dorfstraße vorbei. Nina trat ein paar Schritte zurück, sodass sie im Schatten des Bungalows stand und von dem Licht nicht erfasst wurde. Sie war sich fast sicher, dass es das Auto des Waldmannes war. Kaum war es außer Sichtweite, der Motor grollte noch, lief sie zurück in ihr Haus und zog die Vorhänge zu. Die Tatsache, dass der Waldmann wusste, wo sie wohnte, dass er es gewusst hatte, bevor sie aufeinandergetroffen waren, befremdete sie. Ihre Gedanken kreisten um ihn, um die Frage, ob er das gefährliche Tellereisen ausgelegt hatte, und wenn ja, ob er dann auch von den Knochen wusste, die sie unweit des Eisens auf der Lichtung gefunden hatte. Auch der Gedanke, dass er dort etwas – jemanden? Tiere? – getötet oder vergraben hatte, durchzuckte sie, aber dann verwies sie diese Überlegung in das Reich der Fantasie. Sie war nicht Teil eines Krimiplots. Vermutlich handelte es sich doch einfach um Tierknochen von den bedauernswerten Wildtieren, die in der Falle verendet waren. Vielleicht hatten andere Tiere die Kadaver gefressen, das würde die relative Entfernung der Fundstelle von der Falle erklären.

Dennoch. Sie würde Berits Analyse kaum abwarten können.

Wetzlaffs Fischbude lag versteckt in einer der hügeligen Gassen des Ortes. Wer verirrte sich hierher? Die wenigen Einwohner konnten den Laden kaum am Laufen halten, überlegte Nina. Sie kam mit Ayla von ihrem nachmittäglichen Spaziergang und war von ihrer üblichen Route abgewichen. Neugierig war sie zum Kirchplatz aufgestiegen, eine schöne kleine Back-steinkirche, aufwendig restauriert, der runde Platz davor mit Katzenkopfpflaster wirkte einladend. Vier Linden, jetzt blatt-los, wachten über das Idyll, das sich höher als der Rest des Dorfes befand. Von seiner Kirche aus konnte der Pfarrer auf die Boote im Haff blicken, dachte Nina. Er wusste als Erster, ob die Fischer mit reichem Fang nach Hause kehrten. Aber auch, wenn es ein Unglück auf dem Wasser gab. Heute war die Kirche verwaist, eine Schautafel erzählte ihre Geschichte.

Nina war den Hügel wieder abwärts gelaufen und stand nun vor dem kleinen Lädchen, ein Bretterverschlag eher. Ver-wittertes Holz, einstmals mit einem blauen Anstrich, auch die selbst gepinselte Schrift mit dem Namen war zum gro-ßen Teil abgeblättert. Muschelketten und das skurrile Skelett eines Fisches mit monströsem Kiefer – ein Hecht?, überlegte Nina, Karpfen, Wels? Gab es diese Fische hier? Sie hatte keine Ahnung – hing über dem Eingang. Es war kein Laden im ei-gentlichen Sinn, weder gab es Schaufenster noch eine Theke im Inneren. Es handelte sich lediglich um eine Holzhütte. Durch ein kleines Fenster hatte Nina ins Innere geblickt – ein langer Tisch an der Wand, darauf Plastikkisten unordentlich gestapelt und eine Geldschatulle. Keine Öffnungszeiten. Sie trat einen Schritt zurück.

»Kommen Sie morgen wieder.«

Nina fuhr herum. Hinter ihr stand der Mann mit der Strick-mütze, der die verwirrte Frau von der Straße geholt hatte. Die Mütze hatte er heute weit aus der Stirn geschoben. Blaue Au-gen sahen sie an. Freundliche Falten umrahmten sie.

»Dann habe ich geräuchert. Hecht, Barsch, Aal, frischer Fang, so schmecken sie am besten.«

Nina schenkte ihm ein Lächeln. »Wetzlaff, sind Sie das?«

Er nickte, trat an ihr vorbei und steckte den Schlüssel ins Schloss. »Achim Wetzlaff. Achim reicht.«

»Nina.«

Der Mann öffnete seinen Verschlag, trat ein und knipste Licht an. Der Geruch nach Fisch und Geräuchertem drang wie eine Welle aus dem Holzhäuschen.

»Sind Sie der Fischer? Ich sehe Sie manchmal draußen, auf dem Haff.«

Er räumte die Plastikkisten zur Seite, machte Platz auf dem langen Tisch. Nina beobachtete seinen Rücken, er trug einen Troyer unter der Latzhose, warf einen kurzen Blick zu ihr über die Schulter und lächelte.

»Der bin ich. Sind meine Stellnetze.«

»Ist das hier ein Fischgeschäft?« Nina war einen Schritt näher getreten und warf einen Blick in die Bude.

Der Mann lachte. »Ach was. Sieht es danach aus?« Er winkte ab. »Das lohnt sich nicht. Hier habe ich meinen Räucherofen.«

Er drehte sich zu ihr um. »Tut mir leid mit meiner Mutter. Sie ist im Oberstübchen nicht mehr ganz frisch.«

»Ist ja nichts passiert. Aber danke.«

Wie alt mochte er sein? Nina schätzte den Mann mit dem wettergegerbten Gesicht auf Anfang, Mitte sechzig. Er sah gesund aus. Und freundlich. Er war weder groß noch besonders kräftig, wirkte eigentlich nicht wie ein Mensch, der körperlich arbeitete, auch wenn man Gesicht und Händen ansah, dass sie Wind und Wetter zu jeder Jahreszeit ausgesetzt waren. Nina konnte es nicht benennen, aber sie fand, dass er noch immer die Ausstrahlung eines jungen Mannes hatte.

Schweigen breitete sich zwischen ihnen aus.

»Wenn Sie fangfrischen Fisch wollen, müssen Sie zum Hafen kommen. Ich verkaufe direkt vom Kutter.«

Nina lachte und zuckte mit den Schultern. »Ich weiß gar nicht, was ich mit einem ganzen Fisch anfangen soll. Muss ich den ausnehmen?«

Er sah sie an, sein Blick wurde mitleidig. »Stadtmenschen. Keine Bange, ich schneide Ihnen Filets. Rezept gibt's gratis dazu. Butter in die Pfanne, Fisch rein. Salz, Pfeffer, fertig ist die Laube.« Er lachte.

»Verstehe. Also dann.« Nina trat einen Schritt zurück. »Bis morgen.«

Achim Wetzlaff drehte sich um und räumte weiter in seiner Bude herum.

Berits Anruf kam schneller als erwartet. Der Brief konnte sie gerade erst erreicht haben, es waren keine zwei Tage vergangen, nachdem Nina ihn eingeworfen hatte. Nina hatte gewusst, dass ihre Freundin selbst neugierig auf das Ergebnis war, auch wenn sie Arbeitsüberlastung vorgeschützt hatte.

»Kein Zweifel. Menschlicher Knochen. Genauer: ein Stück von der Hüfte, wie du schon vermutet hast. Ich schätze, dreißig bis vierzig Jahre liegt er im Sand. Ganz grobe Analyse!«

Nina bekam weiche Knie. Natürlich hatte sie die Möglichkeit in Betracht gezogen, dass es sich um den Knochen eines Menschen handeln könnte, und selbstverständlich hatte sie darüber nachgedacht, was dann zu tun wäre. Und sich ausgemalt, wie die Knochen dorthin gekommen waren und warum. Aber als Berit ihr Gewissheit gab, wurde die Fantasie real, jetzt hatte Nina etwas in Gang gesetzt, was sich nicht mehr aufhalten ließ. Sie hoffte nur, dass alles, was nun folgte, sie nicht mit sich fortreißen würde. Schließlich war sie nicht beteiligt, sie hatte lediglich den Fund gemacht. Oder nicht?

Am darauffolgenden Tag parkte sie ihren Wagen vor der Polizeistation der Kreisstadt. Sie hatte gegoogelt, wollte nicht in das nächstgelegene Revier fahren, sondern sich gleich an ein Kommissariat wenden. Nina blieb ein paar Minuten hinter dem Steuer sitzen, um sich zu sammeln. Was sollte sie erzählen? Die Wahrheit, natürlich. Jetzt kam die Geschichte mit der wildernden Ayla ohnehin ans Licht, es hatte keinen Zweck, sich Ausreden auszudenken. Sie würde genau schildern müssen, wie sie zu den Knochen gekommen war.

Der Polizist am Tresen war freundlich, aber als sie ihm den zweiten Knochen zeigte und ihm sagte, weswegen sie damit auf der Wache erschien, runzelte er die Stirn und sah sie fragend an.

»Im Wald?«, fragte er, »in der Erde vergraben?«

Sein Kollege, der hinter ihm an einem Computer saß, stand auf und kam zu ihnen. Auch er blickte fragend erst auf den Knochen, dann auf Nina. Sie wiederholte, was Berit ihr gesagt hatte.

»Kommen Sie mal mit«, bat sie der erste Polizist, kam hinter dem Tresen hervor und lief vor ihr durch die Gänge. Linoleumboden, abwaschbare Ölfarbe an den Wänden, Neonlicht von oben. Kein besonders angenehmes Arbeitsumfeld, dachte Nina, nicht viel anders als Krankenhäuser. Das Quietschen der Gummisohlen auf dem Boden war ihr so vertraut. Und sorgte für ein ungutes Gefühl in der Magengegend. Sie wurde an das erinnert, was sie hoffte, hinter sich zu lassen. Ihre Arbeit in der Charité.

Sie nahm in einem kleinen Raum Platz, vor einem Schreibtisch, auf dem ein Bildschirm stand, sonst nichts. Kurze Zeit später betrat eine Frau das Zimmer, eine zupackende Mittvierzigerin, dicker Rolli, Jeans, hochgezwirbelte Haare, offener Blick.

»Petra Leuchter«, stellte sie sich vor, »Kriminalhauptkommissarin. Das ist ja eine wilde Geschichte, die Sie den Kollegen erzählt haben«, begann sie das Gespräch und ließ sich schwer in den Drehstuhl hinter dem Schreibtisch fallen. »Erzählen Sie mir es bitte noch mal.«

Nina wiederholte ihre Schilderung fast wortgleich, und während sie sich zum x-ten Mal dabei zuhörte, wurde ihr mehr und mehr bewusst, wie seltsam all das anhörte. Das Tellereisen, ihre Rolle, die Tatsache, dass sie auf den bloßen Verdacht hin den Knochen nach Berlin zu einer Forensikerin geschickt hatte – was gab das für ein Bild ab? War das glaubhaft? Oder hielt man sie für eine, die sich wichtigmachen wollte?

Die Kommissarin ließ nicht erkennen, ob sie die Geschichte befremdlich fand, absurd oder weit hergeholt – sie sah Nina aufmerksam an und tippte währenddessen in ihre Tastatur.

»Finden Sie die Stelle?«, erkundigte sie sich, als Nina endete.

»Ja. Ich kann es nur nicht beschreiben. Das ist mitten im Wald.«

»Wir fahren zusammen hin.« Petra Leuchter stand auf, nahm eine Jacke von ihrer Stuhllehne und bat Nina aus dem Zimmer.

Kurz darauf fuhr Nina zurück in Richtung Dorf, das Polizeiauto mit der Kommissarin und einem Kollegen in Uniform im Gefolge. Die Wolkendecke war aufgerissen, das Haff leuchtete von Norden durch die lichten Bäume, blauer Himmel, graublaues Wasser, hohes Schilfgras verdeckte die Uferzone. Am Himmel weiße Wölkchen wie hingetupft, ein Wetter wie gemalt.

Nina stoppte einen halben Kilometer vorm Ortseingang. Von dieser Stelle aus führte ein Wirtschaftsweg in den Wald, es war der, auf dem der Waldmann sie mit seinem Pick-up aus dem Wald gebracht hatte. Die Polizisten stoppten ebenfalls,

Nina ließ Ayla im Wagen und lief vor ihnen her. Nach einer halben Stunde hatten sie die Lichtung erreicht. Nina atmete auf. Sie hatte bei ihrem letzten Besuch die Fundstelle der Knochen mit einem kleinen Fichtenzweig markiert, dieser war noch an Ort und Stelle, ebenso das Tellereisen. Instinktiv blieb sie ein paar Schritte weiter weg stehen, aber die Kommissarin lächelte nur.

»Wenn die Knochen so alt sind, wie Ihre Freundin geschätzt hat – dreißig, vierzig Jahre?«

Nina nickte.

»Dann müssen wir keine Angst haben, Spuren zu vernichten.«

Petra Leuchter bückte sich, der Kollege machte Fotos von der Stelle und tippte in seinem Handy herum, Nina nahm an, dass er ihren Standort bestimmte. Sie warf einen Blick nach oben, in die Baumkronen der hohen Kiefern, die die Lichtung umrahmten. Der Ort hatte plötzlich seinen Schrecken verloren, sie war nicht allein hier, die Sonne schickte kleine Lichtimpulse durch das Geäst, es war ein freundlicher Herbsttag.

Mit einem Stock fuhr die Kommissarin zwischen die Zähne des rostigen Tellereisens, hob es an und musterte es.

»Die Dinger sind längst verboten.« Sie sah zu Nina hoch. »Wie sind Sie auf die Idee gekommen, hier zu graben?«

»Nicht ich. Mein Hund. Ayla hat angefangen zu buddeln.« Nina zeigte auf die Kuhle, die die Hündin gemacht hatte, bevor sie sie stoppte.

»Haben Sie weitergesucht? Ob da noch mehr ist als die beiden Knochen?«

»Nein. Ich hatte keine Schaufel oder so was. Der Sandboden ist unter der Oberfläche wie Zement.«

Die Kommissarin stand auf und besprach sich mit ihrem

Kollegen. Nina hörte, wie sie Anweisungen gab, dass die Stelle abgesperrt und ein Team der Tatortbereitschaft angefordert wurde.

Der Polizist blieb an Ort und Stelle, während die beiden Frauen den Weg zurück zum Auto gingen. Nina war nervös. Bis vor wenigen Stunden war ihr nicht klar gewesen, was sie mit dem Knochenfund auslösen konnte, sie war lediglich neugierig gewesen. Aber nun fand sie sich im Mittelpunkt einer wahrhaften Kriminaluntersuchung, die Sache zog Wellen, schon bald würde hier alles abgesperrt sein und die Polizei Fragen stellen.

Sie hatten die Wagen erreicht.

»Wenn wir hier noch weitere Funde machen, muss ich Sie bitten, aufs Kommissariat zu kommen, damit wir ein ordentliches Protokoll aufnehmen können. Und bitte geben Sie mir die Nummer Ihrer Freundin, der Forensikerin. Wenn sie eine Analyse hat, sparen wir uns Arbeit.« Die Kommissarin steckte sich eine Zigarette an. »Bis dahin würde ich Sie bitten, sich zur Verfügung zu halten und nicht nach Berlin zu fahren.«

»Ich bin noch gute drei Wochen hier«, gab Nina zurück. Ob sie die Frau um eine Zigarette anschnorren sollte? Sie rauchte nicht, aber jetzt war ihr danach. Die ganze Situation war so unwirklich, sie fühlte sich wie in einem Film, da konnte sie ebenso gut Dinge machen, die sie im wahren Leben niemals tat. Aber sie verkniff es sich. »Könnte aber sein, dass es ganz harmlos ist, oder?«, fragte sie. »Dass ein Tier den Knochen angeschleppt hat. Woher auch immer.«

»Na klar. Von Berufs wegen finde ich menschliche Knochen, die irgendwo außerhalb eines Friedhofs herumliegen, nie harmlos, aber ja.« Petra Leuchter stieß den Rauch durch die Nase aus und machte eine raumgreifende Geste über das Waldgebiet. »In diesen Wäldern sind so viele Menschen umgekommen. Gefallen im Krieg. Danach waren die Russen hier, was wissen wir schon, was hier passiert ist? Nichts. Der Knochen ist vielleicht älter, vielleicht finden wir die Überreste eines Soldaten oder eines Kriegsflüchtlings, entweder an der Stelle oder woanders. Oder wir finden nichts.« Sie zuckte mit den Schultern, trat die Zigarette im Sand aus, nahm die Kippe auf und steckte sie in die Zigarettenpackung. »Mein Kollege hat schon mal im Computer geschaut – der letzte Vermisstenfall in dieser Gegend ist noch aus der DDR. 1980. *We will see.*«

Der schwere, schwarze Pick-up stand vor dem gegenüberliegenden Haus, dem Haus, in dem der nette Fischer mit seiner Mutter wohnte. Heute starrte die Frau nicht hinter der Gardine hervor, Nina parkte ihr Auto vor ihrem Bungalow. Gerade hatte sie den Hund aus dem Kofferraum gelassen, als der Waldmann auf die Straße trat. Er machte ein paar Schritte in ihre Richtung.

»Wie geht es dem Hund?«

»Ziemlich gut. Danke.« Nina versuchte sich an einem Lächeln. Sie dachte daran, dass sie den Mann der Kommissarin gegenüber erwähnt hatte. Sollte sie ihn davon unterrichten? Falls die Polizei tatsächlich weitere menschliche Überreste fand, würde sie mit ihm sprechen wollen, da war es nur fair, ihn vorzuwarnen. Falls nicht – würde sie unnötig die Pferde scheu machen. »Das war eine gute Tierärztin.«

Er nickte und kam weitere Schritte auf sie zu. »Und Ihnen?«, fragte er.

Nina fühlte sich unbehaglich. Konnte der Mann nicht lächeln? Lächelte man nicht, wenn man sich nach dem Wohlbefinden anderer erkundigte? Sie wurde nicht schlau aus ihm.

»Was meinen Sie?«

»Wie es Ihnen geht. Gefällt es Ihnen hier?«

Ayla lief zu dem Mann, drückte sich an seine Beine, leckte seine Hände ab und ließ sich streicheln. Der Hund war unmöglich. Der Waldmann ging in die Knie, wuschelte durch das Fell der Hündin und lächelte. Er lächelte!

»Dem Hund gefällt es sehr gut«, gab Nina zurück. »Berlin ist nichts für sie.«

»Für wen schon.«

»Na ja. Ein paar Millionen Menschen können nicht irren.« Nina trat näher zu ihm und Ayla. Sie hatte keinen Grund, sich nicht freundlich zu verhalten. Es konnte nicht schaden, nett zu den Leuten hier zu sein. Immerhin war er ihre Rettung gewesen. Außerdem verlor er seinen Schrecken, weitab von dem dunklen Wald, auf der Straße, in der warmen Herbstsonne. Mit einem Lächeln. »Aber ich verstehe schon. Hier draußen, das ist natürlich schon was anderes.«

»Sie sind kein Naturmensch, oder? Was machen Sie dann hier? Im Oktober.«

Das ist meine Angelegenheit, dachte Nina, sagte aber: »Urlaub. Ich mache ein bisschen Urlaub mit meinem Hund. Wir mussten mal raus aus der Stadt.«

Er sah zu ihr auf. Seine Augen waren blau, hellblau, und sie erkannte in ihnen die Ähnlichkeit mit dem Fischer.

»Sind Sie der Sohn von Achim?«

Er stand auf und wischte sich die von Ayla abgeleckten Hände an seiner Outdoorhose ab. »Sie haben meinen Vater schon kennengelernt?«

»Und Ihre Großmutter.« Nina hatte bemerkt, dass das Gesicht der Alten wieder hinter dem Vorhang erschienen war. Misstrauisch schien sie ihren Enkel und die fremde Frau aus Berlin zu beobachten.

»Marco Wetzlaff.« Er hielt ihr die Hand hin.

Nina schüttelte sie. »Nina. Freut mich.« Sein Händedruck war fest und warm. Ein Mann, den man anrief, wenn einem der Wind das Dach vom Haus geweht hatte. Oder der Schnee bis zum ersten Stock stand. Ein Baum im Garten umstürzte. Oder ein Wolf durch den Garten strich.

Sie erzählte ihm von der nächtlichen Begegnung.

»Eigentlich meiden sie das Dorf. Aber im Herbst und Winter, wenn es still im Dorf ist, dann kann es vorkommen, dass ein Wolf herumstreift. Vorwitzige Jungwölfe.«

»Gibt es viele hier?«

»Ja. Vor allem auf dem Truppenübungsplatz. Da lebt ein ganzes Rudel. Wollen Sie sie sehen?«

Sie hatte nicht widerstehen können. Als Nina sich später etwas kochte, ertappte sie sich dabei, dass sie immer wieder zum Haus der Wetzlaffs hinübersah. Sie wollte nicht näher mit dem Waldmann, Marco, in Kontakt kommen, aber die Gelegenheit, ein Wolfsrudel zu sehen, war zu verlockend gewesen. Er wollte sie am nächsten Tag abholen. Dieser Aufenthalt am Haff bekam plötzlich eine Dynamik, mit der sie niemals gerechnet hatte, dachte Nina und wendete ihr Omelett. Wie hatte die Kommissarin vorhin gesagt? *We will see.*

Genau, dachte Nina nun, *we will see.* Vielleicht wird es spannender hier, als ich dachte.

1979

Die Kassette lag im Briefkasten. Sigrun strahlte, als sie ihn öffnete und die bunt beklebte Hülle sah. Christa überraschte sie immer wieder mit kleinen Freuden, die ihr den faden Alltag zwischen Krippe, Arbeit und Haushalt versüßten. Mal steckte sie ihr eine West-Illustrierte durch, mal stand ein kleiner Strauß mit Wiesenblumen vor der Tür. Und heute war es eine Musikkassette. Sigrun stopfte die Kassette zu den Einkäufen in ihrem Beutel, schob den Kinderwagen durch den Hausflur nach hinten durch, dorthin, wo schon weitere Kinderwagen, Tretroller und Räder standen. Kreuz und quer, unordentlich neben- und hintereinander. Ditte würde sich aufregen und zum wiederholten Mal einen Zettel neben die Briefkästen hängen, dass er jeden melden würde, der sich nicht an die Hausordnung hielt.

Sigrun hob den Kleinen aus dem Kinderwagen und grinste. Sie ließ den Wagen einfach an Ort und Stelle stehen, schließlich hatte sie keine Hand frei, um umständlich hin und her zu rangieren. Sie waren eine prima Hausgemeinschaft hier, keiner würde sich aufregen, alle nahmen Rücksicht auf die jungen Mütter wie sie und Claudia. Nur Ditte nicht. Ditte war ein richtiger Blockwart, sagte ihre Mutter immer. Von wegen Solidarität. Eine hinterlistige Kanaille war er, aber wäre Achim nicht, Sigrun würde sich um Dittes Meckereien keinen Pfifferling scheren. Doch Achim war leicht ins Bockshorn zu jagen. Er hatte fürchterliche Angst, irgendwo anzuecken, etwas falsch zu machen und aufzufallen. Er hatte sie gebeten, den Kinderwagen einfach mit nach oben zu nehmen, sie wohnten ja nur in der zweiten Etage, aber Sigrun dachte im Traum nicht daran. Sie schleppte den Kleinen, sie schleppte die Einkäufe, und das alles nach der anstrengenden Arbeit im Werk.

Während sie mit bleischweren Beinen die Treppe nach oben lief, ihre Nase im weichen Flusehaar des Kindes vergraben, hoffte sie, dass Achim sich heute ein bisschen Zeit ließ mit Nachhausekommen. Sie hatte keine Lust zu kochen. Sie wollte sich einfach nur auf die Couch schmeißen und ein bisschen Musik hören. Und Marco versorgen. Marco, mein Marco, dachte sie und schnupperte an seinem dicken Babyhals, bis ihr Sohn vor Vergnügen quietschte. Es tat ihr jeden Morgen in der Seele weh, wenn sie ihn noch im Dunklen in der Krippe ablieferte, aber Dagmar, die Erzieherin, war resolut. Bloß keine Menkenke machen, sagte Dagmar, nahm den Kleinen und presste ihn an ihren dicken Busen. Aber ebenso gerne gab sie ihn Sigrun wieder zurück, wenn diese ihn neun Stunden später, nach ihrer Schicht, abholte. In der Krippe roch es nach Babypuder, Wurstgulasch und vollen Windeln, der Geräuschpegel war höher als bei der 1.-Mai-Parade, die Kinder waren genauso mit den Nerven runter wie Eltern und Erzieherinnen. Acht Monate war Marco jetzt alt, seit zwei Monaten gaben sie ihn in die Krippe, und seitdem war er durchgängig krank. Hildegard hatte sich angeboten, sie wollte ihren Enkel betreuen, schließlich arbeitete sie nicht. Aber Sigrun dachte nicht im Traum daran. Nicht Hildegard.

Sie sperrte die Wohnungstür auf, atmete die vertraute Luft, stieß die Tür hinter sich mit dem Fuß zu und ließ den Beutel mit den Einkäufen fallen.

Der Kleine, der die ganze Zeit von der Krippe bis nach Hause keinen Piep gemacht und stattdessen an seinem Daumen genuckelt hatte – das verformte den Kiefer, meckerte Hildegard, aber die war wie Ditte, hatte an allem was auszusetzen, vor allem an ihr, der Schwiegertochter –, gab ein gurgelndes Geräusch von sich.

Sigrun küsste ihn auf seine roten Bäckchen und legte ihn aufs Sofa. Streifte die Schuhe ab, schob die Kassette in den Rekorder und kuschelte sich neben Marco.

Durch das ungeputzte Fenster kämpfte sich goldene Septembersonne, schon bald würde sie nicht mehr die Kraft haben, sich über die gegenüberliegenden Hausdächer zu wuchten, aber um diese Jahreszeit kam sie noch zu Besuch. Dies war die schönste Stunde am Tag. Sigrun und Marco, ganz allein in der Wohnung, konnten tun und lassen, was sie wollten. Die Aufgaben und Pflichten, die sie erledigen musste – Einkäufe ausräumen, Wäsche waschen, Essen vorbereiten –, sollten ruhig noch länger warten, diese Stunde war ihre Stunde.

Sphärische Klänge waberten durch das kleine Wohnzimmer, Staubflocken tanzten zur Musik von *Karat* durch die Sonnenstrahlen, Marco lag friedlich neben Sigrun, nuckelte, und ihr wurden die Augen schwer. Song um Song zog durch ihren Kopf, füllte das Zimmer und hüllte sie beide ein, Mutter und Kind, auf ihrem Sofa. Ein Kokon aus Frieden und Liebe.

Ein neues Lied setzte ein, Gitarre, nach ein paar Takten Schlagzeugbeat, und plötzlich die raue, etwas gepresste Stimme des Sängers. Sigrun schlug die Augen auf, sie war sofort elektrisiert.

»Manchmal wär ich gern wie Wasser
Manchmal reißend, manchmal seicht
In den Bergen geboren

Auch das Meer wäre mein …«

Die Melodie war simpel, eingängig, aber der Gesang traf Sigrun ins Herz. Sie stand auf und begann, barfuß zu tanzen. Drehte sich mit Staubflocken und dem sanft funkelnden Sonnenlicht, schloss die Augen wieder und gab sich hin.

»La la lei, du und ich bis ans Ende der Welt …«

Als der Song zu Ende war, spulte sie sofort zurück. Und wieder und wieder. *Aus der Ferne* hieß das Stück, *City* die Band. Sie konnte nicht genug bekommen, sie tanzte, bis die Sonne sich zurückgezogen hatte und Achim vor ihr stand.

»Was machst du denn da?«

Sigrun schlang ihre Arme um seinen Hals und wollte ihn bewegen, mit ihr zu tanzen, aber er blieb stehen.

Marco war friedlich eingeschlafen, Achim ging zum Sofa und roch an der Windel. Er verzog das Gesicht. »Hast du ihn schon gebadet? Gefüttert?« Er drehte die Musik leiser.

»Das ist eine neue Kassette von Christa. Hat sie mir heute in den Briefkasten gesteckt.« Sigrun ließ sich neben Marco auf das Sofa fallen.

»Christa …« Achim drehte ihr den Rücken zu und zog sich im Flur die Jacke aus. Hob die Tasche mit den Einkäufen auf, die sie an Ort und Stelle hatte fallen lassen, und begann, lauter als es nötig war, den Abendbrottisch zu decken.

Sigrun zählte bis drei, einmal durchatmen und Abschied nehmen von der Zeit, die nur ihre war.

Während sie Marco vorsichtig weckte, badete und für die Nacht fertig machte, stellte Achim Brot und Belag, Gurken und Radieschen aus dem Garten seiner Mutter auf den Tisch und für beide ein Bier.

Sigrun legte ihm den Kleinen in die Arme und wärmte das Fläschchen im Wasserbad.

»Na, mein Kleiner, wie war dein Tag?«, fragte Achim seinen Sohn, der zur Antwort ein gutturales Babygeräusch von sich gab. Sigrun betrachtete die beiden. Sie konnte von Glück sagen, dass Achim so ein liebevoller Vater war. Claudia aus der Wohnung unter ihnen hatte wohl weniger Glück. Ihrer beider Kinder waren in derselben Krippe, manchmal nahm eine von ihnen das Kind der jeweils anderen mit, oder sie holten sie gemeinsam ab, und dann setzten sie sich noch ein bisschen an den Hafen, Schiffe gucken. Und redeten. Claudia erzählte ihr, dass ihr Mann die gemeinsame Tochter weder wickeln wollte noch füttern. Dass er gereizt war, wenn das Mädchen nachts aufwachte und schrie. Dass er viele Nächte auf dem Sofa verbrachte. Sigrun bedauerte ihre Nachbarin. So war ihr Achim nicht. Er trug sie und Marco auf Händen. Wenn er gut drauf war.

Sigrun gab Achim das Fläschchen, Marco streckte die Arme danach aus, und kaum bekam er die warme Flasche zu fassen, saugte er so heftig an dem Gummistutzen, dass man glauben könnte, er hätte den ganzen Tag hungern müssen.

»Prosit«, sagte sie und hob ihre Bierflasche.

Achim nickte kurz zu ihr rüber und beobachtete verzückt seinen Sohn.

»Hör mal«, sagte er, als Marcos Saugen weniger heftig wurde. Die Backen hochrot, die Lider auf Halbmast, der Kleine würde gleich in Tiefschlaf fallen. Sie konnten ihn ins Bett legen, dann gehörte der Abend ihnen. »Klaus hat uns eingeladen. Zum Grillen in die Laube. Wir könnten baden, den Tag am Strand vergammeln. Klaus sagt, ein Nachbar von ihm räuchert selber. Fisch vom Haff.«

Sigrun hielt den Atem an. Das klang zu schön, um wahr zu sein. Achim musste wissen, welches Geschenk er ihr damit machte.

»Und deine Mutter?«, erkundigte sie sich.

Achim gab sich gleichgültig. »Die wird doch mal ein Wochenende ohne uns auskommen.«

Nein, dachte Sigrun. Ohne mich. Ein Wochenende ohne mich kann sie verkraften. Und mehr als das. Aber ohne ihren einzigen Sohn? Das kann ich mir nicht vorstellen. Aber sie schwieg. Beobachtete, wie ihr Mann aufstand, den Kleinen im Arm und ihn behutsam ins Schlafzimmer trug. Sigrun räumte den Tisch ab, trank ihr Bier aus und noch einen Schluck aus Achims Flasche, dann legte sie sich aufs Sofa, Füße hoch, und machte noch einmal leise den Kassettenrekorder an. Christa, dachte sie, Mensch, wenn ich dich nicht hätte.

Weil Achim nicht mehr kam – er schlief meistens neben Marco ein, erschöpft von seiner Arbeit in der Genossenschaft –, verbrachte Sigrun den Abend mit Musik und damit, ihrer Freundin einen Brief zu schreiben. »Liebste Christa«, schrieb sie, »du machst mein Leben bunt, weißt du das? So wie heute – die Musik auf der Kassette hüllt mich ganz ein und trägt mich fort, aus dem Alltag, hin zu einem Leben ohne Schwere. Hab dich so lieb, deine Siggi.«

Die Glasflaschen im Picknickkorb klapperten, als Achim in den Ort abbog und sie über den Plattenweg hoppelten. Sie hatten Kartoffelsalat, rote Grütze und ein paar Flaschen Bier dabei, außerdem selbst eingelegte Gurken und Rote Bete von Hildegard. Hildegard, dachte Sigrun, wenn die wüsste, dass wir ihr heiliges Gemüse mit Freunden verputzen, anstatt bei ihr im Garten zu hocken. Wie erwartet hatte Achims Mutter reserviert reagiert, als ihr Sohn den üblichen Wochenendbesuch absagte. Aber Achim war überraschend hart geblieben und hatte sie auf nächsten Samstag vertröstet.

Hildegard wohnte allein ein paar Dörfer weiter am Haff. Schön war es da, Sigrun liebte die kleinen, von hohem Schilf umstandenen Buchten, den verschlafenen Fischerhafen und die Ruhe im hinter den Dörfern gelegenen Wald. Sie genoss es, barfuß durch den warmen Sand zu laufen, sich in die Binnendünen zu kuscheln und den Vögeln im strahlend blauen Himmel zuzusehen.

Wenn nur ihre Schwiegermutter nicht wäre und deren andauernde Nörgelei. Über die Sowjets. Und über den Verlust. Früher, als es das Gestüt noch gab! Früher hat das alles uns gehört. Uns, Sigrun musste lachen. Hildegard hatte eingeheiratet, zu dem Zeitpunkt war die Familie von Achims Vater längst enteignet und der Name von Wetzlaff nur ein Hauch aus längst vergangenen Zeiten. Gutsherren – war doch gut, dass es die nicht mehr gab! Sigruns Papa, Politologie-Professor und Kommunist, hatte die Hände überm Kopf zusammengeschlagen, als er erfahren hatte, aus welchem Stall Achim stammte.

Achim warf ihr vom Lenkrad einen Blick zu. »Freust du dich?«

Sigrun zog die nackten Beine auf den Autositz und legte ihren Kopf auf seine Schulter. Ihr langes Blondhaar fiel ihr vors Gesicht. »Klar. Klar freu ich mich. Musste nur gerade an deine Mutter denken.«

»Und da musst du lachen? Die sitzt jetzt ganz allein da.«

»Die kann sich doch auch Nachbarn einladen! Selber schuld, wenn sie glaubt, sie sei was Besseres.«

Achim presste die Lippen aufeinander und setzte den Blinker. Hildegard und die Nachbarn, ein Kapitel für sich. Hildegard trug die Nase hoch, das kam nicht gut an.

Sie fuhren in die Bungalow-Feriensiedlung hinein. Herrlich! Ein lang gezogenes Gelände, im Rücken die Seestraße und die weiten Wälder, zum Haff hin trennte nur ein Waldsaum die Fläche vom Wasser. Kiefern verbreiteten südliches Feriengefühl, es roch nach Harz und Nadeln, nach gegrilltem Fisch und Sonnencreme. Möwen saßen im Spalier auf den dicken schwarzen Stromleitungen, die kreuz und quer über den niedrigen Lauben hingen, und warteten auf fette Beute von den rauchenden Grills. Fröhliche Menschen in kurzen Hosen und Bikinis, Kinder mit Bällen und vom Baden nassen Haaren tollten herum, Sigrun fühlte sich augenblicklich an den Balaton versetzt, wo sie früher mit Mama und Papa Sommerurlaub gemacht hatte. Der Lärmpegel stieg, sie hatte das Fenster heruntergekurbelt, ließ den fröhlichen Spätsommertag hinein. Für Mitte September war es erstaunlich heiß, bestimmt das letzte warme Wochenende in diesem Jahr, sie würde Sonne auf der Haut und gute Laune tanken, damit sie die kalte Zeit einigermaßen überstand.

Achim parkte ein. Er legte seine warme Hand auf Sigruns Knie und streichelte es sanft. »Wär mir lieb, wenn du Christa nicht erwähnst.«

»Warum denn das?«

»Na, du weißt schon.« Achims Blick wurde unstet, flitzte zwischen ihr und dem Geschehen draußen hin und her. »Christa ist ein bisschen … unkonventionell. Und ich kenne den Kollegen nicht gut genug, man weiß nie.«

Sigrun begriff. Man weiß nie. Er hatte recht. Augenblicklich war das freie und fröhliche Gefühl verflogen. Man weiß nie. Ich kenn den nicht. Lieber nicht alles sagen. Sie nickte nur und hob Marco aus dem Kinderwagenaufsatz vom Rücksitz.

Klaus wedelte mit der Grillzange, als sie die Laube gefunden hatten und um die Ecke bogen. »Mensch, pünktlich wie die Maurer!«

Aus der Laube kam eine schlanke Rothaarige im Bikini herausgeschossen, lief auf Achim und Sigrun zu, schloss beide in die Arme, als hätten sie sich schon ewig nicht gesehen, und nahm ihnen den Korb ab. »Ist das schön, dass ihr da seid! Karin.« Sie gab ihnen die Hand, ihr Händedruck war fest, und Sigrun fühlte sich augenblicklich wohl in ihrer Gegenwart.

Es wurde der perfekte Sommertag. Sogar Achim, der nie ganz unbeschwert war, schien Sigrun heiter und gelöst. Die Männer kümmerten sich um das Mittagessen, Klaus, ein Kollege aus Achims Betrieb, hatte Rostbratwürste auf dem Grill, Kartoffeln in Folie zwischen den Kohlen und Getränke in einer flachen Zinkwanne vorbereitet. Sigrun und Karin deckten den Tisch, Marco lag auf einem Deckchen auf der Wiese unter einem Baum und brabbelte zufrieden. Er drehte sich schon vom Rücken auf den Bauch und beschäftigte sich hingebungsvoll mit den Fransen der Decke.

»Strammer Junge«, bemerkte Klaus.

»Süßer Fratz«, sagte Karin mit diesem Ausdruck in den Augen, der Sigrun häufig begegnete, wenn Frauen ihren Marco ansahen. Sie war jung Mutter geworden, vielleicht zu jung, dachte sie manchmal, schließlich war sie erst zwanzig, Achim gerade mal ein Jahr älter. Andererseits: Dadurch hatten sie die Werkswohnung bekommen, Zwei-Raum mit Badewanne und extra Küche! Und sie waren junge Eltern, wenn Marco größer war, konnte Achim mit ihm Fußball spielen, ohne aus der Puste zu kommen. Sigrun hatte selbst eine junge Mama, die ihr mehr Freundin als Mutter war.

»Wollt ihr auch?«, fragte sie Karin, während sie die Teller und Gläser auf den Gartentisch stellten.

»Klar!« Karin warf einen Blick zu Klaus. »Er würde gerne

warten, bis er Kolonnenführer ist, besserer Lohn. Aber ich sag immer: besser früh anfangen. Ich will ja nicht nur eins.« Sie lachte.

Karin sah toll aus. Schlank, die Haare modisch halblang und toupiert, ihr Bikini war der letzte Schrei. Die beiden waren ein paar Jahre älter als Achim und sie, dachte Sigrun und hoffte, dass sie auch einmal so ein Leben führen konnten. Es ging ihnen ja nicht schlecht, sie hatten sogar das alte Auto von Hildegard zur Verfügung, aber von einer eigenen Laube konnten sie nur träumen. Und wenn Sigrun sich so umsah … Stereo-Heimempfänger, eine neue Sitzecke, Hausbar – Klaus und Karin schienen ordentlich zu verdienen.

»Was arbeitest du?«, erkundigte sie sich.

»Sekretärin«, erklärte Karin, Stolz schwang in ihrer Stimme mit. »Im Ziegeleiwerk. Ganz oben, beim Direktor. Und du?«

»Ich bin in der Ausbildung. Medizinisch-technische Assistentin.«

Klaus pfiff bewundernd und sah zu ihr hinüber. »Frau Ingenieur, was? Achim, da musst du aufpassen, dass deine Schöne nicht bald die Hosen anhat.«

Achim warf ihr auch einen Blick zu, er lächelte. »Quatsch. Wir teilen uns die Arbeit. Warum soll die Siggi nicht einen guten Beruf lernen? Wir wollen uns schließlich auch mal was leisten können.«

Klaus wendete die Würste. Ihr Fett tropfte auf die Grillkohle, es zischte und stank. Sigrun wurde ein bisschen übel. Sie ekelte sich vor Fettgrieben.

»Völlig richtig, Achim«, Klaus öffnete eine neue Flasche Bier, sein Hals wurde noch röter. »Auch die Frauen tragen zum Wohl unseres Staates bei. Jede Produktivkraft wird gebraucht. Prosit!«

Es wurde ein unbeschwerter Tag. Marco hatte gute Laune und weinte fast gar nicht, irgendwann schlief er in Achims Armen ein. Die Frauen liefen zum Strand, nachdem sie die Küche gemacht hatten, die Männer legten sich ebenfalls aufs Ohr, Bier und fettes Essen hatten sie müde gemacht. Sigrun genoss die brennende Sonne auf ihrer Haut, saugte Luft und Wärme mit jeder Pore auf. Vorne am Wasser war viel los, Paare, Familien, weiter hinten im FKK-Bereich Nackte und daneben Bekleidete, Gummitiere, Schwimmreifen und Paddelboote machten sich den Platz am schmalen Sandstreifen und im Wasser streitig. Sigrun und Karin schwammen weit hinaus, zu einer verankerten Badeinsel. Sie streckten sich auf dem von der Sonne erhitzten Holz aus und ließen sich trocknen.

»Klaus sagt, dein Achim steht kurz vor der Beförderung.« Karin drehte sich auf den Bauch. Auf ihrer gebräunten Haut glitzerten Wassertropfen. Sie war schön, fand Sigrun. Reif. Eine Frau und nicht wie sie ein Zwischending. Zwar war sie Mutter, aber sie fühlte sich nicht reif. Nicht wie eine Frau, die mit beiden Beinen fest im Leben stand. Sie war ein Mädchen, immer noch, und sie wollte es sein.

»Davon weiß ich nichts.« Sigrun drehte sich auf eine Seite, stützte sich auf einen Ellenbogen und blinzelte gegen die Sonne. »Woher weiß Klaus das?«

»Guter Draht zur Betriebsleitung.« Karin lächelte Sigrun an. »Vielleicht hab ich jetzt was verraten – sag lieber mal noch nichts.« Dann wechselte sie das Thema, sprach über Mode und dass sie sich das Nähen selbst beibrachte, über Westkontakte, die sie mit Burda-Schnittmustern versorgten, und dass sie es bedauerte, schon lange nicht mehr zum Einkaufen in Berlin gewesen zu sein.

Sigrun nickte nur und antwortete einsilbig. Es war ein oberflächliches Gespräch zwischen zwei Frauen, die sich nicht gut kannten, aber Sigrun war auf der Hut, wegen Achim. Guter Draht zur Betriebsleitung – das konnte alles heißen. Sie wollte aber nicht darüber nachdenken, wollte nicht auf der Hut sein, wollte diesen unbeschwerten Tag am Haff einfach nur genießen. Leben aufsaugen. Leben! Sich frei fühlen.

Als ihr zu heiß wurde, setzte sie sich auf, blinzelte über die glitzernde Wasseroberfläche des Haffes hinüber nach Usedom, das auf der westlichen Seite im Norden lag, aber nicht zu sehen war, weil die Spätsommersonne die Konturen des Ufers aufweichte und verschwimmen ließ. Weiß schimmerte die Horizontlinie, Wasseroberfläche und Land flossen ineinander.

Sigrun hielt sich die Nase zu, schloss die Augen und ließ sich vornüberfallen. Tauchte ins Wasser, tief und tiefer, dorthin, wo es kühl wurde. Sie öffnete die Augen, unter ihr dunkelblaue Leere, über ihr hell reflektierende Wellen, um sie herum gedämpfte Stille, als wäre sie in Watte eingepackt. Sie machte ein paar kräftige Züge, weiter hinunter, bis die Lungen schmerzten, dann streckte sie die Arme nach oben und tauchte auf.

»Ich dachte, sie kommt nicht mehr hoch!« Karin lachte, »du meine Güte, deine Frau ist ein Fisch!«

Achim warf Sigrun einen Blick zu. »Manchmal taucht sie ab.«

Sigrun, die Marco ein Fläschchen gab, sah auf und suchte Achims Blick. Sie verhakten sich ineinander, Achim begann zu lächeln. Ich liebe dich, versuchte Sigrun ihm zu sagen, ohne Worte. Sie wusste, dass er sie verstand. Seit Marco auf der Welt war, war es manchmal schwierig. Es war nicht mehr wie früher zwischen ihnen, aber dann gab es Momente wie diesen, und sie wusste, alles war gut.

Der Abend wurde frisch, der Herbst hatte sich über Tag nur

versteckt, sie saßen auf der Veranda der Laube, Karin hatte Kerzen angemacht, eine bunte Lichterkette baumelte an einem Holzbalken. Aus dem Wald drangen die Rufe der Käuzchen herüber, aus den anderen Bungalows Lachen und Musikfetzen. Die Luft war erfüllt vom Geruch nach feuchtem Laub, nassen Handtüchern und Grillkohle, Sigrun kuschelte sich in ihre lange Strickjacke und zog die Beine unter sich auf die Bank. Sie legte den Kleinen vorsichtig in die Kuhle, die sich zwischen ihren verschränkten Beinen bildete, und deckte ihn sanft mit der Babydecke zu, von ihrer Mutter gehäkelt. Marcos Augen waren geschlossen, sie bewunderte den Kranz seiner langen dunklen Wimpern. Seine Haut hatte die Farbe von Milch, die Augen waren blau wie die seiner beiden blonden Eltern, aber der Junge war mit einem Schopf schwarzer Haare geboren. Sigrun hatte Angst, dass Achim glauben könnte, der Junge sei nicht von ihm, aber Hildegard, ausgerechnet Hildegard, hatte ihr die Angst genommen, als sie einen ersten Blick auf ihr Enkelkind warf. »Wie mein Rainer!«, hatte sie ausgerufen, und damit war Marco legitimiert. Rainer, der Großvater. Ein geborener von Wetzlaff, Erstgeborener, Arier, Herrenreiter und Gestütserbe. Früh verstorben, angeblich hatte ihn irgendwer umgebracht. Das blaue Blut eines alten Geschlechts von Großgrundbesitzern floss also in den unschuldigen Adern ihres frisch geborenen Sohnes.

»Habt ihr schon gehört, was die Spinner morgen in Schwerin veranstalten?« Klaus hatte den Klaren aus der Hausbar geholt, aber Achim legte seine Hand über das Glas. Karin schüttelte den Kopf, nur Sigrun ließ zu, dass er ihr einschenkte. Aus Höflichkeit, sie hatte nicht vor, mehr als zu nippen.

»Die Baumpflanzaktion?«, fragte sie zurück und sah, wie Achim zusammenzuckte.

»Du weißt also Bescheid?«, hakte Klaus nach. Sah er sie prüfend an? Ihr wurde unwohl, sie zuckte nur mit den Schultern und widmete sich dem schlafenden Kind.

»Achim, du auch?«

Aber der schüttelte den Kopf. »Keine Ahnung. Was für Bäume?«

»Die wollen Bäume pflanzen.« Klaus machte aus seiner Verachtung keinen Hehl. »Umwelt-Spinner. Die nehmen sich den Westen zum Vorbild, als wenn wir das nötig hätten.«

»Umweltverschmutzung gibt es bei uns auch!« Karin knuffte ihren Mann in die Seite, aber Klaus ging nicht darauf ein. »Entlang der Trambahnlinie. Bäume!« Er lachte laut und zeigte in den Waldsaum, der den Bungalowpark vom Haff trennte. »Mensch, wir haben Bäume mehr als genug.«

»Aber nicht in Schwerin.« Sigrun fing Achims Blick auf und biss sich in die Lippe.

»In Schwerin sollen keine Bäume sein? Warst du schon mal da, junge Dame?« Klaus schenkte sich nach. Der Klare schwappte über das Glas, hinterließ eine Pfütze auf dem Wachstuch. Er wischte mit dem Daumen darüber und leckte ihn ab.

Achim bewegte kaum merklich den Kopf. Lass es.

Aber Sigrun wollte es nicht lassen. Christa hatte ihr davon erzählt, was die Handvoll junger Leute vorhatte, Studenten, die sich ökologisch engagierten, was sollte verkehrt daran sein, die Welt besser, gesünder machen zu wollen?

»Was findest du denn so blöd daran?«, fragte Sigrun zurück. Sie wollte sich nicht mit Klaus anlegen, aber sie sah nicht ein, dass sie ihre Meinung nicht sagen sollte. »Bäume schaden niemandem.«

»Woher weißt du denn davon?«, fragte Klaus zurück. »In den Zeitungen stand nichts.«

»Und du?« Sigrun sah ihm ins Gesicht. Seine Augen waren klein, die blaue Iris verschwamm, die Äderchen des Augapfels leuchteten rot. Klaus schwitzte. Sie starrten sich an.

»Rote Grütze?« Karin sprang auf und verschwand in der Küche.

»Wir müssen so langsam.« Achim warf einen Blick auf seine Uhr. »Ist schon spät geworden, der Kleine muss ins Bett.«

Auf dem ersten Stück der Fahrt schwiegen sie. Der Wartburg glitt durch die Nacht, Bäume links und Bäume rechts, ein Fuchs stand starr vor dem Scheinwerferlicht. Es begann zu regnen, dicke Tropfen zunächst, dann wurde der Regen heftiger, die Scheiben beschlugen von innen, Sigrun fröstelte, obwohl ihre Haut glühte. Sie hatte zu viel Sonne abbekommen. In das Schweigen hinein malte sie ein Herz in die beschlagene Scheibe.

»Das war unnötig«, murmelte Achim, als sie die ersten Plattenbauten am Rand der Kleinstadt erreichten. »Bis dahin war's doch schön.«

»Ja.« Sigrun ließ den Kopf an die Scheibe sinken, ihre Haare verwischten das Herz. »Ja, war schön. Sehr schön. Karin ist 'ne Nette.«

Achim nickte. »Ich hab dir gesagt, pass auf.«

»Jetzt weißt du wenigstens, an wem du bist.«

»Er aber auch.« Achim packte das Lenkrad fester. Bis er vor dem Haus einparkte, sprachen sie kein Wort miteinander.

»Wieso bist du nicht in Schwerin?«

Der Wind kam von vorne, Sigrun musste ordentlich strampeln, auf dieser Strecke entlang der Haffküste schützte sie kein Wald vor dem mecklenburgischen Wind, der waagerecht über das flache Land fegte.

»Oschi hat gekniffen«, sagte Christa und knabberte am schwarzen Lack, der von ihrem Fingernagel platzte. Jetzt nahm sie auch die zweite Hand vom Lenker, und Sigrun fragte sich, wie ihre Freundin es schaffte, kräftig zu treten und freihändig gegen den Wind zu balancieren. Aber Christa war einfach Christa, eine Wucht in Tüten. »Für'n Zug hatte ich kein Geld, und sonst hat mich keiner mitgenommen.«

»Schade.«

Christa fasste wieder mit beiden Händen an den Lenker, dann bogen sie in den winzigen Trampelpfad zwischen zwei Feldern ab. Gelbe Stoppeln ragten aus der hellsandigen Erde, die LPG hatte die Ernte schon eingebracht. Letzte verbliebene Wildgänse liefen zwischen den Stoppelreihen hindurch, pickten Körner, bevor sie sich auf die lange Reise begaben.

»Ja. Mist. Was soll's. Die machen ja weiter. Irgendwann komm ich schon hin und mach mit.«

Christa mühte sich vor Sigrun durch den Sand. Ihre Hinterräder rissen aus. Bald würde der Weg zu Ende sein, sie würden die Räder an Ort und Stelle liegen lassen und zu Fuß zu ihrer Lieblingsstelle laufen. Das weitgestreckte Moor, eingeklemmt zwischen Küste und Feldern. Hier kam kaum jemand her. Wer ans Haff fuhr, lief entweder durch die Wälder oder besuchte die kleinen Sandbuchten, die sich inmitten des breiten Schilfgürtels auftaten. Am Stettiner Haff konnte man nicht lange am Ufer entlang im Sand laufen. Dicht gewachsenes Röhricht versperrte den Weg. Am Moor aber weitete sich der Blick, man sah übers Wasser bis zur Ostsee und in südlicher Richtung weit bis ins Hinterland. Flechten und Moose überzogen einen Teil der Fläche. Vom Wetter grau gewaschene Stämme, hohl und abgestorben, ragten daraus hervor. Dazwischen strahlten Gruppen von jungen Birken, die hell zwischen grün glänzendem Röhricht wuchsen, glitzernde Wasserflächen blitzten hier und da hervor, Libellen, leuchtend blau und rot flitzten tief darüber hinweg. Besonders liebte Sigrun die zarten Gräser, die wie Haar von Fabelwesen ihre filigranen Stängel emporreckten, an deren Ende sich zarte Büschel wiegten. Kolkraben hielten Wache, ihre schwarz glänzenden Augen und Schnäbel folgten den beiden Eindringlingen.

Mit Achim war Sigrun einmal hier gewesen, er hatte ihr den Ort gezeigt und seine Geschichte erzählt. Früher war das Moor bewirtschaftet worden. Erst von den Bauern der Umgebung, dann schickte man Zwangsarbeiter hin. Sigrun hatte sich gegruselt, weil sie sich vorstellte, dass das Moor Menschen verschluckt hatte, die zu schwach zum Arbeiten gewesen waren. So hatte Achim es erzählt. Wer nicht mehr konnte und unter der sengenden Sonne bei der Arbeit zusammengeklappt war, den hatten die Nazis einfach liegen lassen, hatten darauf vertraut, dass der feuchte Boden sich schon kümmern würde. Dass das Moor die Toten in sich aufnahm, ihnen das Fleisch von den Knochen saugte und die bleichen Gebeine niemals mehr hergab.

Obwohl Sigrun heute glaubte, dass dies nur ein Gruselmärchen aus Hildegards Schatz monströser Geschichten war, fragte sie sich doch, wie viele Tote das Moor unter seinen vielen Schichten verbarg. Sie wusste, dass es in dieser Gegend Schlachten gegeben hatte, vor Jahrhunderten schon, dass Schweden und Franzosen sich geschlagen hatten, ganz Pommern ein Grab.

Sie hatten ihren Platz erreicht, eine trockene, warme Stelle am Rand eines dunklen Gewässers, in der Nähe einer kunstvoll von Bibern errichteten Burg.

Christa ließ sich schwer fallen. Sie riss einen Stängel vom

Wollgras ab und kaute darauf herum. »Was macht mein Herzchen?«, erkundigte sie sich.

»Ist mit Achim bei seiner Oma«, gab Sigrun zurück, und Christa schnaufte. Sie und Achim, da wurde kein Schuh mehr draus.

So ausgelassen der gestrige Tag bei Klaus und Karin gewesen war, so gedämpft hatte der heutige Morgen begonnen. Achim war lange vor Sigrun aus den Federn gekrochen, und an der Lautstärke, mit der er in der Küche herumhantierte, hatte sie schnell gehört, wie seine Laune war.

»Ich fahr zu meiner Mutter«, verkündete er, kaum hatte sie einen Zeh aus dem Bett gestreckt.

»Ich dachte, wir drei machen was zusammen? Ist doch Sonntag?«

»Haben wir doch gestern schon.«

Kurz hatte Sigrun protestieren wollen, aber dann überlegte sie es sich anders. »Nimmst du den Kurzen mit?«

»Na klar!«

Immerhin, das musste sie ihrer Schwiegermutter lassen, sie war in ihren Enkel fast noch mehr vernarrt als in ihren Sohn. Falls das möglich war. Achim hätte gar nicht ohne Marco bei ihr auflaufen dürfen. Kaum hatte Achim das Auto angelassen, holte Sigrun ihr Fahrrad raus und war bei Christa aufgekreuzt. Ein Tag mit ihrer Freundin war wie ein Tag, den sie sich aus der Jugend zurückholte. Ein Tag ohne Werksarbeit und Mann und Kind – ein Tag wie früher.

»Oschi und Tasche machen 'ne Band auf, und sie wollen, dass ich singe«, sagte Christa jetzt und ließ sich hintenüberfallen. Die Sonne schien ihr ins Gesicht, sie schloss die dick mit schwarzem Kajal umrandeten Augen, und Sigrun sah, wie sie grinste.

»Mensch!« Sigrun ließ sich neben ihre Freundin fallen, »das ist ja 'n Ding! Das wird schau.« Sie tastete nach Christas Hand und drückte sie, Christa drückte zurück.

»Oschi hat 'nen Probenraum. Bei seinem Opa in der Garage, da können wir rein, keine Sau hört uns da.«

Christa erzählte, und Sigrun hörte zu, die Septembersonne brannte auf sie herab, Stille umgab sie, nur vereinzelt ertönten Rufe von Vögeln, die Sigrun nicht kannte. Sie liebte es, wenn Christa aus ihrem Leben erzählte, das so viel aufregender war als ihres. Christa war Nonkonformistin, so nannte es Sigruns Vater, ein bisschen Bewunderung schwang in dem Begriff mit, deshalb mochte Sigrun ihn. Achim drückte es anders aus, weniger nett. Er sagte, Christa sei eine Gammlerin. Christa selbst nannte sich seit Neuestem Punk. Aber keiner der Begriffe traf das, was Christa für Sigrun war, sie kannten sich, seit sie Windeln getragen hatten. Lange Jahre waren ihre Leben parallel verlaufen, erst als Sigrun Achim kennenlernte, trennten sich ihre Wege. Aber nur äußerlich – Christa ging keiner Arbeit nach, sie träumte sich durch den Tag, sie traf Leute, die so lebten wie sie, führte hitzige politische Diskussionen, hörte immerzu Musik – Jugendradio, Westradio, Platten, die irgendwelche Leute von irgendwoher geschmuggelt hatten, gemixte Kassetten, die wie Geheimpapiere heimlich von Hand zu Hand weitergereicht wurden. Christa trug kaputte Netzstrümpfe, ihre Haare waren mal schwarz, mal rot, mal gelb. Leute starrten sie auf der Straße an, und sie streckte ihnen die Zunge raus. Aber für Sigrun spielte nichts davon eine Rolle, Christa war ihre Christa, daran konnte nichts und niemand rütteln.

Sigruns Leben dagegen verlief nach Plan: POS, Lehre im Werk, Mutter, Ehefrau, produktives Mitglied der Gesellschaft.

Blond und brav. Ihr Herz aber streckte allen die Zunge heraus.

Die Sonne wanderte tiefer, zwinkerte ihnen hinter den Kronen der Birkengruppe zu, als Sigrun fand, es wäre Zeit, nach Hause zu fahren. Achim blieb sonntags nie lange bei Hildegard, morgen begann eine anstrengende Arbeitswoche, sie hatten sich angewöhnt, früh ins Bett zu gehen. Sonntag war Polizeiruf-Abend, vorher machten sie Marco bettfertig und für sich Schnittchen.

Als die Frauen aufbrachen, entdeckten sie vielleicht hundert Meter weiter im Wasser eine Gruppe von Kranichen. Andächtig blieben sie stehen und beobachteten die eleganten Vögel. Gerade im Herbst sammelten sich in der Gegend große Gruppen, um gemeinsam den Flug ins Warme anzutreten. Sigrun bewunderte ihre anmutige Gestalt, den roten Fleck am Hinterkopf und den schwarz und weiß gemusterten Hals. Wenn die Vögel durchs Wasser staksten, waren sie beeindruckend, unterschieden sich jedoch nicht besonders vom Weißstorch oder Reiher. Sobald sie sich aber mit hohen Rufen verständigten, die ein wenig an schlecht gestimmte Trompeten erinnerten, wenn sie die langen Hälse durchbogen, mit schnellen Schritten Anlauf nahmen und sich schließlich alle gleichzeitig in die Luft schwangen, in der Höhe mit gemächlichen Schlägen ihre Schwingen auf und ab schlugen, dann wusste Sigrun, warum der Kranich ein mythischer Vogel war. Er war graziös und majestätisch, hob sich von seinen Artgenossen durch rätselhafte, aber elegante Choreografien ab. Wenn sie die Kraniche bei ihrem Zug beobachtete, überkam sie Sehnsucht nach dem Süden. Der Herbst kündigte sich an, und für eine lange, kranichlose Zeit würde sie in Dunkelheit gefangen sein. Der Zug der Kraniche brach ihr Jahr für Jahr das Herz.

Aber noch blieb die Gruppe der Vögel, die sie beim Waten beobachteten, an Ort und Stelle. Leise schlichen die Frauen vorbei, die Vögel ließen sich nicht stören.

Auf der Rückfahrt half ihnen der Wind, der jetzt von hinten kam, sie sausten auf ihren Rädern zurück in die Kleinstadt, Hand in Hand, bis Christa abbog und Sigrun ihr Rad vor dem Wohnhaus ausrollen ließ. Sie sah den Wartburg, Achim war wie vermutet schon zu Hause.

Sie ließ ihr Rad gegen die anderen fallen, die wie Dominosteine zu Boden krachten, ach egal, sollte Ditte sie wieder aufstellen. Sigrun nahm zwei Stufen auf einmal, schloss die Wohnungstür auf und wollte zu einer Entschuldigung ansetzen, aber Achim reagierte nicht auf sie. Er saß vor dem Fernseher, Marco im Arm, und zeigte stumm auf den Bildschirm. Sie setzte sich zu ihm auf die Lehne des Sessels und versuchte zu begreifen, was der Nachrichtensprecher des ZDF erzählte.

Nie hatte sie über Flucht nachgedacht. Dieses Land, diese Stadt waren ihr Zuhause. Ihre Familie, Freunde, alles, was Sigrun liebte, war hier und nicht da drüben. Aber als sie begriff, was geschehen war, als sie die Stoffstreifen sah, im Fernsehen schwarz-weiß, aber in Sigruns Fantasie leuchteten sie in allen Farben des Regenbogens. Als sie verstand, welch abenteuerliche Reise diese zwei Familien aus Thüringen auf sich genommen hatten, empfand sie Neid. Wie gerne wäre sie dabei gewesen. Wäre in einem Heißluftballon über die dunklen Wipfel des Waldes geflogen, hätte das kleine, kleine Leben dort unten von oben verlacht und wäre auf der anderen Seite Deutschlands einfach aus dem Korb gestiegen. Und wahrscheinlich zu Fuß gleich wieder zurückgelaufen.

Die Bilder dieses Abenteuers brannten sich ihr ein. Was für ein Wagnis. Welche Schönheit. Eine kleine Flamme wurde in ihrem Herzen angezündet. Und würde zu einem lodernden Feuer wachsen.

Heute

Er reichte ihr das Fernglas. Nina brauchte ein wenig, um die Wölfe ins Visier zu bekommen, aber schließlich fand sie die grauen Pelze hinter einem Sandhügel. Sieben, zählte sie. Drei von ihnen Jungwölfe, hatte Marco ihr erklärt, sie waren im Frühjahr zur Welt gekommen, zwei andere waren Junge aus dem Vorjahr, die noch beim elterlichen Rudel lebten, sowie das Elternpaar, souveräne Altwölfe. Nina hielt den Atem an. Was für wundervolle Tiere, dachte sie, und tatsächlich, Ayla hatte große Ähnlichkeit mit den wilden Tieren. Diese bewegten sich nur ungleich geschmeidiger, selbstbewusster. Die Jüngsten balgten miteinander, eines der älteren Tiere beobachtete sie träge. Nina war fasziniert, wie gelassen die Wölfe wirkten, wie entspannt und wie wenig auf der Hut sie waren. Einer von ihnen erhob sich, streckte sich in die Länge, gähnte, zeigte sein beeindruckendes Gebiss.

Wenn man die Wölfe beobachtete, konnte man kaum glauben, dass man das Wesen vor der Linse hatte, das im Land so viele Menschen in Angst und Schrecken versetzte, den Hass von Bauern und Jägern auf sich zog. Nina konnte sich nicht sattsehen, ein Gefühl der Erhabenheit überkam sie, ihre Angst, die sie vor dem nächtlichen Wolfsbesuch im Garten gepackt hatte, verschwand. Das, was sie beobachtete, waren mythische Tiere. Beeindruckende Kreaturen – auch wenn sie ohne

Zweifel gefährlich waren. Beutegreifer, rasend schnell, lautlose Jäger, versessen auf Fleisch.

Nina und Marco lagen auf den Bäuchen, vielleicht einen halben Kilometer vom Rudel entfernt, hinter Farnbüscheln verborgen. Vor gut einer Stunde hatte der Waldmann sie abgeholt, aber sie bestand darauf, mit ihrem eigenen Auto zu fahren. Sie konnte nicht noch einmal in seinen Wagen steigen, die verbrauchte, nach Blut und Kadaver riechende Luft ertragen. Außerdem wollte sie Ayla nicht zumuten, in dem Auto des Waldmannes allein bleiben zu müssen. Darüber hinaus traute Nina ihm nicht. Rational betrachtet war es Quatsch zu befürchten, dieser Mann würde mit ihr in den Wald fahren und ihr was auch immer antun, aber letzten Endes war er ein Fremder, dessen Motivation sie nicht verstand.

Sie waren eine gute halbe Stunde in Richtung Süden, ins Landesinnere, gefahren, Nina hatte Mühe gehabt, mit dem Tempo des schwarzen Pick-ups vor ihr mitzuhalten. Ganz davon abgesehen, dass sie sich nicht merken konnte, wohin sie ihm gefolgt war. Nur dank ihres Handy-Navis würde sie den Weg zurückfinden.

Irgendwann war er in einen Waldweg eingebogen – befahren verboten, militärischer Bereich – und hatte das Auto ein paar Hundert Meter weiter geparkt. Nina war unwohl bei dem Gedanken, ihren Wagen mit Ayla darin zurückzulassen. Mitten im Wald, fernab von Spazierwegen und Wanderrouten, aber er hatte sie belächelt.

»Wer sollte hier vorbeikommen? Hier kannst du tagelang stehen, und niemand merkt es.«

Das sollte sie beruhigen? Nina hatte gezögert. Was tat sie hier eigentlich? Folgte einem Wildfremden in ein menschenleeres Waldstück, niemand wusste, dass sie mit ihm unterwegs war oder wohin sie gehen wollte. Einen Moment war sie versucht, Berit oder Jan eine Nachricht zu schicken. Wenn ihr nichts mehr von mir hört – der Waldmann war es!

»Du bist nicht Rotkäppchen und ich nicht der böse Wolf.«

Gedanken lesen konnte er auch. Nina kam sich bescheuert vor, sie war erwachsen, und das hier war kein Fernsehkrimi.

Also liefen sie los. Marco Wetzlaff erzählte ihr ein bisschen was über Wölfe, aber irgendwann legte er den Finger auf den Mund und bedeutete ihr zu schweigen.

»Aber die wittern uns doch schon meilenweit vorher, oder nicht?«

Er nickte. »Natürlich. Aber sie sind nicht wirklich menschenscheu. Hier laufen immer wieder mal Leute durch ihr Revier. Trotzdem: Wir müssen sie nicht mit Fleiß verjagen durch lautes Gequatsche.«

Nina nickte, und dann schlichen sie ein paar Hundert Meter durchs Unterholz. Er voran, sie folgte. Beobachtete, wie er sich durch Brombeerranken bewegte, um Ameisenhügel einen Bogen machte oder sich unter Zweigen duckte. Zügig und sicher ließ er sich nicht aufhalten, zögerte nicht, wo er den Fuß hinsetzen sollte, er bewegte sich wie ein Tier durch sein Habitat. Wie schon zuvor auf den Straßen fiel es ihr auch hier schwer, sein Tempo zu halten, sie riss sich ihre Hände auf bei dem Versuch, Dornenranken beiseitezuschieben, trat mit einem Fuß in eine Schlammpfütze und spürte, wie sich feuchte Spinnweben in ihren Haaren verfingen. Dennoch nahm ihr Unbehagen, das sie anfangs noch verspürt hatte, ab. Der Mann, der sich da vor ihr durch das Unterholz bewegte, war keinen Deut an ihr interessiert. Er kümmerte sich nicht darum, ob sie ihm folgte, es war ihm gleich, ob sie nasse Füße oder zerschundene Hände hatte. Er war getrieben von dem

Drang, etwas zu zeigen, worauf er stolz war, ein Wolfsrudel in freier Wildbahn.

Nina hatte am Vorabend gegoogelt. Und den Bericht einer Wolfsforscherin gelesen, die Wölfe in der Lausitz betreute. Sie schrieb darüber, dass sie »ihre« Wölfe selten zu Gesicht bekam, darüber, dass sie Wochen über Wochen allein durch die Losung der Tiere wusste, wo sie sich befanden. Nina fragte sich, warum Marco Wetzlaff, der Waldmann, zu wissen glaubte, dass sie die Wölfe würden beobachten können.

Die Antwort auf die Frage erkannte sie jetzt, als sie durch das Fernglas blickte. Neben dem Sandhügel, auf dem sich die Wölfe träge bewegten, lag etwas. Ein Kadaver. Sie erkannte Hufe. Ein kleines Geweih. Die Wölfe hatten gefressen, sie waren träge und müde, ihre Bäuche waren gefüllt, und die Aufmerksamkeit ließ nach.

Sie setzte das Fernglas ab. »Der Rehbock …«, flüsterte sie, aber der Mann neben ihr schüttelte nur den Kopf. Er sah enttäuscht aus, und als Nina das Fernglas ansetzte, wusste sie, warum. Die Wölfe waren weg. Keine Spur von ihnen, von einer Sekunde auf die andere.

Nina und Marco blieben noch ein paar Minuten stumm liegen, dann zogen sie sich zurück. Auf dem Weg zurück zum Auto schlugen sie sich nicht mehr durch das Unterholz, Marco fand nach wenigen Metern einen Trampelpfad.

»Dieser Rehbock«, setzte Nina von Neuem an. »Hast du den da hingelegt?«

Er zuckte mit den Schultern, fuhr sich durchs Haar. Aber er antwortete nicht. Sein beredtes Schweigen war ihr Antwort genug.

»Du schießt das Wild, und dann legst du ihnen die Reste hin, damit sie die Spuren für dich beseitigen?«

Der Waldmann blieb abrupt stehen, drehte sich um und sah ihr ins Gesicht. Nina erkannte, dass sie zu weit gegangen war.

»Ich finde, das geht dich nichts an. Ich habe dir die Wölfe gezeigt, und alles, worüber du redest, ist der Kadaver?«

»Sorry«, gab sie zurück, »ich hab mich nur gefragt …«

»Frag dich lieber nicht.« Er ging weiter.

»Gibt es hier Pilze?« Eigentlich hätte sie ihm gerne andere Fragen gestellt, wovon er lebte, zum Beispiel. Ob er einen Jagdschein hatte, solche Fragen, aber sie begriff, dass sie lieber schweigen sollte. Die Frage nach den Pilzen war ihr über die Lippen gepurzelt, etwas an dem Wald erinnerte sie an Ausflüge in ihrer Kindheit. Ihre Eltern waren passionierte Pilzsammler, noch heute schickte ihre Mutter ihr auf WhatsApp Bilder von Körben voll mit Maronen, Birkenreizkern oder Steinpilzen. Keinen Wald konnten die beiden betreten, ohne nicht interessiert links und rechts der Wege zu suchen, und sobald einer den magischen Satz »Ich glaube, hier riecht es nach Pilzen« sagte, schlugen sie sich ins Unterholz. Jan und Nina waren darüber schon in Streit geraten, denn Nina hatte lange das Verhalten ihrer Eltern adaptiert und war bei Spaziergängen mit Jan irgendwann kommentarlos verschwunden, der Spur der Pilze folgend. Das Berliner Umland mit seinen sandigen Böden war ein Steinpilzparadies. Aber Jan ekelte sich vor Pilzen, er misstraute ihnen, hatte stets Angst, dass versehentlich ein Giftpilz unter die Braunkappen geraten war.

»Natürlich«, sagte Marco. Er lächelte sie an. Wenn er lächelte, wich alles Unheimliche von ihm. Er konnte nett aussehen, dachte Nina. »Aber um diese Jahreszeit gibt es nur noch ab und an welche. Es war zu trocken.«

Nina nickte und lief weiter hinter ihm her. Sie könnte trotzdem nachher mit Ayla losziehen und ihr Glück versuchen, nahm sie sich vor. Ihr Tagesplan war schließlich leer. Heute, morgen und auch in zwei Wochen noch.

»Was machst du beruflich?«, fragte sie in seinen Rücken. Konnte es nicht lassen.

»Dies und das.«

Okay, auch eine Aussage. »Und davon kann man leben?«

Dieses Mal drehte er sich nicht um. Er lief weiter vor ihr, als hätte er die Frage überhört.

»Was heißt das schon, davon leben?«, antwortete er zu Ninas Überraschung einige Minuten später. »In Berlin könnte ich nicht davon leben. Könnte keine Miete bezahlen. Aber hier? Das Haus gehört uns. Ich mach mich nützlich. Helfe hier und da. Reicht zum Leben.«

»Das war ja ein ganzer Roman.«

»Und du?« Er warf ihr über die Schulter einen kurzen Blick zu.

»Ich bin Ärztin. Ich war. Keine Ahnung.«

Sie hatten die Autos erreicht, Ninas Wagen war von innen beschlagen, obwohl sie die Scheiben ein gutes Stück offen gelassen hatte, damit Ayla ausreichend Luft bekam. Aber die Hündin musste stark gehechelt haben.

Nina ließ den Hund aus dem Auto, leinte Ayla an, die wieder um Marco herumstrich, als gäbe es nur ihn und nicht sie, Nina.

»Sie riecht die Tiere.« Er hockte sich hin und streichelte Aylas Flanken.

»Welche Tiere? Die toten Tiere an deinen Händen? Den Rehbock, den du den Wölfen hingelegt hast?«

»Wenn du ihr mal was Gutes tun willst, sag Bescheid. Ich habe immer Reste für die Hunde. Gutes, gewolftes Fleisch. Roh. Das ist was für sie.«

Nina sah Marco zu, wie er Ayla liebkoste und die Hündin seine Berührungen genoss. Sie verspürte Eifersucht, ein scheußliches Gefühl, sie mochte nicht, dass Negatives Besitz von ihr ergriff.

Er stand auf und öffnete die Fahrertür seines Wagens. »Wenn du mit ihr spazieren gehen willst, da lang«, er zeigte in die entgegengesetzte Richtung. »Du willst ja nicht den Wölfen in die Arme laufen. Und da hinten gibt es einen kleinen See, sehr schön.«

»Okay, danke. Und danke, dass du mir die Wölfe gezeigt hast. Das war wirklich ... beeindruckend.«

»Sie gehören hierher. Das ist ihr Land. War es immer schon.« Mit diesen Worten stieg er ein, schlug die Fahrertür zu und ließ den Motor an.

Nina sah dem Wagen hinterher, wie er über den Waldweg holperte. Sie blieb mit Ayla zurück, plötzlich fühlte sie sich einsam und ausgeliefert. Wolken waren am Himmel aufgezogen, sie hörte allein das Rauschen der Blätter in den Baumkronen, keine Vögel, nur das Hecheln des Hundes. Nina kam es vor, als schlösse sich der Wald hinter Marcos Wagen, die Stämme, Ranken, kniehohen Büsche rückten näher an sie heran. Nun wollte sie auch raus aus dem Wald, an der Stelle, an der sie stand, durfte sie mit dem Auto nicht stehen, sie wollte nicht ertappt werden. Nina fühlte sich wohler dort, wo noch Reste der Zivilisation waren, sie spürte plötzlich, wie einsam sie war und wie fehl am Platz. Sie sollte hier nicht sein, besser, sie fuhr wieder zurück und parkte auf einem richtigen Wanderparkplatz. Dort, wo sich anständige Pilzsammler und andere Erholungssuchende hinstellten. Nina wollte nicht aus der Reihe tanzen, nichts Verbotenes tun, nicht hier, in the middle of nowhere mit einem Wolfsrudel im Rücken.

Mithilfe der Navigationsapp in ihrem Handy fand sie den Weg zurück und hielt schließlich an einem Parkplatz am Haffufer an. Hier sollte es einen Rundweg durch das Moor geben, erinnerte sie sich. Wieder holte Nina Ayla aus dem Kofferraum, leinte sie an und fand schnell den Weg, der durch das Moor führte. Holzbohlen und schmale Sandpfade wechselten sich ab, in regelmäßigen Abständen waren Schautafeln angebracht, die darüber aufklärten, wie hier früher Torf abgebaut wurde und wie man es geschafft hatte, das Moor mühsam zu vernässen. Welche Pflanzen sich angesiedelt hatten und welche Tiere zurückgekehrt waren und das Moor als Brutgebiet nutzten.

Die Sonne war wieder hervorgekommen, stand hoch am Himmel, verbreitete ihr mildes Herbstlicht und wärmte Nina durch die Outdoorjacke hindurch. Ayla lief, die Ohren aufgestellt, das Maul einen Spalt geöffnet, aufmerksam vor ihr her, sie witterte. Fasane flatterten plump vor ihnen in die Luft, entkamen schreiend. Würzig roch die Luft, nach den krautigen Halbstauden, die den Weg säumten, Rosmarinheide und Moosbeere, Wollgras und Torfsegge. Die Torfmoose schillerten gelblich und rot, grün und braun, Zwergbirken wuchsen schief und krumm, vom Wind verformt aus dem weichen Boden. Kleine weiße Wolkenberge zogen träge am hellen Himmel dahin, von einer unsichtbaren Hand über die freie blaue Fläche geschoben.

An einer Bank machte Nina halt, schloss die Augen und genoss die Sonnenstrahlen auf ihrer Haut. Sie dachte an Jan, mit dem sie am Vortag gesprochen hatte, er war gerade erst aus dem Bett gekrochen, in Toronto war früher Morgen. Sie hatte ihm von ihrem Besuch bei der Polizei erzählt, davon, was Berit herausgefunden hatte. Erst nachdem sie viele Minuten von sich gesprochen hatte, fiel Nina auf, wie wortkarg Jan reagierte und dass er blass aussah.

Es gehe ihm nicht gut, hatte er ihr auf Nachfrage gestanden. Er fühlte sich einsam in der Firmenzentrale. Fand keinen Anschluss, sein Apartment war eine Zumutung, er konnte sich nicht einmal etwas kochen, fraß den ganzen Tag Junkfood. Und wofür? Für eine Karriere, die er vielleicht gar nicht wollte?

»Ich vermisse dich«, hatte Jan gesagt, »unser Leben in Berlin. Ich möchte mit dir auf dem Balkon sitzen. Auf den Flohmarkt gehen. Im Bett liegen.«

Und Nina hatte sich schuldig gefühlt. Hatte sie ihn durch ihre Kündigung zu dem Schritt gedrängt? Aber das hieß, ihn zu unterschätzen, Jan war erwachsen, traf Entscheidungen allein, er hatte Lust gehabt, einen Karriereschritt zu machen – und dennoch, sie fühlte sich schlecht. Er war plötzlich Alleinverdiener. Und sie? Leistete sich eine Krise. So fühlte es sich an.

Und außerdem, was beinahe schwerer wog, sie empfand nicht wie er. Sie hatte keine Sehnsucht nach ihrem Leben in Berlin. Jan fehlte ihr, aber nichts sonst. Nicht das Haus in der Ruppiner Straße mit dem verpissten Treppenhaus, mit den Junkies oder zugedröhnten Touristen, die nachts die Kurve in Mitte nicht mehr gekriegt hatten und sich in einen Hauseingang legten, um den Rausch auszuschlafen. Sie sehnte sich nicht nach den Kneipen und Restaurants, nach dem steinigen Mauerpark oder gar der stickigen U-Bahn.

Nina öffnete ihre Augen. Über eine Woche war sie nun am Stettiner Haff. Einsame Tage, Tage mit seltsamen und befremdlichen Begegnungen. Und doch – sie blickte jetzt über das Moor auf das Wasser, eine spiegelglatte Fläche, über die in weiter Ferne ein Schwarm Vögel in Formation glitt, ganz knapp über der Wasseroberfläche – sollte so nicht das Leben sein? Die Vorstellung, jemals wieder in die Metropole zurückzukehren, zurück zu Lärm und Dreck, zu Menschenmassen und Verkehr, rückte immer weiter von ihr weg.

Sie dachte an das Krankenhaus, an die Charité, mit ihren langen Gängen und vielen Stockwerken, an den Geruch von Desinfektionsmittel, aber auch an Blut und Medikamente, an die übermüdeten Kolleginnen und geschundenen Pfleger. Dachte an sich selbst, wie sie in ihren Kittel geschlüpft war, in die weißen Gummilatschen, die Haare hochgebunden, die Maske auf und dann Stunden um Stunden geredet, Diagnosen gestellt und Patienten beruhigt hatte, anstatt innezuhalten, zu essen, zu trinken und in sich zu gehen.

Nina wollte gerade aufstehen und weitergehen, als ihr Handy klingelte.

»Frau Spiegel?«

»Ja.«

»Petra Leuchter hier.«

Nina hielt den Atem an.

»Ich würde Sie bitten, noch einmal zu uns aufs Kommissariat zu kommen, damit wir ein ordentliches Protokoll aufnehmen können.«

»Klar. Wann soll ich …?«

»Passt es morgen?«

»Kein Problem.« Nina holte tief Luft. »Darf ich fragen, ob Sie …?«

»Ja. Wir haben etwas gefunden. Ein Skelett. Fast vollständig. Wir nehmen jetzt Ermittlungen auf.«

Nina legte auf, schob das Handy in die Tasche. Ihr Herz klopfte heftig, sie streckte die Hand nach Ayla aus, um sich festzuhalten. Es beruhigte sie, durch den dichten Pelz der Hündin zu streichen. Eine Leiche. Und sie hatte sie gefunden.

2. Teil

HIRSCH

1936

Man konnte die Jagdgesellschaft hören, lange bevor man sie sah. Vom Gutshof her kamen die von Wetzlaffs und ihre Gäste durch die Eichenallee in Richtung der Gesindehäuser, wo Gine mit den anderen Spalier stehen musste. Die Mädchen trugen Blumenkränze auf dem Kopf, lächerlich sahen sie aus, fand Gine, schließlich waren sie keine Kleinkinder mehr, doch die Gruppenführerin hatte darauf bestanden, dass sie am frühen Morgen, nach der Gymnastik, Blumen pflückten und daraus Kränze wanden.

Die Familie von Wetzlaff hatte zur Jagd geladen, es war Anfang Juli, die Saison hatte begonnen, kein Jungfuchs konnte seines Lebens sicher sein, ebenso wenig wie das Schmaltier, womit junge, weibliche Rehtiere gemeint waren. So erklärte es ihnen das Mädchen, das damit geprahlt hatte, dass ihr Vater mit Göring auf die Jagd ging. Also solche wie wir, war Gine durch den Kopf geschossen. Die schießen auf solche wie uns. Jung, weiblich, noch nicht ausgewachsen. Aber sie hatte nichts gesagt. Mit leuchtenden Augen hatten ihre Kameradinnen den Gepflogenheiten der Jagd gelauscht, ihr jedoch war davon nur übel geworden. Sie litt, wenn sie an die armen Tiere dachte, die geschossen, ausgeweidet und denen dann noch das Fell über die Ohren gezogen wurde, und fühlte nichts als Mitleid. Renate ging es ähnlich. Als sie später auf der Kammer waren, gestand sie es Gine. Auch sie konnte kein Tier leiden sehen, wodurch sie sich dem Gespött ihrer Brüder aussetzte, die immer auf Rattenjagd in den Hinterhöfen des Arkonakiezes gingen. Und die die gefangenen Tiere später an einem Weidenstock über dem Feuer brieten.

Alle dreißig standen sie nebeneinander, in ihren Kitteln, den Holzpantinen und mit den Blumen auf dem Kopf, und warteten auf die Jagdgesellschaft. Unbarmherzig brannte die Sonne, über den angrenzenden Feldern standen Lerchen hoch in der Luft und sangen ihr Lied. Aus den Luken unter dem Dach des Kuhstalls schossen Schwalben, Gine beobachtete, wie die jungen Katzen sich auf einem Sims auf die Lauer gelegt hatten. Gackernd liefen Hühner auf dem Hof herum, der Kettenhund döste im Schatten. Es ging auf Mittag zu, die Hitze hatte ihren Höhepunkt erreicht, sie spürte, dass ihr vom langen Stehen schwindelig wurde. In kleinen Rinnsalen sammelte sich der Schweiß unter ihren Brüsten, lief am Rücken die Wirbelsäule hinab, brannte in den Augen. Seit beinahe einer Stunde warteten sie in der sengenden Sonne darauf, dass die Jagdgesellschaft über den Hof zog, es war ihnen verboten, sich hinzusetzen, geschweige denn, die Reihe zu verlassen und sich in den Schatten zu stellen.

Aber sie hatten gelernt durchzuhalten, die Zähne zusammenzubeißen, und später, Jahre später, als erwachsene Frau, dachte Gine oft daran zurück, dass das Landjahr ihr genau das beigebracht hatte: durchhalten. Aushalten. Kämpfen. Wie ihre Mutter gepredigt hatte: Lass sie nicht deine Schwäche sehen. Das hatte sie in diesen peinigenden Monaten des Jahres 1936 schmerzhaft lernen müssen. Es hatte sie fürs Leben gestählt.

Als Erste kamen die Treiber in Sicht, Knechte vom Gutshof und junge Burschen aus den umliegenden Dörfern. Sie trugen primitive Lanzen oder lange Holzstöcke, einige hatten Schellen oder Rasseln an ihrem Gürtel, mit denen sie einen gehörigen Lärm veranstalteten. Hinter ihnen kamen Jäger zu Fuß mit Hunden. Gedrungene Bracken, kurzbeinige Dackel, aber auch hochgewachsene Jagdhunde mit schlackernden Ohren. Alle sabberten, die Zungen hingen ihnen schon jetzt aus dem Maul, obwohl ihre Arbeit noch nicht begonnen hatte. Aber die Aufregung, der Lärm und das Bewusstsein dessen, was vor ihnen lag, versetzten die Tiere in größtmögliche Anspannung.

Nun folgten die Jäger und Jägerinnen zu Pferde, vorneweg das Ehepaar von Wetzlaff, hinter ihnen die drei Söhne. Die beiden Töchter waren nicht mit von der Partie, bemerkte Gine, vielleicht waren sie noch zu jung. Gewiss würden sie später einmal teilnehmen dürfen, gut ein Drittel der Jäger zu Pferd waren Frauen. Stolz saßen sie auf ihren Rössern, hochgewachsene Hannoveraner, feinnervige Pferde, auch sie mit Schaum vorm Maul, die dicken Adern oberhalb der Nüstern traten hervor, in ihren Augen sah Gine das Weiß.

Als das Pferd Habdank von Wetzlaffs das erste Mädchen im Spalier erreicht hatte, gab die Gruppenführerin ein Zeichen, und sie rissen – fünfzehn auf einer, fünfzehn auf der anderen Seite – ihre rechten Arme in die Höhe und brüllten »Heil Hitler!«.

Dass die Pferde davon nicht scheuten, verwunderte Gine, die Tiere mussten einiges gewohnt sein. Die adlige Familie kam an ihr und Renate vorbei, Gine richtete den Blick auf die drei Söhne. Dem jüngsten, Richard, schien die Aufmerksamkeit fast unangenehm zu sein, sein Blick war starr auf den Zügel gerichtet, an dem er sich festklammerte, er zeigte keine

Regung im Gesicht. Er gefiel Gine noch immer. Ein schmaler Blonder, kaum älter als sie selbst. Manchmal hatte sie abends im Bett an ihn gedacht, nachdem sie ihn zum ersten Mal gesehen hatte. Versuchte, sich vorzustellen, wie sie mit ihm durch die Hinterhöfe ihres Kiezes ziehen würde oder am Tierbrunnen auf dem Arkonaplatz sitzen und Blödsinn reden. Aber in ihrem Kopf entstand partout kein Bild davon, ihre Fantasie reichte nicht aus, ihre und seine Welt in Einklang zu bringen. Stattdessen sah sie ihre Freunde vor sich, Heini mit den viel zu kurzen Hosen, Matze mit kahl geschorenem Kopf, damit er keine Läuse nach Hause brachte, oder Sophia, die Schöne mit den dunklen Augen. Wehmut zerriss Gines Brust, wenn sie an zu Hause dachte, und schnell schob sie die Gedanken beiseite.

Rainer dagegen, der älteste Bruder, sah spöttisch auf die geschmückten Mädchen herab, an denen er vorbeiritt. Am Oberkopf trug er seine blonden Haare lang, darunter kurz geschoren, einige Haarsträhnen fielen ihm ins Gesicht, was ihn verwegen wirken ließ. Gine beobachtete, wie Henni, die als Letzte in der gegenüberliegenden Seite des Mädchenspaliers stand, kokett ein Bein nach vorne schob, die Hüfte zur Seite knickte und die Brust herausstreckte. Mit frechem Blick sah sie den Erstgeborenen von Wetzlaff an, und Gine kam das Bild von der Sonnenwendfeier wieder in den Sinn.

Es ließ sie nicht mehr los. Obwohl sie nicht mit Gewissheit sagen konnte, wer die zwei Personen gewesen waren, die sie bei ihrem unzüchtigen Treiben ertappt hatte, glaubte sie doch ziemlich sicher, dass es sich bei der Frau um Henni gehandelt hatte. Seitdem sah sie das Mädchen mit anderen Augen. Sie registrierte jede Zigarettenpackung, die Henni hervorkramte, beobachtete mit Argusaugen, wohin die Kameradin ging, wenn sie sich mal wieder von der Menge absonderte, und war gewiss: Henni bot Dienste an, die vom männlichen Personal des Gutshofes gerne angenommen und die ihr ordentlich vergütet wurden.

Seitdem mied Gine das Mädchen. Henni, die nicht wusste, was der Grund hinter Gines Zurückhaltung war, versuchte immer wieder, sie mit sich zu ziehen, an die Freundschaft anzuknüpfen, aber Gine ging auf keines ihrer Angebote ein.

Was ihr Dasein im Landjahr nicht angenehmer machte. Gine bedauerte, dass sie Henni als Gefährtin verloren hatte, aber sie konnte sich auch nicht überwinden, so zu tun, als wüsste sie von nichts. Immer wieder trat das Bild der Sonnenwendfeier vor ihre Augen und verursachte ihr Übelkeit. Die Gesellschaft der anderen Mädchen war fad, die Zeit mit Henni dagegen aufregend gewesen, nie hatte Gine gewusst, was Henni sich als Nächstes ausgedacht hatte. Die anderen, Renate eingeschlossen, waren brave Schafe, die in der Herde trotteten, den Anweisungen der Gruppenführerin Folge leisteten, klaglos schrubbten und scheuerten, buken und kochten, flickten und nähten, Getreide bündelten und Äcker pflügten. Toll hatte Herr Hitler sich das mit dem Landjahr ausgeklügelt, dachte Gine bitter, es funktionierte, wie es sollte: Woche für Woche fügten sie sich besser ein in das Idealbild der arischen Frau, passten sich in den gesunden Volkskörper ein. In ihr sträubte sich alles dagegen, aber mit Henni war jede Chance, sich aufzubäumen, dahingegangen.

Nachdem die Gesellschaft vorbeigezogen war, durften sie endlich zum Mittagessen und danach zu ihrer Arbeit zurückkehren. Über den gesamten Nachmittag hörten sie aus den umliegenden Wäldern Schüsse, die Rufe der Treiber und das Bellen der Hunde. Jedes Mal zuckte Gine zusammen, sie stellte sich vor, wie die Tiere des Waldes angstvoll versuchten zu fliehen, weil der Wald, der ihnen Heimat und Zuflucht war, zur Todesfalle wurde.

Am frühen Abend kehrte die Gesellschaft zurück, dieses Mal mussten die Landmädel nicht im Spalier stehen und grüßen, sie saßen beim Abendbrot. Aufgeregt liefen die Mädchen, nachdem die Gruppenleiterin ihnen die Erlaubnis erteilt hatte, zu den Fenstern und sahen hinaus, kommentierten, was sie sahen, einen Karren mit toten Wildtieren, Füchse, die leblos an den Sätteln der Reiter baumelten.

Gine war sitzen geblieben und starrte in ihr Glas mit warmer Kuhmilch. Ihr war übel. Sie musste sich darauf konzentrieren, den Inhalt ihres Magens bei sich zu behalten, aber als sie hochsah, begegnete sie dem Blick von Henni. Auch sie war auf ihrem Platz geblieben, und Henni wagte ein schräges Lächeln.

Gine starrte zurück.

So wie am Tag der Jagdlärm der Gesellschaft aus den Wäldern drang, so kam er am Abend vom Gutshof. Alle Gebäude des herrschaftlichen Anwesens waren hell erleuchtet, Musik, Gesang und Gelächter wehten, wenn man die Ohren spitzte, zu ihnen herüber. Vor Tagen schon waren die Gäste auf dem Hof angekommen, die meisten in großen Limousinen, geputzte Automobile, von Chauffeuren gelenkt. Die von Wetzlaffs waren reich, sie waren mächtig – und sie verfügten über weitreichende Kontakte bis nach Berlin und in die Regierung. Ein von Wetzlaff, der galt etwas in Pommern. Von einem Leben wie diesem träumten die meisten der Mädchen, von Federbetten und Ausritten, davon, Dienerschaft zu kommandieren, und von einem blonden Prinzen, der stark und unverdrossen war, der jagte und ritt. Gine dagegen dachte an ihren Vater, den sie über alles verehrte, ein Feingeist – allein das

Wort wurde heutzutage als Schimpfwort benutzt. Von einem Mann wie ihm träumte sie, einem belesenen Mann, einem, der ihr Gedichte schrieb. Oder von einem Abenteurer, mit dem sie auf Kamelen durch die Wüste reiten konnte. Sie fantasierte von der großen Welt – ein pommerscher Gutshof weckte in ihr keine Sehnsucht.

In dieser Nacht lag Gine im Bett wach, lauschte den Geräuschen des Festes hinter der Eichenallee und dachte an ihre Eltern. An deren Atelierfeste, wo es hoch hergegangen war. Ihre Mutter liebte Motto-Feste, »Eine Nacht im Zirkus« war so ein Fest gewesen. In den wildesten Verkleidungen erschienen die Freunde ihrer Eltern, meist Künstler wie diese. Clowns und Seiltänzerinnen, Zauberer und Dompteure waren da, zwei Bildhauer kamen gemeinsam als Esel. Wie immer war es wild gewesen, aber im Gegensatz zur Jagdgesellschaft auf dem Gut hatte niemand völkische Lieder gegrölt, stattdessen hatte ihr Vater Martin Swing aufgelegt, und alle tanzten dazu. Ihre wunderschöne Mutter war als Pierrot verkleidet, auf blutrote Lippen und Fingernägel hatte sie dennoch nicht verzichtet, und als sie sich über Gine gebeugt und ihr gute Nacht gewünscht hatte, schlug dem Mädchen die vertraute Wolke *Chanel No 5* entgegen, gepaart mit dem Rauch aus der Zigarette an der langen Spitze. Gelächter hatte das große Atelier erfüllt, draußen die Lichter der Großstadt, drinnen heitere Ausgelassenheit. Wenn Gine daran zurückdachte, musste sie Tränen und Trauer, die in ihrer Brust drückten, mit aller Macht bekämpfen.

Das letzte Fest allerdings, das ihre Eltern gegeben hatten, war rüde beendet worden. Irgendjemand schien sich beschwert zu haben, und so stürmte eine Horde Braunhemden das Atelier ihres Vaters. Gine war nicht dabei gewesen, ihr Vater hatte sie bereits von der Chaiselongue, auf der sie eingeschlafen war, hinunter in ihr Bett in der Wohnung getragen. Aber die Spuren der Verwüstung, die die Schläger hinterlassen hatten, sowie die Narben auf der Seele ihrer Eltern, die hatte das Kind sehr wohl gesehen.

Während sie nun auf ihrer kratzigen Bettstatt lag und daran dachte, wie die von Wetzlaffs und ihre Gäste feierten, kam ihr in den Sinn, dass kein brauner Schläger jemals das Gutshaus stürmen und alles kaputt hauen würde. Diejenigen, die dort oben feierten und es sich gut gehen ließen, waren genau jene Menschen, die ihre Eltern verachteten. Unversehens war sie auf die falsche Seite geraten, und es kostete die Vierzehnjährige enorm viel Kraft, sich Tag für Tag gegen den Wind zu stemmen. Zumal sie nun allein war. Henni stand nicht mehr an ihrer Seite.

»Hast du Henni schon gesehen?«, flüsterte Renate ihr zu. Sie standen nebeneinander im Waschraum, putzten sich die Zähne. In wenigen Minuten mussten sie draußen auf der Wiese sein, Frühsport.

Gine sah sich um und schüttelte den Kopf.

»Sie sieht schlimm aus.«

Gine runzelte die Stirn, spuckte Schaum ins Waschbecken. »Wo ist sie denn?«

»Wieder im Bett«, flüsterte Renate. »Kann mir nicht vorstellen, dass sie kommt.«

Es war der Morgen nach der Fuchsjagd. Sie alle hatten wenig geschlafen, die jungen Burschen des Ortes waren spät in der Nacht grölend durch die Eichenallee und durch das Anwesen mit den Gesindehäusern, wo auch sie untergebracht waren, gezogen. Auf dem Gutshof hatte es Freibier für alle Treiber gegeben, die Männer hatten getrunken und gefeiert, und auf ihrem Weg zurück ins Dorf waren Mensch und Tier von ihnen geweckt worden.

»Sie hat überall blaue Flecken«, Renate flüsterte so leise, dass Gine sie kaum verstand, während sie gemeinsam die Treppe hinunterliefen. Gine warf einen Blick über die Schulter, würde Henni kommen?

Sie erschien nicht. Die Gruppenführerin schickte eine der Aufpasserinnen, um Henni zu holen, aber das Mädchen kam unverrichteter Dinge wieder zurück. Die Gruppenführerin schäumte vor Wut und lief selbst los.

Henni bot ein entsetzliches Bild. Alle Mädchen, die auf der Wiese standen und ihre Übungen absolvierten, hielten wie auf Kommando die Luft an, als sie ihrer ansichtig wurden. Die Gruppenführerin fasste das Mädchen am Arm, aber sie musste sie nicht hinter sich her schleifen, nein, Henni lief stolz und aufgerichtet vorneweg. Sie sah ihnen allen ins Gesicht, fest, einer nach der anderen, wie als wollte sie sagen: na und? Schaut mich nur an! Schaut nur, was mir passiert ist, aber ich trage es mit Fassung. So leicht kriegt mich keiner klein! Aber um Himmels willen, wie sah sie aus! Sogar der Gruppenführerin war alle Strenge abhandengekommen, sie schien unschlüssig, ob sie Henni zum Morgensport zwingen oder doch lieber einem Arzt vorstellen sollte.

Es waren nicht nur die blauen Flecken, die Arme und Beine des Mädchens überzogen. Im Gesicht hatte sie eine Prellung oberhalb des rechten Wangenknochens, die so angeschwollen war, dass sie kaum noch aus dem Auge blicken konnte. Ein oder zwei der blau schillernden Flecken hätte sie noch mit einem Sturz erklären können. Einer Unachtsamkeit. Aber das Bild, das die Verletzungen abgaben, sprachen eine deutliche Sprache: Henni war verprügelt worden. Nach Strich und Faden.

Kaum war das Mädchen zu der Gruppe auf die Wiese getreten, wichen die Kameradinnen zurück, machten Henni Platz und mühten sich, sie nicht allzu auffällig anzustarren. Aber Gine ging es wie den anderen – sie konnte den Blick nicht von ihr abwenden. Was um Himmels willen war Henni geschehen? Wer hatte sie so zugerichtet?

Aber Henni tat, als wäre nichts. Das verwegene Grinsen, das sie so demonstrativ zur Schau trug, mochte ihr nicht recht gelingen, zu sehr war ihre wilde Schönheit durch die Gewalteinwirkung verzerrt und aus dem Gleichgewicht geraten.

Nach dem Vorfall veränderte sich das Verhältnis der Gruppenführerin zu Henni von Grund auf. Gine beobachtete, wie sich die Frau mehrfach mit Henni in ihrem Büro unterhielt, leise, sodass auch neugierige Lauscherinnen nichts von den Gesprächen erfuhren. Und sie behandelte das geschundene Mädchen mit allergrößter Nachsicht. Keine Strafarbeiten, keine Schikanen. Mehrmals lief die Gruppenführerin zum Gutshaus, Gine und die anderen beobachteten, wie sie aufgeregt mit Habdank von Wetzlaff sprach. Aber über den- oder diejenigen, die Henni das angetan hatten, wurde nichts bekannt.

Je heißer die Sommertage, je mehr Stunden die hellen Tage währten, desto mehr Arbeit wartete auf die Mädchen. Wiesen mussten mit der Sense gemäht, die Beerensträucher trugen Früchte und sollten abgeerntet werden, die Arbeit auf den Feldern war eine elende Plackerei. Schon am frühen Morgen wurde eine wöchentlich wechselnde Gruppe zum Melken in den Stall gerufen, die anderen fütterten Hühner, nahmen Eier aus den Nestern oder schütteten den Schweinen die Küchenabfälle in die Koben. In diesen Tagen, die von früh bis spät mit Arbeit und Pflichten ausgefüllt waren, empfand Gine fast

Dankbarkeit dafür, dass sie keinen Platz fand zum Innehalten und Nachdenken. Sie tat, wie ihr geheißen, rackerte sich ab wie die anderen und stellte keine Fragen. Nach und nach verheilten Hennis Wunden, zumindest äußerlich. Aber das Mädchen hatte sich verändert. Sie zog sich noch mehr von den anderen zurück als schon zuvor. Vor dem, was Henni in der Nacht der Jagd geschehen war – und was immer es war, es schien zu monströs, um es sich bildhaft auszumalen –, war sie eine Außenseiterin gewesen. Aber immerhin eine fröhliche Außenseiterin, sie hatte zumindest so getan. Kaum wiederzuerkennen war sie nun, fand Gine, wenn sie verstohlen zu Henni hinüberlinste. Beim Essen saß sie stets abseits und starrte vor sich hin. Selten führte sie einen Bissen zum Mund, wirkte stumpf und teilnahmslos. Zwar trug sie weiterhin den Kopf oben, so wie sie auch am ersten Morgen grün und blau geschlagen zur Frühgymnastik erschienen war, doch ihr keckes und freches Grinsen war nurmehr eine Fratze. Nicht ein einziges Mal hatte Gine Henni seitdem lachen gesehen, sondern sie stattdessen dabei ertappt, wie sie sich ab und zu über die Augen wischte. Manchmal bemerkte Gine, wie Hennis Hände zitterten. Auch wusch sie sich nicht mehr gemeinsam mit den anderen, und wenn sie zum Schwimmen ans Haff wanderten, weigerte Henni sich, auch nur einen Fuß ins Wasser zu strecken.

Seltsamerweise ließ die Gruppenführerin sie gewähren. Wenn sie sich früher einen besonderen Spaß daraus gemacht hatte, die widerspenstige Henni zu schikanieren und ihr Strafen aufzubrummen, so ließ sie sie nun gänzlich in Ruhe. Und Henni – das fand Gine ganz besonders beunruhigend – machte keinerlei Anstalten mehr, kleine Fluchten zu unternehmen oder aus der Gruppe auszuscheren. Sie war ein Schaf wie alle anderen geworden.

An einem heißen Julimorgen, die Hitze flirrte auf dem Kopfsteinpflaster des Hofes und ließ die Gebäude auf der anderen Seite zittern, als betrachte man sie durch Wasser, wurden Henni und Gine geschickt, sich um die Hühner zu kümmern. Gine glaubte, ersticken zu müssen, als sie den Stall betrat, kaum dass das letzte der Hühner ihn gackernd verlassen und nach draußen auf den Hof gerannt war. Die Hitze machte die nach Kot und Federn stinkende Luft unerträglich, Staub wirbelte in den hellen Strahlen der Sonne umher und legte sich auf ihre Lunge. Gine konnte kaum atmen, sie begann zu husten und konnte nicht mehr aufhören. Je mehr sie nach Luft schnappte, desto enger schien ihre Luftröhre zu werden, der Brustkorb verkrampfte sich, Tränen traten in ihre Augen, und sie lief aus dem Hühnerstall, um auf dem Hof wieder zu Atem zu kommen. Ungerührt ging Henni an ihr vorbei in den Stall und begann mit der Arbeit. Ein Ei nach dem anderen nahm sie heraus und legte es in ihren Korb. Gine brauchte ein paar Minuten, dann band sie sich ihr Kopftuch um Mund und Nase und machte einen zweiten Anlauf. Stumm arbeiteten sie im Gleichtakt, nachdem sie die Eier eingesammelt hatten, begannen sie damit, den Stall auszufegen.

»Wie du das aushältst«, brach Gine das Schweigen. Selbst mit dem Mundschutz fiel es ihr schwer, die stickige Stallluft einzuatmen.

Henni blickte nicht auf. »Es gibt Schlimmeres«, murmelte sie.

Gine biss sich auf die Lippen. Sollte sie einen Vorstoß wagen? Längst schon empfand sie nurmehr Mitleid mit Henni und dachte nicht mehr daran, wie scharf sie über das Mädchen nach der Sonnenwendfeier geurteilt hatte.

»Ach, ja? Was denn?«, brachte sie hervor und fand im gleichen Moment, dass ihre Bemerkung an Dämlichkeit wohl kaum zu überbieten war. Etwas Schlimmeres, als einen Hühnerstall auszufegen? Da fielen selbst ihr eine ganze Menge Dinge ein, die allesamt noch weit harmloser waren, als verprügelt zu werden. Und wer weiß was noch.

Henni hielt inne, stützte sich auf ihren Besen und sah Gine an. Klar war auf einmal ihr Blick, bohrte sich durch Gines Brust, die fühlte, wie sie klein und kleiner wurde.

»Ihr seid alle dumme Gänse«, sagte Henni. »Ihr wisst nichts. Und ihr versteht nichts.«

Gine stand still, langsam zog sie sich das Tuch vom Gesicht. »Henni …« Ihre Stimme brach, sie wusste nicht weiter. Tausend Fragen hatte sie, keine brachte sie über ihre Lippen.

»Wir sind nicht hier, um zu lernen. Um gute arische Frauen zu werden.« Henni spuckte ihre Worte auf den von Hühnerkot und Stroh und Federn übersäten Boden. »Wir sind nichts wert. Wir sind Schmutz. Dreck.«

Glitzerte etwas in ihren Augenwinkeln? Gine war nicht sicher, aber verwunderlicher als die Möglichkeit, in Hennis Augen könnten sich Tränen sammeln, war der Ton, mit dem das Mädchen sprach. Sie hörte sich nicht nach ihr selbst an, es war, als spräche jemand anderes. Erst sehr viel später verstand Gine, dass es nicht Hennis eigene Worte waren, die sie an jenem Morgen im Hühnerstall an sie richtete und die die letzten Worte waren, die Henni jemals zu ihr sagen würde. Es waren die Worte eines anderen, die aus Hennis Mund in den Dreck purzelten.

»Abschaum. Das sind wir. Nichts weiter.«

Am Abend hallten die Worte nach, als Gine im Bett lag. Sie hatte nicht gewusst, was sie Henni hätte entgegnen können, stumm waren sie ihrer Arbeit im Hühnerstall nachgegangen und waren ebenso stumm auseinandergegangen, als sie ihre Tätigkeit beendet hatten.

Aus dem Dunkel der Nacht drang der Ruf eines Käuzchens in ihre Kammer, hell leuchtete der Mond durch die fadenscheinigen Vorhänge und zeichnete Muster an die Decke. Gine starrte auf die flirrenden Flecken, bis ihr die Augen tränten. Aus einem der Betten drang Schnarchen, sie würde so schnell kein Auge zubekommen. Gine schlug die Decke zurück, drehte sich auf den Bauch und ließ sich vorsichtig aus ihrem obersten Bett gleiten, bis sie mit den Zehen das Bett von Renate berührte. Rasch glitt sie neben das Mädchen und schmiegte sich an sie. Am Tage sprachen sie kaum ein Wort miteinander, Renate hatte Anschluss an eine Gruppe von Mädchen gefunden, mit denen Gine nichts zu tun haben wollte, sie zog es vor, allein zu sein anstatt mit einer Schar schnatternder Gänse. Aber die nächtliche Zweisamkeit war ihnen zur lieben Angewohnheit geworden, im Schutz der Nacht erzählten sie sich, was sie bei hellem Sonnenschein einander verschwiegen hätten.

»Bist du noch wach?«, fragte Gine, aber die Frage war überflüssig, sie hatte längst gespürt, dass Renate ebenso wach lag wie sie. Renate drehte sich mit dem Rücken an die Wand und machte mehr Platz auf dem schmalen Bett. Ihre Knie stießen aneinander, die Gesichter berührten sich um ein Haar. Die dünne Decke hatte Renate weggestrampelt, es war zu heiß, aber nun nahm sie sie und zog sie so weit hoch, dass auch ihre Köpfe darunter verschwanden.

Gine erzählte flüsternd davon, was Henni im Hühnerstall zu ihr gesagt hatte.

»Wie meint sie das?«, fragte Renate ebenso leise, »das stimmt doch nicht. Wir sind hier, weil wir ausgewählt wurden. Weil wir die Besten sind.«

Gine knabberte an ihrer Lippe. Dass diese versprengte Schar Mädel aus den armen Kiezen wie der Spandauer Vorstadt, dem Wedding oder der roten Insel im Landjahr zu herausragenden deutschen Frauen erzogen werden sollte, hielt sie mittlerweile für völligen Nonsens. Sie waren hier, um zu arbeiten. Auch wenn die Gruppenführerin sich alle Mühe gab, sie davon zu überzeugen, dass ihnen die Gnade des Führers höchstpersönlich zuteilgeworden war – es fühlte sich ganz und gar nicht so an. Die Herrenrasse – das war die Familie von Wetzlaff. Alle anderen blieben Gesinde. Aber das, was Henni gesagt hatte, und vor allem, wie sie es gesagt hatte, hatte sich für sie größer angehört. Gemeiner und unerbittlicher. Das war mehr als eine Klage über die schlechte Behandlung und ihre Ausbeutung als Arbeitssklaven. Es hatte Gine Angst eingejagt. Seit dem unheilvollen Sonnenwendfeuer lag etwas in der Luft. Brutalität. Hennis Gerede und ihre Wunden, die Tatsache, dass ihr rebellischer Geist erloschen war – das alles waren nur Vorboten von etwas, das da draußen auf sie wartete und drohte, sie zu verschlingen, fürchtete Gine. Aber sie scheute sich, diese Gedanken vor Renate zu offenbaren. Gleichzeitig schimpfte sie sich selbst eine dumme Gans, sie hatte zu viele Geschichten und Märchen gelesen. Detektivgeschichten. Das Böse da draußen – das waren die Braunhemden. Frau Kowalski oder der Blockwart, der ihre Eltern schikanierte. Aber sicher nicht irgendwelche Fabelwesen aus der Hölle.

Anstatt mit Renate über ihre düsteren Vorahnungen zu sprechen, nahm sie jetzt deren Hände in ihre und drückte sie.

Renate rückte noch etwas näher an Gine heran. »Sie tut mir so leid«, flüsterte sie, fast unhörbar. »Auch wenn ihre Mutter eine, du weißt schon was, ist – das hat sie nicht verdient.«

»Niemand hat Prügel verdient«, gab Gine zurück.

»Ich muss immer an Hans denken«, fuhr Renate fort. »Was ist, wenn Henni sich auch etwas antut?«

Auch daran hatte Gine gedacht, hielt es jedoch für unwahrscheinlich. Henni war anders gestrickt als ihr ehemaliger Mitschüler Hans. So schnell würde Henni nicht aufgeben.

»Wir müssen auf sie aufpassen«, sagte sie.

Renate nickte, drehte sich um, Gine drückte sich an den warmen Körper ihrer Freundin und schlief rasch ein. Für heute Nacht waren die bösen Geister verbannt, der Kauz rief ein letztes Mal, dann verstummte auch er.

Mitte Juli begann in Pommern der Torfstich. Obwohl die Landmädel mit ihrer Arbeit auf dem Gutshof ausgelastet waren, wurden jeweils zehn von ihnen zur Hilfe bei der schweren Arbeit im Moor eingeteilt. Am Morgen kam ein Bauer mit dem Pferdekarren und holte die erste Gruppe zum Haff ab. Fröhlich schwatzend nahmen sie auf der Ladefläche Platz, gespannt, was der Tag ihnen bringen würde – ein neues Betätigungsfeld, wieder ein Abenteuer. Als sie jedoch am Abend ihres Arbeitseinsatzes zurückkehrten, lagen sie beinahe alle schlafend auf dem Wagen, vollkommen ausgelaugt, die Gliedmaßen starr im Muskelkrampf, von der Sonne krebsrote Gesichter. Vor Gines Augen schob sich das Bild der erschöpften Mädchen vor das der erschossenen Schmaltiere, der jungen Rehweibchen. An ihr war der Kelch zunächst vorübergegangen, aber Henni und Renate waren in der Gruppe, die im Moor eingesetzt wurde.

Beim abendlichen Zusammensein erzählten die Mädchen von der beschwerlichen Arbeit – zwar mussten sie nicht direkt den Torf abstechen, das war eine den Männern vorbehaltene Arbeit, aber sie waren eingeteilt, um die quadratischen Torfbrocken von der Abstichstelle mit Schubkarren zum Trockenplatz zu transportieren. Dort schichteten sie die Brocken nebeneinander und drehten die Abstiche, die schon länger zum Trocknen auslagen, sorgfältig um. Erschwert wurde die Arbeit zusätzlich dadurch, dass das Moor an der Stelle keinen Schatten bot, ebenso wie auf dem Feld schufteten sie zehn Stunden in der Sonne. Mittags gab es eine Pause, die sie auf den Torfbündeln sitzend verbrachten.

Weil der Tag eine jede von ihnen erschöpft hatte, verwunderte es niemanden, dass Henni am Abend zu fiebern begann. Hochrot war ihr Kopf, die Temperatur stieg, sodass die Gruppenführerin sie früh ins Bett befahl, Wadenwickel und Eiswasser sollten helfen, das Fieber zu senken. Ein Sonnenstich, nichts weiter, das würde vorübergehen. Vorsorglich sollte Gine das Mädchen am folgenden Tag im Moor ersetzen.

Doch dazu kam es nicht. Noch bevor am Morgen die Glocke zum Frühsport geläutet wurde, hatte eine der beiden Aufseherinnen Alarm geschlagen – Henni war verschwunden. Sie hatte nicht in ihrer Stube bei den anderen Mädchen geschlafen, sondern allein im provisorisch eingerichteten Krankenzimmer, eine kleine Dienstbotenkammer neben der Küche. Die war nun leer, das Bett, in dem sie noch am Abend gelegen hatte, zerwühlt. Von Henni keine Spur. Sie schien die Kleider, die sie am Vortag beim Torfstechen getragen hatte, wieder angezogen zu haben, sonst hatte sie nichts mitgenommen.

Die Gruppenführerin war in heller Aufregung, sie erteilte Anweisung, dass alle Mädchen in Paaren ausschwärmen und die nähere Umgebung absuchen sollten. Unterdessen machte sie Meldung bei ihrem Vorgesetzten, aufgelöst und überfordert. Sogar den morgendlichen Fahnengruß vergaß sie über der Aufregung, registrierte Gine mit Genugtuung.

Sie und Renate taten sich zusammen, die Streuobstwiese

war das ihnen zugeteilte Suchgebiet. Gine bemerkte, dass Renate nicht mit einer der neuen Freundinnen aus ihrer Gruppe gehen wollte, sondern sich gleich neben Gine stellte, sobald sie aufgerufen worden waren. Das verwunderte sie, gleichzeitig wusste sie, dass Renate von Anfang an eine unerklärliche Faszination für Henni entwickelt hatte, obwohl oder vielleicht auch gerade weil die beiden nicht unterschiedlicher sein konnten. Renate sprach nachts viel von Henni, schien abgestoßen und angezogen zugleich. »Lustgrauen« nannte Gines Mutter Angelika so ein Gefühl. Lustgrauen, das empfand Gine, wenn Sülze auf den Tisch kam – wohlwissend, dass diese leckere Köstlichkeit aus dem zuvor ausgekochten Schweinekopf bestand, dessen Ohren keck aus dem Kochtopf ragten. Lustgrauen, das überfiel ihre Mutter, wenn sie sich im Lichtspielhaus einen Gruselfilm angesehen hatte, Lustgrauen, so nannte ihr Vater das Gefühl, wenn er die ersten Pinselstriche auf die leere Leinwand setzte.

Lustgrauen also packte offenbar Renate, wenn sie an Henni dachte, und Gine gestand sich ein, dass es ihr nicht anders ging.

Schulter an Schulter liefen sie in ihren Holzpantinen durch das feuchte Gras, selbst an diesem frühen Julimorgen hing feiner Tau wie Gaze über dem Grün aufgespannt. Es war erst kurz vor sechs Uhr, die Sonne baumelte schläfrig am Horizont, als überlegte sie, ob sie sich aufraffen konnte, auch an diesem Sommertag bis hoch an das Himmelszelt zu klettern – oder ob sie gemütlich am Boden verharren sollte. Einige wenige Grashüpfer zirpten über der stillen Wiese, kaum ein Insekt war so früh unterwegs, lediglich die Vögel schickten ihr Lied in den Morgen. Goldammer und Singdrossel tirilierten, gelegentlich war der Ruf eines Kuckucks zu vernehmen. Am Rand der Streuobstwiese, dort, wo die Wiese dunstig in den Gehölzsaum überging, stakste eine Gruppe Kraniche, ihre Hälse ruckten nervös vor und zurück. Gine hielt Ausschau nach Henni, und wie jeden Morgen hoffte sie, die Hirsche wiederzusehen. Wie glücklich wäre sie, ein Lebenszeichen der Tiere zu erhalten, eine Ahnung nur von Ferne, Geweihe im Frühnebel. Auch wenn der stattliche Sechzehnender, der damals aufgetaucht war, zu dieser Jahreszeit nicht geschossen werden durfte, hatte sie seit der Jagd keine ruhige Minute mehr. Sie hatte die Leiber toter Paarhufer auf dem Wagen gesehen, als die Jagdgesellschaft, berauscht von ihrem blutigen Treiben, zum Gestüt zurückgekehrt war.

»Sollen wir nicht rufen?« Renate blieb stehen, beschirmte ihre Augen mit der Hand und sah sich um.

»Was denkst du? Dass sie angelaufen kommt, wenn sie uns hört?« Gine schüttelte den Kopf. »Henni wollte abhauen. Die will sich nicht von uns finden lassen!«

»Warum suchen wir dann überhaupt?«

Gine nahm Renate an der Hand und zog sie mit sich. Bei einem Zwetschgenbaum blieb sie stehen, griff mit beiden Händen den untersten, kräftigen Ast, stemmte die Beine an den Stamm und schwang sich nach oben. Dann half sie der Freundin hoch. Sie kletterten noch einen weiteren Ast höher, setzten sich rittlings darauf und konnten von dort das ganze Land ringsumher überblicken. Weiche Weizenfelder leuchteten golden, gesäumt von üppig wuchernden Hecken, Holunder, Vogelbeere, Weißdorn und Schlehe boten den unzähligen Vögeln wunderbare Verstecke. Um die Felder herum wuchs Wald in die Höhe, bis zum Horizont erstreckte er sich in alle Himmelsrichtungen. Und weit hinten, dort, wo das helle Blau des Himmels in der Mittagshitze ausbleichte, da lag das Meer.

Sehen konnten sie es nicht, aber Gine bildete sich ein, es riechen zu können.

»Wieso, glaubst du, ist sie stiften gegangen?«

Gine beobachtete von Weitem, wie die Gruppenführerin durch die Eichenallee zum Gutshaus lief. Wahrscheinlich musste sie Hilfe holen oder sich beraten. »Henni ist gegangen, weil sie es nicht mehr aushält. Die will nicht, dass wir sie suchen.«

Renate starrte sie an und biss sich auf die Lippe. »Was haben die mit ihr gemacht?«

Gine fragte nicht, wen Renate mit »die« meinte. Die – das war niemand Konkretes. Das waren die, die Henni in der Jagdnacht verprügelt hatten. Die Jungen aus dem Dorf. Die Knechte vom Gutshof, Gäste aus der Jagdgesellschaft. Sie würden es wohl niemals erfahren, aber sie alle dachten sich ihren Teil.

Sie zuckte mit den Schultern. »Weiß nicht.«

»Kann uns das auch passieren?«

»Red keinen Stuss. Schleichst du dich etwa nachts raus?«

Renate schüttelte den Kopf und grinste schief.

»Na siehste.«

»Suchen wir jetzt?«

»Nee. Henni ist längst über alle Berge.«

Sie schwiegen gemeinsam. Niemand konnte sie hinter dem dichten Laub des Zwetschgenbaumes sehen, dachte Gine befriedigt, niemand kümmerte sich um sie, sie konnten noch Stunden hier sitzen bleiben.

»Ich hoffe, sie schafft es«, sagte Renate leise. »Wenigstens eine von uns.«

Gine sah ihre Schulkameradin an und begriff, dass Renate ebenso litt wie sie. Wie Henni. Wie sie vielleicht alle, aber einige waren bessere Schauspielerinnen als die anderen. Bislang hatte Gine das nächtliche Weinen Renates für Heimweh gehalten, denn tagsüber kam kein Wort der Klage über ihre Lippen. Geradezu begeistert schien sie alles mitzumachen. Vielleicht hatte sie zu oberflächlich über Renate gedacht? Augenblicklich fühlte Gine sich noch stärker mit ihr verbunden, und sie wusste, dass sie eine Freundin an ihrer Seite brauchte. Tom Sawyer und Huckleberry Finn kamen ihr in den Sinn. Dass diese beiden Jungen durch dick und dünn miteinander gegangen waren, sie waren mehr als bloß Freunde, sie waren Blutsbrüder! Nun hatte sie keineswegs vor, sich die Pulsadern anzuritzen, und Renate war weit davon entfernt, ihre beste Freundin zu werden, diesen Platz hatte Sophia besetzt, aber es konnte nicht schaden, eine Verbündete zu haben.

»Ich steh dir bei, solange wir hier sind«, sagte Gine, meinte es bitterernst und hob feierlich eine Hand in die Höhe, die andere legte sie auf ihre Brust. »Ich schwöre es.«

Renate machte große Augen, aber sie wurde ebenso ernst wie Gine, ahmte deren Geste nach und sagte: »Ich werde dir immer beistehen, Gine Heuer, so wahr mir Gott helfe.«

Als die Männer Henni anderntags mehr tot als lebendig zum Gesindehaus zurückbrachten, wünschte sich Gine, dass sie sich rechtzeitig an Hennis Seite gestellt hätte. Vielleicht wäre es nicht so weit gekommen? Hätte sie das Unglück verhindern können, wenn sie zu Henni gehalten hätte? Wenn sie auf Henni aufgepasst hätte, so wie sie und Renate es sich vorgenommen hatten? Henni hatte vielleicht auch eine Freundin gebraucht, eine, die unverbrüchlich zu ihr stand und sich nicht moralisch über sie erhoben und von ihr abgewendet hatte. Maria Magdalena kam Gine in den Sinn, als sie die kraftlose Gestalt Hennis in der Schubkarre sah, das fahle Gesicht, aus dem alles Leben gewichen war, und den blutigen Lappen, der um ihren Fuß gewickelt war. Sie fühlte schwere Schuld auf sich lasten, auch wenn sie ahnte, dass Henni ihr Verderben nicht hätte abwenden können. Sie war lediglich ein leichtes Opfer gewesen. Für das Böse da draußen, das Gine nicht benennen konnte.

Einen Tag und eine Nacht war nach Henni gesucht worden. Alle waren mobilisiert worden. Habdank von Wetzlaff selbst war mit seinen Leuten losgezogen. Gefunden hatte sie schließlich ein Förster, der die schwachen Rufe des Mädchens hörte. Wie sich herausstellte, war Henni auf ihrer Flucht im Wald in ein Tellereisen geraten. Eine scheußliche Falle, mit der Wilderer den Tieren nachstellten, ließ Gine sich erklären. Anscheinend war die Fallenjagd mit den Tellereisen erst jüngst verboten worden, und der Gutsherr tobte, als er hörte, dass sich in seinen Wäldern noch derartige Fallen befanden – und damit Wilderer, die seinem Eigentum nachstellten. So eine Falle schnappte mit gefährlichen Zacken aus Eisen zu, sobald ein Opfer hineingeriet und den Mechanismus auslöste. Es war kaum möglich, sich selbst daraus zu befreien. Genau das war Henni passiert, hilflos musste sie viele Stunden in dem Tellereisen ausgeharrt haben, das ihren Fuß um ein Haar abgetrennt hatte. An dem Abend, bevor sie geflohen war, hatte Henni gefiebert, jetzt war sie fast im Delirium, als der Förster und ein Gehilfe sie zurückbrachten.

Die anderen Mädel standen im Essensraum, ließen ihre Kartoffelsuppe stehen, drückten sich die Nasen am Fenster platt und schwiegen. Keiner von ihnen kam ein hämischer Spruch über die Lippen, es war nicht eine unter ihnen, die kein Mitleid mit der Flüchtigen empfunden hätte. Zu elend sah sie aus, ihr Leben hing an einem seidenen Faden. Sie konnten nur zusehen, wie ein Krankenwagen wenig später auf den Hof rollte, die Ohnmächtige auf einer Trage hineingeschoben wurde und der Wagen mit hoher Geschwindigkeit davonfuhr. Hinter sich wirbelte er eine Wolke staubigen Sandes auf, dies war das letzte flüchtige Zeichen, das Henni ihnen hinterließ. Sie würden nie erfahren, ob sie überlebte. Was aus ihr geworden war.

Die Arbeit beim Torfabstich war mühselig, aber Gine war dankbar dafür. Sie schuftete wie die anderen Mädchen, Bauern und ihre Frauen von früh bis spät in der sengenden Hitze, aber nichts konnte die düsteren Gedanken an Henni besser vertreiben als harte Arbeit. Nachts lagen sie nebeneinander im Bett, Renate und sie, und hielten sich aneinander fest, dunkle Träume kamen dann, wenn ihnen die Augen vor Erschöpfung zugefallen waren. Sie nisteten sich in ihren Köpfen ein, schwarze Spukgestalten, die sich auch am Morgen kaum vertreiben ließen. Erst wenn sie auf dem trockenen Moorboden standen, sich ihre jungen Körper unter der harten Arbeit krümmten, waren die Nachtmahre zur Gänze vertrieben.

Gine hatte angefangen, die Tage zu zählen. Gerade einmal die Hälfte ihres Landjahres hatten sie hinter sich gebracht. Vier Monate erst! Mit einem kleinen Stift, den sie unter ihrer Matratze versteckt hatte, malte sie winzige Striche an die Wand, gut versteckt. Aber jeder Strich, den sie einritzte, brachte sie ihrem Zuhause näher, das war tröstlich. Sie dachte ständig an ihre Eltern und ihre Freunde, malte sich aus, wie es ihnen während ihrer Abwesenheit erging. Ob ihre Eltern Arbeit hatten? Der Vater eine Ausstellung im Ausland bekam? Und würde ihre Mutter sich immer noch Tag für Tag die Hacken wund laufen, alle Redaktionen Berlins abklappern, um einen Auftrag zu ergattern? War bei Matze vielleicht schon ein neues Geschwisterchen unterwegs, und würde Sophias Familie tatsächlich Berlin verlassen, wie sie es seit Langem planten? So viele Wochen ohne Nachricht von zu Hause, wie quälte Gine das!

So hart die Arbeit am Torfabstich auch war, Gine konnte ihr gute Seiten abgewinnen – weitab von dem Gesindehof, auf dem sie untergebracht waren. Sie standen nicht unter ständiger Beobachtung der Gruppenführerin, die Bauern, die hier arbeiteten, waren freundlich zu den Mädchen, teilten ihren Kaffee mit ihnen und erklärten geduldig, wie sie die Arbeit bestmöglich erledigten. Das Moor war ein weitläufiges Gebiet direkt am Ufer des Stettiner Haffs. Dort, wo der Abstich vorgenommen wurde, war das Moor trockengelegt worden, deshalb siedelte sich auf der breiten Fläche auch wenig anderes als dürres Gras an, Disteln und einige zarte Blümchen. Weiter hinten, wo das Haffwasser an das Ufer schlug, war das Moor noch nass, schmale Birken wuchsen dort, Ziest und Wollgras. Bunt und sanft gewellt war die Landschaft, grün, braun und rot wucherten Moose, gluckerte morastiges Wasser in kleinen Senken. Unzählige Vögel zogen durch das Moor, und mehrmals warf Gine einen sehnsüchtigen Blick dorthin, wo Vielfalt und Leben waren, kühles Wasser und Schatten spendende Bäume.

An der Abstichmauer hatten Bauern einen Wassergraben gelegt, darin standen die Männer und stachen systematisch die Soden mit ihren Spaten ab. Es waren besonders geformte Spaten, das Blatt war dünn und scharf, die Bauern schliffen die Kanten immer wieder nach, damit die Stecheisen leichter durch die schwere schwarze Masse glitten. Gine bewunderte die Kraft und Akkuratesse, mit der die Männer diese schwere Arbeit erledigten – jeder Soden war gleich groß, hatte exakt die Längen des Stecheisens. Sobald ein Quadrat abgestochen war, legten die Bauern es hinter sich auf das trockene Gras, von wo die Mädchen die Soden mit dem Torfkarren abholten. Sie stapelten die nassen und matschigen Soden auf dem Gefährt, war es voll, wuchteten sie es zum Trockenplatz. Dort wurde der Schwarztorf ausgelegt, sodass er in der Sommersonne wochenlang trocknen konnte. Am Ende des Sommers, so hatten die Leute es erklärt, wurde der trockene Torf, der um die Hälfte seiner Größe geschrumpft war, eingesammelt und in der Scheune aufgestapelt. Von dort ging er in den Verkauf oder wurde zum Heizen auf den Anwesen des Wetzlaff'schen Gutes verbraucht.

Täglich kam Rainer von Wetzlaff, der älteste der drei Brüder, zum Torfplatz und kontrollierte die Arbeiten. Auf seinem Pferd ritt er um die Trockenwiese und zählte die Soden, die dort ausgelegt wurden, schrieb die Zahl in ein kleines Notizbuch. Auch inspizierte er, wie weit sich die Bauern beim Abstich vorgearbeitet hatten, wechselte einige Worte mit den Arbeitern und sprengte irgendwann davon. Er war ein guter Reiter, bemerkte Gine, aber das war für einen, der auf einem Gestüt aufgewachsen war, nicht weiter verwunderlich.

Wenn er in ihrer Nähe mit seinem Pferd vorbeiritt oder stehen blieb und zuschaute, wie sie ihre Arbeit verrichteten, spürte sie seinen Blick bohrend auf sich ruhen. Seine Nähe war ihr unangenehm, aber da er alle anderen – Bauern und Landjahr-Mädels gleichermaßen – mit strengem Blick kontrollierte, wich das Gefühl, sobald Rainer von Wetzlaff seine Aufmerksamkeit auf jemand anderen richtete.

»Ich mag ihn nicht«, gestand sie Renate an einem der Abende, als sie halb tot vor Anstrengung im Bett lagen.

»Ich auch nicht«, sagte Renate und drehte sich zu ihr um. »Hast du gesehen, wie er den Jungen geschlagen hat?«

Gine schauderte. »Nein.«

»Einen von den Jungen am Abstich. Er macht das zum ersten Mal, hat er mir erzählt.« Renate schwieg.

Es war nicht gewünscht, dass sie sich mit den Halbwüchsigen aus dem Dorf oder von den Höfen unterhielten. Die Gruppenführerin hatte die Parole ausgegeben, dass Kontakte mit Männern, die über die Arbeit hinausgingen, zu unterlassen waren. Nachdem die Sache mit Henni geschehen war, hatte sie es noch mehrfach eindringlich wiederholt – den Grund konnten sich alle denken. Renate hatte gegen die Anweisung verstoßen, aber Gine würde sie niemals verpfeifen.

»Er ist noch nicht so schnell wie die anderen. Er lernt ja noch.«

»Und dann?«

»Hat Wetzlaff ihm eins mit der Reitgerte übergezogen. Weil er zu langsam war.«

Gine sog die Luft scharf ein. Keine Frage: Vor dem Sohn des Gutsbesitzers musste man sich in Acht nehmen.

»Du«, sagte Rainer von Wetzlaff am fünften Tag ihrer Arbeit und zeigte mit dem Finger auf Gine.

Sie richtete sich auf und verstand nicht. Was wollte er von ihr? Sein Pferd tänzelte unruhig, er hielt die Zügel kurz, das Mundstück der Trense schnitt dem Schimmel ins Maul, Schaum troff herunter.

Gine musste ihre Augen mit der Hand beschirmen, als sie zu ihm aufblickte, die Sonne blendete. »Ich?«, fragte sie. »Was …«

Sie bemerkte, dass alle, die in ihrer näheren Umgebung arbeiteten, innehielten und zu ihr hinübersahen. Renate stand nah bei ihr, sie hatten gerade eine Fuhre Torf zusammen ausgeladen.

»Du musst die Soden näher zusammenrücken.«

Wetzlaff schwang sich vom Pferd, ließ die Zügel los und machte ein paar Schritte auf Gine zu. Dann bückte er sich und schob die Torfsoden, die sie gerade aufgereiht hatte, eng aneinander.

»Die trocknen und schrumpfen«, erklärte er. »Du kannst sie ruhig ganz dicht aneinanderschieben, das spart Platz.«

Gine hatte eine trockene Kehle, sie brachte kein Wort hervor, nickte nur brav.

Wetzlaff lächelte sie an, aus der Nähe wirkte er weniger Furcht einflößend als vom Rücken seines Pferdes. »Schwere Arbeit hier draußen«, sagte er. »Ihr müsst viel trinken, sonst kippt ihr um.« Dann schwang er sich wieder auf den Gaul, der nervös auf der Stelle tänzelte. »Ich lasse später noch einen Wagen mit Wasser hierherbringen.« Er nickte zu einer der Bauersfrauen, die sich in der Zwischenzeit zu Gine und Renate gestellt hatte, um zu sehen, was Wetzlaff von ihnen wollte.

»Danke, Herr Baron«, sagte sie und machte einen Knicks. Gine und Renate taten es ihr nach.

An den folgenden Tagen hatte Gine die Furcht vor dem jungen Baron verloren, wenn er sie sah, huschte manchmal die Andeutung eines Lächelns über sein Gesicht. Sie beeilte sich dann, stets wegzuschauen.

Von Wetzlaff hatte Wort gehalten, noch am selben Tag kam ein Bauer mit seinem Pferdefuhrwerk, darauf eine große Tonne, aus der sie während der Arbeit Wasser zapfen konnten. Sie mussten nicht länger mit ihren eigenen Vorräten in den Feldflaschen haushalten. Gine verschwand deshalb öfter in den Büschen, es gab einen Platz, den alle Frauen dafür nutzten. Er lag in einiger Entfernung zur Abstichstelle, denn in unmittelbarer Nähe der Arbeiten war weit und breit nur trockengelegtes Moor und keine Möglichkeit, sich verborgen vor den Blicken anderer zu erleichtern. Die Männer hatten es einfacher – sie ließen ihren Bedürfnissen direkt an der Torfmauer ihren Lauf, die Hosen herunter und in den kleinen Kanal gepinkelt.

Gine hockte sich gerade nieder, als sie das Hufgetrappel hörte. Es gelang ihr nicht, rechtzeitig die Unterhose hochzuziehen und sich mit ihrem Rock zu bedecken.

Rainer von Wetzlaff stieg vom Pferd, band den Gaul an einem der Stämme fest, Gine hockte noch immer und war schamesrot.

Er stellte sich hinter sie und sagte kein Wort. Erst als sie fertig war und versuchte, sich zu bedecken, fasste er sie am Arm.

»Leg dich hin«, befahl er ihr, zeigte auf die Birkengruppe, und sie verstand. Schüttelte den Kopf. Sie zitterte. Er sah sie an, und sie erkannte, dass es zwecklos war, Widerstand zu leisten. Sie dachte an Henni. Dann dachte sie nichts mehr.

Alles um sie herum versank in Schwarz und Rot. Heißer Schmerz, rot, Ohnmacht, schwarz. Kolkraben flatterten schreiend auf, schwarz, die Hand Rainer von Wetzlaffs in ihrem Mund, an ihrem Hals, presste, drückte ihr die Luft ab, rot flimmerte sein Bild vor ihren Augen, die Schläge, rot und heiß.

Gine schloss die Augen und versank in Finsternis, ihr Körper stand in Flammen, sie verbrannte bei lebendigem Leib, die Schmerzen nahmen ihr den Atem, sie sah den roten Mund ihrer schönen Mutter vor sich, die sagte etwas zu Gine, aber die Worte erreichten sie nicht. Auch nicht das stumpfe Stöhnen des Mannes auf ihr, sein Körper, die rasenden Schmerzen, die sie spürte, die rote Scham hielt alles andere von ihr ab, Gine schnappte nach Luft wie eine Ertrinkende, fühlte Nässe an ihrem Rücken und zwischen den Beinen, wollte im Moor versinken, der schwarze Boden unter ihr sollte sich auftun und sie zu sich nehmen, aber das Moor bot ihr keinen Schutz. Gine biss sich auf die Zunge, bis sie Blut schmeckte, sie hatte längst aufgegeben, auf den Körper über ihr einzuprügeln, ihre Finger krallten sich ins Gras, sie spürte einen wuchtigen Schlag, und plötzlich war es vorbei.

Der Mann zwischen ihren Beinen regte sich nicht mehr. Gine öffnete die Augen, und sie sah, wie das messerscharfe Blatt des Stecheisens in der Sonne blitzte.

»Komm«, sagte Renate und half ihr auf. »Wir müssen weg.«

Heute

»Ist er wieder da?«

Der Mann vor ihr beugte sich zu Ayla und tätschelte ihr den Kopf. Der Hund machte einen Schritt zurück.

Nina erkannte den Mann, als er sich zu ihr umdrehte. Der Typ mit dem Rottweiler. Branco. Also der Rottweiler.

»Ja, zum Glück.« Sie lächelte. Und sparte sich eine Erklärung. Es würde früh genug im Dorf die Runde machen, was geschehen war – und welche Effekte Aylas Verschwinden hatte.

»Ein Guter kommt immer wieder.« Lächelnd nickte der Mann ihr zu.

Über dem Haff drängelten sich dicke, graue Wolken zusammen, wie eine ungeduldige Schafherde, das Schilf, das den Hafen säumte, bog sich im Wind, der fast waagerecht von der Ostsee blies. Eine späte Formation Zugvögel stieß in V-förmiger Spitze gegen die Wolkenberge, lenkte um, flog einen eleganten Bogen und zog schließlich in östliche Richtung, nach Polen, davon. Ungnädiges Wetter, aber Nina hatte es am Morgen nicht lange im Bett gehalten, mit der Hündin drehte sie eine große Runde, ließ sich die Wangen rot frieren und den Kopf frei pusten. Ihr Magen knurrte, sie freute sich auf eine große Kanne Tee und Frühstück.

Aber erst einmal Fisch.

Sie standen am Hafen des kleinen Ortes, dort, wo der Kutter angelegt hatte. Achim Wetzlaff verkaufte frischen Fisch vom Fang des Tages. Nina war eher zufällig mit dem Hund auf ihrer Runde dort vorbeigekommen, dann erst erinnerte sie sich an die Verabredung. Also blieb sie, obwohl sie sich nichts aus Fisch machte, aber versprochen war versprochen. Überrascht nahm sie zur Kenntnis, dass sie sich in eine Schlange einreihen musste. Bislang hatte sie in den Tagen, die sie hier war, kaum jemanden zu Gesicht bekommen, ihr schien das Dorf wie ausgestorben. Aber nun waren am frühen Vormittag fünf, sechs Leute auf dem Kai, um Fisch bei Wetzlaff zu kaufen.

Sein Kutter war ein Schrottkahn, Rost fraß die weiße Farbe, der Rumpf hatte Dellen, an Deck herrschte Chaos, zumindest in Ninas Laienaugen. Überall Netze, grau und plastikgrün, dicke Taue, zusammengerollt und übereinandergestapelt. Der Geruch nach Diesel und Öl, nach nassem Holz und Tauwerk war ebenso intensiv wie angenehm. Auf eine sehr spezielle Art freundlich. Im Ruderhaus mit dem Steuerrad und den Instrumenten lagen zusammengeknüllte Tüten im Fußraum, Emaillebecher baumelten an einem Seil an der Decke. Achim Wetzlaff trug dem Wetter angemessen eine Latzhose aus orangenem Ölzeug und Gummistiefel mit dicker Profilsohle, seinen Troyer und die Strickmütze. Graue Haare lugten darunter hervor, seine Augen blitzten freundlich, Nina mochte ihn. Vor ihm standen Styroporkisten mit Eis, darin die Fische gebettet in ihrem kalten Grab. Es waren gar nicht wenige, Nina hätte nicht geglaubt, dass man an einem Tag so viele Fische aus dem kleinen Haff holen konnte.

»Erholt sich die Population?«, fragte sie, als der Rottweilermann bezahlt hatte.

Achim lachte. »Natürlich. Auch Fische vermehren sich. Wir

holen nur so viel raus, wie die Bestände hergeben.« Er zeigte auf die Kiste. »Ist doch sowieso kaum noch was. Früher haben wir das Zehnfache gefangen.«

Nina nickte. »Ich weiß nicht.« Überfordert sah sie sich die toten Fische an. Sie wusste von keinem, um was für eine Art es sich handelte, und sie wollte auch keinen essen. »Was raten Sie mir?«

Der Fischer griff in die Kiste und holte einen mittelgroßen Fisch hervor. »Zander.« Er hielt ihr den glitzernden Körper hin, weißer Bauch, grüngrauer Rücken, die Rückenflosse zart aufgespreizt mit schwarzen Flecken. »Ist was für Anfänger. Leicht zuzubereiten, schmeckt jedem.«

»Okay.«

Der Fisch landete auf dem Block, Kopf abtrennen, Flossen weg, Bauch aufschlitzen, ausnehmen, filetieren – Achim Wetzlaff brauchte keine zwei Minuten dafür. »Den brätst du erst auf der Hautseite, schön mit Butter, nicht zu dunkel. Vorher salzen, pfeffern. Wenden und gleich raus aus der Pfanne. Zitrone drüber, Salzkartoffeln, Petersilie – fertig ist der Lack. Fuffzehn bitte.«

Der geborene Verkäufer, dachte Nina. »Man merkt, dass Sie das schon immer machen.« Sie wollte nett sein, bemerkte aber den kleinen Schatten, der über sein Gesicht huschte.

»Von wegen.« Er wandte sich an die nächste Kundin.

Nina ging weg, in der Hand einen Fisch, den sie eigentlich gar nicht wollte, aber da musste sie wohl durch, Wegwerfen war absolut keine Option. Ebenso wenig, ihn dem Hund zu geben, auch wenn Ayla interessiert schnupperte. Fünfzehn Euro. Jan hätte sich gefreut, dachte Nina auf dem Nachhauseweg. Der liebte Fisch, und noch mehr liebte er, auf dem Markt einzukaufen. Sie überließ es ihm gerne, Kochen und Einkaufen waren nicht ihr Ding. Ebenso wenig, danach die Küche sauber zu machen, aber darum musste sie sich zu Hause nicht kümmern, Jan erledigte auch diese Arbeit mit Freude.

Er fehlte ihr, Nina spürte es jeden Tag mehr; wenn sie an ihn dachte, zog Sehnsucht alles in ihr zusammen, bis runter in die Zehenspitzen. Wie er sich anfühlte, aber auch die Geborgenheit, die er ihr gab. Sie vermisste ihn, nur ihn, sonst nichts. Ihre Arbeit im Krankenhaus rückte Tag für Tag weiter weg, rutschte ab in die Schublade des Vergessens, wurde begraben unter den Eindrücken, die sie hier sammelte. In der Fremde. Im Nirgendwo. Im Zusammenleben mit einem Hund. Unvorstellbar, jemals wieder in einen medizinischen Betrieb zurückzukehren.

Ninas Leben in dem Ort, in ihrem hübschen, kleinen Bungalow reduzierte sich von Tag zu Tag mehr. Am Anfang war sie dankbar für gutes WLAN gewesen, sie hatte herumgesurft und Serien gestreamt. Dann war sie zu müde dafür gewesen oder vielleicht auch davon, es war egal, sie verlor das Interesse. Sobald die Dämmerung herunterfiel, und ja, genauso war es hier, ein Vorhang ging zu, plötzliche Dunkelheit, nicht wie in der Stadt, wo die Tage im Herbst und Winter ebenso fahlgrau begannen, wie sie am Abend ausbluteten, Straßenlaternen und leuchtende Reklame, die gleißend hellen Schaufenster von Galerien und Pop-up-Stores den Tag in die Nacht verlängerten. Im Gegensatz dazu zog hier am Haff jemand ruckartig den Reißverschluss über dem Leichensack zu – zappzarapp, jetzt ist Nacht, guten Abend, meine Damen und Herren, das Sandmännchen wartet. Keine Läden, kaum Laternen. Rollladen runter. Finsternis. Anfangs befremdete es Nina, jetzt genoss sie es. Wurde es dunkel, bekam sie Hunger. Aß und wurde schläfrig. Legte sich auf das Sofa, las beim Licht der einen

Lampe, begleitet vom tiefen Atmen des Hundes – manchmal fiepte Ayla und lief im Traum, die Pfoten zuckten, und zu gerne hätte Nina gewusst, wohin der Hund im Geiste rannte. Vor etwas davon oder hinter etwas her?

Spätestens um zehn konnte Nina die Augen nicht mehr aufhalten, zog sich für die letzte Abendrunde die Stirnlampe auf und stromerte hinter der begeistert schnuppernden Hündin durch die menschenleeren Gassen. Geweckt wurde sie anderntags, wenn die Nacht sich übers Wasser zurückzog. So schnell, wie sie gekommen war, ging sie auch. Und Nina wachte auf, ohne Wecker. Ausgeruht. Motiviert für den Tag, der vor ihr lag wie ein leeres Blatt. Kein Gedanke an Patientin XY, deren Leben am seidenen Faden hing. Oder an die Oberärztin und ihren schroffen Ton. Keine Angehörigen, die sie mit Fragen löcherten oder aber stumm wie ein Schwamm aufsaugten, was sie ihnen erklärte.

Nur Ayla, die in ihrem eigenen Film lebte. Eine Frau und ihr Hund. Schlafen, gehen, atmen, essen. Zur Ruhe kommen, zu sich kommen. War es so einfach? Nina misstraute sich und ihren aufs Wesentlichste reduzierten Gefühlen. Sie dachte nicht ein einziges Mal darüber nach, was werden sollte. Aus ihr, aus ihrem Beruf, ihrer Berufung, Medizinerin zu sein.

Sie saßen in demselben Zimmer, in dem sie schon die erste Befragung gemacht hatten, die Hauptkommissarin war so verbindlich wie zuvor, wenngleich sie keinen Zweifel daran ließ, dass der Knochenfund nun eine ernste Wendung herbeigeführt hatte.

»Ich kann Ihnen nicht viel sagen, wir befinden uns in einer laufenden Ermittlung«, begann Petra Leuchter das Gespräch.

Ayla tigerte unruhig in dem Raum herum, aber Nina

beschloss, den Hund zu ignorieren und sich auf die Frau, die ihr gegenübersaß, zu konzentrieren. Der Kaffee, den die Kommissarin ihr hingestellt hatte, war gut.

»Ein Kollege von mir hat eine Siebträgermaschine spendiert«, erklärte die Polizistin, die Ninas Verwunderung sehr wohl registriert hatte. »Selbst die Polizei macht Entwicklungen zum Positiven.« Dann wurde sie ernst. »Wir nehmen erst Ihre Personalien auf, und dann erzählen Sie mir bitte noch einmal, wie Sie an die Knochen gekommen sind.«

Auch wenn Nina bewusst war, dass sie in keiner schuldhaften Verbindung zu dem Fund stand und erst recht nicht zu dem, was in der Vergangenheit mit dem Menschen, der dort unter der Erde gelegen hatte, geschehen war – dreißig bis vierzig Jahre nahm Berit an, also vor ihrer Geburt –, so fühlte sie sich automatisch in der Defensive. Als ob sie schuldig war, an was auch immer. Nina fing bei einer Befragung durch die Polizei automatisch an, nach Leichen in ihrem eigenen Keller zu suchen.

Gewissenhaft und so genau wie möglich schilderte sie, wie es dazu gekommen war – der Fuchsbau, die verhedderte Leine, der Seeadler und schließlich der den Hasen hinterherjagende Hund.

Petra Leuchter warf einen Seitenblick auf Ayla und lächelte. »Du hast Glück gehabt, Freundchen. Wildernde Hunde mögen wir hier nicht.«

»Hat das irgendwelche Folgen? Dass Ayla abgehauen ist, meine ich.«

»Ach, woher denn. Als ob mich das interessieren würde.« Die Kommissarin klickte mit der Computermaus herum, tippte wieder auf ihrer Tastatur und lächelte schließlich erst Nina, dann den Hund an. »Es ist nichts passiert, jedenfalls nicht, dass wir wüssten. Und schließlich haben wir ihr den Fund ja zu verdanken.«

»Wissen Sie schon mehr?«

Die Kommissarin schüttelte den Kopf, ihr Haarknoten wippte. »Jetzt sind erst einmal unsere Forensiker dran.«

Schade, dachte Nina, anscheinend bearbeitet Berits Labor nicht die Sache. Die hätte sie vielleicht noch ausquetschen können.

»Ich würde gerne noch einmal auf den Mann zu sprechen kommen, der Ihnen geholfen hat, den Hund nach Hause zu bringen.«

Nina wurde heiß. Den Waldmann hatte sie im ersten Gespräch mit Petra Leuchter nur beiläufig erwähnt. Sie wollte ihn nicht in die Sache hineinziehen – obwohl sie das Gefühl hatte, dass mit ihm etwas nicht stimmte. Aber glaubte sie das noch immer? Sie konnte ihn nicht einordnen, er war wirklich nett und eine große Hilfe gewesen, und es hatte ihm offensichtlich gefallen, ihr das Wolfsrudel zu zeigen.

»Marco Wetzlaff«, las die Kommissarin von ihrem Bildschirm ab. »Kennen Sie ihn näher?«

Nina schüttelte den Kopf. Ihre Kehle war trocken, sie nahm einen Schluck von dem Kaffee, dachte nach. »Nein. Gar nicht. Er wohnt nur gegenüber.«

»Na, so ein Zufall.« Die Polizistin lächelte, aber Nina konnte sehen, wie es hinter ihrer Stirn arbeitete. »Ein freundlicher Nachbar also. Und der war rein zufällig im Wald? Ausgerechnet da, wo Sie Ihren Hund gefunden haben?«

»Denke schon. Vielleicht hat er ja auch Aylas Heulen gehört. Oder wie ich gerufen habe.« Warum versuchte sie, einen plausiblen Grund für Marcos Anwesenheit zu finden? Schließlich hatte sie sein plötzliches Auftauchen in der Situation auch seltsam gefunden. Es war gar nicht nötig, ihn aus der Sache heraushalten zu wollen. Der Mörder der Person im Sand konnte er genauso wenig wie sie sein – er war höchstens Mitte vierzig. Wenn überhaupt ein Gewaltverbrechen vorlag, vielleicht entpuppte sich die ganze Sache als harmlos?

Der Haarknoten wippte auf und ab. Die Tastatur klapperte.

»Dieses Tellereisen, in dem sich Ihr Hund verfangen hat … Das haben Sie zerstört, um den Hund zu befreien?«

»Ja. Die Feder war rostig. Es war bestimmt nicht mehr in Gebrauch.«

Die Kommissarin zog kommentarlos die Brauen hoch. »Ich frag mich nur«, sie verschränkte die Arme vor der Brust, »ob das Zufall ist. Ausgerechnet an dieser Stelle …«

»Meinen Sie, die tote Person ist darin hängen geblieben und deshalb … also verendet?«

Die Vorstellung war grauenvoll, der Gedanke war Nina schon früh gekommen, aber sie konnte das Bild immer wieder verdrängen.

Zu ihrer Erleichterung schüttelte die Kommissarin den Kopf. »Nein. Das können wir aufgrund der Auffindesituation ausschließen. Trotzdem seltsam.« Sie tippte wieder, dann lehnte sie sich in ihrem Stuhl zurück und wandte sich an Nina. »Auch wenn Sie ihn nicht näher kennen, ich möchte noch ein bisschen über Marco Wetzlaff erfahren.«

Nina würzte den Fisch, legte ihn behutsam in die Butter, die langsam bräunliche Blasen warf, wendete ihn und schob ihn zu den Kartoffeln auf ihren Teller. So wie der Fischer es ihr geraten hatte. Achim Wetzlaff. Marcos Vater. Der netteste Teil des seltsamen Trios auf der anderen Straßenseite. Nina stellte den Teller auf den Tisch, schloss die Vorhänge, warf kurz einen Blick hinüber zum Haus der Familie. Saß die Alte wieder hinter der Gardine?

Der Zander schmeckte großartig. Jan hätte seine Freude gehabt, aber sie blieb appetitlos. Das Gespräch bei der Polizei hatte einen schlechten Geschmack bei ihr hinterlassen. Die Verknüpfung des Skeletts, das die Polizei anscheinend ausgegraben hatte, mit dem Tellereisen und mit Marco, mit dieser verschrobenen Familie ihr direkt gegenüber, verursachte bei Nina Unwohlsein. Sie hatte das Gefühl, als bliebe etwas an ihr hängen, da war mehr als nur eine alte Leiche im Sand. Die Kommissarin hatte keine Zweifel daran gelassen, dass sie nach einem Zusammenhang suchte. Welche Rolle spielte der Waldmann?

Und vor allem: Was hatte das mit ihr zu tun?

Nichts, beschloss Nina, hör auf, Gespenster zu sehen. Dir fällt nur die Decke auf den Kopf. Sie ließ die gebratene Zanderhaut in den Hundenapf fallen und räumte den Tisch ab.

Bevor sie sich hinlegte, um zu lesen, warf sie einen Blick durch den Vorhang, hinüber zum heruntergekommenen Haus der Wetzlaffs. Und wusste genau, dass sie keine Ruhe finden würde, solange sie nicht verstanden hatte, welche Rolle der Waldmann spielte.

1979

Wie groß die Stadt war! Sigrun drückte ihre Nase an das Zug-fenster, die Scheibe beschlug von ihrem Atem, kalt draußen, warm hier drinnen. Die Heizung unter dem Fenster machte das Abteil fast zur Sauna, außerdem war der Zug voll besetzt, sogar im Gang standen Leute. Christa neben ihr war einge-schlafen, der Kopf mit den blauschwarzen Haaren lag wie ein pelziges Tier auf ihrem Oberschenkel, wackelte im Takt der Räder hin und her. Ihre Schminke hinterließ schwarze Flecken auf ihrer hellen Jeanshose, bemerkte Sigrun. Christa malte sich Augenlider und Lippen dramatisch schwarz, ganz so wie Nina Hagen, ihr Idol. Und schau sah das aus! Sigrun wünschte sich, dass sie auch den Mut besäße, so herumzulaufen, aber einmal fehlte ihr die Fantasie, zum anderen war sie ein völlig anderer Typ als Christa und drittens weit davon entfernt, ein ebenso dickes Fell wie ihre Freundin zu besitzen, an der jeder blöde Kommentar abperlte wie Wasser. Und Kommentare musste sich jemand, der sich schminkte und kleidete wie Christa, zu-hauf anhören.

Ihre Freundin war kleiner, dafür aber mit deutlich weibliche-ren Formen, hatte von Natur aus dunkle Haare und ebensolche Augen. Sigruns Haare dagegen waren hell wie reifes Getreide, ihre Figur schmal und biegsam. Sie konnten gegensätzlicher nicht sein, ihrer Liebe zueinander hatte das von Kindesbeinen an keinen Abbruch getan. Dass Achim und Christa sich nicht grün waren, nie gewesen waren, trübte ihre innige Beziehung keineswegs, Sigrun hatte in ihrem Herzen für beide Platz. Nur machte es manche Sachen nicht einfacher – wie zum Beispiel diese kurze Reise nach Berlin.

Achim war alles andere als begeistert gewesen, als sie ihn gefragt hatte, ob sie mit Christa in die Hauptstadt fahren dürfe. Zu einer Party, hatte sie behauptet. Eine Notlüge, aber sie hatte sich nicht getraut, ihm die Wahrheit zu sagen: dass sie nach Berlin fuhren, um die Bluesmesse zu besuchen. Im Sommer hatte der musikalische Gottesdienst von Pfarrer Eppelmann und dem Bluesmusiker Holly Holwas zum ersten Mal stattgefunden und sofort Kreise gezogen. Dem Staat war die Veranstaltung suspekt, zu viele junge Menschen, die nicht systemkonform schienen, Gammler und Gesindel, hatte es im *Neuen Deutschland*, dem Zentralorgan der Partei, geheißen, hatten sich dort zusammengefunden. Aber was sollten die Parteibonzen machen, es war ein Gottesdienst und keine politische Veranstaltung, die Hände waren ihnen gebunden. Trotzdem war allen Beteiligten klar: Sie standen unter Beobachtung. Die Stasi hatte mehr als ein Auge auf alle, die dorthin pilgerten, in die Samariterkirche nach Friedrichshain. Nein, Sigrun verschwieg ihrem Mann lieber den wahren Grund ihrer kleinen Berlinreise, er würde sich ins Hemd machen ob der möglichen Folgen für ihre Arbeit und Stellung. Keiner von ihnen besaß ein Parteibuch, aber Achim bemühte sich dennoch, mit dem Strom zu schwimmen. Aus guten Gründen, Sigrun hatte Verständnis für ihn, auch wenn ihr die jammervolle Klage von Hildegard – wir haben alles verloren! Was haben wir früher besessen! Das Gestüt! – zu den Ohren heraushing, war ihr klar, dass Achim seine Anstrengung, wieder festen Boden unter den Füßen zu bekommen, nicht gefährdet wissen wollte. Er hatte eine beschissene Kindheit gehabt, im Gegensatz zu ihr war er alles andere als behütet aufgewachsen. Der frühe Tod seines Vaters, die erste Enteignung durch die Sowjets, eine zweite durch den eigenen Staat – wer war Sigrun, sich über seine Übervorsicht lustig zu machen? Und machte ihn gerade das nicht zu dem verantwortungsvollen Ehemann und Vater, den sie so liebte? Dass er alles tat, um ihre Existenz zu sichern? Ihnen ein schönes und bequemes Leben zu ermöglichen? So viel hatten sie geschafft, die tolle Neubauwohnung mit Zentralheizung und fließend warmem Wasser bekommen, den Wagen der Schwiegermutter – das waren Achims Verdienste.

Sigrun war dankbar dafür, sie fühlte sich ja wohl mit all dem – aber manchmal wollte sie ein bisschen mehr wie Christa leben. Einfach mal raus aus dem Trott. Deshalb hatte sie sich wie verrückt gefreut, als Christa sie gefragt hatte, ob sie Lust hatte mitzukommen. Eine Nacht in Berlin!

Im Nachhinein dachte Sigrun, wäre es besser gewesen, Achim die Wahrheit zu sagen. Sie hasste Lügen, sie wollte ihm nichts vorspielen, und das, was sie in Berlin erlebt hatte, musste sie teilen mit dem, den sie liebte, oder nicht? Hätte sie doch die Wahrheit gesagt – Achim hätte ihr niemals verboten zu fahren. So war er nicht. Er wäre nicht begeistert gewesen, aber er war nicht der Typ, der seiner Frau Vorschriften machte. Dass sie mit Christa fahren wollte, machte die Sache nicht besser, die Art, wie er sie angesehen und sich danach in sein Anglerbuch vertieft hatte, war eindeutig. Er ließ sie nicht gerne ziehen.

»Was ist denn das für 'ne Party?«, fragte er schließlich, nachdem sie Marco ins Bett gebracht hatten.

»Eine Freundin von Christa. Annette.«

»Kennst du die? Oder warum musst du da mit?«

»Nee, richtig kenne ich die nicht.« War nicht gelogen, war aber auch nicht die ganze Wahrheit. Christa hatte oft von ihrer Berliner Freundin gesprochen, gesehen hatten sie sich noch nie. Bei Annette konnten sie nach der Bluesmesse pennen, das hatte Christa alles schon organisiert. Es wäre zu spät gewesen, wieder nach Hause zu fahren, um die Zeit fuhr kein Zug mehr zurück an die Küste.

Achim hatte nichts gesagt, aber sie spürte sehr wohl, wie unrecht ihm die ganze Sache war. Er tat ihr leid. Sie liebte ihn. Achim war ein guter Junge. Ehrlich und ernsthaft. Er liebte sie auch, ja, mehr noch, er betete sie an. Und Marco! Das Letzte, was Sigrun wollte, war, Achim zu verletzen.

»Hör mal, Pitti«, sagte sie und legte ihre Hand in seinen Nacken. »Ich brauche einfach mal einen Tapetenwechsel. In Berlin war ich nicht seit …« Sie musste überlegen. Ihr Vater war zu einer Veranstaltung in der Humboldt-Uni eingeladen gewesen, ihre Mutter und sie waren von dort zum Alex gelaufen und hatten sich eine halbe Ewigkeit im *Centrum Warenhaus* auf der Suche nach einem Cordmantel herumgetrieben. Bleibende Erinnerungen hatte der Berlinbesuch bei ihr nicht hinterlassen, sie mochte zehn oder elf gewesen sein, keinerlei Interesse an der Großstadt. Zur Belohnung, weil sie so brav war, hatten sie den Kulturpark Plänterwald besucht, daran erinnerte sie sich noch lebhaft, vor allem an die Fahrt mit dem Riesenrad. »… da war ich zehn.«

Achim hatte zu ihr hochgeblickt und sie wehmütig angelächelt. »So doll ist es da auch nicht.«

Er hatte gut reden. Die Wetzlaffs hatten Verwandte in Berlin, Achim war mindestens ein bis zwei Mal im Jahr für ein paar Tage in der Hauptstadt.

»Bisschen Großstadtluft schnuppern«, Sigrun ging in die

Hocke, legte ihren Kopf auf seinen Arm und drehte sich so, dass sie zu ihm aufblicken konnte.

»Aber ausgerechnet mit Christa.«

Aha, hatte Sigrun gedacht, ich hab ihn schon.

»Mit wem denn sonst? Ich kenn keine anderen, die Kontakte hätten.«

»Doch, mich.« Achim grinste.

»Na, dann nimm mich das nächste Mal mit!«

»Zu meiner Verwandtschaft? Na, du wirst dich bedanken!«

Dann hatten sie gelacht, sich ein wenig über seine Onkel und Tanten lustig gemacht, und Sigrun konnte Christa am nächsten Tag die frohe Botschaft überbringen, dass Achim eingewilligt hatte.

Der Zug fuhr in den Ostbahnhof ein, und allein die Anzahl der Gleise, die unzähligen Weichen und Stellwerke, Signallampen, die alarmrot in den quecksilbergrauen Berliner Herbsthimmel leuchteten, ließen Sigruns Herz schneller schlagen, ihre Handinnenflächen begannen zu schwitzen, und auf ihrem Rückgrat tanzten Ameisen Tango.

»Wie seh ich aus?« Christa hatte sich aufgerichtet und toupierte ihre Haare mit den Fingern auf, wie Stacheln standen sie in alle Himmelsrichtungen.

Sigrun leckte ihren Daumen an und wischte damit Christas verschmierte Schminke unter den Augen weg. »Toll«, sagte sie, »meine Hübsche.«

Christa grinste und küsste sie schnell auf den Mund. »Dit wird schau«, ihre Augen leuchteten, »wird dir gefallen.«

Sigrun lachte. Sobald Christa auch nur in den Dunstkreis der Hauptstadt kam, begann sie zu berlinern.

Der Zug kam zum Stehen, Metall auf Metall, schrill und

ohrenbetäubend. Aus dem Zug drängten die Menschen auf den Bahnsteig, dick war die Luft, scharf und ätzend, Kohle und Benzin, feuchte Wolle, Teer und Zigarettenqualm umfingen Sigrun, nahmen ihr den Atem. Auch in ihrer kleinen Stadt drückte im Herbst der Gestank von Kohlenheizungen und Zweitaktern in die Straßen, aber das nahe Haff und der Seewind fegten die schweren Schwaden hinaus wie Kehrbesen die Eisenspäne unter der Werkbank. Aber hier, im Bahnhofsgebäude, und auch später, als sie durch die Straßen Friedrichshains liefen, stand die dicke Luft wie eine Glocke aus Beton. Dunkelheit hatte sich bereits über die Stadt gelegt, und je weiter sie sich von den Gleisen des großen Bahnhofes entfernten, je näher sie ihrem Ziel kamen, desto finsterer wurde es. Es war, als drangen sie in das dunkle Herz Berlins vor. Die Straßenzüge wirkten ramponiert, in Ueckermünde sah es nicht viel anders aus. Aber das war eine Kleinstadt, Berlin war groß, Friedrichshain war groß. Straße um Straße dunkelgraue Fassaden, der Putz bröckelte von den Wänden, an vielen Stellen Einschusslöcher vom Krieg. Funzeliges Licht hinter zugezogenen Vorhängen, die wenigen Läden hatten längst die Rollos heruntergelassen, die wenigen funktionierenden Straßenlaternen spendeten kaum Licht. Sigrun war es ein Rätsel, wie Christa sich orientierte, ihr erschienen alle Straßen gleich, gleich düster und vergessen, aber ihre Freundin schlug Haken wie ein Hase und wurde immer fröhlicher, je länger sie liefen.

Plötzlich riss die Düsternis auf, die Altbauten wichen zurück, und sie standen an einer breiten, mehrspurigen Straße, von modernen Wohnblocks gesäumt.

»Frankfurter Allee«, erklärte Christa, »da runter geht's direkt zum Alex und da«, sie zeigte in die östliche Richtung, »zur Stasizentrale.« Sie nahm Sigrun an der Hand und zog sie über die

Straße, hier war Leben, hier war Verkehr. Die Straßenbeleuchtung funktionierte, in den hohen schicken Häusern brannte ungeniert das Licht, und in der Mitte der Straße verkehrten Straßenbahnen. Ein Autofahrer drückte ordentlich auf die Hupe, als sie vor seinem Wagen über die Fahrbahn flitzten. Kaum auf der anderen Straßenseite angekommen, tauchten sie erneut in die Dunkelheit ein.

»Wieso kennst du dich so gut aus?« Sigrun kam es vor, als bewegten sie sich in den Kulissen eines monumentalen Filmsets, als habe jemand die Frankfurter Allee nur aufgebaut, um belebte Großstadt vorzugaukeln, wo die Wirklichkeit aus grauen Fassaden bestand.

»Bin eben oft hier«, gab Christa fröhlich zurück. Auf den Straßen, auf denen sie sich jetzt bewegten, war etwas mehr Leben, Leute standen vor ihren Häusern auf den Gehsteigen, unterhielten sich. Sigrun fiel auf, dass eine ganze Menge junger Leute unterwegs waren, und noch bevor sie fragen konnte, bogen sie in die Samariterstraße ein, und sie erkannte den Grund dafür. In Scharen zogen Menschen aus allen Richtungen zu dem gleichen Ort, den auch Christa und sie anstrebten: zur hochaufgerichteten Kirche, auf die die Straße zulief.

Kam es Sigrun nur so vor, oder war es hier viel heller? Alle Dunkelheit, das Beklemmende waren gewichen, sie fand sich inmitten von Menschen wieder, die guter Dinge waren, miteinander quatschten, voller Vorfreude. Lange Haare, Bärte, jeder zweite Mann sah aus wie John Lennon, Jeanshosen, Lederjacken, Strickpullover, geschminkte Gesichter, Haare, immer wieder Haare, Nickelbrillen, Bierflaschen. Begrüßungen, Umarmungen, Nähe, Wärme.

Christa hob die Hand und wedelte aufgeregt, eine große Frau mit kastanienbraunen Locken und rundem Gesicht erwiderte den Gruß und bahnte sich einen Weg durch die Menge auf sie zu. Als die Fremde sie erreicht hatte, schloss diese Christa in die Arme, sanft und liebevoll, und die beiden küssten sich.

Küssten sich, aber wie! Sigrun war verlegen, wusste nicht, wohin schauen, sie war vollkommen überrumpelt. Klar, sie und Christa küssten sich auch, auch mal auf den Mund, aber das war schwesterlich. Das hier …

»Sigrun, Annette, Annette, Sigrun«, Christa strahlte. Und wie sie strahlte. Das Glück sprang ihr aus dem Gesicht, erwartungsvoll sah sie Sigrun an, als präsentierte sie ihr eine ganz besondere Überraschung. Und ja, das war ihr gelungen.

»Schön, dich endlich kennenzulernen«, und schon hatte Annette ihre Arme um Sigrun gelegt, noch bevor diese reagieren konnte, drückte sie fest an sich, voller Wärme. Sigrun erwiderte die Geste, sie hatte tausend Fragen, aber keine würde sie stellen können, denn nach Annette tauchte Gitti auf und dann Schmolli, Birgit und Thomas, Ecki mit Kelle und so viele andere, dass Sigrun der Kopf schwirrte vor Namen. Christa schien alle und jeden zu kennen, es war, als führe sie hier ein zweites, vor Sigrun bislang verborgenes Leben. Jemand legte ihr einen Arm um die Schulter, eine andere drückte ihr eine Flasche in die Hand, Bier, sie schoben und drängten in die übervolle Kirche. Von innen war der Backsteinbau mächtiger, als er von außen gewirkt hatte, Sigrun konnte kaum schätzen, wie viele Menschen hineinpassten, aber es waren viele. Wir sind nicht allein, dachte sie plötzlich, glücklich, federleicht, sie bekam das Lächeln nicht mehr aus dem Gesicht. Sie hatte völlig vergessen, wie das war: unbeschwert sein, an nichts denken müssen, nicht an das Haushaltsgeld und die Planerfüllung, an volle Windeln und die Kaufhalle, daran, dass die Wände dünn waren oder warum Marco schrie.

Sie schloss die Augen und genoss das Gefühl der Enge, der warmen Körper um sie herum, die sie hielten. Sie hätte sich fallen lassen können – jemand hätte sie aufgefangen.

Kalt war es in der Kirche, noch, aber von den vielen Menschen, die sich unten im Kirchenschiff und oben auf der umlaufenden Empore drängten, erwärmte sich der hohe gotische Backsteinbau. Und es war mehr als Wärme, was von all diesen Menschen ausging. Aufbruch, Freiheit, Hunger, Leben, Geborgenheit, Sigrun spürte das in jeder Faser ihres Körpers, sie vibrierte vor Glück und Freude, dass sie hier sein durfte.

Der Pfarrer sprach, seine Worte zogen an ihr vorbei, durch sie hindurch, Sigrun hob ihr Gesicht, legte den Kopf in den Nacken und schloss die Augen. Durch das Kirchenschiff zogen jetzt die ersten Töne einer Gitarre, klagend, dunkel, gewannen an Rhythmus, die Menge bewegte sich, die ersten klatschten im Takt, sangen mit. Sigrun ließ sich tragen, wurde leicht und weich, warm, in ihr war reines Glück, Geborgenheit. Auf einmal war Christa wieder neben ihr, dahinter stand Annette, die beide Arme um ihre Freundin gelegt hatte. Christa fasste Sigruns Hand und streichelte sie sanft, in den dunkel umrandeten Augen erkannte Sigrun das gleiche Gefühl, das auch sie umfing, Seligkeit. Sie legte ihren Arm um Christas Hüfte, Annette stand hinter ihnen und holte nun auch Sigrun in die Umarmung, so blieben sie bis zum Ende der Messe, aneinandergeschmiegt, schwitzend, tanzend, froh.

Pfarrer Eppelmann, weiches Gesicht, Halbglatze und lange Koteletten – er erinnerte Sigrun an Manne Krug, den ihre Eltern so liebten und der jetzt auch im Westen war –, sprach mit voller Stimme, aber sein Duktus war weich und freundlich. Er sprach von Jesus und seiner bedingungslosen Liebe, von Frieden und Menschlichkeit. Von Miteinander und davon, dass sie einander achten und lieben sollten. Wie wichtig Friede auf der Erde war, und ja, er sprach auch immer wieder von Freiheit. Obwohl er christliche Botschaften hatte und aus der Bibel zitierte, saugten die Menschen in der Kirche, von denen gewiss viele mit Religion gar nichts am Hut hatten, so wie Sigrun und Christa auch, seine Worte begierig auf. Sie waren es gewohnt, zwischen den Zeilen zu lesen. Und sobald er das Wort Freiheit aussprach, ging ein Beben durch die Menge in der Kirche.

Und wenn dann erst Holly Holwas anfing mit seiner Bluesgitarre! Es gab kein Halten mehr! Die Menge pulsierte im Takt, klatschte, sang, stampfte – rundherum nur glückliche und gelöste Gesichter. Sigrun dachte an einen Fernsehbericht, den sie einmal im Westfernsehen gesehen hatten, sie und Achim, da war es um Gospel gegangen und die Gottesdienste der Schwarzen. Toll war das, es hatte sie beide fast vom Sofa hochgejagt! Nichts anderes erlebte sie nun hier bei dieser Bluesmesse in der Samariterkirche.

Als die Messe vorbei war und die Tore der Kirche sich öffneten, die erhitzte Menge nach draußen strömte und die Wärme aus dem Gotteshaus in den kalten Berliner Herbstabend entwich, hängten sie sich ein, Christa, Annette, Sigrun und die ganze Freundesclique, sie liefen nebeneinander her, Annette dirigierte sie alle zu ihrer Bude in den Bötzowkiez.

»Guck«, sagte Christa zu Sigrun und zeigte zu einer Handvoll Männer, die abseits der Platzes am Straßenrand standen. Auffällig unauffällig – sie machten gar nicht erst den Versuch zu verschleiern, wer sie waren. Beige Windjacken, grimmige Gesichter. Zwei von ihnen hielten ihre Kameras auf die Menge gerichtet und knipsten ungeniert alle, die ihnen vom Gottesdienst entgegenliefen.

Christa löste sich aus der Kette und rannte ein paar Schritte auf die Stasi-Männer zu, sie tat, als posiere sie für die Kameras, stellte sich in Pose und warf Kusshändchen. Ein paar Leute klatschten und feuerten sie an, andere versuchten, ihre Gesichter zu verbergen. Einer aus ihrer Clique lief zu Christa und holte sie zurück in die Reihe.

»Spinnst du?«, Sigrun drückte Christas Arm fester an sich. »Das muss doch nicht sein. Die haben dich sowieso schon auf dem Kieker.«

»Na, wenn schon? Ich mach nichts Kriminelles.« Christa warf lachend den Kopf zurück und saugte geräuschvoll die kalte Nachtluft in ihre Lungen. »Die können mir gar nichts.«

Achim war anderer Ansicht, dachte Sigrun, aber ihre Gedanken daran, was alles mit einem passieren konnte, ganz plötzlich und unerwartet, schob sie schnell weg. Sie liefen durch die Nacht, blödelten herum, sie hatte so viel Spaß wie schon lange nicht mehr.

Annette wohnte im Hinterhaus, sie bat ihre Freunde darum, im Treppenhaus nicht zu laut zu sein – man weiß ja nie. Da war er wieder, ein scharfer kurzer Schmerz, der in ihre Ausgelassenheit eindrang, wie wenn man mit der Plombe auf Silberpapier biss: Man weiß ja nie.

Die Wohnung war klein, außer Annette wohnte noch eine andere Frau hier, die ebenfalls bei der Bluesmesse gewesen war. Zweiraumwohnung, Klo auf der halben Treppe, aber eine Wohnküche, in der sie sich nun knubbelten. Es gab nur vier Stühle, aber an einer Wandseite bot ein altes Sofa weitere Sitzmöglichkeiten, auf der Lehne, auf dem Schoß von irgendjemandem, außerdem hockten sich welche auf den Boden und aufs Fensterbrett. Rotwein ging herum, Sigrun fragte sich, woher plötzlich all die Flaschen kamen, Bier, sogar ein Rotkäppchen-Sekt.

Sie kauerte neben Thomas und Birgit, die die Hände nicht voneinander lassen konnten und ständig knutschten, auf dem Sofa und genoss die Rolle der stillen Beobachterin. Alles saugte sie auf, die Plakate an den Wänden, die Musik – Pink Floyd, Queen und Debbie Harry –, die Ecki in einem der Zimmer auflegte, die Gespräche. Zwei Leute hier waren bei der Schweriner Baumpflanzaktion dabei gewesen, begeistert erzählten sie davon, irgendjemand redete von der grünen Bewegung im Westen und wie dringend sie sich auch in der DDR zu einer Bewegung zusammenschließen sollten, die sich um den Naturschutz kümmerte. Aber politische Themen beherrschten nicht allein die Gespräche, genauso ging es um die Liebe, Arbeit, Familie und Freunde. Nichts davon erschien Sigrun gefährlich, das war kein subversives Gerede, weswegen sie hätten vorsichtig sein müssen. Sie rutschte tiefer in die Polster, trank, rauchte sogar eine Zigarette und ließ sich von der Blase aus Rauch und Wein, Gesprächen und Unbeschwertheit einhüllen.

Sie wurde davon wach, dass ihr jemand sanft über die Stirn strich. Sigrun schlug die Augen auf.

»Leg dich lang.« Annettes rundes Gesicht erschien nah an ihrem. Sigrun spürte, dass diese ihr ein Kissen hinschob und eine Decke neben sie gelegt hatte. »Sind alle weg. Du pennst hier auf dem Sofa.«

Sie musste sofort wieder eingeschlafen sein, denn als Sigrun das nächste Mal die Augen aufschlug, erwartete sie bereits ein müder Tag. Novemberlicht hing wie nasser Filz vor dem Fenster. Regentropfen rannen außen an den Scheiben herunter, die von innen beschlagen waren, hinterließen kleine Straßen und bildeten an der unteren Leiste winzige Seen. Beim Ausatmen erschienen vor Sigruns Mund zarte Wölkchen, die Hitze des gestrigen Abends war feuchter Kälte gewichen. Aber ihr war warm unter dem Federbett, sie zog es noch ein wenig höher an die Nase. Nichts erinnerte mehr an ihre Zusammenkunft gestern, die Küche war tipptopp aufgeräumt, es roch kaum nach Rauch. Unter der Spüle stapelten sich Flaschen, die einzigen Zeugen der Nacht.

Sigrun schloss die Augen und rief sich den gestrigen Abend in Erinnerung. Noch lange würde sie davon zehren, vor allem von dem Gefühl der Zusammengehörigkeit. Wie freundlich alle gewesen waren! Wie friedlich die Stimmung und vor allem: Keine Angst war da, kein Misstrauen. Stattdessen das Gefühl, gemeinsam etwas bewegen zu können. Aufbruch und eine Zukunft für ihre Kinder, die besser war als das, was sie und erst recht ihre Eltern erlebt hatten. Sie waren jung, sie hatten keine Narben vom Krieg. Marco, ihr kleiner Marco, was wusste der schon davon, was Kalter Krieg und Aufrüstung und Spitzel und die Mauer waren. Bei dem Gedanken an ihren kleinen Jungen, seine flaumigen Wangen, weich und zart wie das Gefieder kleiner Küken, an die prallen Speckrollen an Armen und Beinen, in die sie so gerne hineinpustete, sodass er in gackerndes Babygelächter ausbrach – bei dem Gedanken an ihn bekam Sigrun Sehnsucht. Den restlichen Tag wollte sie mit ihm verbringen, morgen früh würde sie ihn schon wieder in die Krippe geben müssen.

Sie schlug die warme Decke zurück, augenblicklich bekam sie Gänsehaut unter ihren Klamotten und fröstelte. Leise setzte Sigrun Wasser auf, wärmte ihre Hände nahe der Gasflamme, suchte in den offenen Regalen nach Kaffeepulver und schüttete es, als sie fündig geworden war, in einen Becher. Kaffee polnisch, so stark wie möglich, drei Löffel Zucker dazu, und fertig war die Laube. Das wärmte und half ihr auf die Beine. Auf Zehenspitzen schlich sie sich ins Treppenhaus aufs Klo, inzwischen zog der Kaffee durch. Die Türen der beiden Zimmer waren geschlossen, sie wollte niemanden wecken, doch sie war unschlüssig, was nun mit Christa war. Kam die mit nach Hause? Wollte sie bleiben?

Jetzt fiel ihr wieder ein, was sie gestern am meisten überrascht hatte – dass Christa mit einer Frau zusammen war. Warum hatte sie das nie erzählt? Und mehr noch: Warum hatte sie es nicht gemerkt? Sie hatte immer den Eindruck gehabt, dass Christa mit einer Menge Jungs in der Kiste gewesen war, aber vielleicht stimmte das gar nicht. Hatte sie sich das eingebildet? War das eigentlich verboten? Durfte man das laut sagen, dass man schwul oder lesbisch war? Sigrun hatte sich nie Gedanken darüber gemacht, sie kannte niemanden, der so war. Weder Männer noch Frauen. Während sie in kleinen Schlucken den heißen, bittersüßen Kaffee schlürfte, horchte sie in sich hinein. Würde das etwas zwischen ihr und Christa verändern? Sie war eifersüchtig auf Annette, ja, das war sie, aber nicht, weil die zwei ein Paar waren. Sondern weil die Erkenntnis, dass noch ein anderer Mensch ihrer Christa so nah war wie sie oder sogar näher, sie traf. Ein doofes Gefühl.

Als hätte sie gespürt, dass Sigrun an sie gedacht hatte, kam Christa in die Küche. Die schwarzen Haare noch zerzauster als gestern, die Augen klein und verknittert vom Schlaf. Sie sah aus wie ein Rehkitz, fand Sigrun, so ganz ohne ihre Punkerschminke, verknittert und schlafwarm. Sie hob die Decke an, und Christa, nur mit übergroßem T-Shirt und selbst gestrickten Socken bekleidet, krabbelte sofort darunter. Sigrun bot ihr den Becher mit dem Kaffee an. »Ich würd dann mal fahren.«

Christa nickte. »Ich würd dann wohl noch bleiben.« Sie kuschelte sich an Sigrun. »Schön, dass du mitgekommen bist.«

Sigrun fasste unter der Decke einen Sockenfuß und knetete die Zehen. »War toll. Einfach Wahnsinn.«

Christa sagte nichts, sie blieben aneinandergekuschelt sitzen, teilten sich den Kaffee und blickten hinaus in den verregneten Hinterhof.

Irgendwann, der Kaffeebecher war längst leer, löste sich Sigrun, gab Christa einen Kuss auf den Scheitel und schlüpfte in ihre Schuhe. In der Küchentür drehte sie sich noch einmal um. »Wann kommst du zurück?«

Christa zuckte mit den Schultern. Verlegen. »Weiß nicht. Ich weiß gar nichts.«

»Aber deine Band? Du solltest doch Frontfrau machen bei Oschi?«

»Tja.« Christa seufzte tief auf. »Fahr du mal, mein Herzblatt. Ich melde mich.«

Erst als sie den Hinterhof durchquert hatte und auf der Straße stand, fiel Sigrun auf, dass sie keinen Schimmer hatte, wie sie von hier zum Ostbahnhof kam. Aber um diese Zeit war auf den Straßen mehr los als am Abend, ein Kohlekutscher kreuzte mit dem Pferdefuhrwerk, Omis mit Einkaufsbeuteln waren unterwegs, und gegenüber hatte ein Konsum seine Pforten geöffnet. Sigrun fragte sich durch, es war dann viel einfacher als befürchtet, sie musste lediglich eine Straßenbahn von der Danziger Straße bis zur Warschauer Brücke nehmen, dann noch ein Stück zu Fuß, und schon war sie da.

Sigrun wartete auf die richtige Bahn, stieg ein und suchte sich einen Platz. Aufmerksam sah sie aus dem Fenster, und ihr Eindruck von Berlin war nicht besser als gestern, als sie durch die dunklen Straßen gelaufen waren. Die breiten Boulevards, inmitten derer die Schienen verliefen, waren zu dieser Tageszeit belebt. Viele Autos, viele Menschen. Radfahrer, Mopedfahrer. Sie kam sich vor wie ein Landei, beeindruckt von dem Durcheinander, der Hast, mit der sich alles bewegte. Hohe Häuser, Mietskasernen aus dem letzten Jahrhundert, eine glich der anderen. Zwischendurch Lücken, von Bomben gerissen.

Ihre Kleinstadt war städtebaulich wahrlich kein Juwel, auch dort standen marode Häuser wie hohle Zähne, grau in grau mit bröckelndem Putz. Aber sie hatten den Hafen, den Marktplatz, überall Wasser und mehr Grün. Seeluft!

Sie spürte Heimweh. Gestern, das war ein Traum. Schon verweht. Aber sie würde das Erlebnis ewig in ihrem Herzen bewahren und hoffte, dass sie Teil einer Bewegung gewesen war, die die Zukunft besser machen konnte. Für ihren Sohn, für Marco.

Zwischen Grünberger und Kopernikusstraße hielt die Straßenbahn, und Sigrun sah ein Kaninchen. Ein kleines weißes Kaninchen mit roten Augen. Keinen dieser Stadthasen, sondern ein Kaninchen wie das eines Zauberers. Es saß auf dem schmalen Grünstreifen zwischen den Schienen und mümmelte. Als die Bahn, in der Sigrun saß, anfuhr, verschwand es flink in einem Loch.

Kurz darauf hörte es auf zu regnen.

Beschwingt stieg Sigrun aus der Straßenbahn, lief schnurstracks zum Ostbahnhof, fand auf Anhieb das richtige Gleis und stellte fest, dass sie nur eine Viertelstunde auf einen Zug nach Hause warten musste.

Das nahm sie als gutes Zeichen.

Die Kegelbahnen im Ernst-Thälmann-Klub lagen im Keller. Dumpfes Grollen empfing Sigrun, als sie die Treppen hinunterstieg, aber auch das Echo von Gelächter und Anfeuerungsrufen, Jubel und Klatschen. Achims Brigade ging einmal im

Monat zum Kegeln, heute war es wieder so weit. Vom Bahnhof war sie mit dem Fahrrad zuerst nach Hause gefahren und hatte sich was Trockenes angezogen, bevor sie zu Fuß zum Klubhaus lief.

Als Sigrun die Tür zum Raum mit den Kegelbahnen öffnete, schlug ihr der Dunst von Bier und Zigarettenrauch entgegen. Fünf Bahnen, alle waren besetzt, Sigrun suchte Achim, aber ihr Blick fiel zuerst auf Karin. Die Rothaarige stand ganz am Rand, etwas abseits, und spielte offenbar nicht mit. Stattdessen war sie mit dem Baby in ihren Armen beschäftigt – Marco. Sigrun steuerte sofort auf sie zu, Karin sah sie an und lächelte. Marco drehte nun auch sein Köpfchen zu ihr, als habe er gemerkt, wer da den Raum betreten hatte, und Sigruns Herz flog ihm zu. Sie war so glücklich und frei gewesen – aber erst jetzt, wo sie ihn von Karin in die Arme gelegt bekam, ihre Nase in seine verschwitzte Halsbeuge presste und den Babygeruch aufsog, wusste sie, wie sehr sie ihn im Grunde ihres Herzens doch vermisst hatte.

»Er ist ein Wonneproppen«, sagte Karin, »was, mein Kleiner?« Ihr roter Schopf beugte sich zu dem Jungen, sie stupste mit einem Finger zart auf seine Nase.

»Danke, dass du dich um ihn gekümmert hast«, sagte Sigrun. Sie hielt Marco jetzt so, dass sein Kopf auf ihrer Schulter lag, eine Hand hatte sie unter seinen Windelpopo geschoben. An einer der Kegelbahnen sah sie Achim stehen und lächelte ihm zu. Er erwiderte ihren Blick und nickte. An seinen Augen erkannte sie, dass er angestrengt war. Um ihn herum war es laut, die Kollegen feixten, Klaus stand neben ihm und sagte etwas, dann lachte er dröhnend. Achim lachte auch, aber Sigrun konnte sehen, wie schwer es ihm fiel. Er war kein geselliger Typ. Am liebsten hatte Achim seine Ruhe, war gerne allein oder mit seiner kleinen Familie zusammen. Bastelte etwas, hörte dazu Musik. Diese Gruppenveranstaltungen hasste er, meistens lag er danach mit Kopfweh auf dem Sofa. Nie trank er über den Durst und verabscheute Zigarettengeruch. Und Lärm. Er tat ihr leid. Sie musste versuchen, ihn da herauszuholen, vielleicht konnte er mit ihr nach Hause gehen, wenn sie sagte, dass Marco ins Bett musste.

Jetzt bemerkte sie, dass Karin sie erwartungsvoll ansah, wahrscheinlich hatte sie etwas gefragt, aber Sigrun bekam es nicht mit, weil sie in Gedanken war.

»Danke noch mal für deine Hilfe«, sammelte sie sich. »Ich hab den Zug verpasst. Eigentlich hatte ich versprochen, rechtzeitig zurück zu sein.« Eine kleine Lüge. Sie hatte nichts versprochen. Sie hatte nicht einmal daran gedacht, dass heute der Tag des Brigadekegelns war. Und sie hatte sich keine Gedanken darüber gemacht, wer Marco betreuen sollte. Nun, Achim hatte auch ohne sie eine Lösung gefunden, sie sollte aufhören, sich immer sofort schuldig zu fühlen.

»Wo warst du denn?« Karin steckte sich eine Zigarette an, eine dünne, lange *Eve* aus dem Westen, erkannte Sigrun.

»In Berlin«, gab sie zurück, und Karin zog die Augenbrauen hoch, da hätte sie es eigentlich wissen müssen, aber Sigrun hatte schon weitergesprochen, »bei der Bluesmesse«, hatte sie gesagt, und erst, als ihr die Worte schon aus dem Mund gefallen waren, erkannte sie, dass es ein Fehler gewesen war. Achim war auf sie zugekommen, hatte Klaus abgeschüttelt und stand jetzt hinter Karin, er hatte es gehört, und Sigrun sah das Entsetzen in seinem Gesicht. Karin wollte etwas sagen, öffnete den Mund, Rauch quoll heraus wie bei einem Räuchermännchen aus dem Erzgebirge, nur Rauch, kein Ton, zugleich machte Achim eine winzige Bewegung mit dem Kopf, so klein, niemand erkannte es außer Sigrun, die genau wusste, was er ihr sagen wollte – mach jetzt keinen Fehler.

»Ich muss den Kleinen ins Bett bringen«, sagte Sigrun, eine Spur zu laut, und dann lief sie, ohne darauf zu warten, was Karin sagte, und ohne die Kollegen zu begrüßen oder sich gleich wieder zu verabschieden, aus dem Raum mit den Kegelbahnen, eilte nach oben, im Rücken das dumpfe Donnern der schweren Kugeln, alle Neune, hallte es in ihrem Kopf, bravo Sigrun, alle Neune!

In dieser Nacht blieb Marco bei ihnen im Bett. Sigrun war bereits eingeschlafen, als Achim nach Hause kam, aber sie erwachte noch einmal, ein schmaler Lichtschein fiel ins Schlafzimmer, als er sich hereinschlich. Achim legte sich leise dazu, der mollige Körper des Kleinen zwischen ihnen, Sigrun atmete den Duft von Shampoo und Zahnpasta ein, er hatte sich noch geduscht, rücksichtsvoll wie er war. Sie tastete nach ihm. Fand seine Hand und zog sie an sich. Sie schwiegen, horchten auf die Atemzüge des anderen, auf Marcos Keuchen. Wie gern wollte Sigrun ihm von Berlin erzählen, von der Messe, der Musik und wie sie durch die Straßen gelaufen waren. Von ihrem Gefühl der Geborgenheit und des Glücks, aber sie fand keine Worte, hatte Angst, damit etwas zwischen ihnen kaputt zu machen. Sie fürchtete, dass er die Wahrheit heraushören würde. Die Wahrheit, dass ihr das Leben, das sie zusammen lebten, nicht genug war. Dass sie mehr wollte.

»Ich hab dich lieb«, hörte sie Achim sagen, und Sigrun betete, dass er nicht merkte, wie ihr Tränen in die Augen traten.

Heute

Nina stellte den Motor ab und blieb im Auto sitzen. Hinter sich hörte sie Ayla hecheln. Durch die Scheiben betrachtete sie das weitläufige Gelände. Schrundige Betonplatten, rissig und aufgeworfen, in den Fugen wildes Grün. Rund um das betonierte Areal standen an zwei Seiten Baracken, an der Stirnseite ein vergittertes Gebäude, früher mochte es eine Art Bauernhaus gewesen sein. Das einzige Bauwerk auf dem Grundstück, das vermutlich aus der Zeit vor dem Zweiten Weltkrieg stammte. Die Baracken waren zeitlos, ob die Nazis sie errichtet hatten oder die sowjetischen Besatzer, konnte Nina nicht erkennen. Vielleicht stammten sie auch aus der Zeit der DDR, vollkommen gleichgültig, diese Art einstöckiger Gebäude, mit grünschwarzer Wellpappe auf dem Dach und kleinen schmucklosen Fenstern war überall auf der Welt gleich trist und angsteinflößend. Bilder entstanden, von eingepferchten Menschen. Kriegsgefangene, Fremdarbeiter, Geflüchtete. Egal wie, immer standen sie für in kleinste Schachteln gepresstes Elend.

Das gesamte Grundstück umfasste ein großes Waldstück rund um den betonierten Platz mit den drei Gebäuden. Eingegrenzt wurde es durch Pfeiler, zwischen denen Stacheldraht aufgespannt war, auch der mit der Zeit eingerissen, heruntergetreten, durchtrennt, verrostet.

An Trostlosigkeit war der Ort kaum zu überbieten, gleichzeitig zündete er Ninas Fantasie an, was mochte es hier noch zu sehen geben, welche Tiere hielten das Gebiet besetzt, würde sie Fundstücke aus der Vergangenheit entdecken?

Sie stieg aus dem Wagen.

Der Tag hatte mit einem unerfreulichen Telefonat mit ihrer Mutter begonnen. Sie mache sich Sorgen um ihre Tochter, hatte die Mutter gesagt, aber nachdem sie versuchte, Ninas Situation und Verfasstheit mit Fragen zu umkreisen – Was machst du denn da in der Einöde? Was sagt Jan dazu? Ihr trennt euch aber nicht, oder? Wann willst du denn zurückkommen? Du hast doch nicht etwa eine Depression? In deinem Alter, Kind! Wirst du bald wieder arbeiten? –, und darauf von Nina keine sie befriedigenden Antworten erhielt, begannen die Vorwürfe. Dein Vater macht sich solche Sorgen und das bei seiner Gesundheit. Das teure lange Medizinstudium – soll das alles umsonst gewesen sein? Wie kannst du Jan das antun, wie wollt ihr denn die Miete bezahlen, jetzt muss er das alles alleine stemmen. Eine endlose Litanei, letztendlich lief alles darauf hinaus, dass ihre Eltern sich sorgten – berechtigt. Dass sie nicht verstanden – wie auch, wenn sie ihr nicht zuhörten? Und dass sie enttäuscht waren – eine Bürde für Nina. Sie ließ die Worte ihrer Mutter an sich vorbeiziehen, kommentierte oder antwortete knapp, bemühte sich, einen Streit zu vermeiden. Warum waren die Fragen »Wie geht es dir?« und »Können wir helfen?« eigentlich so schwer zu stellen?

Nina beendete das Gespräch, aber es hallte in ihr nach. Sie liebte ihre Eltern und wollte sie nicht verletzen, aber jetzt ging es verdammt noch mal nicht um die beiden. Es ging um sie und ihr Seelenheil.

Um all den Fragen, die ihre Mutter ihr gestellt hatte und die zweifelsohne irgendwann in naher Zukunft beantwortet werden mussten – von ihr –, zu entkommen, musste sie sich ablenken. Nina dachte an das verfallene Areal, an dem sie mehrmals mit dem Auto vorbeigekommen war und das sie neugierig machte. Von Stacheldraht umzäunt, ein aufgebrochenes Tor, kein Namensschild oder sonstige Hinweise darauf, wem es gehörte oder welchen Zweck es einst erfüllt hatte, lag es zwischen Wald und Feldern nahe der kleinen Ortschaft, in der sie schon einmal auf der Suche nach Ayla gewesen war. Nina googelte danach, aber auf ihrer Karten-App wurde das Gelände nicht konkret bezeichnet. Nicht einmal eine Hausnummer schien es zu geben. Sie scrollte näher heran, betrachtete das Gebiet. Der Zaun war lediglich auf dem Satellitenbild sichtbar, das Gelände war mindestens zwei- bis dreihundert Hektar groß. Ninas Neugier war geweckt. Als sie vor vielen Jahren nach Berlin gezogen war, hatte sie ein Faible für Lost Places entwickelt. Brachen und leer stehende Gebäude gab es in der Großstadt mehr als genug. Im Internet taten sich Gleichgesinnte zusammen, auf die vergessene und verfallene Orte eine ähnliche Faszination ausübten, sie musste nicht lange suchen, bis sie in einem der Foren etwas über das Gelände fand. Ein paar Fotos und die Information, dass es sich in der ehemaligen DDR um ein Kinderheim gehandelt hatte, sowie die Tatsache, dass ein Investor das Areal erworben, aber nie etwas damit unternommen hatte. Mehr war darüber nicht zu finden, was den Anreiz, auf Erkundungstour zu gehen, augenblicklich erhöhte.

Nina nahm die Leine vom Haken und hielt Ayla das Geschirr hin. »Abenteuer!«, sagte sie, »aber nur noch an der Leine.«

Und nun stand sie hier. Als Erstes würde sie um die Gebäude und den betonierten Platz weiträumig herumlaufen, damit die Hündin sich erleichtern konnte, schnüffeln und beruhigen. Außerdem war sie neugierig, was sich noch alles auf dem Grundstück befand.

Sie folgten einem Betonplattenweg, der so typisch für viele Wege in der Gegend war – man hatte einfach Platten nebeneinander in die Wiese geknallt, und schon konnten Panzer und Trabis, Pferdekarren und Traktoren darüber hoppeln. Das Gelände war ganz und gar verwildert, kaum menschliche Spuren – außer dem obligatorischen Müll. Jemand hatte alte Reifen abgeladen, an einer anderen Stelle verrottete Sperrmüll vor sich hin, eine löchrige Matratze, in die sich Mäuse gemütliche Betten geknabbert hatten, ein kaputter Schemel aus Holz, grün bemoost, mit Flechten überzogen. Das Polster einer Ledercouch war zum Nährboden für eine Pilzkultur geworden. So ärgerlich es war, dass der Mensch dazu neigte, überall Müll zu hinterlassen, so tröstlich fand es Nina, dass die Natur sich alles zurückeroberte, wenn man ihr nur genug Zeit ließ. Hoffentlich hatte der unbekannte Investor, dem all das hier gehörte, diese Immobilie längst vergessen.

Und doch gab es ein paar wenige Hinweise darauf, dass sich hier nicht nur Tiere ihren Weg durch die Wildnis bahnten – kleine Trampelpfade zogen sich zwischen den verblühten Stängeln amerikanischer Goldrute, Brombeeren und jungen Stämmen von wildem Ahorn hindurch. Bier- und Schnapsflaschen, gelegentlich eine Feuerstelle, Kippen. Wahrscheinlich trafen sich Jugendliche aus der Umgebung hier, um zu feiern, sonst gab es in den Dörfern wenig, wo sie ungestört zusammenkommen konnten.

Aylas Nase gab den Weg vor, Nina folgte. Über ihren Köpfen kreisten kleinere Greifvögel, mal ein Mäusebussard oder eine Wiesenweihe. Bleigrau der Himmel und schwer, als trüge er Unmengen von Regenwasser mit sich herum und sei unschlüssig, wo er seinen Ballast ablassen sollte. Zwischendurch aber riss – typisch Küste – die Wolkendecke auf, und Sonne zeigte sich. Sofort wurde es warm. Nina zog ihre Jacke aus und wieder an, schwitzte oder fröstelte, aber dennoch liebte sie dieses wankelmütige Wetter, das so anders war als in der Stadt, wo sich Regen, dunkle Wolken oder sibirischer Wind gerne in den Straßenzügen festkrallten und nicht bereit waren, diese so schnell wieder zu verlassen.

Mehr als einmal blieb Ayla stehen, hob die Nase in die Luft, stellte Ohren und Rute auf, witterte. Nina blieb neben ihrer Hündin und versuchte zu verstehen, welche Spuren sie verfolgte, aber nur selten hörte sie ein Rascheln im Gebüsch oder das Geräusch aufflatternder Vögel. Ein einziges Mal allerdings war sie es, die stehen blieb, während Ayla scheinbar gleichmütig weitergehen wollte. Käuzchen – Nina hatte ihr Rufen gehört und in den Wald vor dem Stacheldrahtzaun gelauscht. Gelbe Augen starrten sie aus dem Dickicht an, war das der Kauz? Zu gerne wollte sie es glauben, als sie ihr Handy endlich aus der Hosentasche hervorgefummelt hatte, um ein Foto zu machen, war der Spuk vorbei.

Weiter liefen sie an der Innenseite des Zauns entlang, an der rückwärtigen Seite grenzten Felder daran, große Vogelscharen, späte Zieher, einige Wildgänse und Kraniche, sowie die, die hierblieben wie Saatkrähen und Dohlen, staksten darüber und pickten Körner aus der Erde. In einiger Entfernung erkannte Nina das Dorf, in dem sie vor ein paar Tagen gewesen war und sich bei der jungen Frau aus Berlin nach Ayla erkundigt hatte. Sie erkannte auch das halb verfallene Gutshaus und die

Eichenallee, die das Anwesen mit dem Dorf verband. Auf der anderen Seite des Gutshauses führte eine ebensolche Allee direkt auf das Grundstück zu, auf dem sie sich jetzt befand, nur dass ein Großteil der Bäume nicht mehr vorhanden schien und keine Straße erkennbar. Vereinzelt standen wenige Eichen dort, verloren, vergessen. Nina versuchte, sich auszumalen, wie es früher, vor dem Krieg, hier ausgesehen haben mochte, ein hochherrschaftliches Anwesen, Kutschen, die über die Alleen holperten, Bauern, die für Grafen oder Barone oder einfach nur Großgrundbesitzer die Äcker bestellten. Es wollte ihr nicht gelingen, ihre Fantasie reichte nicht aus, um sich aus den Ruinen und verlassenen Ländereien ein Bild von vergangenen Zeiten zu zaubern.

Sie kam mit Ayla an eine Gruppe alter Obstbäume. Verzagt streckten diese ihre morschen Äste in die Höhe, bemoost und brüchig. Faule Äpfel hingen teilweise noch daran, Amseln und Spatzen taten sich gütlich. Apfel- und Birnenbäume wuchsen da, aber auch Kirschen und Zwetschgen. Nina wunderte sich darüber, dass sie die Bäume erkannte, ihr Wissen darum war offenbar nur verschüttet und nicht vergessen. Ihre Großeltern hatten einen kleinen Schrebergarten besessen, der Opa war Eisenbahner, das Häuschen lag mit anderen auf einem Gleisdreieck, ständig waren Züge vorbeigedonnert, aber für die kleine Nina war es der schönste Ort auf Erden. Ihr Opa hatte mit ihr das Obst geerntet und sie gelehrt, wie sich die Stämme und Blätter der Obstbäume voneinander unterschieden. Die Kirsche mit der Ringelborke und den spitzen langen Blättern, die Zwetschge mit Dornen bewehrt.

Nina erinnerte sich daran, wie sie auf die Obstbäume geklettert war. Gut versteckt im Grün, süßes Obst in Reichweite und die Erwachsenen im Blick. Herrliche Zeiten? War sie glücklich gewesen? Ein glückliches Einzelkind? Sie konnte sich nicht erinnern.

Nun lief sie mit Ayla wieder zurück, dorthin, wo sie ihren Wagen geparkt hatte. Beim Näherkommen bemerkte sie, dass da nicht nur ihr Auto stand, daneben stand jetzt der schwarze Pick-up von Marco Wetzlaff.

»Verfolgst du mich?«, fragte sie ihn, kaum war sie auf den Platz getreten. Er lehnte in der offenen Tür des großen Hauses und rauchte. Als Nina näher kam, lächelte er nicht. Sah sie an und rauchte weiter, sein Gesicht zeigte keine Regung.

»Zufall. Ich hab was ausgeliefert und habe dein Auto gesehen.« Er drückte die Kippe aus, und Nina bemerkte, dass er sie nicht etwa austrat und liegen ließ, was hier niemanden gestört hätte, sondern sie an der Wand ausdrückte und den Stumpen zurück in eine Zigarettenpackung steckte.

»Also verfolgst du mich doch.« Ihre Hündin lief schwanzwedelnd auf den Waldmann zu. »Ich kann doch parken, wo ich will.«

»Vor zwei Jahren haben sie hier ein Crack-Labor ausgehoben.« Anscheinend hatte er nicht vor, auf ihre Unterstellung einzugehen. »Manchmal sind Leute hier drinnen. Also …«

»Du wolltest mich beschützen? Das ist ja nett.«

Er hatte nur Augen für den Hund. Ayla überließ ihm sogar bereitwillig ihr verletztes und bandagiertes Bein, das er vorsichtig abtastete. Nina ärgerte sich. Bei ihr war jeder Verbandswechsel ein Drama, weil der Hund sich versteckte und sie nur mit sanfter Gewalt an das Bein kam. Der Waldmann schien ein Hundeflüsterer zu sein.

Marco richtete sich auf. »Was machst du hier? In der Bruchbude.«

Nina wollte antworten, dass sie verlassene Orte wie diesen

faszinierend fand, aber dann ließ sie es. Es hätte sich dämlich angehört, die Berlinerin, die in den Osten kam und sich die Orte, die von Niedergang und Strukturschwäche erzählten, anschaute wie andere Leute Primaten im Zoo.

»Ich bin ein paarmal dran vorbeigefahren und hab mich gefragt, was das hier ist.«

Seine Augen verschatteten sich, ganz leicht nur, vielleicht hatte sie es sich eingebildet. »Dann komm rein in die gute Stube.« Er drehte sich um und ging voran. Nina und Ayla folgten.

Der Moment, ein fremdes und verlassenes Haus zu betreten, war jedes Mal aufs Neue spannend und verheißungsvoll. Was würde sie erwarten? Nur Müll und Dreck? Oder konnte man das Leben, das hier einst die Räume erfüllt hatte, noch spüren? Welcher Geist wehte durch das Haus, steckten Flüche in den Wänden, war es ein gutes oder ein schlechtes Gebäude?

Nina hatte sich immer eingebildet, dass sie es spüren konnte – den Spirit, der sich in einer Ruine breitmachte. Jan behauptete, das sei Quatsch, eine Mauer sei eine Mauer, aber Nina, der als Medizinerin und also Wissenschaftlerin eigentlich alles Spirituelle suspekt war, glaubte an das Gegenteil. Räume hatten Karma. Oder Feng-Shui oder eine Aura, ganz egal, wie man es nannte, aber sie konnte es spüren.

Vielleicht lag es am Licht, ob es kalt war oder warm, an der Farbe der Wände, an den verrotteten Fetzen, die einmal Vorhänge gewesen waren, oder an einer vagen Ahnung, wie die Räume vielleicht einmal eingerichtet waren, aber sie hatte immer schnell ein bestimmtes Gefühl gehabt, wenn sie einen Lost Place besuchte.

Und dies hier war kein guter Platz. Sie fröstelte.

»Das war ein Kinderheim«, sagte Marco. Sie standen in einem gekachelten Raum, der früher offensichtlich einmal ein

Duschraum gewesen war, aus den Wänden ragten vereinzelt uralte Duschköpfe, verbogen und verrostet.

Er ging weiter durch den sich anschließenden Waschraum. Die Waschbecken waren allesamt abmontiert, Bruchstücke davon lagen überall herum. Warum nahm man die Waschbecken herunter und ließ sie dann liegen? Alles hier wirkte, als habe sich jemand an die Arbeit machen wollen, dem Haus neues Leben einzuhauchen, und dann die Lust verloren. Direkt daneben war ein weiterer Waschraum, sicherlich hatte es einen für Jungen und einen für Mädchen gegeben. Hier wiederum sah es fast aufgeräumt aus im Vergleich zu den anderen Räumen. Zwar lag ebenfalls Müll am Boden, überall waren die Wände mit wüsten Tags und Bildern besprayt, es roch nach Staub und Schimmel, Spinnen, Nager und Asseln hatten sich eingenistet. Aber dieser Waschraum war noch intakt, die Waschbecken hingen an den Wänden, die Spiegel abmontiert, aber sie waren verschwunden und lagen nicht in tausend Stücke zerschlagen am Boden.

»Hier hatten die ihr Cracklabor«, erklärte Marco, und es hörte sich fast an, als sei er stolz darauf. »Oder was auch immer die hier gemacht haben.«

Wer's glaubt, dachte Nina. Wollte er sich damit interessant machen? Bislang schien es ihm egal gewesen zu sein, was sie von ihm dachte.

»Was ist das für ein Investor, dem das jetzt gehört?« Sie folgte Marco, der langsam vor ihr durch die Räume im Erdgeschoss ging. Ayla folgte ihm auf dem Fuß, ihre Haare und die Rute waren aufgestellt, sie lief etwas geduckt, sehr wachsam, neugierig und ein bisschen ängstlich – so wie auch Nina sich fühlte. Wachsam, neugierig und ein bisschen ängstlich.

Eine ausgeräumte Großküche grenzte an die Waschräume,

schließlich folgte ein Raum, der vielleicht Speisesaal gewesen war, Stühle standen aufgestapelt an der Wand, Stahlrohr mit Plastikschalensitzen, so hässlich, dass sich niemand ihrer erbarmt und sie geklaut hatte. Eine Längswand war von einem Wandgemälde ausgefüllt, verblichen und übermalt, aber man erkannte ein energetisches Pärchen in FDJ-Montur, beide hatten je einen Arm dynamisch nach vorne ausgestreckt, blonde Haare, gestählte Muskeln unter ihrem Blauhemd. Die Fahne mit dem FDJ-Symbol flatterte ihnen voran. Dahinter eine Schar kleiner Kinder, die bewundernd zu dem Pärchen aufblickte. Jemand hatte ihnen allen mit schwarzer Farbe Zombiefratzen verpasst.

Marco drehte sich zu ihr. »Willst du mehr sehen? Schöner wird es nicht.«

Sie nickte. Er hatte ihre Frage nach dem Investor nicht beantwortet, aber bei ihm hatte sie stets das Gefühl, dass er nur sprach, wenn er es wollte. Und worüber er wollte. In jedem Fall war er kein Mensch für eine einfache Plauderei. Im nächsten Raum klaffte ein großes Loch in der Decke, eine schmale Birke, die sich aus einem Riss im Fußboden zwängte, hatte mit ihrer zarten Krone fast das erste Stockwerk erreicht. Zwischen ihren Ästen klemmte ein winziges Vogelnest.

Marco folgte ihrem Blick. »Manchmal hoffe ich, dass sie es vergessen. Dass einfach alles so bleibt und sich die Natur das zurückholt, was ihr gehört.« Er lächelte. Nicht zu ihr, zu der Birke.

Sie liefen durch das Treppenhaus, morsche ausgetretene Treppenstufen, Nina war mulmig, sie dachte an das Loch und fragte Marco, ob hier nicht Einsturzgefahr bestand.

»Ich wäre auf alle Fälle vorsichtig«, gab er zur Antwort, »bleib hinter mir, ich weiß, wo ich gehe.«

In diesem Stockwerk waren viele kleine Zimmer, in einigen standen uralte Stockbetten aus Metall, man konnte sich in den Zimmern kaum um die eigene Achse drehen. Hier sollten einmal Kinder ein Zuhause finden? Das war kein Kinderheim, das war ein Knast.

»Aus welcher Zeit ist das hier? Ich meine, wann war das ein Kinderheim?«

»Immer schon. Jedenfalls in der DDR. Mit der Wende war dann Schluss, seitdem steht es leer und verkommt. Davor waren hier Kriegsgefangene untergebracht. Und davor … keine Ahnung, davor war es auch schon irgendwas.« Marco blieb vor einer schmalen Tür stehen, die mit einem Vorhängeschloss gesichert war. »Willst du einen Schatz sehen?«

Nina blickte ihn an. Er sah traurig aus. Wollte sie den Schatz wirklich sehen? Sie zweifelte. Aber schon hatte er das Vorhängeschloss in der Hand und öffnete es – ohne Schlüssel. Er fing ihren Blick auf. »Ich hab es mal geknackt.«

Hinter der Tür lag eine schmale fensterlose Kammer im Dunklen. Marco winkte Nina zu sich, sie machte einen Schritt auf ihn zu, die Hündin dagegen wich zurück. In der Kammer stand eine hohe Kiste, ähnlich einem altmodischen Kleiderkoffer. Marco hob den Deckel an, ein süßlicher Geruch schlug Nina entgegen, Mottenkugeln, Staub, Verwesung. Ein paar Motten flatterten auf, wie Vampire, von der plötzlichen Helligkeit in ihrem Tun gestört. Nina beugte sich vor, wollte sehen, was in der Kiste war.

Kuscheltiere. Kinderkleidung. Gestricktes, Filziges, Plüschiges. Teddys, Handschuhe, Schals. Halb verfallen, von Motten zerfressen, tot.

Sie wich zurück, ihr wurde augenblicklich übel, und sie bekam keine Luft, stürzte in das nächste Zimmer, ans Fenster.

Sie hätte sich auf der Stelle erbrechen können, aber Nina beherrschte sich. Tief atmete sie die frische Luft von draußen ein, wo langsam die Dämmerung herankroch, ihre Figur warf einen langen Schatten in den grauen Raum. Nina hatte weiche Knie und rutschte in die Hocke. Der Waldmann kam, kauerte sich neben sie mit dem Rücken an die Wand, kramte seine Kippen raus und bot ihr eine an.

»Ist wahrscheinlich 'ne Kiste mit Fundsachen. Wurde hier vergessen.«

Nina nahm die Zigarette an, ließ sich Feuer geben und inhalierte tief. »Ich weiß schon. Trotzdem ist es gruselig. Kuscheltiere, die nicht in Kinderarmen liegen, sind immer gruselig.«

Er lachte trocken auf. »Zu viele Horrorfilme gesehen?«

Nina schüttelte den Kopf. »Findest du das nicht morbid?«

Die Hündin stellte sich vor sie, Marco streckte eine Hand aus und streichelte ihren Pelz. »Ich finde das alles morbid.«

»Kommst du oft hierher?«

Sie vermied es, ihn anzusehen. Seine Nähe war anstrengend. Sie spürte, wie nah er war, sie musste nur ihre Hand ausstrecken, dann hätte sie ihn am Arm fassen können. Nicht, dass ihr seine unmittelbare Gegenwart unangenehm war, es fühlte sich eher falsch an. Sie sollte nicht hier sitzen, an diesem kaputten Ort, mit diesem kaputten Typen, der locker zehn Jahre älter war als sie, der seine Lonesome-Cowboy-Masche pflegte und ein Furcht einflößendes Auto fuhr, das nach Blut und Kadaver roch und Bilder vor ihrem Auge entstehen ließ, wie er im Wald hockte und einen Rehbock ausweidete oder durchs Unterholz lief und checkte, ob sich Tiere in seine Fallen verirrt hatten. Stattdessen sollte sie mit Jan in ihrer Berliner Küche sitzen, Rotwein trinken und ihm dabei zusehen, wie er Kräuter hackte, die er gleich in seine Pastasoße schmeißen würde, wie er umrührte, den Löffel ableckte und »Lecker« sagte.

Aber nun war sie hier. Im seltsamsten Abenteuer ihres bisherigen Lebens.

»Mein Vater war hier«, hörte sie Marco plötzlich sagen.

Jetzt sah sie ihn doch an. Langsam verschwammen die Konturen in der Dämmerung, nahmen seinem Gesicht die Härte. Er zog an seiner Kippe, als würde er ertrinken.

Sein Vater.

»Achim?«

»Zehn Jahre. Die ersten zehn Jahre seines Lebens, die ganze Kindheit – in der Tonne.«

»Aber deine Großmutter … ist das nicht? Ich dachte, das ist seine Mutter?«

»Sie haben ihn ihr weggenommen.«

Sie schwiegen. Nina war immer noch schlecht, die toten Räume, die Kindersachen und jetzt eine grässliche Geschichte.

»Mein Großvater wurde ermordet, und sie ist durchgedreht. Die Behörden haben meiner Oma nicht zugetraut, dass sie das mit dem Kind hinkriegt. Psychisch instabil. Sie haben meinen Vater hierhergebracht und sie in eine Anstalt.«

Puh, dachte Nina, kein Wunder, dass du seltsam bist. Und deine ganze Familie. Obwohl, fand Nina, Achim schien ganz in Ordnung. Er sah freundlich aus. Sanftmütig. Aber was verstand sie schon davon. Von diesen Zeiten, von der DDR, von Diktatur und Repressalien. Sie überschlug im Kopf, dass Marcos Vater vielleicht um die Mitte sechzig war. Geboren also Ende der Fünfziger ungefähr. In den schwarz-weißen Jahren, wie ihre Mutter sich gerne ausdrückte. Sie dachte an die Bilder aus den rumänischen Kinderheimen, die nach dem Fall von Ceauşescus Diktatur um die Welt gegangen waren: dreckige

Kleine in Stramplern, die heulend ihre Ärmchen durch die Gitterbetten streckten oder katatonisch in der Ecke kauerten. Nicht viel anders wird es hier gewesen sein. Sie malte sich aus, was die Kinder für ein Leben gehabt hatten, aber alles, was ihr dazu einfiel, war zu traurig, um den Gedanken noch länger zu verfolgen. Armer Achim Wetzlaff. Kein Wunder, dass Marco von diesem Ort magisch angezogen wurde.

»Es tut mir leid.« Das klang falsch, irgendwie halbherzig, dabei meinte sie es aufrichtig. Aber was Nina vor allem leidtat, war, dass sie Marco nicht über den Weg getraut hatte. Dass er ihr unheimlich war. Und dass sie mit Petra Leuchter genau darüber gesprochen hatte. Ob sie ihn wegen Wilderei drankriegen konnten? Was ging sie das eigentlich an? Warum hatte sie nicht den Mund gehalten, war doch egal, was die Leute hier machten. Sie tat besser daran, sich um ihren eigenen Kram zu kümmern.

»Besser, wir verschwinden hier, bevor es ganz finster wird.« Der Waldmann stand auf und half ihr hoch.

»Kommen die Wölfe auch hierher?« Nina hielt Ayla an der kurzen Leine nah bei sich.

»Nein. Die haben genug Verstecke draußen im Wald, und Wild gibt es auch ausreichend. Was sollen sie hier.«

»Aber du hast doch gesagt, die Wölfe kommen manchmal sogar ins Dorf. Ich habe dir doch von dem in meinem Garten erzählt.«

»Die ganz jungen, sehr selten. Die interessieren sich höchstens für die Hühner. Oder Katzen, den Müll, dann hauen sie wieder ab. Aber hier gibt es ja nichts.«

Sie hatten die Autos erreicht, Nina atmete auf. Sie wollte schnell nach Hause, unter die Dusche, essen, lesen, ihre Ruhe haben. Bloß weg von hier. Sie öffnete die Kofferraumklappe und ließ Ayla hineinspringen. Plötzlich stand Marco hinter ihr. Nah, zu nah, Ninas Nackenhaare sträubten sich, sie spürte seinen Atem auf ihrer Haut. Bevor sie etwas sagen konnte, trat er zurück, als sei nichts gewesen. Rasch setzte sie sich in ihren Wagen und ließ den Motor an. »Ciao«, rief sie und gab Gas.

Eine Viertelstunde später passierte sie das Ortsschild, bog in die Straße ein, in der der Bungalow war – und trat so heftig auf die Bremse, dass Ayla gegen den Rücksitz flog.

Vor dem Haus der Wetzlaffs stand ein Polizeiauto.

1962

»Frau Sörensen?«

Gine drehte sich um. In der Tür des kleinen Büros, in dem sie saß, stand ein Mann. Seiner Kleidung nach zu urteilen – Hosen und Anorak aus Robbenfell, bunt verschnürt, dicke kniehohe Stiefel, seine fellgefütterten Fäustlinge hatte er ausgezogen –, war er ein Fischer oder Robbenjäger. Ein Inuit ohne Zweifel. Einer, der zu dem Boot gehörte, das sie zurück in den Hauptort bringen sollte.

»Das Boot ist fertig.«

Gine nickte, stand auf und reichte dem anderen Mann, dem, der ihr gegenübersaß, die Hand.

»Ich danke Ihnen. Der Besuch war sehr ... aufschlussreich.«

Der Direktor des Kinderheimes hatte sich zeitgleich mit ihr erhoben, machte die Andeutung eines Dieners und begleitete sie hinaus. »Der Dank ist auf meiner Seite, Frau Staatssekretär. Wir bekommen nicht jeden Tag Besuch von der Regierung.«

Sie verzichtete darauf, ihn zu verbessern. Sollte er sie für eine Staatssekretärin halten. Tatsächlich war sie Angestellte beim staatlichen Fischereiverbund, in leitender Position, aber das hätte ihr wohl kaum die Türen zu diesem Kinderheim geöffnet.

Gemeinsam liefen sie durch die kleine Eingangshalle, ein Mädchen, höchstens vier Jahre alt, saß auf dem Fußboden und spielte mit einer Puppe. Als Gine an ihr vorbeiging, blickte sie kurz hoch. Ein hübsches Kind, auch sie eine Inuit, glänzend schwarzes Haar zu zwei kurzen Zöpfchen gebunden, die ihr links und rechts vom runden Kopf abstanden wie Antennen. Keine Freude lag in den Augen des Mädchens, kein Funkeln, schwarze stumpfe Kiesel sahen zu ihr hoch. Gine zögerte kurz, sie wollte sich zum Kind hinunterbeugen, ihm über den Kopf streicheln, etwas Tröstliches sagen. Aber sie entschied, dem Impuls nicht nachzugeben.

Es brachte doch nichts.

Kaum trat sie nach draußen, biss eisige Luft ihr in die Nase, kniff in die Haut und raubte ihr den Atem. Zwölf Grad unter null, Temperaturen, die sie aus Kopenhagen nicht kannte. Vor allem nicht zu dieser Jahreszeit, im Mai! Gine zog die weiche Kapuze des Pelzmantels über ihre Haare, schob resolut den Riemen der Aktentasche auf die Schulter und vergrub ihre Hände in den weiten Ärmeln, die rechte Hand im linken und umgekehrt. Das weiche Fell der Wölfe, denen der Pelz einmal gehört hatte, tröstete sie. Wie eine Hülle umgab sie der lange Mantel, unter dem sie geschützt war, nichts konnte ihr etwas anhaben, weder die grönländische Kälte noch die traurigen Eindrücke aus dem Kinderheim in Nuuk.

Der Fischer, der sie zum Boot brachte, drehte sich um und hielt ihr die Hand hin, damit sie sicher die vereisten Treppen zum Hafen hinuntergehen konnte. Dankbar nahm sie an.

Es war ihr erster Besuch auf Grönland, ihr Beruf hatte sie hierhergeführt, eine Konferenz in Grönlands Hauptstadt, mit den örtlichen Fischereiverbänden. Die Delegation aus Dänemark, einige Abgeordnete des Folketing, Aufsichtsräte aus Industrie und Wirtschaft sowie Gine und ihre Leute vom Staatsbetrieb. Sie hatten über Fangquoten diskutiert, über Preise und Importwege. Über Kühlsysteme und Netze, über die Gründe, warum die Dänen lieber Lachs als Heilbutt kauften und niemand mehr an Walprodukten interessiert war. Drei Tage, von früh bis spät im Konferenzhotel, Gine hatte weder etwas von Nuuk gesehen noch von der großartigen Landschaft.

Krister hatte angeregt, dass sie einen Tag dranhängen solle. Er hatte ihr vorgeschwärmt, wie glasklar das Wasser in den Fjorden war, wie schroff und zackig die Felsen, wie erhaben die Eisberge. Gestrandet aber war sie hier, in Grönlands größtem und berühmtestem Kinderheim, im tiefen Norden, so nah am Pol. Dort, wo die Temperatur am niedrigsten war und sich die Nacht im arktischen Sommer niemals blicken ließ. Es war, als hätte sie der Ort magisch angezogen, Gine konnte nicht anders, als dem Heim einen Besuch abzustatten, nachdem sie erfahren hatte, dass es in unmittelbarer Nähe zu ihrem Hotel lag. Alle anderen Konferenzteilnehmer waren längst nach Dänemark zurückgereist, keiner interessierte sich für diese Gegend, in der es – in den Augen der Dänen – nur Robben, Fischer und Alkoholismus gab.

Nun stand sie an Bord des Schiffes, das sie von diesem entlegenen Fjord in den zentrumsnahen bringen sollte, von dort würde sie ein Taxi zum Flughafen nehmen und nur wenige Stunden später in Kopenhagen ihre Kinder umarmen können.

Der Motor tuckerte, Dieselgeruch stieg ätzend nach oben, das kleine Boot ließ eine Spur Wellen hinter sich, schaumig warf das dunkelblaue Wasser sich auf. Am Steg konnte man bis zum Grund blicken, so klar war der Atlantik hier, aber je weiter sie sich von der Küste entfernten, desto schwärzer wurde die See. Gine blieb an Deck und sah zurück auf die sich weiter und weiter entfernende Küste. Auf die kleinen würfelförmigen Holzhäuser, rote Kästchen, die ein Riese lustig in die Landschaft verstreut zu haben schien. Graue und braune

Felsformationen, rissig und spröde dort, wo die Gletscher sich zurückgezogen hatten, aber auch runde und gefällige Formen, weiche Steinhügel, die sich zwischen den Häusern wölbten und sich gegen jede symmetrische Bebauung, gegen gerade Straßenverläufe und hohe Mehrfamilienhäuser, wie in Kopenhagen, sträubten.

Grönland, Grünland, Riesenland, Schneeland.

Wie viele Begriffe hatten Inuit angeblich für Schnee? Gine wusste es nicht, gestern hatte es jemand in der Delegation erwähnt.

Eisschollen trieben vorbei, hier und da tauchten Robbenköpfe aus dem Wasser, später, weiter draußen, kurz vor der Küste des großen Fjordes von Nuuks Zentrum, würde sie den majestätischen Buckel eines Wales sehen. Aber noch stand sie hier, mit zugefrorenen Nasenlöchern, weiße Atemwolken vor dem Mund, und starrte auf die immer kleiner werdende Silhouette des Kinderheims, blind für die Schönheit der Natur.

Ich bin davongekommen, das war alles, was Regine Sörensen, geborene Heuer, denken konnte. Ich bin noch einmal davongekommen.

»Mama!« Stine, die Kleinste, warf sich als Erste in ihre Arme, Alles ließ Gine fallen, Koffer, Aktentasche, schloss die Dreijährige in die Arme und drehte sich mit ihr einmal um die eigene Achse. Sofort hängte Carl sich an ihre Beine und umklammerte sie so fest, dass sie beinahe gestürzt wäre. Gine ging, Stine auf dem Arm, in die Hocke, um ihren Sohn ebenfalls zu umarmen, aber Stine packte eine von Carls Haarsträhnen und zog fest daran. Er schrie auf und boxte zurück.

Inger, mit acht Jahren die Älteste, blickte von ihrem Buch auf und zog eine missbilligende Grimasse.

»He, he, he, lasst Mama erst mal ankommen!«

Carl wurde von bärenstarken Armen im Strickpullover in die Höhe gehoben, einmal in die Luft geworfen, sodass sein Kopf beinahe die Zimmerdecke berührte. Er kiekste laut, der Streit mit seiner Schwester war sofort vergessen. Krister trug ihn zum Sofa, schmiss ihn in die Polster und kitzelte seinen Sohn einmal ordentlich durch. Sofort war Stine zur Stelle, befreite sich aus den Armen ihrer Mutter und meldete bei ihrem Vater ihr Recht auf Kitzelei an.

Gine ließ alles im Flur stehen, streifte den Pelzmantel ab, er glitt zu Boden und floss über Gepäck und Stiefel – von Weitem konnte man meinen, eine Horde schlafender Wölfe liege im Flur.

Auf Strümpfen lief Gine zu den anderen ins Wohnzimmer, setzte sich neben Inger, nahm sie in den Arm, und gemeinsam sahen sie Krister und den beiden Kleinen beim Balgen zu.

Inger legte ihren Kopf an die Schulter ihrer Mutter. Sie musste nichts sagen – sie war glücklich, dass Gine wieder zurück war. Inger war ruhig und immer vernünftig, aber nicht weniger emotional als ihre Geschwister. Sie trug es nur nicht nach außen. Sie kam nach ihrem Großvater, das dachte Gine so oft.

»Ich habe dir etwas mitgebracht«, flüsterte sie und zog den Anhänger mit der kleinen Robbe hervor. Sie war aus echtem Robbenfell gefertigt, man konnte sie an einem Schlüsselbund befestigen oder am Reißverschluss der Winterjacke.

»Ist das echtes Fell?« Inger nahm die Miniatur-Robbe vorsichtig in ihre schmalen Finger. Ihre Augen füllten sich mit Tränen. »Musste dafür eine echte Robbe sterben?«

»Um ehrlich zu sein, glaube ich, dass diese kleinen Dinger aus Abfallprodukten gefertigt werden«, gab Gine zurück, vor Augen die Schlachtplätze, die sie gesehen hatte, wo Robben zu Hunderten hingerichtet wurden, ohne Gnade, alte, junge, Weibchen und Männchen. Die Schreie der Tiere würde sie nie vergessen, sie begleiteten sie im Schlaf. Auf viele Quadratkilometer färbte das Blut der Tiere den Schnee rot.

Die Bilder von toten Robben und Walen und Fischen evozierten andere Bilder, die sie nicht mehr loswurde.

Füchse, die an Sätteln baumelten.

Rehe auf einem Pferdekarren, achtlos aufeinander geworfen.

Der blutende Fuß eines Mädchens, mit Lumpen verbunden.

Ihr eigener Körper im Moor, brennend vor Schmerz und Scham.

Rot und Schwarz, unvergessen.

»Was riecht hier so verbrannt?«

»Verdammt!« Krister lachte laut und hastete in die Küche. »Die Pfannkuchen!«, hörten sie ihn mit gespielter Verzweiflung rufen, Inger kicherte.

»Wie konnte ich euch bloß alleinlassen?« Gine riss die Augen auf, legte ihre Hände an die Wangen und heuchelte Entsetzen. »Bestimmt hat euer Vater es nicht fertiggebracht, euch zu versorgen? Habt ihr etwa vier Tage nichts gegessen?«

»Nein! Gar nichts!« Stine und Carl krakeelten durcheinander und gackerten, sogar Inger lachte.

Stunden später räumte Gine ihre Sachen aus dem Flur weg. Sie hatte die Kleinen ins Bett gebracht, ihnen vorgelesen und gesungen, die Augen waren ihr zugefallen, aber der Gedanke daran, vor dem Zubettgehen noch eine Stunde oder zwei mit Krister zusammenzusitzen, hatte sie durchhalten lassen.

»Gute Nacht, mein Schatz.« Bevor sie zu ihrem Mann ins Wohnzimmer hinunterging, schaute sie noch zu Inger hinein.

Die las, wie immer. Tom Sawyer und Huckleberry Finn. Eine neue Ausgabe, natürlich, Gines eigene hatte den Krieg nicht überlebt.

»Mama, es tut mir leid.«

»Was denn?«

»Dass ich mich nicht über die Robbe gefreut habe.«

Gine trat an das Bett ihrer Tochter, setzte sich auf die Kante. »Das muss dir nicht leidtun.«

»Ich mag keine toten Tiere.«

Gine lächelte und strich Inger sanft über die Stirn. »Ich auch nicht. Tiere sollen leben dürfen.«

»Bekomme ich einen Hund?«

Gine lachte und stand auf. »Nein, eine Robbe.« Sie ging zur Tür, dort wandte sie sich noch einmal um. »In zwanzig Minuten ist das Licht aus.«

Inger nickte brav. Ich weiß, dass du nicht das Licht ausmachen wirst, dachte Gine und zog die Tür hinter sich zu. Du wirst weiterlesen, bis zu der Stelle, wo sie zum Friedhof gehen. Tom und Huck. Und du wirst dich schrecklich gruseln, aber du kannst nicht aufhören und unter der Bettdecke eine Seite und noch eine verschlingen, so lange, bis dein Vater kommt, dir das Buch aus der Hand nimmt und das Licht ausmacht.

»Schlafen sie?« Krister wartete auf dem Sofa, vor ihm auf dem Tisch standen zwei Gläser und eine Flasche Wein.

»Natürlich nicht! Was denkst du?« Gine ließ sich neben ihn fallen, Entspannung oder das, was sie dafür hielt, durchströmte augenblicklich ihren Körper. Jetzt noch eine Zigarette, und der Abend war perfekt.

Krister schenkte ein, reichte ihr ein Glas, sie ließen das Kristall leise aneinanderklirren und tranken. Gine schloss die Augen. Spürte die Hand ihres Mannes sanft auf ihrem Bein ruhen. Er würde nicht fragen, und sie suchte nach Worten. Er konnte ahnen, was der Besuch im Kinderheim für sie bedeutete, auch wenn er nicht die ganze Wahrheit kannte. Von ihrem Landjahr hatte sie ihm erzählt. Rudimentär. Nur das, was wichtig war, um zu verstehen. Sie zu verstehen. Das war nicht immer einfach, aber Krister hatte diese Antennen, er spürte sofort, wenn das Eis unter ihren Füßen dünn wurde.

Krister war Gines Rettung. Der Vater ihrer Kinder, die Liebe ihres Lebens, der wunderbarste Mann auf Erden, ein Geschenk an die Menschheit. Niemals, das hatte Gine sich geschworen, niemals würde sie diese Ehe gefährden, das war die Arche, die sie ans rettende Ufer gebracht hatte.

Im Winter 1948 hatten sie sich kennengelernt. Gine war sechsundzwanzig und hatte sich auf ein Leben als alte Jungfer eingestellt. In Kopenhagen hatte es geschneit, viel geschneit, und vor der Tür zu der winzigen Souterrainwohnung, in der sie hauste, stapelte sich der Schnee mannshoch, sodass sie nicht herauskam. Sie stand am Fenster ihres Zimmers, starrte durch die Eiskristalle hinaus auf die Lundtoftegade und hoffte, dass jemand vorbeikommen möge, um sie zu retten.

Ein Bär war gekommen. Ein riesenhafter Mann mit breiten Schultern und einer Fellmütze auf dem Kopf, verpackt in einen dicken Anorak. Sie hatte die Hand schon an der Scheibe, bereit zu klopfen und zu rufen, aber dann zögerte sie. Der bärige Mann, dessen Gesicht sie nicht sehen konnte, machte ihr Angst.

So hatte Krister sie gefunden. Ein Gesicht hinter einer vereisten Scheibe, umrahmt von einem Kranz Eiskristalle. Und eine kleine Faust. Krister hatte gedacht, sie grüße ihn so, eine Kommunistin hinter Glas. Er war stehen geblieben und hatte ebenfalls seine Faust erhoben, zögerlich, er war kein Kommunist, die Idee war ihm fremd, aber er war ein höflicher Mann, und tat man nicht besser daran, den Gruß einer Eisprinzessin zu erwidern?

Gine sah sein Gesicht, sie sah in seine Augen, ihre Furcht schwand augenblicklich, sie öffnete das Fenster einen Spalt und rief hinaus, dass sie eingeschneit war – zeigte auf die Treppe und den meterhohen Schnee, und Krister begriff sofort.

So begann ihre Liebe. Mit einer Rettung.

Geheiratet hatten sie rasch, überstürzt fast, so schnell wie möglich wollten sie ihr Glück besiegeln. Mit dem Kinderkriegen ließen sie sich ein wenig Zeit – Gine studierte noch, Krister stand kurz davor, seine eigene Kinderarztpraxis zu eröffnen. Ein paar Jahre nach der Hochzeit kam Inger, später Carl und Stine. Gine hatte immer gearbeitet, so wie viele Däninnen, sie hatten Krippe und Kindergarten und Kinderfrauen, Kristers Mutter, es war fast mühelos gewesen. Dass es ihr als Deutscher gelungen war, in dem fremden Land eine kometenhafte Berufslaufbahn zu absolvieren, war kein Wunder – die Verwandtschaft von Gines Mutter Angelika stammte aus Dänemark, außerdem waren sie Verfolgte des Naziregimes.

Noch im selben Jahr, in dem Gine damals, verwundet an Körper und Seele, vorzeitig aus dem Landjahr entlassen und nach Hause geschickt wurde, war die Familie aus Berlin geflüchtet.

Nicht wegen Gine. Sie sagte nie etwas, erklärte nichts, und niemand fragte. Sondern weil sich ihre Eltern nicht in der Lage sahen, ihre Berufe auszuüben. Das Regime erteilte Martin Heuer Berufsverbot, und Angelika fand ohnehin keine Auftraggeber mehr. Nachdem schließlich ein Unbekannter das Atelier in der Anklamer Straße angezündet hatte und alle

Bilder und Fotografien dem Brand zum Opfer gefallen waren, ergriff die Künstlerfamilie noch vor Weihnachten 1936 die Flucht.

Gine verabschiedete sich von niemandem. Sophia war mit ihrer Familie längst aus Berlin verschwunden, ohne Nachricht. Über Nacht. Matze war bei der HJ. Nur Heini war noch da, er stand vor Gines Tür und fragte, ob sie mit ihm spielen wolle, er folgte ihr, sobald sie das Haus verließ, aber Gine war kein Kind mehr. Sie hatte ihre Kindheit am Stettiner Haff verloren, und sie wollte an nichts mehr erinnert werden. Nicht an die Monate in Pommern, nicht an die Zeit davor. Sie löschte sich aus, radierte alles fort, was sie an früher erinnerte. Sie nahm im Winter 36 ihren Koffer, stieg in den Zug, und als sie in Jütland ankam, war sie eine andere.

Einzig und allein Renate, die nahm sie mit. In ihrem Kopf. Sie hatten sich aus den Augen verloren. Gine wusste nicht, wie es ihr im Krieg ergangen, ob sie davongekommen war. Als sie viele Jahre später Krister heiratete und Frau Regine Sörensen wurde, schrieb sie eine Karte an Renates alte Adresse im Arkonakiez. Auf gut Glück. Einige Monate später erhielt sie einen Brief aus Köln. Renate hatte, wie sie, geheiratet und bereits zwei Töchter. Fotos fielen aus dem Brief, zwei Aufnahmen mit gezacktem Rand. Gine erkannte Renate sofort, sie trug die Haare jetzt halblang, in hübschen Wellen. Ein bisschen fülliger war sie geworden, aber sie lächelte in die Kamera. Neben ihr zwei Mädchen – Zwillinge? – in von Hand gestrickten Pullovern, kurzen Röcken, bestimmt selbst genäht, der Stoff sah nach altem Mantel aus. Auf der anderen Seite Renates stand ein Mann. Er strahlte, sah nett und glücklich aus. Eines seiner Hosenbeine war ab der Hälfte nach oben umgeschlagen und versteckte den Stumpf. Gines Hände zitterten, als sie den

Brief auseinanderfaltete, aber nachdem sie die ersten unverfänglichen Zeilen gelesen hatte, kamen die Tränen. Sie weinte vor Erleichterung, und erst in dem Moment, zwölf Jahre nach ihrem gemeinsam erlebten Aufenthalt in Pommern, begriff sie, was Renate ihr bedeutete. Wie glücklich sie darüber war, dass Renate heil und gesund schien, dass sie einen Mann und Kinder hatte und anscheinend ein gutes Leben lebte. Ihre Freundin, die nie eine Freundin gewesen war, aber doch so viel mehr als das, schrieb freundlich, schilderte ihr Leben in Köln, wie schön, aber auch wie mühsam es war – kaum Brot auf dem Tisch und kein Holz im Ofen. Dass sie sich freute, von Gine zu hören, und Donnerwetter: Kopenhagen!

Von da an schrieben sie sich regelmäßig. Nichts Tiefsinniges, nichts Weltbewegendes, aber sie erzählten sich aus ihrem Alltag. Und heute, in diesem Kinderheim in Nuuk, von dem Gine ihrer Freundin in Deutschland berichten würde, da hatte sie sich ungewöhnlich heftig an die Nächte erinnert, in denen sie sich gegenseitig Halt gegeben hatten. Gine hatte sich für die Inuit-Kinder in dem grönländischen Heim sehnlichst gewünscht, dass auch sie eine Renate hatten.

Sie erzählte Krister von ihren Eindrücken aus Nuuk.

»Kein Kind sollte so aufwachsen«, schloss Gine ihre Erzählung.

Krister schwieg, sie dachten beide an ihre Kinder, die warm, geliebt und behütet in ihren Betten lagen.

»Du musst deine Mutter anrufen.« Krister schenkte ihnen noch einmal nach. »Sie hat sich nicht gut angehört.«

Gine seufzte. Ihre Eltern. Ein schwieriges Kapitel. Sie wollte sich nicht damit beschäftigen, nicht jetzt. »Morgen. Morgen rufe ich an.« Sie stürzte den Rest des Weins mit einem Mal herunter.

In dieser Nacht schlief sie schlecht. Das kam immer wieder einmal vor, dass ihre Träume bildhaft und beängstigend waren, auch in dieser Nacht suchten Geister aus ihrer Vergangenheit sie heim, sie war am Arkonaplatz, am Brunnen mit den Tierfiguren, ihre Freunde waren da, aber ihre Freunde hatten Tierköpfe, sie waren Hirsche mit Geweihen. Eisplatten schoben sich in die Szenerie, große, alles verschlingende Wellen, und schließlich glaubte Gine im Traum, sie würde verbrennen.

Sie wachte auf, tastete neben sich, Krister lag da, das Haus war ruhig und warm. Aber Gine fand nicht mehr in den Schlaf.

Drei Monate später, der Traum war vergessen, auch das Kinderheim in Nuuk, Gine hatte mit ihrer Mutter in Florida telefoniert. Angelika hatte am Telefon geweint, »er erkennt mich nicht mehr«, sagte sie, nicht zum ersten Mal. Gine hatte, auch das nicht zum ersten Mal, die Augen kurz geschlossen, tief Luft geholt und ihrer Mutter gesagt, dass sie und Krister die Eltern nach Hause holen wollten. Nach Dänemark, nach Kopenhagen, zu sich. Sie könnten ein Heim für Martin suchen. Es würde alles gut werden. Angelika hatte »Ja, ja« gesagt, geschluchzt und daran erinnert, dass das Telefonat ein Vermögen kostete, schließlich hatte sie aufgelegt.

Nun saß Gine in ihrem Büro, die Sekretärin legte ihr eine Liste mit Altersheimen vor, in Kopenhagen und im Umkreis. Noch während sie auf die Nummern starrte und darüber nachdachte, wann sie Zeit und Nerven finden würde, all diese Nummern nacheinander anzurufen, kündigte sich Ditlevsen an, er hatte die Tür zu ihrem Büro bereits geöffnet und klopfte nun nachträglich an das Holz.

Ditlevsen durfte das, er war der Leiter des Konzerns.

»Frau Sörensen.« Er schob seinen massigen Leib vor ihren Schreibtisch. Gine legte das Blatt mit den Nummern der Altersheime zur Seite und drehte es um.

»Störe ich?«

»Sie stören immer«, gab sie mit aller Liebenswürdigkeit zurück.

Ihr Chef lachte, sein Bauch und die drei Speckfalten am Kinn wackelten. »Ich hatte heute das Vergnügen, mit dem Minister zu speisen.« Er quetschte sich ächzend in den Stuhl ihr gegenüber. »Wir haben über die Ostseewoche gesprochen, Sie wissen schon, die DDR.«

Gine legte den Kopf schief, sie war nicht sicher, ob sie im Bilde war. Ostseewoche?

»Wir sind uns einig, der Minister und ich, dass wir die Märkte im Ostblock nicht ignorieren sollten, Sie wissen schon, bilaterale Beziehungen und so weiter, zumal wir als direkte Nachbarn um enge Verbindungen bemüht sein müssen. Jedenfalls fragt mich der Minister, wen schicken wir? Und ich sage: Da gibt es nur eine.« Er lehnte sich so weit über ihren Schreibtisch, dass sie sein Aftershave riechen konnte. *Old Spice.* »Frau Sörensen!« Er strahlte über das ganze Gesicht. »Frau Sörensen ist unsere Frau für die DDR – Sie vertreten Dänemark auf der Ostseewoche.«

Mit wackligen Beinen schloss Gine die Haustür auf. Die Kinder waren bei Kristers Mutter, dieser noch in seiner Praxis. Sie ging direkt zur Hausbar und goss sich einen Fingerhut voll Aquavit ein, um ihre Nerven zu beruhigen. Nur einen Fingerhut, sagte sie sich, aber als Krister nach Hause kam, fand er sie auf dem Sofa, schlafend. Vor sich ein Wasserglas und die Flasche mit dem klaren Schnaps. Er weckte sie.

»Ich wollte nie wieder dorthin.« Gines Blick verschwamm.

Er verstand nicht.

»Nie wieder!« Sie setzte sich auf. »Sie schicken mich nach Deutschland. Zu einer Konferenz.«

Krister ließ sich neben sie auf das Sofa fallen und schenkte sich ebenfalls Aquavit ein. »Kann niemand anderes fahren?«

»Ditlevsen ist überzeugt davon, dass es die beste Idee ist, die er je hatte.«

»Und wohin soll es gehen?«

»Nach Rostock«, antwortete Gine tonlos. »Ausgerechnet nach Rostock.«

Heute

Ihre Ruhe war dahin. Seit der Polizeiwagen bei Wetzlaffs gestanden hatte, war es vorbei mit Ninas Gelassenheit und Entspannung. Natürlich konnte sie nicht anders, als darüber nachdenken, was das zu bedeuten hatte. Warum dort? Warum bei Wetzlaffs? Was hatten die mit der Leiche zu tun? Oder ging es bei dem Besuch der Polizei nicht darum, sondern um Marco? Wieder und wieder war Nina im Kopf durchgegangen, was sie der Polizistin über ihn erzählt hatte.

Dabei wusste sie nichts. Außer seinem unvermuteten Auftauchen, der Tatsache, dass er nachts ohne Licht mit seinem Pick-up durch den Wald fuhr und, ja, dass es in seinem Auto nach Blut und totem Tier roch, wusste sie nichts.

Er war der Waldmann. Er konnte mit Hunden. Er fütterte die Wölfe. Sein Vater war im Heim gewesen, der Großvater ermordet.

Reichte das aus, um Schwierigkeiten zu bekommen?

Im Zusammenhang mit einem – verbotenen – Tellereisen und einer sich daneben befindlichen Leiche vielleicht schon. Abgesehen davon: Was wusste Nina schon darüber, was hier los war? Vielleicht war die Polizei auf der Suche nach einem Wilderer? Oder irgendetwas anderem, Fahrerflucht mit Pick-up, konnte doch sein, oder nicht?

»Du spinnst«, hatte Jan kurz und knapp gesagt, als sie ihm

davon erzählte. »Das muss gar nichts bedeuten. Du siehst Gespenster.«

Wahrscheinlich hatte er recht. Sie war zu lange allein. Wurde sie wunderlich? Den ganzen Abend über hatte sie aus dem Fenster geschaut, zwischen den zugezogenen Vorhängen hindurchgelinst – genau wie die alte Wetzlaff von gegenüber! So hatten sie einander belauert. Irgendwann war das Polizeiauto wieder verschwunden – aber ihre Neugier und Unruhe waren es nicht.

Nina schlüpfte in ihre Gummistiefel, der neue Tag begann regnerisch und windig. Es würde nicht richtig hell werden, glaubte sie, die Tropfen fielen ruhig und gleichmäßig aus bleiernem Himmel. Sie nahm die Leine vom Haken, öffnete die Tür und schaute instinktiv zum gegenüberliegenden Haus. Hatte sich die Gardine bewegt?

Skeptisch setzte Ayla ihre Vorderpfoten auf den Fußabstreifer, das Hinterteil blieb im trockenen Zimmer.

»Ich hab auch keinen Bock.« Resolut nahm Nina den Hund an die Leine, der ihr widerwillig nach draußen folgte.

Am Kai dümpelte still der Kutter von Achim Wetzlaff, »Heute kein Fischverkauf«, stand auf einem Papier, das der Fischer ins Ruderhaus seines Kutters geklebt hatte.

Das mulmige Gefühl in der Magengrube war sofort wieder da. Das war kein Zufall. Gestern die Polizei, heute kein Fischverkauf. Nina lief mit Ayla an dem Kutter vorbei. Der Regen ließ das kleine verbeulte Boot noch armseliger aussehen, als es bei klarem Wetter ausgesehen hatte, das Gewirr aus Netzen und von Algen überzogenen Tauen wirkte traurig und verlassen.

Nina fragte sich, was Achim Wetzlaff an einem Tag verdiente. So viel konnte es nicht sein, aber was wusste sie schon? Mit ihrem ehemaligen Gehalt als Ärztin war es mit Sicherheit nicht zu vergleichen. Erst recht nicht mit dem, was Jan monatlich nach Hause brachte. Mit Abstand betrachtet und als frischgebackene Arbeitslose kam ihr das frühere Jammern über Geld frivol vor. Natürlich hatte sie sich aufgearbeitet, die Nachtschichten, die Überstunden, die psychische Belastung. Aber sie hatte, im Gegensatz zu so vielen anderen, genug verdient, um davon leben zu können. Wie war so ein Leben, wie Achim es führte, überlegte Nina, während sie auf die Binnendüne zusteuerte. War es hart, mitten in der Nacht aufzustehen, bei jedem Wetter, mit klammen Fingern bei Regen oder eisiger Kälte die Taue zu lösen, Netze auszuwerfen, einzuholen, die sich windenden Leiber der Fische einfach liegen und die Wesen ersticken zu lassen? Jedem Einzelnen immer und immer wieder einen qualvollen Tod zu bereiten? Oder war es vielmehr ein Geschenk, die Einsamkeit auf dem Wasser, den Sonnenaufgang über dem Haff erleben zu dürfen, mit einem Kaffee aus der Emailletasse, den kleinen Wellen, die ein Lied an den Bug trommelten und das Schiff in sanfte Schwingungen versetzten? Wie existierte ein Fischer, zwischen EU-Fangquoten und giftigen Algen, die den Fischbestand auf einen Schlag vernichteten? Als Mann auf dem Wasser, der seine Zeit mit Aalen und Barschen und Stockenten, Reihern und Seeadlern teilte?

Nina konnte nicht anders, als sich das Leben als einsamer Hafffischer als ein erfülltes vorzustellen, auch wenn sie wusste, dass sie einer ganz und gar falschen Romantik aufsaß. Ihre Sehnsucht nach dieser Einsamkeit und dem Naturerlebnis war groß gewesen, solange sie noch in der Großstadt feststeckte und in ihrem Beruf, der heutzutage mehr mit Maschinen und

Bürokratie zu tun hatte als mit Menschen. Aber nun, nach fast drei Wochen in der Einsamkeit, fand sie sich in einem Vakuum wieder. Würde sie sich entscheiden müssen für das eine und gegen das andere? Welches war das richtige Leben, und gab es das überhaupt?

Kaum hatten sie das kleine Dorf hinter sich gelassen, wurde Ayla munter, verschiedenste Tiergerüche ließen sie den Regen vergessen. Und auch Ninas Missmut wich, je länger sie in der frischen Luft liefen. Alles war besser, als hinter diesem Vorhang im Bungalow zu stehen und sich Vorwürfe zu machen.

Entlang des Uferstreifens zog sich breit der Gürtel mit Schilfgras, in weiter Ferne erkannte Nina von der Spitze der Binnendüne aus einen Kirchturm. Das war schon Polen dort drüben. Zum Greifen nah. Mit einem Boot war man in einer halben Stunde oder Stunde dort. Mit dem Auto dauerte es länger, man musste einmal ums Haff herum.

Während der Hund zu ihren Füßen buddelte und die Schnauze immer wieder tief in den nassen Sand steckte, die Gerüche nach welchem Tier auch immer so heftig inhalierte wie ein Junkie seinen Stoff, erinnerte Nina sich an Zeitungsberichte, wonach ein Elch von Polen nach Deutschland geschwommen sein sollte. Oder ein Hirsch? Ein Wildschwein? Sie hatte es vergessen, es war ein großes Tier gewesen, angeblich, aber ihr schien es undenkbar, wie ein schweres Tier mit Hufen und Fell, das sich voll Wasser saugte, diese Strecke zurücklegen konnte.

Sie setzte sich in den nassen Sand und holte vorsichtig ihr Handy aus der Regenhose, um ein paar Bilder zu machen. Seit der Hund abgehauen war, hatte sie es immer bei sich, Fotos hatte sie jedoch kaum geschossen, zu beschäftigt war sie damit, ihre Eindrücke zu sortieren und sich selbst zu verorten. Und jetzt, ausgerechnet bei strömendem Regen, fiel ihr ein, dass sie das Versäumnis nachholen sollte. Sie richtete die Linse auf das Wasser, weit hinten ragte der polnische Kirchturm empor, vorne erwischte sie den Schilfgürtel.

Nina hatte gerade einmal abgedrückt, als sie ihn entdeckte. Majestätisch kreiste er weit oben über dem Wasser. Seelenruhig glitt er durch den Regen, sie zoomte heran, und in der Unschärfe verfolgte sie seine Bahnen. Sein heller Kopf mit dem mächtigen gebogenen Schnabel weit nach vorne gestreckt, die ausufernden Schwingen glatt, an ihrem Ende einzelne Federn wie Finger, ein kurzer Schwanz. Sie hielt die Luft an, als könne sie den Seeadler durch ihre Anwesenheit vertreiben, aber er war viel zu weit entfernt, um von ihr und dem Hund Notiz zu nehmen. Nina verfolgte ihn durch ihr Handy, plötzlich fiel er aus dem Bild, sie nahm den Apparat herunter und beobachtete, wie sich das mächtige Tier wie ein Stein nach unten auf die Wasseroberfläche fallen ließ, die Beine und Krallen ausfuhr wie ein Flugzeug sein Fahrgestell vor der Landung. Zwei Mal schlug er mit den Flügeln, die Wasseroberfläche tat sich auf, und schon erhob sich der Adler mit seiner silbrigen Beute wieder in die Luft.

Nina verlor ihn aus den Augen. Ihr Herz klopfte. Ein paar Minuten noch blieb sie still sitzen, schließlich wurde es zu kalt und zu nass, und sie lief mit dem Hund an der Schleppleine weiter. Jetzt konnte sie nicht umkehren, zurück in den Bungalow, in die vom Holzofen erwärmte Luft, zurück zum Blick durch die Vorhänge. Zu aufgewühlt war sie von ihrem Erlebnis.

In ihrer Euphorie hatte Nina nicht darauf geachtet, welchen Weg sie gingen, Aylas Nase gab die Richtung vor, sie folgte glücklich und willenlos am anderen Ende der Leine. Erst als sie die rot-weißen Absperrbänder sah, zwischen den dunklen Bäumen, kahlen Fichten und verkrümmten Stieleichen, helle Reflexe inmitten des Walddunkels, blieb Nina stehen. Die Polizei hatte die Fundstelle weiträumig abgesperrt. Natürlich hatte es den Hund wieder dorthin gezogen, aber Nina würde keinen Schritt weitergehen. Sie wollte auf der Stelle umdrehen, aber eine magnetische Kraft ließ sie wie angewurzelt stehen bleiben. Schemenhaft nahm sie weiße Gestalten wahr, die sich hinter der Absperrung bewegten, sie dachte daran, dass sie Berit einmal bei der Arbeit zugesehen hatte, es war etwas Harmloses, Knochenfund an einer archäologischen Ausgrabungsstätte, Berits Expertise war gefragt, und doch hatte die Figur ihrer Freundin der Szenerie die Unschuld genommen und den Acker, auf dem die Grabungen stattgefunden hatten, wie den Tatort in einem Fernsehkrimi wirken lassen.

Hier aber war nichts unschuldig, Nina hatte das Stück Hüftknochen selbst in den Händen gehalten, der Hüftknochen, der zu einem Skelett gehörte und wegen dem Polizeiautos im Dorf hielten.

Sie drehte um, wollte nicht für eine Gafferin gehalten werden. Aber das wunderbar leichte Gefühl, das ihr die Sichtung des Seeadlers beschert hatte, war dahin. Auf einmal nervten der Regen, der sich langsam durch ihre Outdoorjacke gearbeitet hatte, die rutschenden Socken in den Gummistiefeln und ihre nassen Finger, die sich um Aylas Neoprenleine klammerten.

Wie schnell das innere Wetter umschlug. Noch vor einer halben Stunde hatte sie nicht in die stickige Wärme ihrer Ferienwohnung zurückkehren wollen, und nun schien ihr nichts verlockender als das kuschlige Wohnzimmer, die knisternde Wärme des Holzofens, ein Becher Tee.

Der Hündin schien es ebenso zu gehen, ihr dichtes Fell hatte sich mit Feuchtigkeit vollgesogen, hing schwer und nass an dem Hundekörper, der plötzlich schmal und beinahe mager wirkte.

Vorbei an der Biegung an der Kirche, auf den dicken runden Pflastersteinen durch die enge Gasse, dann waren sie im Warmen.

»Hure!«

In ihrem Rücken. Nina erkannte die Stimme der Alten, und sie wusste, wenn sie sich jetzt umdrehte, würde die Frau hinter ihrer vergilbten Gardine sitzen und sie mit dem bösen Blick durchbohren, also ging sie noch ein paar Schritte zum Zaun ihres Grundstücks, doch dann knallte es in ihrem Rücken, Nina warf einen Blick hinter sich, die Vorhänge bewegten sich, sie erkannte den weißen, wirren Schopf der Hexe, die mit einem Gegenstand gegen das Fenster gedonnert hatte. Nina erstarrte. Sie beobachtete, wie jemand die Gardine zuhielt, sie hörte die Stimme von Achim Wetzlaff, der wütend war, etwas zu seiner Mutter sagte und offensichtlich versuchte, diese vom Fenster wegzubekommen. Seine Mutter schien wehrhaft, schließlich knallte er das auf Kipp gestellte Fenster zu. Ninas Herz klopfte bis zum Hals, sie steckte den Schlüssel in das Gartentürchen.

»Es tut mir leid. Bitte entschuldigen Sie meine Mutter.«

Achim Wetzlaff stand plötzlich hinter ihr auf der Straße, ein bisschen zerzaust und außer Atem. »Sie ist nicht ganz dicht im Kopf. Bitte entschuldigen Sie, es ist mir sehr unangenehm.«

Nina nickte nur, fand keine Worte. »Ist ja nichts passiert«, brachte sie schließlich hervor.

Sie schwiegen. Er ging nicht, sie wollte nicht unhöflich sein.

»Wie geht es Ihnen? Ich habe gesehen, dass Sie heute nicht am Hafen sind.«

Achim sah sie an. Das Strahlen war verschwunden, der fröhliche Ausdruck, geblieben war mattes, grenzenloses Blau in tiefen Höhlen. Achim Wetzlaff, der Fischer, der ihr so fröhlich erschienen war, wirkte müde. Nicht die Art von Müdigkeit, die von zu wenig Schlaf herrührte oder davon, mit dem falschen Fuß aufgestanden zu sein. Eine Müdigkeit, die profund und unendlich war, die tonnenschwer lastete und den Körper in den Boden drückte.

»Sie haben meine Frau gefunden.«

Nina verstand nicht.

»Sie haben meine Frau gefunden«, wiederholte er und zog die Schultern hoch. »Da hinten, im Wald.«

Sie konnte nicht anders, als ihn anstarren, der Sinn der Worte drang nicht zu ihr durch, also drehte er sich um und ging zurück in sein Haus, zur Mutterhexe.

Nina fror.

1979

Vor dem Haus, in dem Christa wohnte, stand Oschis Auto. Die Heckklappe war geöffnet, im Kofferraum Pappkartons. Sigrun ging schneller. Sie wusste, was das zu bedeuten hatte. Am Morgen hatte eine Postkarte von Christa im Briefkasten gelegen. Sie bevorzugte kleine Botschaften auf selbst gebastelten Karten. Oder Christa legte Zettelchen in den Kinderwagen, die Sigrun morgens fand, wenn sie Marco in die Krippe brachte. *Komm mal rum!*, hatte auf der Karte von heute gestanden, mehr nicht. Natürlich konnte Sigrun nicht einfach so rumkommen, erst einmal musste sie in die Krippe und dann ins Werk und wieder in die Krippe, Marco abholen. Es war stockfinster, als sie vor Christas Haus ankam, Oschi kam ihr entgegen und grinste schief.

»Sie ist oben«, sagte er, während er weitere Kartons in sein Auto schob.

Mit jeder Stufe, die Sigrun nach oben stieg, den Kleinen dick eingepackt auf dem Arm, wurde ihr Herz schwerer. Christa würde gehen. Würde sie alleinlassen. Gerechnet hatte sie damit schon seit geraumer Zeit, aber den Gedanken immer wieder von sich geschoben. Vor ein paar Wochen, in Berlin, in der Wohnung von Annette, als sie zusammen unter der Decke in der Küche gesessen hatten, hatte Sigrun gewusst: Eine wie Christa gehörte nach Berlin. Sie musste dahin, wo ihr nicht jeder auf der Straße hinterherschaute, wo die Leute nicht die Nase rümpften über ihre Haare und das wilde Make-up, über ihre Netzstrümpfe und die klobigen Arbeitsschuhe. Christa gehörte in die große Stadt, wo andere so waren wie sie.

»Gib den Mops her!« Christa strahlte, kam Sigrun mit ausgebreiteten Armen durch die geöffnete Wohnungstür entgegen und nahm ihr Marco ab. Küsste seine roten Backen, warf ihn in die Luft, fing ihn wieder auf, der Kleine juchzte.

Die winzige Wohnung war fast vollständig ausgeräumt. Ein paar Klamotten lagen am Boden, offene Kartons und Kisten, statt einer Lampe baumelte nur mehr eine Glühbirne an der Decke. Vorhänge und Christas wenige Möbel waren noch da, aber sie wirkten verwaist, nicht mehr wie Christas Möbel.

»Die bleiben hier«, erklärte Christa, die Sigruns Blick bemerkt hatte. »Ne Freundin von Oschi zieht ein.« Rückwärts ließ sie sich mit Marco auf das Sofa fallen, klopfte neben sich. »Komm, mein Herzblatt.«

Sigrun kam der Aufforderung nach, ließ ihren Kopf auf Christas Schulter fallen und starrte in den fast leeren Raum. Eigentlich eine Bruchbude, in der Christa gehaust hatte, dachte sie, jetzt, wo die nackte und schlecht verputzte Wand sie anstarrte, Reste von Postern in kleinen Fitzelchen klebten daran. Christa hatte die Bude gemütlich gemacht, ihr Leben eingehaucht, wie allem, mit dem sie in Berührung kam. Schäbige Ecken verhängte sie mit Tüchern, durch Kerzen hatte sie Licht und Wärme gezaubert. Jetzt war die Wohnung halb leer, in den Ecken sah man Schimmel, den abgetretenen Dielenboden mit Brandlöchern.

»Pfeffi?« Christa legte Marco auf Sigruns Schoß und sprang auf. »Den pack ich als Letztes ein. Und die Platten.«

Sigrun fummelte an dem Schneeanzug des Kleinen, draußen

war die Temperatur gesunken, es war Winter, richtiger Winter. Die Schneehaufen in den Straßen trugen zarte, schwarze Kohlenstaubschleier, es roch nach Holzöfen und Briketts. An den Fenstern in Christas Wohnung hatten sich Eiskristalle gebildet.

In der einen Hand die Flasche mit Pfefferminzlikör, in der anderen zwei Gläschen kam Christa aus der Küche zurück. Sie glühte vor Erregung und Freude, ihre Haare standen wie elektrisch vom Kopf. *Blondie* sang: *»Once I had a love and it was a gas, soon turned out had a heart of glass«*, und Christa sang mit. Sie hatte so eine tolle Stimme, dachte Sigrun, warum bleibt sie nicht und singt bei Oschi in der Band, wie sie es vorgehabt hatte?

Sie wusste, warum.

Laut und fröhlich war Christa, drehte sich, allerbester Dinge. Goss die Pfeffis ein und reichte Sigrun ein Glas, dann setzte sie sich im Schneidersitz vor sie hin.

»Ich bin nicht aus der Welt.«

Sie stießen an.

»Ziehst du zu Annette?«

Christa nickte. »Erst mal. Bis ich was Eigenes gefunden habe. Ist aber nicht so schwer. Im Kiez stehen 'ne Menge Wohnungen leer.«

Sigrun gelang ein kleines Lächeln. Sie hatte tausend Fragen, aber keine wollte über ihre Lippen kommen. Also trank sie den Pfeffi und danach gleich noch einen. Wärmte schön von innen.

»Nicht traurig sein.« Christa streichelte Sigruns Knie. »Ich kann hier nicht bleiben. Zu eng, zu klein. Zu … na ja, du weißt schon.«

Sigrun fasste die Hand der Freundin. »Wirst mir fehlen. Was mach ich ohne dich?«

»Du hast den Kleinen. Und Achim.«

Ja, dachte Sigrun, aber mit wem fahr ich ins Moor? Gucke in die Sterne? Quatsche Blödsinn? Wer schickt mir Kassetten und spielt mir verrückte Musik vor? Wer lackiert mir die Fingernägel schwarz? Aber sie schwieg, so zu denken war purer Egoismus.

»Berlin ist nicht aus der Welt. Du kannst immer kommen. Übers Wochenende. Mit Marco! Wenn der größer ist, wird das toll! Wir gehen in den Volkspark und ins Kino ...« Christa redete und redete, ihre Augen glänzten, und sie quatschte sich in eine Begeisterung rein, von der Sigrun wünschte, sie würde auf sie überspringen. Aber alles, was sie spürte, war Trauer und Vermissen.

Irgendwann stand Oschi im Zimmer, trank auch einen Pfeffi, rauchte eine Zigarette, aber dann drängte er Christa, den Rest endlich einzupacken, damit sie fahren konnten. Sigrun wollte mithelfen, doch Marco begann zu quengeln, er hatte Hunger, Abendbrotzeit war längst, Achim würde sich auch wundern, wo sie abblieben.

Christa raffte die restlichen Schallplatten zusammen, die verstreut am Boden lagen, um sie in einer Holzkiste zu verstauen. »Ach, guck mal schau«, sie hielt inne und hob eine Scheibe hoch. »Die ist für dich.«

Vier Typen waren auf dem Cover abgebildet, Sigrun erkannte sie sofort: die Jungs von *City*. »Mensch«, brachte sie heraus, hatte einen Kloß im Hals. »Bist du sicher?«

»Dein Lied ist auch drauf.«

Christa zog Sigrun an sich, umarmte sie und drückte sie fest an sich, so blieben sie stehen, bis Marco, der noch auf dem Sofa lag, sich lautstark bemerkbar machte.

»Komm, wir tanzen.« Christa wechselte die Platte, positionierte die Nadel beim ersten Song und drehte ein bisschen lauter. Dann lief sie zum Sofa, hob den Jungen hoch, während Sigrun einen Schluck Pfeffi direkt aus der Flasche nahm. Sie tanzten wild und grölten den Text lautstark mit. *»Manchmal wär ich gern wie Sterne, ganz weit oben allein. Glitzernd würd ich aus der Ferne nur ein Wegweiser sein. La-la-lei, du und ich bis ans Ende der Welt, la-la-lei, bis ans Ende der Welt ...«*

Marco hörte augenblicklich auf zu quengeln, seine runden Augen wurden groß und größer. Oschi lehnte rauchend in der Tür und grinste. »Ihr wilden Weiber«, sagte er und lachte. Von unten klopfte jemand gegen die Decke, was sie nur noch mehr anstachelte.

»Scheißegal!«, rief Christa, »die können mir gar nichts mehr!«

Und Sigrun, erhitzt vom Alkohol und vom Tanzen, fühlte, wie die Trauer wich. Sie würde ihre Christa nicht verlieren. Niemals.

Und sie schwor sich, immer wild zu bleiben, immer.

Ein leises »Plopp«, und der Hirsch kippte um.

»Bravo, der Herr!«

Achim strahlte, lud das Gewehr erneut durch, zielte zum dritten Mal und traf wieder.

Der Mann von der Schießbude schien sich aufrichtig zu freuen, er nahm das Gewehr, stellte es zurück und deutete auf einen Teddybären und eine Rose. Aus rotem Plastik mit Glitzer an den künstlichen Blütenrändern.

»Der Bär«, entschied sich Sigrun.

Achim nahm das Plüschtier und wackelte damit vor Marcos Gesicht. »Na, Kleener?«, fragte er mit tiefer Stimme. »Ich bin Petz, und wer bist du?«

Der Junge starrte das Tier an, hinter seiner Stirn arbeitete es, aber dann streckte er die Arme aus und nahm sein neues Spielzeug in Empfang.

Sigrun hängte sich bei Achim, der Marco trug, ein, und sie schlenderten weiter, an den hell erleuchteten Bretterbuden entlang. Der kleine Weihnachtsmarkt in ihrer Stadt bot alles, was Sigrun Freude machte: Autoscooter, Dosenwerfen, Kettenkarussell, heiße Esskastanien und Zuckerwatte. Und eben eine Schießbude.

»Glühwein?«, schlug Achim vor, und sie willigte ein. Schön war es heute, klirrend kalt, aber trocken, drei Wochen noch bis Weihnachten, die Luft erfüllt von Vorfreude auf das Fest, der süße Duft von Zimt, Zucker und Lebkuchen hing schwer über dem Platz. Ihr erstes Weihnachten als Familie! Achim wollte sogar einen kleinen Baum besorgen, wild schlagen, dort, wo Hildegard wohnte. Der Wald war weitläufig und dicht, und auch wenn man nicht überall Zugang hatte, weil die Volksarmee in dem Gebiet übte und ihre Panzer ausfuhr, militärisches Übungsgelände, so war es doch möglich, unentdeckt, abseits von Wegen, eine kleine Tanne oder Fichte herauszuholen. Musste ja nur ein Mickerling sein, sie hatten kaum Baumschmuck, ein bisschen was von Sigruns Eltern. Zu gerne hätte Sigrun nur mit ihren beiden Männern gefeiert, aber natürlich konnten sie Hildegard nicht an Weihnachten allein lassen, diese bittere Pille musste sie schlucken. Aber daran dachte sie jetzt nicht. Jetzt, jetzt war sie glücklich! Und Marco auch. Obwohl er noch ein Winzling war, staunte er Bauklötze. Hellwach auf dem Arm seines Papas nahm er das Treiben auf dem Weihnachtsmarkt wahr. Das Kreischen der Schienen vom *Schneeexpress*, der wuchtige Knall, wenn die Gummidämpfer der Autoscooter aneinanderstießen, die Fetzen der

Weihnachtsmusik, die durch die Lautsprecher schepperte: *»So viel Heimlichkeit …«*

Achim bestellte Glühwein für die Erwachsenen und für Marco Zuckerwatte. Er zupfte eine klebrig duftende Strähne von dem weißen Wunder ab und hielt sie Marco vor den Mund. Der Junge streckte die Zunge heraus und leckte an den Zuckerfäden. Seine runden Augen weiteten sich, er öffnete den Mund ganz weit. Achim fütterte ihn mit der Zuckerwatte, bis Sigrun ihn lachend bat aufzuhören.

»Nachher wird ihm schlecht.«

»Warum sollte es ihm besser gehen als uns? Die süße Plörre.« Achim hielt den Becher mit Glühwein hoch, Sigrun stieß mit ihm an. Auch Achims Augen leuchteten, glücklich. Sie dachte daran, dass er so etwas als kleiner Junge nicht erlebt hatte, und eingedenk seiner Kindheit im Heim wurde sie weich und fand, er habe jedes Recht, Marco nach Strich und Faden zu verwöhnen. Er machte es einfach besser, wollte ein guter, ein perfekter Vater sein.

»Auf deine Beförderung!« Sie küsste ihn.

Er erwiderte den Kuss, sanft und ein bisschen fordernd, Sigrun wurde kribbelig, sie dachte daran, dass sie nicht mehr so oft miteinander schliefen, seit der Kleine da war. Wurde langsam Zeit, dass er regelmäßig in seinem eigenen Bettchen schlief, sie hatte Lust auf ihren Mann. So wie es heute war, durfte es ruhig öfter sein. Dass sie etwas unternahmen, etwas Schönes, nicht nur zwischen Arbeit und Krippe und Haushalt hin und her hasteten. Achim gab sich alle Mühe, seit Christa weg war, zwei Wochen nun schon. Dass Sigrun trauerte, spürte er natürlich, und dass ihr die Decke auf den Kopf fiel. Als er vor ein paar Tagen endlich zum Brigadeleiter ernannt wurde, hatte er ihr eine Überraschung versprochen. Dass es so lange gedauert hatte, mit der Beförderung! Hatte Karin ihr nicht schon im Sommer erzählt, dass Klaus davon wusste? Sigrun hatte dichtgehalten, aber tatsächlich jeden Tag darauf gewartet, dass Achim mit der guten Nachricht nach Hause kam, was nie passierte. Bis jetzt. Und dies war seine Überraschung: ein Besuch auf dem Weihnachtsmarkt. Dafür griff er ganz schön tief in die Tasche, sie hatten beinahe jedes Fahrgeschäft ausprobiert.

Vier Frauen kamen untergehakt auf den Glühweinstand zu. Schick sahen sie aus, trugen enge Hosen und hohe Stiefel, Pelzkappen und bestickte Fellmäntel, wie sie auch im Westen gerade in Mode waren. Die Leute drehten sich nach der Vierergruppe um, die kichernd und bester Laune die gesamte Breite der Budenstraße in Beschlag nahm. Neid kitzelte an Sigrun, stichelte und piekste ein bisschen, sie dachte wieder an Christa und daran, dass ihr eine beste Freundin fehlte. Aber dann sah sie zu Achim hinüber, der die Frauengruppe nicht bemerkte und mit seinem Sohn beschäftigt war. Sie liebte ihn. Es war ihre Entscheidung gewesen, das Kind zu bekommen, als sie festgestellt hatte, dass sie schwanger war. Sie hatte sich für Familie entschieden, man konnte nicht alles haben.

»Mensch, Sigrun, Achim!« Eine der Frauen aus der Gruppe schob sich nah an sie heran. Es war Karin, Sigrun hatte sie unter der Fellmütze nicht erkannt. »Das ist ja schön!«

Karins Atem roch nach Alkohol, es war wohl nicht der erste Glühwein. Toll sah sie wieder aus, dachte Sigrun und blickte an ihrem Anorak herab, den sie seit Jahren trug und der alles andere als modern war. Karin drückte ihr ein Küsschen auf die Backe, strahlte und sah einfach umwerfend aus. Sigrun mochte sie. Außerdem war Karin verknallt in Marco.

Achims Gesicht fror ein, er lächelte, aber seine Augen sagten: bloß weg hier. Sigrun verstand nicht, warum sie sich nicht mit Karin anfreunden sollte – Achim hing doch auch mit Klaus zusammen.

»Das ist was ganz anderes.« Achim schob den Kinderwagen von der Glühweinbude fort. Sie hatten ein paar Worte mit Karin gewechselt, aber Achim wurde schnell ungemütlich und behauptete, dass Marco ins Bett müsse.

»Warum soll das was anderes sein?« Sigrun wollte nicht gehen, jetzt, wo es so schön war. »Sie ist 'ne Nette. Und sie hat mich eingeladen, mal was mit ihr und ihren Freundinnen zu unternehmen.«

»Weil Klaus ein Kollege ist. Einer aus der Betriebsleitung, verstehst du? Natürlich kann ich den nicht vor den Kopf stoßen. Der kann immer was für mich tun.«

»Oder dir schaden.«

Achim nickte. »Oder auch das. Aber mit Karin, das wäre privat. Muss ja nicht sein. Am Ende quetscht sie dich aus.«

»Worüber denn? Wie ich die Windeln wasche? Oder was du gerne auf der Stulle isst?« Sigrun knabberte an der Zuckerwatte. »Mir fehlt eine Freundin, jetzt, wo Christa weg ist.«

Achim blieb stehen. Sigrun sah, wie sich die bunten Lichter des Weihnachtsmarkts in seinen Augen spiegelten.

»Tut mir leid.« Er streckte einen Arm aus und reichte Sigrun die Hand. Sie griff nach ihm, und er zog sie nah an sich. »Ich weiß, dass es schwer ist für dich. Ohne Christa. Und ich will dir auch nicht im Weg stehen. Oder was verbieten.« Er warf einen Blick zurück an die Glühweinbude, wo die vier Frauen noch immer standen, ihr Lachen drang bis zu ihnen. »Ich seh manchmal zu viele Gespenster.«

In seinem Rücken drehte sich ein Kinderkarussell. Feuerwehrauto, Pferdchen, eine Bimmelbahn drehten sich langsam im Kreis, mit Kindern, kleinen und größeren. Elektrisiert beobachtete Sigrun, dass es auch einen Ballon gab, einen Heißluftballon, eine große, bunte Kugel mit einem kleinen Korb daran, er bewegte sich auf und ab. Sie hatte die Bilder wieder vor Augen, die Bilder aus Thüringen kehrten zurück, sie sah den Wald, die Streifen aus Ballonseide auf dem Boden, die in ihrer Fantasie ebenso bunt leuchteten wie der Ballon im Karussell.

»Damit will ich fahren«, sagte sie ansatzlos und zeigte auf den Ballon im Karussell.

Das sanfte Auf und Ab, die hellen Stimmen des Kinderchores, die aus den Lautsprechern drangen, und die Lichter, die warm auf die Szenerie strahlten, machten Sigrun schläfrig. Marco in ihren Armen waren die Augen zugefallen, er hatte bewundernswert lange, dichte Wimpern. Sie schloss die Augen. Und stellte sich vor, dass sie mit ihrem Sohn durch die Nacht schwebte, hoch oben über Baumwipfeln. Frei zu gehen, wohin sie wollten. In die Nacht hinauszufliegen, ohne daran zu denken, wo sie landen würden. Flieg, Marco, wünschte sich Sigrun, flieg einmal in die Welt!

»Meine Freundin Sigrun, Sigrun, das ist Marion«, stellte Karin sie einander vor.

Marion strahlte Sigrun an, drückte ihr fest die Hand. »Freut mich! Du bist das Mädel vom Weihnachtsmarkt, 'ne? Mit dem kleinen Wonneproppen und dem hübschen Mann.«

Sigrun bejahte und freute sich, dass sich Marion an sie erinnerte. Sie standen im Foyer der *Lichtkiste*, dem Kino ihrer kleinen Stadt. Vor Marcos Geburt war Sigrun das letzte Mal hier gewesen, erinnerte sie sich, ein Film mit Jutta Wachowiak war gespielt worden. Früher waren Achim und sie einmal die Woche gekommen, aber mit dem Kleinen war es nicht leicht, sich abends einfach freizunehmen. Und wenn sie ehrlich war, war sie meistens zu müde nach den langen Tagen bei der Arbeit. Aber das würde sich ändern, nahm Sigrun sich vor. In dem plüschigen Foyer mit der altmodischen Tapete und den mehrarmigen Kristalllüstern, die ihr warmes Licht auf das Publikum strahlten, fühlte sie sich auf der Stelle wohl. Sie liebte Kino! Umso glücklicher hatte sie Karins Anruf gemacht. Achim war gleich einverstanden gewesen, mit Marco zu Hause zu bleiben und ihn ins Bett zu bringen, er hatte sie auch nicht daran erinnert, verfängliche Themen zu meiden, sondern sich einfach nur mit ihr gefreut und ihr einen schönen Abend gewünscht.

Sigrun wusste schon selbst, worüber sie mit Karin und Marion reden konnte, ohne sich aufs Glatteis zu begeben – die beiden waren moderne Frauen, die sich genauso für Mode und Musik begeisterten wie sie. Es lief ein Film mit Belmondo, der in Nizza spielte, ein toller Gangsterstreifen mit viel Liebe, Witz und Verfolgungsjagden.

Neunzig Minuten starrte Sigrun gebannt auf die Leinwand, sie vergaß alles um sich herum. Nizza, das Mittelmeer, Cafés und Bistros, schicke Klamotten – Sigrun träumte sich an die Côte d'Azur. Im weißen Minirock, hohen Lederstiefeln, Arm in Arm mit Belmondo würde sie über die Promenade flanieren …

Vor dem Kino, als die Zuschauer nach draußen strömten, beseelt von französischer Lebensart, holte sie die Realität ein – Schneematsch in den engen Gassen ihrer kleinen Stadt, schummriges Licht, weil einige der Straßenlaternen ausgefallen waren, und vor allem: feuchte Kälte, die sofort unter die Klamotten kroch.

»Ab ins *Café Schmak*«, befahl Karin und hakte Sigrun rechts,

Marion links unter. Das *Café Schmal* lag gleich um die Ecke, Sigrun ging normalerweise nicht hin, ein bisschen zu schick und exklusiv. Musste man dort nicht reservieren, um einen Platz zu bekommen? Aber Karin schaffte es mit ihrem Charme, dass sie einen kleinen Tisch am Fenster bekamen, sie bestellte Sekt für alle, und als sie Sigruns besorgten Blick bemerkte, beruhigte sie: »Das geht auf mich. Ich lade euch ein.«

Eine gute Stunde später eilte Sigrun nach Hause. Aus einem Glas Sekt waren drei geworden, sie hatte leicht einen sitzen, aber vielleicht kam ihr Hochgefühl auch nicht vom Alkohol. So viel hatten sie gelacht und sinnlos geschwätzt – über Mode und Sehnsucht nach Reisen, über Schauspieler (Wen würden sie von der Bettkante schubsen: Belmondo, Delon oder Glatzeder? Einhellige Antwort: Keinen!) und Filme. Darüber, dass Marion alle ihre Klamotten selbst nähte und Karin einmal im Monat von Klaus nach Berlin kutschiert wurde – nur um einzukaufen (»Dafür habe ich nicht so einen süßen Fratz«, beeilte Karin sich zu rechtfertigen, als sie Sigruns sehnsüchtigen Gesichtsausdruck sah). Mit keinem Wort erwähnten sie die Arbeit, ihre Männer oder gar Politik, Sigrun hatte sich übermütig, leicht und befreit gefühlt. Ob Karin doch eine Freundin werden konnte? Sie wünschte es sich.

In der Nähe des Kanals lief Sigrun an einer langen Reihe alter Garagen entlang nach Hause. Aus einer drang dumpfe Musik, Schlagzeug und tiefer Bass. Am Boden bemerkte sie einen Lichtstreifen, der durch den Schlitz am Garagentor drang. Sie blieb stehen. Das war die Garage von Oschis Opa. Die Band probte. Die Band, in der Christa singen sollte. Eine tolle Frontfrau wäre sie, dachte Sigrun, und sofort meldete sich der dumpfe Schmerz in ihrer Brust zurück, den sie empfand, wenn ihr die verlorene Freundin in den Sinn kam.

Keiner kann dich ersetzen, dachte Sigrun, während sie weiterlief. In dicken nassen Fladen patschte der Schnee herunter, ihr Anorak war durchweicht, sie beeilte sich, nach Hause zu kommen. Aber ich bemühe mich, auch ohne dich ein bisschen Spaß zu haben, mein Herzblatt. Der Abend, der voller Leichtigkeit und Wärme, Sektduseligkeit und Gekicher gewesen war, begleitete sie noch, als sie später unter die Bettdecke kroch. Sie tastete nach Achim.

»Bist du noch wach?«, flüsterte sie, aber wartete eine Antwort nicht ab, sie hatte es gespürt, rückte nah an ihn, an seinen Körper, seine Hände griffen nach ihr, heiß war es unter der Decke, und der Abend endete, wie er sollte. Ohne auch nur einen einzigen Gedanken an Jean-Paul Belmondo.

Sigrun stand am Fenster und sah hinaus. Auf das Haff, die kleinen Schaumkronen auf dem wild bewegten Wasser. Röhricht bog sich, machte eine tiefe Verbeugung vor dem Wintersturm, der von der Ostsee herüberfegte, schwarze Wolken schwer von Schnee vor sich hertrieb. Draußen ließ sich kein Tier blicken. Teichhühner, Enten und Rallen verbargen sich dicht am Ufer zwischen Schilf, nicht ein einziger Greifvogel streifte jagend über den Horizont. Auf dem Grundstück gegenüber von Hildegards Haus starrten sie dunkle Fensterhöhlen an. Die Baracke war unbewohnt. Die dürren blattlosen Äste der Trauerweide daneben tanzten eine stumme Polka.

Achim trat von hinten an sie heran, legte seine Arme um sie, Sigrun lehnte sich schwer gegen ihn.

»Wer wohnt eigentlich dort drüben?« Sie zeigte auf die kleine Baracke auf dem großen Grundstück.

»Weiß nicht.« Achim atmete in ihre Halsbeuge. »Keiner.

Früher waren da Leute, ein altes Ehepaar. Dann kam die Enteignung. Seitdem habe ich niemanden mehr gesehen.«

Wie schade, dachte Sigrun, ihr würde es gefallen, dort drüben würde sie sich wohlfühlen. Wohler als hier.

Aus der Küche drang der Duft nach Kaffee herüber, der Schwibbogen verteilte großzügig warmes Licht in die Stube und nach draußen, auf die graue Straße. Manchmal war es gemütlich und wunderschön in diesem Haus, aber nur, wenn ihre Schwiegermutter nicht in der Nähe war. Sigrun fantasierte, wenn Achim einmal weiter aufgestiegen war, Kolonnenführer vielleicht, und sie selbst mit der Ausbildung fertig, dann könnten sie es sich leisten, das Häuschen drüben zu mieten. Und es so gemütlich einrichten wie die Laube von Klaus und Karin. Marco könnte auf dem großen Grundstück ungestört toben, vielleicht mit einem Geschwisterchen, nicht so wie bei Hildegard, wo der winzige Garten nur für den Anbau von Gemüse angelegt war und der Junge keinen Platz zum Spielen hatte.

Sigrun liebte das kleine Dorf am Haff, die Ruhe und Einsamkeit, die weite Natur in allen Himmelsrichtungen. Im Norden, hinter dem Haff, lag das Meer und öffnete den Blick, im Osten grenzte Polen an, ein anderes Land, eine andere Sprache und Kultur, im Süden lockten ausgedehnte Wälder, und gen Westen erstreckte sich das Moor, das sie so liebte. Man musste lange laufen, um die nächste Siedlung zu erreichen, und so lebten die wenigen Menschen hier: abgeschnitten von der Welt. Völlig hinter dem Berg. Kaum Kinder oder junge Familien waren noch hier, es war ein Dorf der Alten und der Zurückgebliebenen. Nach dem Krieg waren die Leute umgesiedelt worden, in die Häuser wurden Soldaten einquartiert, die Rote Armee übte in den Gassen und Wäldern, jetzt die Volksarmee. Als die Sowjets abgezogen waren, durften die Bewohner zurück in ihre Häuser, aber nur wenige kamen, es blieb ein totes Dorf, sie hatten es zur Ader gelassen, bis es kaum noch atmete. Und dann die Enteignungen vor ein paar Jahren – das hatte ihrer Schwiegermutter den Rest gegeben. Seitdem war sie nicht mehr ganz richtig im Oberstübchen. Aber wahrscheinlich war das schon immer so. Kein Wunder, bei ihrer Geschichte. Hildegard hatte erst ihren Mann Rainer verloren, dann ihren Sohn Achim ins Heim geben müssen, und schließlich blieb ihr auch nichts vom Erbe der von Wetzlaffs übrig. Manchmal dachte Sigrun, dass sie Achim vielleicht nicht geheiratet hätte, hätte sie gewusst, wie schwer sich seine traurige Familiengeschichte über ihrer beider Leben legte.

»Da kommen sie.« Achim schob die Gardine zur Seite, und Sigrun beobachtete, wie sich Hildegard durch den Sturm kämpfte, den Kinderwagen mit Marco wie einen Schild vor sich schiebend. Sie war mit dem Kleinen zum Konsum gelaufen, hatte darauf bestanden, obwohl Achim angeboten hatte, dass er Brötchen holte. Sigrun hatte Hildegard im Verdacht, dass diese genauso froh war, von ihr fortzukommen, wie es umgekehrt der Fall war.

Sigrun hörte, wie Achim durch den Flur ging, die Haustür öffnete und seiner Mutter mit dem Kinderwagen half.

»Sauwetter.« Der Briefkastenschlüssel klapperte, Hildegard wedelte mit einem Brief in der Hand. »Was ist das denn?«

»Jetzt komm erst mal rein, Mama.«

»Was ist das?« Hildegards Stimme überschlug sich.

Sigrun beeilte sich, Marco aus der Schusslinie zu holen. Wenn ihre Schwiegermutter erst einmal Anlauf nahm, war es besser, man ging frühzeitig in Deckung.

»Mama, bitte, komm rein, dann kannst du den Brief immer noch …«

Rascheln, ein Schrei.

Sigrun nahm Achim den Kleinen ab und beeilte sich, mit ihm in die Küche zu laufen. Sie wollte ihn aus dem Schneeanzug befreien, seine Wangen waren hochrot und eiskalt, aber der Junge schien trotz der Kälte zufrieden, er hatte etwas im Mund und kaute, wahrscheinlich ein Stück Brötchen.

Nur im Augenwinkel nahm Sigrun wahr, wie ihre Schwiegermutter ins Wohnzimmer stürmte, Achim direkt auf den Fersen. Sie krakeelte: »Wie können die nur, wieso tun die mir das an, ich kann nicht mehr, genug ist genug!«

Sigrun schaltete auf Durchzug. Sie kannte die Zustände von Hildegard zur Genüge, und sie hasste es, Zeugin sein zu müssen. Sie schämte sich, weil Achim sich für seine Mutter schämte. Gleichzeitig war sie wütend, weil sie nicht wollte, dass Marco seine Großmutter so erlebte. In Sigruns Familie wurde nicht gebrüllt, niemals, ihre Eltern diskutierten, und dabei hob man nicht die Stimme.

Jetzt hörte sie, wie eine Schublade aufgerissen wurde, etwas polterte, lieferte Achim sich ein Gerangel mit seiner Mutter?

»Ich bring mich um!«, schrie Hildegard, und Marco, der kleine Marco, der eben noch hingebungsvoll und zufrieden an seinem Brötchen gekaut hatte, verzog das Gesicht und begann zu weinen. Dicke Tränen, wie sie nur kleine Kinder weinen konnten, hingen im Wimpernkranz, und jetzt war es an Sigrun, wütend zu werden. Es war Wochenende, ein Samstagvormittag, verdammt noch mal, konnte da nicht einfach Ruhe herrschen? Sie setzte Marco in den Kinderstuhl und lief hinüber ins Wohnzimmer, wo Achim mit Hildegard stritt. Als sie über die Schwelle trat, prallte sie zurück. Hildegard hielt eine Waffe in der Hand, den Arm weit nach oben gereckt, während Achim versuchte, ihr das Ding aus der Hand zu winden. Es sah aus wie in dem Krimi mit Belmondo, den Sigrun gesehen hatte, eine Pistole? Sie starrte die Waffe an, der Raum begann, sich zu drehen, sie dachte nur an ihren Sohn in der Küche, panisch machte sie auf dem Absatz kehrt, riss Marco aus dem Hochstuhl und verließ mit ihm das Haus.

»Jemand hat sie verpfiffen. Dass sie untervermietet. Jetzt soll sie Strafe zahlen.«

Sigrun starrte Achim an. »Das ist doch nicht dein Ernst!«

Fragend schüttelte er den Kopf.

»Ist doch egal, was los ist – deine Mutter kann doch nicht mit einer Waffe rumfuchteln!«

»Das olle Ding.« Achim stand vor ihr, verlegen. Sigrun saß auf der Bank am Wasser. Hier war die kleine Badebucht, direkt neben dem Grundstück mit dem verlassenen Bungalow. Sie hatte nicht gewusst, wohin, bloß weg.

»Sag mal, spinnst du?«, fuhr sie Achim an. »Das olle Ding – ihr habt eine Waffe im Haus!«

»Die ist nicht geladen. Da kann nichts passieren.«

Sigrun starrte ihn an. »Ich komme nie wieder in das Haus deiner Mutter, solange sie die Waffe hat. Ich meine es ernst.«

Der Sturm fuhr ihm durch die blonden Haare und sein dünnes Hemd, er stand vor ihr und zitterte vor Kälte. Sigrun wollte das Herz brechen, Achim sah verletzlich aus, er war doch noch ein Junge, dachte sie manchmal, und was konnte er für seine verkorkste Familie?

»Wir haben ein kleines Kind.« Ihr Stimme wurde sanfter. »Das setze ich nicht dieser Gefahr aus. Deine Mutter hat eine Schraube locker. Ich komme erst wieder, wenn die Waffe verschwunden ist. Ist das klar?«

»Ja. Ist klar. Ich sorge dafür. Kannst dich auf mich verlassen.«

Er streckte ihr die Hand hin, Sigrun zögerte einen Moment, dann griff sie zu und ließ sich von ihm hochhelfen. Zu dritt gingen sie zurück zum Haus.

Heute

Noch eine Woche. Die Zeit war schnell vergangen. Eine Woche, und sie würde in die große Stadt zurückkehren. Ohne einen Plan. Ein paar Dinge hatten sich in ihrem Kopf geformt, aber der Ostseewind hatte sie wieder hinausgeblasen. Nina hatte sich in einer Existenz des »Dazwischen« eingerichtet. Keine Aufgaben, keine Pflichten, keine Pläne. Langsam fühlte es sich an, als treibe sie willenlos durch ihr Leben. Sie weigerte sich, den Kontostand zu überprüfen, war auf keiner der einschlägigen Plattformen auf Jobsuche gegangen. Die Kommunikation mit Freunden und Familie war sanft eingeschlafen, nur mit Jan sprach sie regelmäßig.

Nina hatte angefangen, den Zustand zu genießen. Kein Gedanke daran, dass ihr die Decke auf den Kopf fiel, das Gegenteil war der Fall. Je weniger sie tat, desto weniger wollte sie tun. Manchmal lag sie Stunden auf dem Sofa und döste vor sich hin. Letztens war sie mit Ayla noch einmal bei der Tierärztin in der Kleinstadt gewesen, um die Wunde zu überprüfen – alles bestens abgeheilt –, und hatte sich danach im Buchladen ein Vogelbestimmungsbuch gekauft. Das las sie. Kapitel für Kapitel. Langsam, denn ihr Kopf schien nicht mehr so zu arbeiten, wie sie es gewohnt war, alle Zeit dehnte sich, sie dachte im Schneckentempo, und sie aß im Schneckentempo. Nina mäanderte durch die Tage. Sie wusste, was sie erwartete, sobald sie zurückkehrte: Entscheidungen. Das Beschissenste am Erwachsenenleben: Entscheidungen treffen müssen.

Aber noch streifte sie mit dem Hund durch die Herbsttage am Haff.

Die Polizisten waren aus dem Wald abgezogen. In der Zeitung hatte es einen Artikel gegeben, aber der war wenig aufschlussreich. Meine Frau, hatte Achim Wetzlaff gesagt, sie haben meine Frau gefunden, aber Nina hatte sich nicht getraut nachzufragen, hatte gehofft, dass sie von der Polizei oder aus den Medien mehr erfahren würde – aber nichts.

»Halt dich da raus«, riet Jan ihr, und sie wusste, dass es der beste Rat war. Es ging sie auch nichts an, sie war hier nicht zu Hause, und sie würde wieder fahren. Nina war Jan dankbar, dass er zuhörte, dass er sich bis auf diesen einen mit Ratschlägen zurückhielt, sie auch nicht fragte, ob sie schon Entschlüsse gefasst oder etwas in Richtung zukünftiger Arbeit unternommen habe. Jan machte keinen Druck und trieb sie in keine Richtung. Er war selbst so müde und tat ihr leid. Toronto hätte ein Fest für ihn sein sollen, stattdessen katapultierte es ihn aus dem Orbit seiner Firma, er erzählte Nina, wie falsch es sich anfühlte, dort zu arbeiten, und dass er immer weiter abrückte von den Glaubenssätzen des Konzerns.

Was war aus ihnen geworden? Eben noch waren sie ein glückliches, junges Paar in der lebendigsten Stadt ihres Landes gewesen. Hoffnungsvoll, die Zukunft wie ein glänzender Fluss an Möglichkeiten vor ihnen ausgebreitet. Nun waren sie müde, überdrüssig und ängstlich geworden.

War es die Pandemie? Die Kriege? Die Klimakrise, das Artensterben – welche der gegenwärtigen Verwerfungen hatte sich wie lähmendes Gift in ihre Köpfe geschlichen, und noch viel wichtiger: Gab es einen Weg heraus?

Ja, glaubte Nina. Nicht, dass sie eine Lösung wüsste, aber sie konnte es spüren, in ihrer kleinen Baracke, wenn sie nur ihrem Atem lauschte und dem leisen Fiepen des Hundes, wenn er im Traum jagte.

Ja, glaubte sie, wenn sie durch die Dünen strich, durch die Wälder, wenn sie dem Flug der Greifvögel folgte oder Rehe am Feldrand beobachtete.

Ja, wusste sie, wenn sich ihr Leben auf das Wesentliche konzentrierte, wenn sie am Abend vor einem Glas Wein und einem Käsebrot saß, eine Kerze brannte und sie dankbar spürte, wie das sich permanent drehende Rad des Lebens zur Ruhe kam.

Eine Woche noch, sieben Tage, und sie würde aufwachen müssen aus ihrer Trance. Nina hatte sich vorgenommen, diese Tage bewusst zu verbringen, sich hineinfallen zu lassen ins wattige Nichts, das sie wohlig umhüllte.

Dieser Tag hatte mit Ausbeute begonnen und mit Helligkeit. Ein samtweicher Oktobertag, bereits am Morgen strahlte die Sonne durch die rotgoldene Wildrosenhecke, die das Grundstück an der Ostseite einrahmte. Hagebutten leuchteten knallrot mit dem verfärbten Laub des Hartriegels um die Wette, Nina war barfuß im Schlafanzug durch das taunasse Gras gelaufen, um wach zu werden. Die Hündin legte sich auf die Terrasse und beobachtete sie aufmerksam, danach starteten sie motiviert ihre Morgenrunde.

Im Wald roch es nach Pilzen, und entgegen Marcos Ansicht, man würde nur noch wenige finden um diese Jahreszeit, war Nina ihrer Nase gefolgt und hatte tatsächlich Steinpilze gefunden. Der Regen einerseits und die gemäßigten Temperaturen andererseits hatte die Braunkappen aus dem Boden gelockt, sie fand so viele, dass ein Kotbeutel – das einzige Behältnis, in dem sie die Pilze sicher nach Hause bringen konnte – für die Ausbeute nicht ausreichte. Tagliatelle, beschloss Nina, sie würde sich etwas Besonderes kochen, einmal nicht Spiegelei auf Brot. Dafür würde sie in die Stadt zum Supermarkt fahren müssen. Die übrigen Pilze würde sie nach Art ihrer Mutter klein schneiden, auffädeln und trocknen. Nina erinnerte sich, wie Jan sich vor den langen Pilzketten geekelt hatte, die ihre Mutter im Gästezimmer zum Trocknen kreuz und quer aufgehängt hatte. Zuerst hatte sie über ihn gelacht, er solle sich nicht so anstellen, aber irgendwann bemerkten sie, dass die Ketten sich bewegten. Es waren Maden aus den Pilzen gekrochen, sie hatten sich vermehrt und turnten nun auf ihrem Festmahl herum.

Zufrieden mit ihrer Pilzausbeute und glücklich über den sonnigen Tag lief Nina mit Ayla zurück zur Unterkunft; die Hündin war ebenfalls auf ihre Kosten gekommen, sie hatte die Zeit, in der Nina durch den Wald schnürte, zum Buddeln genutzt und eine Maus erwischt.

Am Bungalow angekommen, stellte Nina fest, dass sie keinen Schlüssel dabeihatte. Hatte sie ihn verloren? Im Bungalow vergessen? So oder so: Sie konnten nicht rein.

Sofort rief Nina den Vermieter an, der erst einmal nicht zu erreichen war, eine halbe Stunde später rief er sie zurück.

»Die Leute gegenüber haben einen Ersatzschlüssel«, sagte er. »Familie Wetzlaff.«

Nina bedankte sich. Sie starrte auf das Haus gegenüber. Familie Wetzlaff? Marco oder Achim oder sogar die Verrückte konnten jederzeit in den Bungalow spazieren, wenn sie nicht da war? Sogar im Nachhinein traf diese Erkenntnis Nina schmerzhaft, sie fühlte sich ausgeliefert, obwohl gar nichts passiert war. Ohnehin würde wohl niemand dieses Vertrauen missbrauchen, aber trotzdem war ihr, als wäre sie verraten worden. Sie hatte sich sicher gefühlt, gerade vor denen da drüben, insbesondere vor dem Waldmann, der ihr nicht geheuer war. Gewesen war. War. Keine Ahnung.

Sie nahm Ayla wieder an die Leine, überquerte die Straße und klingelte.

Niemand öffnete. Nina wartete ab, fasste sich ein Herz und drückte erneut. Die Tür wurde aufgerissen, kaum dass sie den Finger vom Klingelknopf genommen hatte.

Es war die Alte. Sie stand auf ihren Rollator gestützt und starrte erst Nina, dann den Hund und wieder Nina an.

»Ja?«

»Ich habe den Schlüssel zu meinem Bungalow verloren. Der Vermieter hat gesagt ...«

Wortlos drehte die Frau sich um, schob den Rollator durch einen dunklen Flur, ließ aber die Tür offen.

Nina zögerte, sollte sie folgen? Kaum hatte sie daran gedacht, drehte sich die Frau vor ihr um. »Kommse«, sagte sie. »Der Hund darf rein.«

Nina betrat den Flur. Von innen war das Haus viel weniger düster, als es von außen wirkte. Die Frau vor ihr schob den Rollator in ein Wohnzimmer, hell flutete warmes Oktoberlicht den Raum. Die Einrichtung war altmodisch, schwere antike Möbel, etwas zu wuchtig für den kleinen Raum. Kirsche poliert, dachte Nina, das erinnerte sie an ihre Großmutter. Ein wunderschönes, antik geschwungenes Sofa stand an einer Wand unter dem Fenster, viele Bilder an allen vier Wänden, ausschließlich Schwarz-Weiß-Fotografien. Eine hölzerne Standuhr erfüllte mit ihrem sanften Ticken den Raum, in seiner

Gleichförmigkeit war das Geräusch meditativ und beruhigend. Um den Esstisch waren sechs Stühle gruppiert, Biedermeier, echt oder Nachbildungen, geschnitzte Lehnen, Samtpolster. Nichts in diesem Zimmer war modern, aber keines der Möbel atmete Ostalgie, so wie Nina es erwartet hatte. Das hier war kein DDR-Museum, sondern vielmehr ein Miniatursalon aus dem Biedermeier.

Die alte Frau musterte sie, ohne ein Wort zu sagen, sie machte auch keinerlei Anstalten, den Schlüssel zu suchen.

»Sie haben den Ersatzschlüssel?«, fasste Nina sich ein Herz.

»Jaja. Irgendwo. Mein Sohn weiß, wo er ist. Aber der ist nicht da.« Die Frau sah sich um. »Wir müssen ihn suchen.«

Nina blieb regungslos stehen. Sie konnte schlecht anfangen, im fremden Haus aufs Geratewohl alle Schubladen aufzuziehen.

»Haben Sie vielleicht ein Schlüsselbrett? Oder so eine Schale, wo man alle Schlüssel reinschmeißt?«

Die Frau starrte sie an. Nina war unsicher, ob sie zu ihr durchgedrungen war.

»Was machen Sie hier?«, fragte die Alte. »Zu der Jahreszeit.«

Nina wollte antworten, aber die Frau sprach weiter.

»Sigrun ist wieder aufgetaucht.« Sie schob den Rollator näher an Nina heran, Ayla sträubte ihr Fell und legte die Ohren an. Nina wich einen Schritt aus.

»Das verkraftet er nicht, mein Achim.«

Wer war Sigrun?, fragte sich Nina. »Wollen wir mal nach dem Schlüssel gucken?« Bloß raus hier, Nina wurde heiß in ihrer gefütterten Regenjacke, sie fühlte sich unwohl, aber sie hatte keine Wahl – sie brauchte den Schlüssel.

»Alles haben die uns weggenommen.« Schwer ließ sich die Frau auf das Sofa fallen. Sie kramte in ihrer Kittelschürze, zog ein Taschentuch hervor und wischte sich über die Augen. Ihre weißen Haare bildeten ein unordentliches Nest.

»Das tut mir sehr leid, Frau Wetzlaff.« Nina begriff, dass sie sich von der Vorstellung – rasch Ersatzschlüssel holen und dann nichts wie weg – verabschieden musste. Die Mutter von Achim war hochgradig verwirrt, Nina fragte sich, warum sie ihr überhaupt die Tür geöffnet hatte. Sie erinnerte sich an Patientengespräche. Wie viele sie geführt hatte, mit älteren Menschen, die dement waren oder an Alzheimer litten. Oder sich nach einer Narkose im Delir befanden. Oder ganz einfach überfordert und deshalb verwirrt waren. Sie konnte das. Also los.

Nina setzte sich neben die Frau aufs Sofa. »So viele Fotos«, sagte sie und zeigte auf die Bilderrahmen. »Ist das alles Ihre Familie?«

Hildegard Wetzlaff drehte sich nun auch um und betrachtete die Fotos. Menschen in Anzügen und feinen Kleidern. Allein, zu zweit, mit Kindern und ohne. Stolze Reiter auf großen Pferden. Männer in Uniform, Frauen mit Kindern. Unter Obstbäumen, vor Häusern, an gedeckten Tischen, vor einer Kirche. Die Bilder umspannten ein Jahrhundert. Lachen, Leben, Leiden. Familie. Stolz. Krieg und Frieden. Ganz normal, so oder ähnlich sahen auch die Familienfotos aus, die Ninas Mutter in einer großen Kiste aufbewahrte.

»Das Gestüt«, die Frau zeigte mit zittrigem Finger vage auf die Bilder, »alles weg. Alles weg! Erst der Russe. Dann die Stasi. Und die Westler. Alles weg.«

In der Tat fiel Nina auf, dass auf vielen der Bilder ein stattliches Anwesen im Hintergrund zu sehen war. Vage kam es ihr bekannt vor. Freitreppen, Springbrunnen, eine Allee. Und immer wieder Pferde. Männer in Uniform – Wehrmacht?

»Ihre Eltern hatten ein Gestüt?«

Die Wetzlaff drehte sich wieder um und starrte Nina an. »Meine Eltern?« Sie lachte auf, kurz und trocken. »Meine Eltern hatten nichts. Gar nichts. Aber mein Rainer! Alter Pommernadel. Alles weg!«

»Rainer war Ihr Mann, ja?« In dem Moment, als sie die Frage ausgesprochen hatte, fiel Nina ein, was Marco ihr erzählt hatte: dass sein Großvater umgebracht worden war. Hätte sie bloß nicht nachgefragt!

»Mein Rainer, den haben sie auch auf dem Gewissen. Alles haben die mir weggenommen. Meinen Mann, meinen Sohn, das Haus, alles.«

»Apropos Haus«, versuchte Nina sanft umzulenken, »wollen wir nach dem Schlüssel schauen?«

Die Alte starrte sie verständnislos an. »Welcher Schlüssel?« Und schriller: »Wer sind Sie? Wie kommen Sie in mein Haus?«

»Alles gut, Frau Wetzlaff, ich …«

Aber die Frau kam mühsam in die Höhe, stützte sich auf ihren Rollator und begann zu schreien. »Achim! Achim!«

Ayla knurrte und kläffte laut. Die alte Frau und der Hund überboten sich gegenseitig, der Lärmpegel stieg, es war unerträglich, Nina wollte der Situation entkommen, so rasch wie möglich. Sie stand ebenfalls auf und ging mit Ayla in den Flur zurück. »Alles gut, Frau Wetzlaff, ich komme später wieder.«

»Rainer!«, gellte es hinter ihr aus dem Wohnzimmer, »Rainer! Achim!«, Ayla fletschte die Zähne, und Nina riss die Tür auf. Vor ihr stand Achim Wetzlaff und sah sie überrascht an. Im Hintergrund schrie seine Mutter, er nickte Nina nur zu, ging an ihr vorbei, ignorierte den Hund und versuchte, seine Mutter zu beruhigen. Nina holte tief Luft und beschloss, draußen zu warten, bis sich die Lage beruhigt hatte. Was für ein Horror!

Wenige Minuten danach trat Achim zu ihr auf den Hof. Sie brachte ihre Bitte vor und erklärte ihm, was geschehen war.

»Ich wollte nicht, dass Ihre Mutter sich so aufregt. Das tut mir wahnsinnig leid.«

»Nein, nein, schon gut. Mir tut es leid.« Er zog die Strickmütze vom Kopf und fuhr sich durch die vollen grauen Haare. »Wir können sie eigentlich nicht allein lassen. Marco und ich wechseln uns normalerweise ab, aber es klappt nicht immer.«

»Das ist sicherlich nicht einfach.«

»Nein. Nein, das ist es nicht. Warten Sie, ich hole Ihren Schlüssel.«

Als Achim Wetzlaff die Tür öffnete und nach drinnen in den Flur verschwand, konnte Nina hören, dass seine Mutter noch immer schluchzte. Sie empfand Mitleid. Mit der Frau, mit der Situation. Sie wusste sehr wohl, welche Belastung Demenzkranke für ihre Angehörigen sein konnten.

Der Fischer kam zurück, gab ihr den Schlüssel und trat zu ihr auf den Hof. Er warf einen Blick in den Himmel, die Sonne ließ seine blauen Augen hell aufblitzen. Er musste einmal ein schöner Mann gewesen sein, dachte Nina und korrigierte sich sogleich, eigentlich war er immer noch gut aussehend. Feingliedrig und jungenhaft. Marco kam nicht nach seinem Vater.

»Nein«, lachte Achim, als sie ihm das sagte, »er kommt überhaupt nicht nach mir. Das lange Schlaksige hat er von seiner Mutter. Ansonsten ist er ganz der Großvater.«

»Rainer?«

Sie setzten sich nebeneinander auf eine Bank im Hof des Hauses, die Sonne schien warm. Nina hatte nicht unhöflich sein wollen, der Mann bemühte sich jedes Mal, wenn sie ihn traf, um Verbindlichkeit. Nach der unangenehmen Situation mit seiner Mutter gerade eben fand Nina es angebracht, sich noch ein wenig mit ihm zu unterhalten und ihn nicht mit all dem stehen zu lassen. Außerdem, das gestand sie sich nur nicht gerne ein, hoffte sie, dass Achim Wetzlaff noch etwas über seine Frau erzählen würde. War sie es, deren Knochen Nina gefunden hatte? Wie kam es, dass ihre Leiche im Wald lag? Und wie lange hatte sie dort gelegen? War sie vermisst gewesen? War das der Fall, von dem die Kommissarin bei ihrem ersten Besuch gesprochen hatte? Eine Vermisste zu DDR-Zeiten, Ende der Siebzigerjahre, erinnerte sich Nina.

»Ja, Rainer, mein Vater. Blödes Thema. Sie dreht jedes Mal durch, wenn man auf ihn zu sprechen kommt, wir vermeiden es, so gut es geht. Marco und ich.«

»Ich wollte eigentlich nicht …«

»Schon gut. Das können Sie nicht wissen.« Er lächelte. »Meine Großeltern väterlicherseits waren etwas hier in der Gegend. Lange her. Gutshof, Gestüt, denen gehörte die halbe, ach was, die ganze Gegend hier. Einfach alles. Von Wetzlaff. Dann kam der Krieg.« Ayla kam und steckte ihre Schnauze in seine Hand. Er begann, sie zu kraulen. »Danach war nichts mehr, wie es einmal war. Wie bei allen anderen auch, aber unsere Familie traf es besonders. Kein Adelstitel mehr, keine Besitztümer.«

»Kein Wunder, dass das schwer ist für Ihre Mutter.«

Er lachte. »Ach was. Sie war viel jünger als er. Sie hat ihn ja erst kennengelernt, als er schon ein armer Schlucker war. Sie hat nichts davon erlebt – nicht das Gestüt und nicht den angeblichen Reichtum. Aber je mehr Verluste sie erlebt hat, desto mehr hat sie davon geträumt. Dass alles wieder zurückkommt.«

Sie schwiegen. Nina traute sich nicht, nach seiner Frau zu fragen, es schien ihr zu intim. Also stand sie auf und verabschiedete sich.

Ihr eigener Schlüssel lag auf dem Tisch. Nina fütterte den Hund, putzte die Pilze und klappte den Laptop auf. Sie war aus ihrem Dämmerzustand erwacht, war neugierig geworden. Alter Pommernadel, hatte er gesagt. Von Wetzlaff. Da müsste doch etwas zu finden sein.

1962

Gine beschirmte ihre Augen mit der Hand, die Sonne stand hoch und blendete sie, während sie versuchte, den Segelbooten hinterherzublicken, die zur Regatta aus dem Warnemünder Hafen ausliefen. Wie dumm von ihr, sie hatte ihre Sonnenbrille im Hotel gelassen, dabei war bereits am frühen Morgen absehbar, was für ein strahlender Julitag es werden würde.

»Man kann es nicht glauben«, flüsterte Erik ihr ins Ohr. Sie unterhielten sich auf Dänisch, wahrscheinlich verstand keiner der Umstehenden ein Wort, dennoch hielten sie es für besser zu flüstern. Der Geheimdienst würde sie belauschen, hatte ihnen der Ministerialbeamte, der sie am Flughafen Kopenhagen verabschiedete, mahnend auf den Weg gegeben. Die Stasi ist überall, eure Hotelzimmer werden verwanzt, die folgen euch auf Schritt und Tritt.

All diese Ratschläge verstärkten das beklemmende Gefühl, das Gine auf ihrer Reise in ihre ehemalige Heimat begleitete. Es waren die gleichen Ermahnungen wie in der Nazizeit. Hatte sich denn nichts geändert?

Aber dann waren sie und Erik in Rostock gelandet, waren ins Hotel chauffiert worden, und alles war anders. Hell und fröhlich, die Menschen, denen sie begegnet war, überschlugen sich vor Freundlichkeit, Rostock strahlte.

»Was meinst du?«, fragte sie Erik. Erik Engberg war Staatssekretär im Wirtschaftsministerium, sie beide verband eine lange, gute Zusammenarbeit. Gemeinsam bildeten sie die dänische Abordnung, und nun standen sie mit weiteren Delegierten aus aller Welt vor dem neu gebauten Yachthafen Warnemünde und sahen den Seglern beim Auslaufen zu.

»Ich meine, man kann kaum glauben, dass dies das Land ist, das eine Mauer um sich herum gezogen hat«, gab Erik zurück. »Wenn man das sieht, könnte man meinen, es sei nichts gewesen.«

Er hatte recht. Gine hatte den Gedanken bereits auf dem Flughafen gehabt und ganz besonders im Hotel, in dem sie untergebracht waren. Um sie herum herrschte babylonisches Sprachgewirr – Englisch, Französisch, Chinesisch, Finnisch, selbstverständlich Russisch und viele andere Sprachen. Zur Ostseewoche waren Gäste aus aller Welt geladen – und gekommen. Zum fünften Mal fand die Leistungsschau der Deutschen Demokratischen Republik statt, hieß es in der umfangreichen Broschüre, die im Hotelzimmer für sie bereitlag. In blumigen Worten wurde die Völkerfreundschaft beschworen, der Arbeiter- und Bauernstaat als weltoffen gezeichnet, und doch wurden Menschen tagtäglich daran gehindert, die Staatsgrenzen zu übertreten. Gine blieb misstrauisch – musste aber zugeben, dass ihr alles, was sie bis jetzt gesehen hatte, gut gefiel. Am Morgen war sie mit Erik und zwei Männern der japanischen Delegation – Erik kannte einen der beiden Diplomaten aus dem Ministerium – durch die Rostocker Innenstadt flaniert, zum Kröpeliner Tor. Lebendiges Straßenleben ließ die Innenstadt charmant und einladend wirken, viele Cafés stellten Tische und Stühle vor ihre Tür, und das Angebot, es sich in der Sonne gut gehen zu lassen, wurde bereitwillig angenommen. Elegante Damen und Herren spazierten herum, junge Menschen, die sich in ihrer Kleidung kaum von den Jugendlichen in Dänemark unterschieden, viele Familien mit Kindern. Das konnten wohl kaum alles Statisten sein, wie Erik munkelte, einzig die Geschäfte auf der Bummelmeile bestätigten, was man landläufig über den Realsozialismus wusste: Es gab nicht viel. Und das, was es gab, bot wenig Kaufanreize. Da war Gine aus Kopenhagen ganz anderes gewohnt. Exklusive Boutiquen, in denen man neue Kreationen von Modemachern aus aller Welt kaufen konnte, suchte sie in Rostock vergebens. Auch der fröhliche Fahnenschmuck in der Innenstadt sowie die Lichtornamente aus Glühbirnen, die zwischen den Häusern aufgespannt waren und Rostock am Abend in ein Lichtermeer verwandeln würden, waren bei genauerem Hinsehen skurril und gewöhnungsbedürftig: Überall tauchten Hammer und Sichel auf, waren Bauern und Handwerksberufe wie Maurer oder Tischler dargestellt, Frauen waren niemals elegant oder modisch abgebildet, sondern mit Melkschemel oder hinter dem Pflug. Das war die Diktatur des Proletariats, kam Gine immer wieder in den Sinn, Erik und sie machten sich lustig darüber.

Trotzdem blieb ihr bei alledem immer wieder das Lachen im Halse stecken, nur allzu gut erinnerte sie sich daran, wie sehr die Nazis versucht hatten, die »einfachen« Menschen zu glorifizieren – und alle, die sich mit Geistesarbeit oder Kunst beschäftigten, verunglimpften. Ihre Eltern hatte diese Herabwürdigung aus dem Land getrieben, und Gine hatte am eigenen Leib erlebt, wie wenig glorreich die Landarbeit in Wirklichkeit war.

Aber daran wollte sie jetzt auf der Warnemünder Mole nicht denken. Vor sich die glitzernde Ostsee, kleine weiße Schaumkrönchen tanzten lustig auf den Wellen, die die Segler hinter sich herzogen, unzählige Möwen eskortierten die Boote und feuerten die Sportler mit durchdringendem Geschrei an, im Rücken den mondänen Yachthafen. Von dort, wo sie standen, hatten sie einen guten Blick auch auf das Strandtreiben in unmittelbarer Nähe. Alles hier wirkte beschwingt und heiter, fand Gine, und doch verließ sie ein dumpfes Gefühl nicht, das hinter ihrer Stirn saß, ihr Herz umklammerte und gegen ihren Magen boxte. Vergiss nicht, sagte das Gefühl, vergiss es nicht.

Wie könnte ich, dachte Gine, machte den Rücken gerade und versuchte, dem Mann zuzuhören, der vorne an der Molenkante stand und den Gästen der Ostseewoche eine Litanei aus Zahlen herunterbetete – die Anzahl der Segelboote, wie viele Sportler aus welchen Ländern dem Ruf der Völkergemeinschaft gefolgt waren, wie lang die Mole und in welcher Zeit der Yachthafen gebaut worden war. Alles Superlative!

Gine ließ die Zahlen an sich vorbeirauschen, der Vortrag interessierte sie nicht. Stattdessen genoss sie die Meeresluft, die Sonne auf ihrem Gesicht. Es tat gut, Erik neben sich zu wissen, sie mochte ihn, er und seine Frau waren enge Freunde von Krister und ihr. Ein Verbündeter an ihrer Seite, in diesem Deutschland, dem sie nicht traute.

Seit ihrer Flucht 1936 war Gine nicht mehr in ihrem Heimatland gewesen, warum auch. Aber es wäre ihr leichter gefallen, in den Westen zu reisen als ausgerechnet hierher, nach Mecklenburg, an die Küste. Wie hatte Krister gesagt, als er sie auf dem Flughafen verabschiedete? »Denk an die Worte deiner Mutter: Zeig ihnen deine Schwäche nicht.«

Gine straffte die Schultern und drückte den Rücken durch. Niemand hier ahnte, was ihr vor sechsundzwanzig Jahren widerfahren war. Sie war kein kleines Mädchen mehr, sie war kein Opfer. Sie war eine hochrangige Beamtin, eine Gesandte ihrer Regierung, sie war das, was man gemeinhin als »ein hohes Tier« bezeichnete. Welche Gefahr sollte auf sie lauern? Die Nazis waren Geschichte, Rainer von Wetzlaff nicht minder.

An der Strandpromenade beobachtete Gine nun eine Frau, die sich zu einem kleinen Mädchen hinunterbeugte. Das Mädchen musste ungefähr in Stines Alter sein, mit Sehnsucht dachte Gine an ihre Kinder. Nun fasste die Frau das Kind – ihre Tochter vermutlich – bei der Hand und lief mit ihm weiter in Richtung Strand. Sie humpelte. Ihr rechter Fuß, das bemerkte Gine jetzt erst, war unnatürlich verformt. Dicker im Gelenk, zudem bog er sich nach innen, die Frau hatte eine Behinderung. Es war der rechte Fuß. Wie bei Henni.

Sie hatte haselnussfarbene Haare, wie Henni.

Die gleiche weibliche Figur – wie Henni.

Gine löste sich aus der Gruppe, lief die Mole zurück bis zum Yachthafen und dann im Laufschritt die Promenade wieder nach oben. Sie ließ den Kopf der Frau nicht aus den Augen, er tanzte in der Menschenmenge vor ihr auf und ab, verschwand, aber sie fand ihn immer wieder. Schneller lief Gine und immer schneller, sie kam langsam außer Atem – Henni, konnte das sein? War sie es, lebte sie? Sie musste sich Gewissheit verschaffen! Endlich hatte Gine das Mutter-Tochter-Gespann erreicht, sie streckte einen Arm aus und berührte die Frau an der Schulter. Ein wenig heftig vielleicht, denn die drehte sich um und hatte einen erschrockenen Gesichtsausdruck.

»Oh, Entschuldigung!«, sagte Gine und zog ihre Hand zurück. »Es tut mir leid, ich habe Sie verwechselt.«

Die Frau, die nicht die geringste Ähnlichkeit mit Henni aufwies, lächelte. »Schon gut. Das macht nichts.«

Drehte sich um und setzte ihren Weg mit ihrer Tochter fort, Gine blieb zurück, wie angewachsen stand sie an der Stelle, ihr Herz klopfte wie wild. So weit war es mit ihr. Sie sah Gespenster.

Im weiteren Tagesverlauf hakten sie einen Programmpunkt nach dem anderen ab. Beeindruckend war die Fahrt mit dem Motorschiff *Seebad Ahlbeck* durch den Rostocker Hafen. Bei schönstem Wetter tuckerten die Delegierten am Rostocker Überseehafen entlang, an der Warnowwerft sowie am Fischereikombinat in Marienehe. Dort absolvierte Gine mit Erik eine Führung, sie speisten mit den Direktoren des Werks – wie immer war Gine allein unter Männern und wurde in einem fort für die Sekretärin Eriks gehalten – und besprachen im Anschluss Geschäftliches. Die Fischereiflotte der DDR war ein wichtiger Partner aller Ostseeanrainer, also auch Dänemarks, sie war hochmodern, verfügte über Trawler, auf denen die Verarbeitung von Fisch auf hoher See möglich war – bei der industriellen Hochseefischerei hatte der VEB *Fischkombinat Rostock* eindeutig die Nase vorn. Alles nur dank des unermüdlichen Einsatzes von achttausend emsigen Arbeitern und Arbeiterinnen, die den Volkseigenen Betrieb, wie von den Direktoren immer wieder betont wurde, zu Höchstleistungen trieben. Beim Besuch der Verarbeitungsstätten fragte Gine sich, ob die hier Beschäftigten sich im Klaren darüber waren, dass ihnen der »volkseigene« Betrieb gehörte. Und ob sie die gleichen Bezüge für ihre Arbeit bekamen wie die Direktoren, mit denen sie gerade gespeist hatte – Krabbencocktail, Sekt und frisch importierten Hummer. Aber sie verkniff sich jeden Kommentar, schließlich war sie nicht als Privatperson unterwegs.

Kaum im Hotel angekommen, erwartete sie die Einladung, am Abend einer Tanzdarbietung im Kulturhaus beizuwohnen – um *die Freundschaft der Völker fröhlich zu besiegeln*, wie es in der Einladung hieß.

»Ich muss passen«, sagte sie zu Erik. Sie standen nebeneinander an der Rezeption und ließen sich ihre Schlüssel geben. Ein Mann, den sie zuvor nicht bemerkt hatte, machte ein paar Schritte auf sie zu.

»Verzeihen Sie«, er machte die Andeutung eines Dieners, »aber wenn Sie am Abendprogramm nicht teilnehmen möchten, Frau Sörensen – kann ich Ihnen vielleicht eine Alternative anbieten? Gerne kümmern wir uns um das Wohl unserer Gäste. Vielleicht darf es ein Restaurantbesuch sein?«

Gine starrte ihn an. »Kennen wir uns?«

Der Mann lächelte nur.

Jetzt dämmerte ihr, wozu das übervolle Programm der Ostseewoche diente: Keinesfalls sollten die Besucher auf die Idee kommen, Eigeninitiative zu zeigen und die vom Politbüro vorgezeichneten Pfade zu verlassen.

»Ich danke«, gab sie zurück, nachdem sie sich gefangen hatte, »aber ich möchte den Abend auf meinem Zimmer verbringen. Ich bin etwas erschöpft.«

Der Mann nickte. »Aber selbstverständlich. Wenn Sie es sich anders überlegen – melden Sie sich einfach an der Rezeption, wir stellen Ihnen gerne jemanden an die Seite, der Sie begleitet.«

»Ich verstehe. Und lehne dankend ab. Mir steht nicht der Sinn nach Politbüro.« Gine konnte sich ein wenig Sarkasmus nicht verkneifen.

Krister lachte, als sie ihm am Telefon davon erzählte. »Du kannst dir also denken, dass unser Gespräch auch abgehört wird.«

»Vermutlich. Aber ich werde keine Staatsgeheimnisse mit dir teilen.« Gine lag auf dem Bett, im Pyjama, lauschte der warmen Stimme ihres Mannes und sehnte sich nach ihrem Zuhause.

Krister holte ein Kind nach dem anderen ans Telefon, aber nur kurz, wie er sie mahnte, das Ferngespräch aus dem Hotel würde Mama teuer zu stehen kommen.

Nach dem Telefonat öffnete Gine die Fenster ihres Hotelzimmers weit. Nach rechts konnte sie auf die Lange Straße schauen, nach links bis zum Kröpeliner Tor, unten auf der Straße war viel los, ein lauer Sommerabend lockte jeden – außer ihr – vor die Tür. Die Warnow lag im milden Abenddunst, mit zartem rosafarbenen Streif am Horizont kündigte sich der Sonnenuntergang an. Aber noch waren die Menschen unterwegs, lachten, tranken, aßen miteinander und feierten das Leben.

Sie ließ die Fenster offen stehen und lud so frische Luft vom nur wenige Kilometer entfernten Meer in ihr Zimmer ein. Auf dem Nachttisch lag die dicke Broschüre mit dem Programm der Ostseewoche, Gine schmiss sich aufs Bett und blätterte darin herum. Sogar ein Schlagerfestival der Ostseeländer gab es! Keine Frage, die DDR hängte sich ordentlich ins Zeug, um ihr Land im besten Licht erscheinen zu lassen. Weltläufig, wirtschaftlich, kulturell und sportlich mit der Nase vorn – das war der Eindruck, den man bekommen konnte, wenn man dieser Propaganda Glauben schenkte.

Schließlich fiel Gines Blick auf einen Programmpunkt, der sie elektrisierte. *Ein Tag im Naturreservat Stettiner Haff* wurde angeboten. Es gab für interessierte Teilnehmer einen Transfer, die Übernachtung erfolgte schließlich in einem Hotel in der Kleinstadt, von der Gine nur den Bahnhof kannte.

Aber an diesen erinnerte sie sich sehr wohl. Sie erinnerte sich an jedes Detail. An die Tauben, die auf den Balken der Holzkonstruktion saßen, die das Vordach des kleinen Backsteinbaus bildeten. Es gab nur ein Gleis, auf dem die Züge aus westlicher Richtung ankamen und auch wieder abfuhren. Die Schmalspurbahn, die in die weiter östlich gelegenen Ostseebäder führte, hielt auf der anderen Seite des Bahnhofes.

Hier hatte man sie abgeliefert. Sie hatten fünf Reichsmark in der Tasche, jede von ihnen, so großzügig waren sie gewesen, das war das Schweigegeld der Mädchen – und eine Fahrkarte. Nach Berlin, einfach. Ach ja, und eine Ermahnung in ihren Köpfen, die sie nicht nur nach Berlin, sondern in ihr weiteres Leben begleiten würde: »Ich finde euch«, hatte Habdank von Wetzlaff zum Abschied gesagt. Dann hatte er mit dem Zügel geknallt und die beiden Pferde angetrieben.

»Ich finde euch« – diese Drohung hing wie ein Damoklesschwert über dem Leben der beiden Vierzehnjährigen. Mittlerweile, Gine war jetzt vierzig Jahre alt, hatte die Drohung an Relevanz verloren. Nur noch selten erinnerte sie sich daran, und Angst vermochten ihr diese Worte nicht mehr einzujagen. Obwohl … wenn sie sich daran erinnerte, dann mit Schaudern.

Nachdem Renate Rainer von Wetzlaff das scharfe Stecheisen zwischen die Schulterblätter gerammt hatte, waren sie gerannt wie die Hasen. Hatten sich nicht umgesehen, waren über das Moor gewetzt, kopflos. Gine hatte brennende Schmerzen gehabt, aber ihre Angst war schlimmer, sie wollte bloß weg. Doch wohin? Das Moor war flach, jeder konnte sie sehen, Verstecke gab es kaum. Sie fürchteten sich, zum Torfabstich zu fliehen, und noch mehr fürchteten sie sich davor, zu ihrer Gruppe in das Gesindehaus zurückzukehren, denn Unterschlupf würde man ihnen dort kaum gewähren. Aber sie wussten nicht wohin, schlugen Haken hierhin und dorthin – bis ein Bauer sie anhielt. Er war mit dem Pferdekarren unterwegs, auf der Ladefläche getrocknete Torfsoden, die er ins Dorf brachte. Er fing die erschöpften Mädchen ab, sie waren zu kraftlos, um sich zu wehren, außerdem versicherte der Bauer ihnen, dass er sie zu sich bringen würde, seine Frau würde sich um sie kümmern. Was blieb ihnen anderes übrig, als dem Mann zu trauen?

Er hielt Wort und brachte sie auf seinen Hof. Seine Frau führte Renate und Gine in die Scheune, natürlich nicht in die Stube, dort hatten sie nichts zu suchen. Die Bauersleute besaßen kaum selbst etwas, das konnte Gine wohl erkennen – vier magere Kleinkinder in Lumpen starrten sie an, eine Handvoll Hühner lief herum, und ein Esel stand vor der Kate. Sie bekamen Wasser und einen Kanten Brot, verschämt führte die Bäuerin Gine zur Pumpe, wo sie sich waschen konnte, das Blut, das dem Mädchen getrocknet an den Beinen klebte, war ihr nicht entgangen.

Wenn Gine später als Erwachsene an die Szene zurückdachte, wurde ihr klar, dass die Bauersleute genau wussten, was geschehen war. Und auch die Torfbauern an der Abstichstelle. Sie erinnerte sich an deren Blicke, wenn Rainer von Wetzlaff hinter den Mädchen herschaute. Damals konnte sie die Blicke nicht deuten, aber jetzt verstand sie. Alle wussten es, aber keiner sagte etwas oder warnte die Mädchen. Die von Wetzlaffs waren die Gutsherren, sie galten etwas.

Die Mädchen waren Schmaltiere. Zum Abschuss freigegeben.

Bang hatten Renate und sie in der Scheune gesessen, ohne eine Vorstellung davon, wie es weitergehen sollte. Gine wollte vergehen vor Schmerz und Scham, aber sie hielt ihre Tränen zurück. Sie würde all ihre Kraft brauchen, egal, was sie erwartete. Schickte der Bauer sie zurück? Würde sie weitere Monate in ihrem Landjahr schuften müssen, als wäre nichts geschehen?

Und was geschah mit Renate? Hatte sie Rainer umgebracht? Würde man sie verhaften? Würde Notwehr gelten?

Erstaunlich gefasst war Renate gewesen, erinnerte sich Gine noch heute, während sie in Rostock im Hotelzimmer lag, der fröhliche Lärm von der Straße zu ihr ins Zimmer drang und sie an damals dachte. Plötzlich spürte sie, dass ihre Wangen feucht waren. Gine tastete nach ihrem Gesicht. Sie musste geweint haben, ohne es zu merken. Sie setzte sich auf, kramte ein Taschentuch aus ihrer Handtasche, dann trank sie einen Schluck Wasser.

Wie lange war das her. So viele Jahre, ein halbes Leben. Sie war nicht nur erwachsen geworden, sie war eine andere. Dänin, Ehefrau, Mutter, Staatsbedienstete, Führungskraft. Aber in ihr, tief in ihrem heutigen Körper und in ihrem Herz, trug sie die Vierzehnjährige, die sie damals gewesen war, ihren Schmerz, ihre Angst, aber auch ihren Mut in sich. Sie lebte noch immer, diese trotzige, verletzte Regine Heuer.

Dieses Gefühl, wie sie dort gesessen hatten, nebeneinander, so eng, dass ihre Schultern, Hüften und Beine wie verwachsen waren, Regine und Renate, konnte sie wieder aufrufen, der Schmerz war so präsent, wie er es damals gewesen war. Ebenso wie der Schmerz, als Rainer von Wetzlaff in sie eingedrungen war, rot und schwarz.

Gine stellte sich jetzt mit dem Glas Wasser an das Fenster und blickte hinaus. Die massige Gestalt Habdank von Wetzlaffs erschien vor ihrem geistigen Auge. Wie er sich vor ihnen aufgebaut hatte, in der schwarzen Uniform, breitbeinig stand er in der Scheunentür. Sie sahen seine Umrisse gegen die Sonne, sein Schatten verdeckte ihre schlotternden Körper. Er sagte nichts, musste nichts sagen, er forderte sie mit einer Armbewegung auf, ihm zu folgen. Bedeutete ihnen, sich in die Kutsche zu setzen, es war eine geschlossene Kutsche, Gine sah sie vor sich. Niemand konnte die beiden Mädchen sehen, die darinsaßen und ins Ungewisse fuhren. Die Bauersleute standen vor der Scheune, sie sahen zu Boden, wie sehr hatte Gine den Bauern verflucht! Sie hatte sich verraten gefühlt, aber heute, mit dem Abstand und der Erfahrung der Jahre, erkannte sie, dass dem armen Mann nichts anderes übrig geblieben war.

Wie erleichtert waren sie aber dann gewesen, als sie begriffen, wohin sie der Gutsherr brachte!

Er hatte am Bahnhof der Kleinstadt gehalten, den Verschlag geöffnet und ihnen befohlen auszusteigen. Dann löste er den Mädchen ihre Fahrkarten, gab jeder eine Münze, fünf Reichsmark, ein Vermögen. Noch nie hatte Gine so viel Geld besessen!

Mit strengem Blick fixierte er sie und sprach die einzigen Sätze, die sie jemals aus dem Mund Habdank von Wetzlaffs gehört hatten: »Kein Wort! Zu niemandem. Auch nicht zu euren Eltern.«

Hatten sie genickt? Etwas erwidert? Gine erinnerte sich nicht, aber sie wusste sehr wohl, was er noch gesagt hatte: »Ich finde euch.«

Und jetzt lag da dieses Programm auf dem Hotelbett, ein Tag am Stettiner Haff.

Gine brannte, sie brannte lichterloh, das Feuer, das von der kleinen Gine, die sie gewesen war, ausging, loderte und stichelte. War das gerecht? Sie war verletzt worden, diese Männer hatten ihr die Kindheit geraubt, sie war davongekommen, ja, aber wie viele andere nicht? Sie dachte an Henni, die sie in der Schubkarre mehr tot als lebendig zurückgebracht hatten. Sie dachte an Renate, die damit leben musste, dass sie möglicherweise einen Menschen getötet hatte. Ja, dachte Gine, später war der Krieg gekommen, und sehr viele Menschen hatten weitaus Schrecklicheres erlebt – aber machte es das ungeschehen? Oder gerecht?

War es jetzt an der Zeit, sich der Vergangenheit zu stellen? Würde die ewig offene Wunde sich dann schließen?

Einen Versuch war es wert, dachte Gine, schließlich bin ich nun einmal hier, das Schicksal hat seine Hand im Spiel. Sie griff zum Telefon und meldete sich bei der Rezeption. Sie würde an der Naturführung durchs Stettiner Haff teilnehmen, ließ sie wissen.

Dass sie im Anschluss daran die Gelegenheit zu einem privaten Besuch nutzen würde, musste niemand wissen. Das würden sie noch früh genug erfahren.

3. Teil

KRANICH

1979

»Nu renn mal in dein Häuschen!« Klaus grinste und schüttelte den Würfel in seiner großen Hand. »Vor mir ist keiner sicher!«

Er ließ den Würfel auf den Tisch fallen, und tatsächlich – eine Fünf! Achim stöhnte auf, sein letztes Männchen hätte er noch in Sicherheit bringen müssen, aber er wartete Runde um Runde auf eine Eins, damit die Spielfigur den anderen nachfolgen konnte. Um ein Haar hätte er auch diese Runde *Mensch ärgere dich nicht* gewonnen, aber Klaus machte ihm einen Strich durch die Rechnung, zum großen Vergnügen aller.

Sigrun stand auf, um den Punschtopf zu holen. Sie füllte auch die Schälchen mit Knabberzeug und schmierte neue Schmalzstullen. Draußen fiel leise der Schnee, hier drinnen bullerte die Zentralheizung. Gut hatten sie es, dachte sie und warf einen Blick ins Schlafzimmer, wo Marco in seinem Kinderbettchen schlief. Der Besuch von Klaus und Karin hatte sie nervös gemacht, noch niemals zuvor hatten sie Gäste gehabt – jedenfalls nicht richtige Gäste, für die man die Wohnung putzte und etwas zum Essen vorbereitete und den Tisch schön deckte. Aber dann lief alles so ungezwungen ab, eigentlich nicht anders als im Sommer, als sie in der Laube der beiden gewesen waren. Sogar Achim entspannte sich, trank Bier und wurde locker. Und ihr ging es gut von der Hand, Gastgeberin zu sein.

Sigrun fühlte sich, als hätte sie nie etwas anderes gemacht, so richtig erwachsen.

Es waren die Tage zwischen den Jahren. Die fetten Weihnachtstage lagen hinter ihnen, zum ersten Mal verbrachten sie das Fest mit Kind, und vielleicht lag es an Marcos freundlichem Gemüt, jedenfalls war alles recht harmonisch verlaufen. Der Heiligabend mit Hildegard, auch der Besuch bei ihren Eltern. Den zweiten Weihnachtsfeiertag hatten Achim und sie weitgehend auf der Couch verbracht. Gelesen, Musik gehört, ein Nickerchen gemacht – und mit Marco gespielt. Er krabbelte jetzt schon wie ein Weltmeister, nichts war vor ihm sicher, sein Bewegungsdrang musste stets gelenkt werden. Sigrun hatte Achim zugesehen, wie dieser für den Kleinen Pferd spielte oder ihn sich auf den Schoß setzte und nicht müde wurde, »Hoppe Reiter« zu spielen. Immer und immer wieder machte der Reiter »plumps«, und Marco schrie vor Vergnügen.

Für Sigrun dagegen war es das Schönste, zusammen mit ihrem Sohn Bilderbücher anzusehen. Wenn sie zusammen auf dem Sofa kuschelten, Marco in ihrer Armbeuge, meist mit einem Fläschchen, und sie irgendwann spürte, wie sein kleiner Körper mit der Zeit immer schwerer und schwerer wurde, bis er eingeschlafen war – das war der Himmel.

Ja, es waren herrliche Feiertage gewesen, vielleicht die schönsten, die sie in den letzten Jahren erlebt hatte. Das kleine Bäumchen, das Achim im Wald geschlagen hatte – bei völliger Dunkelheit war er losgezogen, damit ihn auch ja keiner erwischte –, stand in der Ecke des Wohnzimmers und strahlte behaglichen Glanz aus. Achim hatte noch einmal frische Kerzen in die Halter geschraubt, das Bienenwachs duftete betörend süß.

»Und ihr bleibt dabei, dass ihr Silvester nicht rumkommen wollt?«

Achim und Sigrun blickten sich an. Achim runzelte die Stirn.

»Ach, kommt schon«, Karin legte ihre Hand auf Sigruns Arm, »das wird eine richtige Sause. Es kommen eine ganze Menge Freunde.«

Entschuldigend zuckte Sigrun mit den Schultern. »Marco ist noch zu klein, um ihn mitzunehmen. Und es ist doch unser erstes Mal als kleine Familie …«

»Lass gut sein, Karin.« Klaus lächelte Sigrun zu. »Lass die Turteltäubchen mal mit dem Kleinen in Ruhe feiern.«

»Nächstes Jahr«, beeilte sich Achim zu versichern, »nächstes Jahr sind wir dabei.«

»Nächstes Jahr, wer weiß, ob es ein nächstes Jahr gibt?«

»Klaus!« Karin schüttelte mit gespielter Empörung den Kopf. »Red doch nicht so einen Quatsch.«

»War nur 'n Scherz. Aber ist doch so – was du heute kannst besorgen …« Klaus griff mit Appetit nach einer Schmalzstulle. »Aber lasst es gut sein, wir wollen euch nicht zu eurem Glück zwingen.«

Sigrun bemühte sich, das Gespräch auf ein anderes Thema zu lenken, ihr war es unangenehm, den beiden eine Absage für die Silvesterfeier zu erteilen, sie wollte nicht länger auf dem Thema herumreiten. Stattdessen sprach sie Karin auf den Pulli an, den diese trug. So ein flauschiges Material hatte sie noch nie gefühlt, edel sah das Teil aus, war bestimmt aus dem Westen.

»Nee!« Karin lachte. »Den habe ich von Maroske.« Sie strich mit einer Hand über den rechten Arm, »das ist was ganz Besonderes, der bekommt die aus Ungarn. Handarbeit von Frauen aus irgendeinem Dorf.«

»Maroske? Hab ich noch nie gehört.«

»Nee, Kindchen«, mischte Klaus sich ein, »das ist der böse Mann, der meine Frau abhängig gemacht hat.«

Sigrun wechselte einen irritierten Blick mit Achim, sie kam sich vor, als lebten sie hinterm Berg.

Karin und Klaus dagegen brachen in Gelächter aus.

»Maroske hat ein Bekleidungsgeschäft für Damen im Prenzlauer Berg«, erklärte Karin, nachdem sie sich erholt hatte. »Auf den ersten Blick nichts Dolles, aber wenn man sich ein bisschen besser kennt ...« Sie zwinkerte Sigrun zu. »Ihr wisst schon, dann hat er auch mal Bückware.«

Sigrun kam sich richtig bescheuert vor. Bückware, klar, so was bekamen Achim und sie nicht. Weder hatten sie gute Beziehungen, noch hätten sie einen Gegenwert bieten können, um Bückware – wie diesen exklusiven Pullover – zu bekommen. Na ja, dachte sie, was nicht ist, kann ja noch werden. Immerhin ist Achim schon mal Brigadeführer. Mit einundzwanzig!

»Einmal im Monat muss ich die feine Dame nach Berlin kutschieren«, erläuterte Klaus und steckte sich eine Zigarette an.

Sigrun mochte nicht, dass er hier drinnen rauchte, aber sie traute sich nicht, ihn noch einmal darauf hinzuweisen. Achim natürlich erst recht nicht, er tanzte ein bisschen zu sehr nach Klaus' Pfeife, weil der ein paar Treppchen über ihm in der Betriebshierarchie stand. Außerdem hatten sich Klaus und Karin in den letzten Wochen als wirklich hilfsbereite Freunde erwiesen, die sie nicht vor den Kopf stoßen wollte. Klaus hatte mit Achim den Wartburg wieder flottgemacht, der einen Schaden an der Ölwanne hatte. Karin wiederum hatte schon zwei Mal abends auf Marco aufgepasst, damit Sigrun mit Achim in die *Lichtkiste* gehen konnte.

»Und dann wird gebummelt«, fuhr Klaus jetzt fort, der

noch bei den Berlin-Besuchen war, »vom *Centrum Warenhaus* die ganze Prenzlauer hochgelaufen, bis die Sohlen brennen. Wenn wir nach Hause fahren, bin ich ein paar Mark ärmer.«

»Na, nun wein mal nicht. Du wartest doch gemütlich in der Kneipe, bis ich meine Einkäufe erledigt habe, und lässt dich volllaufen.«

»Tja, ich muss mir doch sinnvoll die Zeit vertreiben.« Klaus griff Karin unters Kinn, zog ihr Gesicht an seines heran, sie küssten sich.

An die Frotzelei der beiden hatte Sigrun sich gewöhnen müssen, aber so langsam begriff sie, dass dies ein besonderer Wesenszug der Beziehung der beiden war. Ständig nahmen sie sich gegenseitig hoch – ganz anders als Achim und sie.

»Nächste Woche fahren wir wieder hin. Dann gibt's meistens Rabatt, so kurz nach Weihnachten und Inventur.«

»Ach, Mensch, da will ich auch nach Berlin!« Sigrun strahlte. »So ein Zufall.«

»Zu Maroske?« Klaus zwinkerte ihr zu, so wie Karin gerade eben.

»Nee, zu meiner Freundin.«

»Ach«, warf Karin beiläufig ein, »zu Christa?«

Sigrun rutschte unruhig hin und her. Sie durfte nicht über Christa sprechen, das hatte Achim ihr so oft eingebläut, und tatsächlich konnte sie sich nicht erinnern, dass sie Karin gegenüber jemals etwas erwähnt hatte. Sie nickte nur und sprang gleich auf. »Ich schau mal nach dem Kleinen.«

Im Flur hörte sie, wie Klaus Achim fragte: »Christa Krämer?« Achims Antwort konnte Sigrun nicht hören. Ihr Herz klopfte – woher wusste Klaus, wie Christa mit Nachnamen hieß? Denn dass sie diesen niemals irgendjemandem gegenüber erwähnt hatte, dessen war sie sicher. Christa war für sie einfach immer Christa. Niemals würde sie über die Freundin als Christa Krämer oder Fräulein Krämer sprechen.

»Sigrun, kommst du?« Das war Achim. »Wir spielen noch eine Runde.«

Als Sigrun ins Wohnzimmer zurückkehrte, machte Karin ihr einen Vorschlag.

»Du fährst mit uns. Wir haben Platz im Auto, und du sparst dir die Kosten für den Zug. Achim hat schon seinen Segen gegeben.«

Sigrun sah zu ihrem Mann rüber, der zuckte nur leicht mit den Schultern. Warum sollte er seinen Segen dazu geben, dachte Sigrun, als ob sie den brauchte! Sie konnte doch wohl selbst entscheiden, wie sie nach Berlin fuhr. Aber das sagte sie nicht. Stattdessen bemühte sie sich um ein Lächeln und erklärte sich einverstanden.

Klaus fuhr einen ziemlich flotten Stiefel, fand Sigrun, während die Landschaft am Fenster an ihr vorbeiflitzte. Schwarze Krähen oder Dohlen oder Raben, sie konnte die Vögel nicht voneinander unterscheiden, liefen auf den weiß überpuderten Stoppelfeldern umher, auf der Suche nach Fressbarem. Kahle Birkengrüppchen streckten sich in den bedeckten Himmel, immer wieder blitzte Wasser hinter den schwarz-weiß gescheckten Stämmen auf. Schön war es hier, dachte Sigrun, und wie märchenhaft die Namen: Koboltenhof. Uckersee. Blütenberg. Das gleichmäßige Rattern auf den Betonplatten machte sie schläfrig, dadadamm, dadadamm, sie waren in aller Frühe losgefahren, damit sie auch was vom Wochenende hatten. Die ersten Arbeitstage im neuen Jahr steckten Sigrun in den Knochen, sie hatte sich an den Feiertagstrott gewöhnt, der abrupte Umstieg fiel ihr schwer. Der Kreislauf aus Krippe,

Werk, Krippe, Einkaufen, Haushalt traf sie mit aller Härte, ihr Körper fühlte sich zerschlagen an, ihre Nerven waren dünn, selbst Marco schien es zu spüren. Drei Tage in der Krippe, und schon schrie er wieder in der Nacht, hatte eine verstopfte Nase und hustete. Den anderen Müttern konnte sie ansehen, dass es ihnen genauso ging, sie waren eine richtige Gespenstertruppe, wenn sie morgens in der Dunkelheit zur Krippe zogen, noch im Halbschlaf mit fahlen Gesichtern ihre schreienden Päckchen ablieferten und am Abend mit schweren Beinen zurückkehrten, um die erkälteten Kleinen einzupacken.

Wie sehr freute sie sich nun auf zwei Tage mit Christa!

»Hier?«

Sigrun schreckte hoch, Klaus hatte sich zu ihr umgedreht und zeigte auf eine Hausfassade. Sigrun war so tief eingeschlafen, sie hatte nicht einmal bemerkt, dass sie bereits in Berlin waren. Sie blickte aus dem Auto. Das Haus, vor dem sie parkten, sah aus wie alle anderen Häuser in der Straße auch. Blasse Gründerzeitfassaden, hier und da Einschusslöcher, die Ladengeschäfte im Erdgeschoss verrammelt, nur ein einzelnes kleines Geschäft verbreitete gelbes Licht durch die Schaufenster.

»Könnte sein«, sagte sie.

»Bötzowstraße vierzehn.«

»Ja, dann sind wir wohl richtig.«

Karin stieg aus, klappte ihren Sitz nach vorne, sodass Sigrun aus dem Trabant krabbeln konnte. In der Zwischenzeit hatte Klaus ihre Tasche aus dem Kofferraum gehievt.

»Gleiche Stelle, gleiche Welle? Morgen Abend um sechs.«

»Einverstanden.« Sigrun hielt ihm die Hand hin, aber Klaus zog sie an sich und drückte sie. »Viel Spaß, meine Kleene. Geht's wieder zum Gottesdienst?«

Musste Karin ihm erzählt haben, dachte Sigrun und schüttelte den Kopf. Dann sah sie dem Wagen hinterher, der eine blaugraue Auspuffwolke hinter sich herzog, bis er aus ihrem Sichtfeld geriet. Sigrun stieß die schwere Tür zum Hinterhof auf.

Die Wohnung von Annette fand sie auf Anhieb. Unter der Klingel, neben der Annettes Name stand, klebte ein Zettel: »Und Christa!« mit einem lachenden Männchen. Sigrun klopfte, die Klingel war defekt, und nur wenige Sekunden darauf riss ihre Freundin die Tür auf, mit ihr schwappte eine goldene Welle von Wärme, Licht, Räucherstäbchendunst und breitem Grinsen in den Hausflur.

Christa war der erste bunte Mensch, den Sigrun in diesem neuen Jahr sah: die Wangen rot glühend, die Haare von Schwarz auf Lila gefärbt, in einen übergroßen grünen Strickpullover gehüllt, der ihr bis zu den Knien reichte. Keine Frage, Christa ging es bestens, wie wundervoll war das!

Die Küche war bullig warm, eine Kanne Kaffee blubberte auf dem alten Holzofen, Christa hatte den Tisch gedeckt, wenig später kam Annette mit frischen Schrippen dazu. In der Zwischenzeit machte Sigrun es sich auf dem Sofa bequem, Schuhe aus, dicke Socken an. In Christas Kassettenrekorder liefen Mitschnitte von DT64, manchmal quasselte der Moderator in die Songs, aber ganz egal, die Musik floss durch Sigrun hindurch, hüllte sie ein, verrücktes Zeug aus Großbritannien, ein Moderator spielte seine Lieblingssongs, Christa kommentierte fast jedes Lied, drehte lauter und leiser, Sigrun verstand nur Bahnhof. Aber wie egal war das! Sie war hier, sie hatte ihre Christa wieder, sie saßen in der Hauptstadt und mussten weder Plan erfüllen noch Fläschchen wärmen. Das Wochenende lag ausgebreitet vor Sigrun, träge, es roch nach

Schrippen, Kaffee und Zigaretten. Sperrige Gitarrenriffs und Berliner Januargrau, das sich wie Schmirgelpapier außen am Fenster rieb, lieferten den düsteren Grundakkord. Hier in dieser kleinen Küche mit Christa, der Elektrisierten, und Annette, die sich groß und weich, rotwangig und mütterlich im Hintergrund hielt, fühlte Sigrun sich ganz zu Hause. Nicht auf die Art, wie sie es in ihrer und Achims Wohnung war, mit Marco. Da war sie erwachsen, war Mutter und Berufstätige, Hausfrau. Hier aber durfte sie anders sein, so, wie sie wäre, wenn sie kein Kind bekommen und nicht geheiratet hätte. Sie war die andere Möglichkeit ihrer selbst.

Wie aufregend war das, dachte sie, goss sich Kaffee in den Emaillebecher und nahm eine Selbstgedrehte von Christa. Könnte sie doch nur zwei sein, Sigrun hier und Sigrun dort, so und so sein – wie wunderbar wäre das? Warum, kam ihr in den Kopf, warum muss ich mich entscheiden für das eine und gegen das andere? Ist es das, was man Erwachsensein nennt? Dass ich mich festlege, eine Entscheidung treffen muss, wie ich zu sein habe? Gibt es den einen Weg, den ich eingeschlagen habe, und nur den? Kein Zurück? Kein Abbiegen nach links oder rechts? Diese Gedanken flitzten durch ihren Kopf, wie Blitze schlugen sie ein, aber Sigrun konnte keinen von ihnen zu Ende denken.

Christa erzählte ohne Pause von ihrem neuen Leben. Arbeit? Ja und nein, eigentlich nicht so richtig, sie half hier und dort, der Staat sah es nicht gern, wie sie lebte. Annette arbeitete als Erzieherin in einer Kita, brachte das Geld nach Hause, Christa wollte ihr nicht auf der Tasche liegen, aber … Sie sang in einer Band, sie engagierte sich in einer Umweltgruppe, sie spann ein feines Netzwerk von Menschen, die wussten, wann und wo etwas stattfand, etwas Subversives, etwas, das uns verändern wird, so sagte Christa, und ihre Augen blitzten vor Leidenschaft und Begeisterung. Menschen wollen die Welt zu einem besseren Ort machen, unseren Staat, vertraute sie Sigrun an. In den wenigen Wochen, die Christa in Berlin war, hatte sie unzählige Kontakte geknüpft, verstand Sigrun voller Bewunderung. Christa, ihre Christa, die war wie angezündet, brannte lichterloh an beiden Enden. Und ich? Schmiere Schmalzbrote und koche Punsch und mache mir in die Hosen, weil wir einmal Besuch von Klaus und Karin bekommen.

Irgendwann, draußen hatte Schwarz schon Grau vertrieben, sprang Christa auf. »Wir müssen langsam los.«

Annette sah auf die Uhr, ein kleiner Küchenwecker, der neben dem Herd stand. »Ich koch uns noch was, wir haben Zeit.«

»Was machen wir?« Sigrun war nicht eingeweiht, im Grunde genommen war es auch egal, sie würde den Frauen und vor allem ihrer Christa überallhin folgen.

»Konzert. In einem Jugendklub.« Christa strahlte. »Und Lesung und …« Sie machte eine raumgreifende Geste mit beiden Armen, »… einfach alles. Gemischtwarenladen. Gute Leute. Wir fahren rauf nach Weißensee.« Sie legte ihre Arme um Sigrun und drückte sie fest. »Du fehlst mir, mein Herzblatt.«

Sigrun erwiderte die Umarmung und warf einen unsicheren Blick zu Annette, aber die lächelte nur und widmete sich dem Kartoffelschälen.

»Ich nehm die Flugblätter mit.« Christa sprang auf, aber Annette schüttelte den Kopf. »Lass mal. Ich glaube, das ist heute keine gute Idee.« Sie warf Sigrun einen flüchtigen Blick zu.

Christa sah Sigrun an, grinste und hob die Schultern. »Dann nicht. Du hast recht.«

Sigrun wollte nicht fragen. Flugblätter – das konnte keine

gute Idee sein, nicht in Christas Händen, und so, wie die beiden sich benahmen, wusste sie, dass sie nicht fragen wollte.

»Soll ich Wein holen?«

Sie wollte zu dem kleinen Laden, der noch geöffnet hatte. Für die Werktätigen. Annette schüttelte den Kopf, aber Sigrun war nicht davon abzubringen. Sie pennte hier und ließ sich durchfüttern, da war eine Flasche Wein das Mindeste, was sie beisteuern konnte. Sie schlüpfte wieder in ihren Anorak und die Stiefel, kurz dachte sie an Karin mit dem schicken Mantel, der Pelzkappe und den Stiefeln, wie sie, Klaus im Schlepptau, bei Maroske Bückware erstand. Das war schon ein anderes Kaliber, als sie drei hier in der heruntergewohnten Bude, Sigrun musste lächeln, während sie die Treppen hinunterstolperte. Aber ihr gefiel das. Das Improvisierte, Christas wildes Leben. Montagmorgen schlüpfte sie zurück in ihr anderes Leben. Das sie nicht weniger liebte.

Im Hof kamen ihr zwei ernste Männer entgegen, die Sigruns fröhlichen Gruß nicht erwiderten.

Hatte sie es da nicht schon gewusst?

Aber sie ließ sich nicht aufhalten, überquerte die Straße und lief zur nächsten Straßenecke. Die Auswahl war nicht üppig, aber Sigrun fand einen Tokajer, »sehr schön lieblich!«, pries ihn der Verkäufer an. Sie zahlte und lief zurück.

Die beiden Männer kamen ihr an derselben Stelle im Hof entgegen, an der sie sie zuvor getroffen hatte. Aber sie waren nicht mehr zu zweit. In ihrer Mitte lief Christa.

Der finstere Hinterhof wurde von einer einzigen Gaslampe beleuchtet, in deren gelblichgrauem Lichtkegel ihr das Trio entgegenkam. Sigrun blieb im Schatten der Aschetonnen stehen, wie angewurzelt, ihr Blick saugte sich an Christa fest, die tobte, sich wie wild gebärdete, sie schrie und warf den lilafedrigen Kopf hin und her. Sie hatte nicht den Hauch einer Chance. Die Männer, die sie untergehakt im festen Griff hielten, waren groß, und sie waren stark. Die Arbeitsstiefel ihrer Freundin berührten nicht einmal den Boden, bemerkte Sigrun, sie machte einen Schritt hinaus aus dem Dunklen, sie musste Christa helfen, das war ihr erster Impuls, aber in dem Moment, als der Blick ihrer Freundin auf sie fiel – die Männer hatten sie bereits bemerkt –, wusste Sigrun, dass das nicht gut gehen würde. Christa tat, als kannten sie sich nicht. Wandte den Blick ab und tobte. Die Männer schleiften sie weiter, vorwärts, grimmig und entschlossen.

Sigruns Herz brach, sie spürte es genau, dies war der Moment, nach dem nichts mehr in ihrem Leben so sein würde wie zuvor.

Annette saß zusammengesunken auf dem Sofa, als Sigrun in die Wohnung kam, die Treppen war sie hochgestürzt, die Wohnungstür war einen Spalt geöffnet. Annettes Hände zitterten, sie weinte. Sigrun nahm ihre Tasche, die Frauen umarmten sich fest, und dann lief sie durch die düsteren Straßen zum Ostbahnhof.

Später erinnerte sie sich an nichts von dieser überstürzten Rückreise, nicht, wie lange sie gelaufen war und auf einen Zug gewartet hatte, noch wann sie in ihrer kleinen Stadt ankam. Nur die Angst, diese Angst, die tonnenschwer auf ihrer Brust lag und die einfach nicht mehr gehen wollte, Tage und Wochen danach, um diese Angst wusste Sigrun noch, denn die blieb.

Und das Bild von Kranichen, die in den Süden zogen. Gemeinsam, unverbrüchlich, frei.

Heute

So sah Idylle aus. Ein verfallenes Gutshaus, vom Efeu gekapert, windschiefe Fensterläden, Moos in allen Fugen. Die ausladende steinerne Treppe zeugte von herrschaftlichen Zeiten, inszenierten Auf- und Abgängen der Mächtigen, ebenso wie das vorgelagerte Rondell, in dessen Mitte sich einst ein Brunnen befunden haben mochte. Wo sich eine Fontäne kunstvoll in die Höhe geschraubt hatte, war heute ein Loch, notdürftig mit Brettern vernagelt.

Nina saß mit Ayla auf der Treppe. Sie waren über den heruntergetretenen Zaun geklettert, das Grundstück war unbewohnt, aber Nina erinnerte sich, dass die junge Frau ihr erzählt hatte, jemand aus Westdeutschland habe das Anwesen gekauft. Genau genommen beging sie gerade Hausfriedensbruch, aber wen scherte es.

Während sie die Umgebung auf sich wirken ließ, erinnerte sie sich an Marcos Worte, dass er es als tröstlich empfand, wie sich die Natur ihr Terrain zurückeroberte. Nina hatte diese Gedanken auch, vor allem hier, an diesem Ort, über den sie nun einiges wusste.

Ja, das Netz, die unermüdliche Wissensmaschine, hatte eine ganze Menge über die von Wetzlaffs ausgespuckt. Nicht über Achim, der im weitverzweigten Stammbaum des Adelsgeschlechts eine unbedeutende Fußnote zu sein schien, und erst recht kam Marco nirgends vor, aber umso mehr fand Nina über deren Vorfahren. Pommernadel, blaues Blut, das einige Jahrhunderte zurückreichte. Vermögend. Einflussreich. Bedeutendes Gestüt. Die Familie hatte ihre Wurzeln in Pommern, sie war an der Ostkolonisierung des Deutschen Ordens beteiligt und hinterließ eine blutige Spur im Geschichtsbuch dieser Gegend. Alter Landadel – das hieß auch Lehnsherrschaft, Ausbeutung, Unterdrückung. Es war nur selten das adelige Blut, das in den pommerschen Boden einsickerte, vielmehr das der Leibeigenen, Bauern und Knechte.

Habdank von Wetzlaff war ein hochdekorierter junger Offizier im Ersten Weltkrieg gewesen, im Zweiten trug er die schwarze Uniform der SS. Seine Gattin, stramm, blond, Mutter von fünf Kindern, eine arische Frau aus dem Bilderbuch. Die Geschichte der Familie war von Historikern lückenlos aufgearbeitet worden, Jahrhunderte der Macht hatten sie aufgeblättert – der tiefe Fall dagegen war schnell abgehandelt. Das Kriegsende läutete auch das Ende derer von Wetzlaff ein. Zwei Söhne waren im Krieg gefallen. Habdank zum Tod durch den Strang verurteilt, seine Frau nahm sich in den letzten Kriegstagen das Leben. Die Rote Armee hatte ihre Güter besetzt, Nina konnte sich ausmalen, was das bedeutete. Von den Töchtern fand sie in den Untiefen des Internets nichts, auch Rainer von Wetzlaff tauchte nur sporadisch auf. In dem Wikipedia-Artikel über die Familie wurde lediglich erwähnt, dass er kriegsuntauglich war und sich bei der grausamen Behandlung von Kriegsgefangenen hervorgetan hatte.

Darüber, wie es nach dem Krieg mit ihm weiterging, hieß es lediglich: *1962 kam Rainer von Wetzlaff unter ungeklärten Umständen zu Tode.*

Den Adelstitel hatte die Familie abgelegt, sie war in der

sowjetisch besetzten Zone enteignet worden, und sollte es einigen Wetzlaffs gelungen sein, noch etwas Privateigentum zu retten, würde die zweite Welle der Enteignungen, die 1973 über die DDR hinwegrollte, ihnen alles nehmen.

Was für eine Familie. Was für eine Geschichte. Immer wieder hatte Nina während ihrer Recherchen einen Blick auf das Haus gegenüber ihrem Ferienbungalow geworfen, sich vorgestellt, wie die da drüben lebten.

Hildegard, die ihren Männern durch Demenz das Leben schwer machte.

Achim, der Fischer, das ehemalige Heimkind. Der Vater früh verstorben – unter ungeklärten Umständen, was auch immer das bedeuten mochte.

Und schließlich Marco, der sich offensichtlich mit Gelegenheitsjobs durchschlug.

»Sie haben meine Frau gefunden« – immer wieder hallten die Worte in Nina nach, »meine Frau«. Hatte sie die Leiche von Achims Frau, Marcos Mutter, entdeckt? Wie war sie gestorben, wieso lag sie unbemerkt Jahrzehnte im Sand vergraben? Hatte sie denn niemand vermisst? Wie gern wüsste sie mehr. So oder so war die Geschichte der Familie Wetzlaff eine von Tod und Verderben.

Nina wollte den tiefen Fall nach dem Krieg nicht als ausgleichende Gerechtigkeit betrachten, oder, wie es heute gerne so salopp hieß: Karma strikes back. Was konnten diese drei Menschen auf der anderen Straßenseite dafür, dass ihnen das Schicksal die schwere Last ihrer Familie auf die Schultern presste? Mussten sie büßen für Jahrhunderte währenden Machtmissbrauch – und Schlimmeres, wenn sie an Habdank von Wetzlaff in der SS dachte? Verdient oder nicht – die Geschichte hatte es zuletzt nicht gut gemeint mit den Wetzlaffs.

Bis spät in die Nacht hatte Nina vor dem Computer gesessen, zwischendurch war sie aufgestanden, um im nächtlichen Garten Luft zu holen. Die Geschichte der Familie, aber auch des Landstriches, in dem sie sich befand, presste die Luft aus dem Zimmer, drückte ihr aufs Gemüt, überfiel sie, als stülpe ihr jemand einen Sack über den Kopf.

Nina dachte an ihre Eltern. An das Reihenhaus, in dem sie groß geworden war. Friedlich und geordnet, die Bilder der abendlichen *Tagesschau* trugen die Unordnung der Welt ins Wohnzimmer, aber danach kam der *Tatort* oder *Wetten dass* und klebte ein buntes Pflaster auf die kleine Wunde. Wohlbehütet aufgewachsen – sie hatte sich kaum Gedanken darüber gemacht, was das bedeutete, aber jetzt begriff sie. Sie war vom Glück verwöhnt, ihr Leben lang in einen Kokon eingesponnen, den erst die Pandemie und all die Verwerfungen danach aufgerissen hatten.

Jetzt war sie hier, mit Ayla, ließ die Umgebung auf sich wirken und versuchte, der Geschichte nachzuspüren. Der von Achim und Marco, von Rainer und Hildegard. Und allen anderen, die hier gelebt und geliebt hatten, gelitten hatten und gestorben waren. Aber auch der Geschichte dieses Landstrichs, der Grenzland, Niemandsland gewesen war, aber immer auch geliebtes Land, das Begehrlichkeiten weckte.

Was war das mit Heimat und Herkunft, fragte Nina sich, wie sehr prägt es uns? Nie zuvor hatte sie so stark empfunden, wie die Geschichte eines Landstriches, aber auch seiner Landschaft sich in die Biografien seiner Bewohner einschrieb. Die Gegend, die vom Wasser umarmt wurde, von Flüssen und Seen, dem Haff und dem Meer.

Dieses wunderschöne Land hatte es ihr angetan, hatte sich

in den wenigen Wochen, die sie hier verbracht hatte, fest eingeschrieben in ihr Fühlen und Denken. Eichen, vom steten Wind verbogen, Seeadler, die mit weiten Schwingen über dem Land kreisten, Kiefern, Sandbirken und Silbergras, wo sich Hasen und Füchse versteckten, Wölfe, die mit ihren Jungen weiche Abdrücke in den hügeligen Dünen hinterließen – all diese Eindrücke nahm sie mit in die Stadt. Nina wusste, dass sie sich danach sehnte, davon umgeben zu sein, von dieser Schönheit, die ihre Seele streichelte und die Gedanken, die in ihrem Kopf kreiselten, beruhigte. Vielleicht würde es ein Traum bleiben, mal sehen, wie die Dinge sich entwickelten, mal abwarten, was Jan sagte.

Während sie auf den Stufen des alten Gutshauses saß, lag in ihrer Blickachse das weitläufige Gelände mit dem ehemaligen Kinderheim und den Baracken. Eine Eichenallee musste einmal dorthin geführt haben. Auf den alten Bildern, die sie im Netz gefunden hatte, und auch an den Wänden des Wetzlaff'schen Wohnzimmers war sie prachtvoll, ein gesunder Stamm am anderen, aber heute standen nur noch wenige knorrige Bäume, die Zeitläufe hatten Lücken in die Allee gebissen. Nicht einmal die Straße existierte noch, vereinzelt schielten runde Steine aus dem Unkraut hervor und ließen ahnen, wie der Verlauf einmal gewesen war.

Die Natur holt sich ihr Terrain zurück, aber deckte sie auch die Wunden zu?

Als Nina sich von den feuchten Steinstufen erhob, flatterten aus dem nahen Wäldchen Fasane mit Geschrei empor. Sie warf einen Blick in den Himmel, von der See im Norden drohte eine Regenfront, tiefdunkel baute sich die Wand am Horizont auf. Es wurde Zeit aufzubrechen. Beinahe zwei Stunden waren sie hierhergelaufen, Nina und der Hund. Sie würden nass werden, das war gewiss, aber je kürzer sie im Regen liefen, desto besser.

Es wurde Zeit. Zeit für den Winter, der bald kommen und dem Leben in dieser menschenarmen Gegend eine Haube aufsetzen würde, unter der sich alles verlangsamte, bis es schlief. Die letzten Vögel zogen gen Süden, heute Morgen hatte ein Trupp Kraniche das Haff überquert und sich mit Fanfaren lauthals verabschiedet. Igel, Siebenschläfer und Dachs würden sich zusammenrollen unter der dicken Laubschicht des Waldes, sich an ihresgleichen kuscheln und Herzschlag und Atmung dem trägen Gang der kalten Zeit anpassen.

Nicht so Nina.

Sie war erwacht, fühlte sich gut. War wieder da! Den Winterschlaf hatte sie vorgezogen und nun hinter sich. Ihre Energie kam zurück, gerade zu dem Zeitpunkt, als sie glaubte, sich nie wieder von dem Sofa erheben zu können. Nina hatte mit Jan gesprochen – er kam zurück, wenn auch sie nach Berlin fuhr. Nur wenige Tage noch, die kanadischen Kollegen von Jan, die ihre Wohnung gemietet hatten, saßen bereits auf gepackten Koffern. Nina und Jan würden heimkehren, aber sie waren bereit, ein neues Kapitel aufzuschlagen. Oder besser: Nina war bereit, sie hatte Visionen, endlich ein Bild von sich in der Zukunft. Nichts war konkret, aber die Richtung, in die sie künftig gehen wollte, sah sie vor sich. Deshalb hatte sie sich heute entschlossen, Abschied zu nehmen. Sie wollte mit Ayla alle Strecken abgehen, langsam fand sie die richtigen Wege, konnte sich orientieren und lief nicht länger kopflos durch die Gegend.

Sie kletterte mit Ayla wieder über den Zaun, ließ das Grundstück mit dem ehemaligen Kinderheim links liegen und machte sich auf den Weg, die Hündin mit der Nase am Boden vorneweg. Das kleine Wacholderwäldchen erkannte Nina auf

Anhieb, wusste um die Senke dahinter, eine sandige Grube, durchsetzt mit Kaninchenbauten, und wie sie gehen musste, um den Ort zu erreichen. Den Ort, an dem alles begonnen hatte. Rot-weißes Flatterband umspannte die Stelle noch immer, obwohl die Wunde, die die Grabungen hinterlassen haben mussten, geschlossen war.

Am Rand der Absperrung entdeckte Nina einen Blumenstrauß. Er stand in einer dieser schmalen grünen Friedhofsvasen aus Plastik, die man mit einem Dorn in den Boden steckte. Weiße Margeriten – wo bekam man um diese Jahreszeit solche Blumen? –, ihre Köpfe hingen, die Kälte hatten sie nicht überlebt, umso mehr rührte ihr Bild Ninas Herz.

Sie verharrte einige Minuten an der Stelle, aber als sie von ferne dumpfes Donnergrollen hörte, beschloss Nina, den Ort hinter sich zu lassen. Ayla witterte in Richtung des Baumes, an dem das Tellereisen sich in ihr Bein gegraben hatte, aber Nina zog sie mit sich. Der Hund spürte das herannahende Gewitter ebenfalls, lief geduckter, unterließ das Erkunden unterwegs und passte sich Ninas schnellem Tempo an. Die Hündin fürchtete sich entsetzlich vor Gewitter, Nina wusste das und fiel in Trab. Gemeinsam joggten sie in Richtung Ort, über ihnen schwarze Wolken, der Wind kam von vorn und riss Nina die Luft aus dem Mund. Ayla sabberte, ihre Flanken zitterten, die Furcht ergriff nun ganz Besitz von ihr. In den Wochen am Haff hatte der Hund nur sehr selten diese starken körperlichen Signale von Angst gezeigt – in Berlin dagegen war es an der Tagesordnung gewesen. Arme Ayla, wie würde sie es aufnehmen, wieder in die Stadt zurückzukehren? Sie war hier gewachsen, selbstbewusst, stark und unabhängig geworden, in dieser kurzen Zeit. Würde Nina ihr mit der Rückkehr nach Berlin, zu der engen Wohnung und dem Verkehr, dem vollgemüllten Grünstreifen all das Vertrauen, das sie hier gewonnen hatte, wieder nehmen? Nina schob den Gedanken von sich. Erst kam sie, dann der Hund.

Mit Erleichterung erblickte sie die Kirchturmspitze hinter den Baumwipfeln, als die ersten schweren Tropfen fielen, eine Viertelstunde vielleicht, dann wären sie zu Hause, nass, aber geborgen.

Nina fasste die Leine kürzer, ein Blitz war niedergegangen, Nina überlegte – zählte man die Entfernung zum Gewitter vom Blitz zum Donner oder umgekehrt? In beiden Fällen war der Abstand groß genug, um unbedenklich zu sein. Das Wasser fiel jetzt sturzbachartig vom Himmel, und obwohl es erst früher Nachmittag war, hatte das Gewitter dem Tag das Licht abgedreht. Endlich erreichten sie den Ortsrand, Ayla galoppierte, Nina rannte, als auf der Straße aus westlicher Richtung ein Wagen in viel zu hohem Tempo in die Ortschaft jagte. Grell blitzten die großen Scheinwerfer durch den Regenguss, Nina hielt inne und erkannte in dem schweren Wagen Marcos Auto. Wasser spritzte in hohem Bogen unter den Reifen zur Seite, er schlingerte in eine Kurve, und Nina ahnte augenblicklich, dass etwas nicht in Ordnung war. Sie lief weiter mit Ayla, nur noch wenige Meter, dann war sie im Ort, sie folgte Marcos Wagen, der offenkundig nach Hause fuhr und also in ihre Richtung.

Leute standen vor dem Haus. Mehr Leute, als Nina jemals im Ort auf einem Fleck gesehen hatte. Vielleicht zehn oder zwölf Menschen. Sie standen stumm im Regen, bildeten einen lockeren Halbkreis um das Haus der Familie Wetzlaff.

Und um das Polizeiauto, das davorstand.

Und um Petra Leuchter und den Uniformierten, die soeben aus dem Haus traten, in ihrer Mitte Achim Wetzlaff, eingesunken, den Blick zu Boden gerichtet.

Marco war schon aus seinem Pick-up gestiegen. Nina verlangsamte ihre Schritte unwillkürlich und starrte genau wie alle anderen auf die Szenerie, deren dramatische Begleitmusik durch Donner orchestriert wurde.

»Papa!«, rief Marco jetzt, stolperte von der geöffneten Autotür durch die Leute, wollte auf seinen Vater zustürzen, aber der Polizeibeamte machte eine abwehrende Geste. Achim Wetzlaff duckte sich, ohne seinem Sohn einen Blick zu schenken, und stieg in den Wagen. Die Menschen wichen zurück, alle außer Marco, der von den Rücklichtern rot angestrahlt wurde, so lange, bis die Polizisten mit seinem Vater auf der Dorfstraße davongefahren waren.

Niemand sagte etwas. Langsam, sehr langsam zerstreute sich die Menge. Jetzt erst bemerkte Nina, dass Achims Mutter, auf ihren Rollator gestützt, neben der Eingangstür stand, ohne Mantel, ohne Jacke, ungeschützt dem herabstürzenden Regen ausgeliefert. Sie stand starr, hatte wohl kaum begriffen, was geschehen war.

Nina zögerte. Es kam ihr falsch vor, einfach wegzugehen, aber ihr fehlten die richtigen Worte.

Marco drehte den Kopf zu ihr, aber er sah durch sie hindurch.

Mit den Augen eines Kindes. Eines schrecklich verletzten Kindes.

1962

Sie konnte die Stelle nicht finden. Erkannte sie einfach nicht
wieder. Vielleicht lag es daran, dass sie von der anderen, der
Wasserseite darauf blickte.

Vielleicht aber gab es kein Moor mehr da, wo es geschehen
war? Hatten sie die Stelle schon abgestochen? Birken waren in
der Nähe, erinnerte Gine sich. Sie sah vom Wasser vereinzelt
Gruppen dieser hellstämmigen, filigranen Bäume, zweifelte jedoch an ihrer Erinnerung. Immerhin waren sechsundzwanzig
Jahre seitdem vergangen. Seitdem …

Und vielleicht, Gine umklammerte die Reling fester, war es
auch gut so. Gut, dass sie den Ort des Grauens nicht wieder-
erkannte. Bis jetzt hatte die Zeit ihre Wunde nicht zur Gänze
geheilt, aber nach den Tagen hier würden sich die klaffenden
Ränder über ihrer Seele geschlossen haben, dessen war sie sicher.

Gine Sörensen stand an Bord der *Haffliebe*, einem kleinen
Ausflugsschiff, das unter hohem Sommerhimmel am Ufer
entlangtuckerte. Es waren zwei Handvoll Menschen, die diese
Fahrt unternahmen, andere Besucher der Ostseewoche, Gine
und Erik Engberg. Und dieser Mann.

Erik hatte Gine am Morgen beim Frühstück im Hotel an
gesprochen. Irgendwer musste ihm erzählt haben, dass sie aus
dem Programm in Rostock ausscherte.

»Es kommt gar nicht infrage, dass du allein fährst«, hatte er sie konfrontiert. Schnell wusste Gine, dass Widerrede zwecklos war, und im Grund ihres Herzens war sie froh darum, dass sie die Reise an den wunden Punkt ihrer Vergangenheit nicht allein antrat. Spätestens als der unauffällige Mann von der Staatssicherheit, der sie im Rostocker Hotel angesprochen hatte, mit im Bus saß, der sie in die kleine Stadt am Stettiner Haff brachte, war sie endgültig erleichtert, ihren Freund und Kollegen an ihrer Seite zu wissen.

Sie wandte sich um. Der Mann stand an der anderen Seite des Bootes, er trug eine Sonnenbrille, sodass man nie genau wusste, wen oder was er beobachtete. Gine und Erik hatten sich über ihn unterhalten und waren zu dem Schluss gekommen, dass die Staatssicherheit je einen ihrer Mitarbeiter auf jede ausländische Delegation angesetzt haben musste. Schließlich wollten sie sichergehen, dass ihre geschätzten Gäste bei aller Freundschaft nicht spionierten oder gar subversiven Austausch mit DDR-Bürgern hatten. Lächerlich! Aber Gine und Erik beschlossen, die Überwachung zu ignorieren, schließlich führten sie nichts anderes im Schilde, als ihr Land diplomatisch zu vertreten und Geschäftliches zu besprechen.

Das Schiff war in östliche Richtung geschippert, nun öffnete sich das Haff rechts von ihnen zur Mündung des Neuwarper Sees, der kleine Kahn drehte bei, dicht an der Wassergrenze zu Polen, und hielt gen Nordosten auf Swinemünde zu.

Gine setzte sich neben Erik auf die hölzerne Bank und versuchte so zu tun, als sei sie eine Touristin, die Sonne und Umgebung genoss. Aber ihre Hände waren schweißnass, das Herz pochte aufgeregt gegen die Rippen. Je näher sie der Stelle gekommen waren, wo es geschehen war, desto klarer erinnerte sie sich. Sie hatte so vieles verdrängt. Nun aber drückte alles an die Oberfläche, die Schikane während der Monate im

Landjahr, die harte Arbeit auf den Feldern, ihre Nächte voller Tränen, Henni, die Hitze im Moor, der Mann, der auf ihr lag und ihr Gewalt antat.

Rainer von Wetzlaff.

Rot und schwarz.

Und schließlich das Blitzen des scharfen Stecheisens gegen den Sommerhimmel.

Es war vorbei, viele glückliche Jahre in Dänemark mit Krister und ihrer Familie hatten dafür gesorgt, dass Gine das Geschehene in ein verschwiegenes kleines Kämmerchen in ihrem Herzen gesperrt hatte.

Aber der Besuch der Ostseewoche hatte den Schlüssel hervorgeholt. Sie spürte es auch körperlich, hatte schlecht geschlafen, schwitzte übermäßig, war fahrig. Erik schien nichts davon zu merken, gottlob, er freute sich über das Wetter, die herrliche Landschaft, ein paar freie Tage.

Im Lauf der kleinen Fahrt gelang es Gine dann überraschend gut, sich abzulenken und zu entspannen. Über Lautsprecher erklang die blecherne Stimme des Kapitäns, der seinen Fahrgästen etwas über die Hafffischerei erzählte, über Aal, Barsch und Hecht, das war Gines Metier, Fischerei, davon verstand sie etwas. Sie hatte schon die Reusen in Ufernähe gesichtet und in einem kleinen Hafen Kutter und Kähne. Kormorane dümpelten aufmerksam auf dem Wasser, um blitzschnell in die Tiefe abzutauchen, wenn sie Beute sahen. Möwen umkreischten aufgeregt das Ausflugsschiff, hinter dem nördlichen Haffufer konnte man die weite See erahnen, leichter Wind kam von dort und ließ die Ahnung von der Weite und Großzügigkeit des Meeres um ihre Nasen wehen. Gine band sich ein leichtes Seidentuch um den Kopf, durch die dunklen Gläser ihrer Sonnenbrille fühlte sie sich zusätzlich geschützt.

Als sie Usedom erreichten, legte die *Haffliebe* an, und die Fahrgäste wurden zu einem kleinen Ausflugslokal geleitet, wo sie zu Mittag essen konnten. Aal in Dillsauce mit Salzkartoffeln. Gine und Erik saßen mit den anderen Reisenden auf einer Terrasse mit Blick aufs Wasser und den Strand, wo sich die Badenden tummelten. Bilder von Mädchen in schwarzen Badeanzügen stiegen vor Gines geistigem Auge auf, sie dachte daran, wie sie mit Henni um die Wette geschwommen war – und sie sich unerlaubt von der Gruppe entfernt hatten. In ihrer Erinnerung hatte es Spaß gemacht. Hatte es diese Momente auch gegeben? Voller Unbeschwertheit? Sie war unsicher, Erinnerung war ein wankelmütiger Freund.

Als die Haffrundfahrt schließlich beendet war und die Gäste der Ostseewoche zu ihrer Pension zurückkehrten, stand die Sonne noch immer hoch am Himmel, der Tag war bislang nicht in den Abend übergegangen, und Gine fasste übermütig einen Entschluss. Sie ließ ihr Gepäck nach oben bringen und bat Erik, sie nach draußen zu begleiten. An der Rezeption erkundigte sie sich zuvor nach einem Taxi.

»Tut mir leid«, die junge Frau schüttelte den Kopf. Sie schien Mädchen für alles zu sein, die Unterkunft war klein und familiär, weit entfernt von dem Hotel in Rostock, wo man fast vergessen konnte, dass man sich in einem sozialistischen Staat befand. »Aber Taxis haben wir nur sehr wenige.« Sie senkte die Stimme und sah sich um. »Wenn Sie draußen auf der Straße kurz warten möchten, ich rufe meinen Onkel an.«

Gine und Erik tauschten einen amüsierten Blick, ließen sich aber auf das Abenteuer ein. Wenige Minuten später hielt ein kleiner, lindgrüner Wagen vor ihnen, der Fahrer bedeutete ihnen einzusteigen. Gine übernahm die Kommunikation, Erik sprach nur wenige Brocken Deutsch.

»Sind Sie ein Privattaxi?«

Der Fahrer war verlegen. »Ich tue meiner Nichte manchmal einen Gefallen. Und verdiene mir ein paar Mark dazu.«

»Ich verstehe.«

Erik stieß Gine an. Der Mann von der Staatssicherheit war aus der Pension auf die Straße getreten und sah sich um. Prüfend musterte er den Wagen, und Gine gab dem Fahrer zu verstehen, dass er losfahren solle. Sie nahm ihren Mut zusammen und nannte den Namen der kleinen Ortschaft, die sie besuchen wollte.

So viele Jahre, Jahrzehnte hatte sie sich ums Vergessen bemüht. Hatte mit aller Kraft zu verdrängen versucht, was geschehen war. Aber als Ditlevsen mit der Ostseewoche gekommen war, als sie begriff, dass ihr Lebensweg sie noch einmal in den deutschen Nordosten führen würde, hatte sie in dem Wissen, dass sie sich ihrer bitteren Vergangenheit stellen musste, schlaflose Nächte verlebt. Krister hatte sich Mühe gegeben, ihr klarzumachen, dass sich alles verändert hatte, auch in Deutschland. Aber die Bilder, die nun wieder an die Oberfläche von Gines Bewusstsein gestiegen waren, waren äußerst lebendig. Die Enge der Stuben, die stickige Luft im Hühnerstall, das Muskelzittern nach der schweren Arbeit, die gebrüllten Befehle der Gruppenführerin. Vor Kälte schlotternde Mädchenkörper. Die Hirsche im Morgennebel. Der Hochmut der Jagdgesellschaft, der Geruch von Brot, das sie aus dem Ofen zogen, Henni, die Fuchsgesichtige, der mitleidige Blick der Bauern – Gine durchlebte jedes Detail der Monate im Landjahr erneut, und während sie im Auto saß und ihrer Vergangenheit entgegenfuhr, fragte sie sich, ob die Hoffnung, mit neuen Bildern die alten überschreiben zu können, trügerisch war.

Ob das Gesindehaus noch stand? Der Gutshof? Was war aus dem Gestüt geworden? Wer hatte den Krieg überlebt? Vielleicht würde sie nicht einmal aus dem Wagen steigen. Ihr Herz schlug heftig, Gine wischte den Schweiß, der sich in den Handinnenflächen gebildet hatte, mit einem Taschentuch fort. Ein Glück, dass Erik neben ihr saß.

Ihr Entschluss wurde mit einer wildromantischen Fahrt belohnt, der kleine, kaum gefederte Wagen glitt über schmale Straßen, über holprige Kopfsteinpflasterwege durch weite Felder mit leuchtend blauen Kornblumen, durchquerte idyllisch lichte Wälder, das helle Sommerlicht flirrte durch die Kronen von Birken, Kiefern und Stieleichen. Der Fahrer hatte das Fenster heruntergekurbelt, eine laue Sommerbrise fuhr Gine durch die blonden Haare, die sie modisch kurz geschnitten trug. Für einen Moment schloss sie die Augen und sog die Luft ein, den Duft nach trockenem Getreide, Nadelhölzern, die in der Hitze knisterten, und üppig tragenden Obstbäumen. Die meisten Orte waren durch alte Alleen miteinander verbunden, dicht an dicht standen Pappeln, Eichen oder Linden, beschatteten die Straßen.

Gine hatte die Augen wieder geöffnet und staunte. Was für ein schönes Land. All das hatte sie kaum sehen können als die Vierzehnjährige, die sie gewesen war, zu sehr stand das Leid im Vordergrund. In einiger Entfernung sah sie eine Gruppe Wild am Rand eines Waldstücks äsen. Plötzlich fiel ihr der Hirsch ein. Ein gewaltiger Sechzehnender, dessen Anblick im Morgennebel ihr Kraft und Zuversicht gespendet hatte. In ihrem Kinderherzen hatte sie gehofft, dass der Hirsch sie aus der Hölle, als die sie das Landjahr empfunden hatte, hinausführen würde, aber im entscheidenden Moment hatte er sie im Stich gelassen.

Der Fahrer ging jetzt vom Gas und deutete auf eine Ortschaft am Horizont. Das Dorf, das dem Gesindehaus, in dem sie untergebracht waren, und dem Anwesen der Familie Wetzlaff am nächsten lag. Vor den Feldern dieses Dorfes hatte die Sonnenwendfeier stattgefunden, aber als sie die schnurgerade Straße, die an grau blätternden Fassaden vorbeiführte, durchquerten, kam Gine nichts an dem Anblick vertraut vor. Sie bat den Mann, langsamer zu fahren, aber das Dorf blieb fremd. Eine Handvoll Menschen war unterwegs, auf einer Bank saß ein alter Mann und rauchte. Zwei Kinder mit kurzen Hosen spielten mit einem Reifen. Eine Frau trug einen Korb am Arm. Am Ortsausgang wollte der Fahrer wenden, aber Gine bat ihn, noch ein Stück weiterzufahren. Sollte nicht bald die Eichenallee kommen, die zum Gutshof führte? Aber stattdessen fuhren sie an riesigen, flachen Wirtschaftsgebäuden vorbei – Landwirtschaftliche Produktionsgenossenschaften, wie ihr Fahrer erklärte, oder einfacher: Schweineställe. Die Erklärung war überflüssig, der Gestank allgegenwärtig.

Hinter den Ställen machte die Straße eine lang gezogene Kurve, und plötzlich lag es vor Gine: das Haus, in dem sie als Landmädchen untergebracht war. Sie tippte dem Mann am Steuer auf die Schulter und bat ihn, vom Gas zu gehen.

Damals hatte es die Landstraße, auf der sie sich befanden, noch nicht gegeben, zu der Zeit führte ein ungepflasterter Weg durch die Felder ins Dorf. Und der hohe Zaun mit Stacheldraht um das Grundstück war damals ebenfalls noch nicht gebaut.

»Könnten Sie bitte halten?« Gine umklammerte die Lehne des Fahrersitzes und starrte aus dem Fenster. Sie erkannte es und doch nicht. Es hatte sich verändert.

»Was ist das?«

»Ein Kinderheim. Früher waren die Sowjets drin.«

Gine nickte nur und starrte hinüber. Die Fahnenstange, an welcher die Landmädel die Hakenkreuzfahne Morgen für Morgen hissen mussten, war immer noch da. Neu waren geduckte Baracken mit grüner Dachpappe. Wahrscheinlich waren sie für die Kriegsgefangenen errichtet worden. Wie ein Gefängnis sahen die Gebäude aus, der hohe Zaun mit dem Stacheldraht machte ihr Angst, sicher auch dies ein Überbleibsel aus der Zeit nach dem Krieg – aber hätte man den nicht abbauen können? Das musste den Kindern doch Angst machen!

Sie bekam plötzlich kaum noch Luft. Hitze stieg auf, ihr Atem ging stoßweise, eine Angstattacke kündigte sich an, Gine kannte das, ab und zu hatte sie diese Art von Anfällen. Seit sie geheiratet und Kinder bekommen hatte, kam es kaum noch vor, aber als junge Frau waren diese Zustände ihre steten Begleiter gewesen.

»Fahren wir zurück«, bat sie, »ich habe genug gesehen.« Keinesfalls wollte Gine jetzt noch zum Gestüt weiterfahren, der Anblick des ehemaligen Gesindehauses reichte vollauf, um sie aus dem Gleichgewicht zu bringen. Sie ließ sich nach hinten in den Sitz fallen. Erik schien nicht zu bemerken, wie sehr ihr der Eindruck zusetzte, aufgeregt zeigte er aus dem Fenster auf eine große Gruppe Kraniche, die in eleganter Formation tief über ein leuchtend rotes Mohnblumenfeld flog. Auch daran erinnerte sich Gine plötzlich: die artenreiche Tierwelt. Störche, Rotmilane, Kraniche, sogar einen Seeadler meinte sie damals gesehen zu haben. Gelbbauchunken, Laubfrösche, Molche und Salamander. Unzählige bunte Schmetterlinge, deren Namen sie nicht kannte, dicke Junikäfer, die in der Dämmerung taumelnd um die Häuser brummten. Schwärme von Marienkäfern, das Violinkonzert der Grillen. Das erinnerte sie an die Urlaube mit Krister und den Kindern, an ihr kleines Sommerhäuschen auf Fanø, das Kristers Eltern gehörte. Sie hatte Sehnsucht nach zu Hause, nach ihrer Familie. Der Ausflug ans Stettiner Haff hatte sie erschöpft.

In der Pension angekommen, machte die Rezeptionistin sie aufmerksam, dass sie gerade rechtzeitig gekommen waren, um am Abendessen teilzunehmen, aber als Gine mit Erik an ihrer Seite in den Speiseraum kam, den intensiven Geruch von Fleisch wahrnahm und Schaschlikspieße auf den Tellern erblickte, machte sie kehrt. Sie wollte sich auf ihrem Zimmer zur Ruhe legen, etwas Wasser genügte ihr vollauf. Vorher aber würde sie noch rasch Krister und die Kinder anrufen, eine Schlaftablette nehmen und hoffentlich schnell einschlafen.

An der Rezeption bat sie die Frau um eine Verbindung nach Kopenhagen, und ihr Herz schlug schneller, als sie die Stimme ihres Mannes hörte. Sie berichtete Krister von ihren Unternehmungen, dass sie allerdings zu ihrer ehemaligen Unterbringung gefahren war, sparte sie aus. Dafür malte sie die Schifffahrt auf dem Haff und den Besuch in Usedom mit umso leuchtenderen Farben. Schließlich beendete sie das Telefonat. Die Dämmerung fiel über die kleine Stadt, ganz sanft, der Wind vom Haff wurde stärker, draußen vor dem Hotel raschelte das üppige Blattwerk dreier großer Platanen. Die junge Frau an der Rezeption verabschiedete sich, sie würde gleich vom Nachtportier abgelöst, und Gine erklomm erschöpft die Stufen nach oben in den ersten Stock, wo ihr Zimmer lag. Der Tag war aufregend gewesen, sie schloss die Tür hinter sich, lauschte einen Moment in die Abendruhe. Später lag sie im Pyjama auf dem Bett und ließ Frieden einkehren in Herz und Geist. Es war gut, dass sie die Reise gemacht hatte. Aber es war besser, dass sie morgen nach Rostock und am Tag darauf nach Kopenhagen zurückkehrte.

Gine setzte sich auf und angelte nach ihrer Handtasche. Sie suchte ihre Schlaftabletten, vergeblich. Hatte sie diese zu Hause vergessen? Wie ärgerlich, eigentlich war sie nie ohne die kleinen Helferlein auf Reisen, sie schlief nur gut, wenn Kristers beruhigend großer Körper neben ihr lag. Dann musste es auch so gehen.

Aber sie mühte sich vergeblich. Kurz vor Mitternacht hatte Gine noch immer nicht in den Schlaf gefunden und beschloss, an der Rezeption nachzufragen, vielleicht konnte man ihr dort mit einer Tablette aushelfen.

Das Hotel war vollkommen still, sie hörte keinen Mucks, als sie im Schlafanzug die Treppe hinunterschlich. Im Licht einer kleinen Lampe, die auf dem Tresen stand, saß der Nachtportier, ein massiger Mann, sie sah ihn von der Seite, als sie von der Treppe herunterkam. Er löste ein Kreuzworträtsel. Er hatte einen Buckel, fiel Gine auf. Der Mann bemerkte sie, blickte in ihre Richtung, sein Gesicht war verschattet, aber bereits in dem Moment hatte Gine eine Ahnung.

Sie blieb stehen. Das kann nicht sein, schalt sie sich, das ist unmöglich. Du siehst Gespenster. Sie gab sich einen Ruck und kam bis an den Tresen – und jetzt, als das gelbe Licht der kleinen Lampe das Gesicht des Mannes ausleuchtete, bestand kein Zweifel.

Rainer von Wetzlaff.

»Sie leben?«

»Bitte?« Der Mann mit dem schütteren Blondhaar verzog den Mund zu einem Lächeln. »Kann ich etwas für Sie tun?«

Gine wich zurück. »Sie sind …«

»Geht es Ihnen nicht gut?« Rainer von Wetzlaff erhob sich, er stand schief, die rechte Schulter fiel zur Seite, sein Oberkörper beugte sich nach vorne. Der Hieb mit dem Stecheisen, schoss es Gine durch den Kopf. Natürlich. Renate hatte ihn nicht umgebracht, aber sie hatte ihn vermutlich schwer verletzt.

»Sie sind Rainer von Wetzlaff.« Gine trat nach vorne, sie legte ihre Hände auf den Tresen und sah ihm ins Gesicht.

Verwirrung zeigte sich auf seinen Zügen.

»Ja. Ja, das bin ich.«

»Erkennen Sie mich?« Gine schob ihm ihr Gesicht entgegen, er schüttelte nur leicht den Kopf, schwieg. »Vor sechsundzwanzig Jahren …«, setzte sie an, aber ihre Stimme erstarb.

Plötzlich bekam der Blick des Mannes vor ihr etwas Lauerndes, er war auf der Hut.

Gine wagte sich weiter vor, es gab kein Zurück! »Es war im Moor. Ich war noch ein Kind …«

Mit unerwarteter Schnelligkeit hatte der Mann eines ihrer Handgelenke gepackt und schob seinen Körper hinter dem Tresen hervor. »Was wollen Sie?«

Sein Atem roch nach Pfefferminz, Gine starrte ihn an. Seine Augen, die blonden Haare, die ihm ins Gesicht fielen, sein schwerer Körper, Rot vor ihren Augen. Schmerz, heiß und stechend.

Sie war starr und brachte kein Wort hervor, der Mann zog sie mit sich, er war grob und tat ihr weh, aber sie konnte sich nicht zur Wehr setzen. Gine fror ein, später, viel später, würde Krister sie fragen, warum sie nicht geschrien hatte, aber sie hatte keine Antwort darauf.

Hinter der Rezeption führte eine Schwingtür in die Küche, dunkel war es dort, Gine erkannte Umrisse. Rainer von Wetzlaff hatte nun auch ihren zweiten Arm gepackt, er stieß sie mit dem Rücken gegen die Arbeitsfläche, Gine konnte kaum etwas sehen, sie fühlte nur den Schmerz im Kreuzbein und an den Handgelenken, die ihr Peiniger umklammerte.

»Was willst du?« Sein Gesicht Nase an Nase an ihrem, die Raben flatterten aus den Birken empor, Gine hörte, wie der Gaul schnaubte, der Schmerz war wieder da, der Schmerz, rot zwischen ihren Beinen, sie lag unter dem schweren Mann, im Rücken das nasse Moor, schwarz, und endlich, endlich erwachte sie aus der Erstarrung, begann, sich zu wehren, rammte Rainer von Wetzlaff das Knie in die Leibmitte, er klappte zusammen, ließ eine ihrer Hände los, sie schlug ihn mit der freien Hand, aber er war so viel stärker als sie. Sie kämpften mit stummer Verbissenheit, Gine ruderte mit dem freien Arm, einen Topf, eine Pfanne, irgendetwas, endlich. Schmal, dünn, kalt, sie packte es, holte aus und stach zu.

Er ließ von ihr ab.

Sein ungläubiger Blick traf sie, er sank vor ihr auf die Knie. Der große Körper sackte zur Seite.

Gine begriff erst nicht, was geschehen war. Sie starrte auf den Mann am Boden. Er war tot.

Ein Mann in einem Blouson half ihr auf. »Frau Sörensen?«

Gine starrte ihn an. Sie wusste im ersten Moment weder, wo sie sich befand, noch, was geschehen war. Wo kam dieser Mann her? Wo war sie? Ihr Blick fiel auf den Schaschlikspieß. Und Rainer von Wetzlaff. Sie zitterte furchtbar, ihr war kalt, sie bekam noch immer kein Bild von der Situation. Das war die Küche, erkannte sie. Sie saß in der Küche neben dem leblosen Körper.

»Kommen Sie, ich helfe Ihnen hoch.«

Willenlos ließ sie sich von ihm hochhelfen. Behutsam führte er sie auf ihr Zimmer, half ihr, sich aufs Bett zu setzen, und holte im Badezimmer ein Glas Wasser für sie. Während sie sich daran festhielt und in kleinen Schlucken trank, betrat ein weiterer Mann das Zimmer. Die beiden blieben an der Tür stehen, unterhielten sich leise und warfen ihr ab und an einen Blick zu.

Denken sie, dass ich flüchte? Ihr war danach zu lachen, sie wollte sich ausschütten vor Lachen, aber dann merkte Gine, dass sie weinte, sie wurde regelrecht durchgeschüttelt, die Tränen liefen ihr übers Gesicht, und sie zitterte am ganzen Körper. So sehr, dass das Wasser aus dem Glas schwappte und die Hosenbeine ihres Schlafanzugs durchnässte.

Sie schnappte die Worte »Situation« und »Schock« und »schnellem Einsatz« auf.

Dann verließ der zweite Mann das Zimmer wieder, und der erste kam zu ihr. Zog einen Stuhl heran und beugte sich nach vorne.

Ich werde verhört, dachte Gine. Was ist nur mit Rainer von Wetzlaff da unten, was habe ich getan? Ist er tot?

»Ist er tot?«

»Erzählen Sie mir, was passiert ist.«

Sie musste mehrere Anläufe machen, aber erst, als Erik das Zimmer betrat, schaffte sie es, sich ein klein wenig zu beruhigen. Erik war in Begleitung eines weiteren Mannes, der ihn offenbar aus dem Tiefschlaf geholt hatte, denn auch er trug einen Schlafanzug und sah verwirrt aus.

Die beiden Deutschen besprachen sich, Erik setzte sich zu Gine aufs Bett. Er nahm ihre Hand. »Was ist los?«

»Ein Unfall?« Sie sah ihm in die Augen. »Ich werde verhaftet! Ich habe ihn umgebracht, Erik, was wird Krister sagen?«

Der Mann, der mit Erik hereingekommen war, trat jetzt zu ihr ans Bett. »Frau Sörensen, mein Name ist Schmitt. Sie bekommen ein Beruhigungsmittel von mir, und dann versuchen Sie zu schlafen. Aber vorher wäre es gut, wenn Sie meinem Kollegen erzählen, was vorgefallen ist.«

Gine schloss ihre Hand fest um Eriks, sie versuchte durchzuatmen, aber ihr Körper zitterte so stark, du meine Güte, warum konnte das nicht aufhören? Sie fühlte sich, als hätte sie hohes Fieber.

Der Mann von der Staatssicherheit, der seinen Namen nicht genannt hatte, erkannte wohl, dass sie nicht so schnell zum Ziel kamen, deshalb begann er von sich aus, Gine Fragen zu stellen.

»Warum haben Sie Ihr Hotelzimmer verlassen?«

»Was wollten Sie vom Nachtportier?«

»Hat er Sie belästigt?

»Wie sind Sie in die Küche gekommen?«

»Woher hatten Sie die Waffe?«

»Hat der Mann Sie bedrängt, mussten Sie sich zur Wehr setzen?«

Gine strengte sich an, die Fragen so gut wie möglich zu beantworten, aber es fiel ihr schwer, sich darauf zu konzentrieren, in ihrem Kopf drehte sich ein Karussell, Bilder aus der Vergangenheit tauchten auf und wieder ab, alles verschmolz zu einer Kakofonie aus Erinnerungsfetzen, Fantasie und Realität. Aber die drei Männer im Raum nickten wissend zu allem, was sie sagte, das ermutigte sie, und schließlich fielen ein paar Mosaikteilchen an den richtigen Platz. Ja. Sie hatte sich wehren müssen. Bei aller Überforderung und Verwirrung war Gine immerhin so geistesgegenwärtig zu verschweigen, dass sie Rainer von Wetzlaff gekannt hatte. Kein Wort davon, was ihr vor sechsundzwanzig Jahren geschehen war, kam über ihre Lippen.

Irgendwann gab ihr der Mann, der Schmitt hieß oder vorgab, so zu heißen, zwei Tabletten, Schlaftabletten, und wenig später fielen ihr die Augen zu. Gine legte sich unter die Decke,

Erik saß mit besorgtem Gesicht auf der Bettkante und wachte über sie.

Helle Sonnenstrahlen auf ihrem Gesicht weckten Gine. Ihre Augen waren verklebt und geschwollen, die Tränen, die sie vergossen hatte, hatten sie ausgetrocknet, ihr Mund fühlte sich an wie mit Schmirgelpapier ausgewischt, das Schlucken fiel ihr schwer. Sie blinzelte gegen die Sonne. Auf einem Stuhl neben ihrem Bett saß Erik. Er trug seinen hellgrauen Sommeranzug, die Haare waren mit Wasser ordentlich aus der Stirn gekämmt, und seine ganze Erscheinung war so normal und vertrauenerweckend, dass Gine kurz glaubte, sie sei aus einem Albtraum erwacht.

Doch Eriks Miene zerstörte diese Illusion schnell. Sein Blick auf sie war ernst und sorgenvoll.

»Guten Morgen.« Das Sprechen fiel Gine schwer, sie räusperte sich ein paar Mal.

Erik nickte nur. »Ich habe deine Sachen gepackt. Wenn du im Bad fertig bist, reisen wir ab.«

Sie brauchte ein paar Momente, um die Information zu verdauen.

»Was heißt das? Werde ich nicht vernommen? Was ist mit der Polizei?«

Ihr Kollege holte tief Luft, zwischen den Brauen bildeten sich zwei steile Falten. »Nein. Der Fall ist erledigt. Wir verlassen das Land. So schnell wie möglich.«

Sie setzte sich auf, etwas zu rasch, ihr Schädel wollte explodieren, alles tat weh, Gine begriff nicht, was er ihr sagen wollte. Sie hatte einen Menschen getötet. Sie konnte ins Gefängnis kommen!

»Wir haben heute Nacht die Botschaft informiert. Man ist

übereingekommen, dass eine Untersuchung des Falls für beide Seiten Komplikationen mit sich bringen würde.« Jetzt war es an ihm, sich zu räuspern. »Unnötige diplomatische Verwicklungen wären die Folge.«

Gine konnte ihn nur anstarren. Es war ihr unmöglich, etwas zu empfinden, die Nachricht für sich einzuordnen. War sie erleichtert? Keinesfalls! War es ausgleichende Gerechtigkeit? Vielleicht. Renate war davongekommen, sie würde davonkommen, nur Rainer von Wetzlaff nicht. Hatte er es verdient? Den Tod? Einen ungesühnten Tod? Niemand verdiente den Tod, dachte Gine.

»Es war Notwehr. Jedes Gericht würde dich freisprechen, aber bis dahin … Die Regierungsvertreter haben beschlossen, dass es das Beste ist, wenn der Staatssicherheitsdienst sich der Sache annimmt.«

Weil Gine noch immer stocksteif auf dem Bett saß und sich nicht rührte, erhob Erik sich. »Man bringt uns zum Flughafen, sobald du fertig bist.«

Jetzt endlich begriff Gine in ihrem wattigen Kopf, was er ihr sagen wollte: Lass uns fahren, je schneller, desto besser.

»Bevor sie es sich anders überlegen, meinst du?« Gine schlug die Bettdecke zurück und quälte sich aus dem Bett. Bevor sie in das Badezimmer trat, hielt sie inne. »Danke, Erik.«

»Es tut mir leid, was passiert ist. Soll ich Krister anrufen?«

»Nein. Nein, ich werde es ihm selbst sagen …«

Ja, was, fragte Gine sich, ging ins Bad, schloss die Tür hinter sich und betrachtete sich im Spiegel. Was soll ich Krister sagen? Dass ich den Mann getötet habe, von dem ich dachte, er sei tot? Die Wahrheit? Und dann? Nein, beschloss sie, drehte den Hahn auf und ließ kaltes Wasser über die Handgelenke laufen. Der einzige Mensch, dem ich das anvertraue, wird Renate sein.

Keine Viertelstunde darauf verließ sie das Zimmer und ging mit Erik die Treppe hinunter. Gines Beine waren wie Wackelpudding, sie hielt sich dankbar an seinem Arm fest, den er ihr anbot. Ihr Gepäck hatte er bereits ins Foyer bringen lassen, es stand hinter dem Rezeptionstresen, Gine vermied es, dorthin zu sehen, sie blickte starr geradeaus zu der verglasten Tür, hinter der sie die Straße und einen schwarzen Wagen sah, der offenbar auf sie wartete. Doch ihr Blick wurde abgelenkt, in der Sitzgruppe in dem winzigen Foyer saß eine Frau mit einem Kind, ihr gegenüber hatte ein Mann Platz genommen – war es Schmitt? –, und einer stand hinter ihr. Der Mann redete eindringlich auf die Frau ein, sie hatte ein Taschentuch vors Gesicht gepresst, ihre Schultern bebten, ihre lauten Schluchzer waren nicht zu überhören.

Als Gine mit Erik die letzte Treppenstufe erreicht hatte, sah der Mann zu ihr herüber. Er starrte Gine an und bewegte leicht den Kopf. Die Frau nahm das Taschentuch herunter, blickte erst ihren Gesprächspartner an, dann folgte sie seinem Blick und sah ebenfalls zu Gine herüber.

Sie war jung. Sehr jung. Eine zarte Frau mit großen Rehaugen, brünettes Haar, einfach gekleidet.

Gine wusste, wen sie vor sich hatte. Sie wusste es, schon bevor der kleine Junge, der neben seiner Mutter stand und der im Alter ihres Sohnes Carl war, höchstens vier Jahre alt, als dieser Junge fragte: »Wo ist Vati?«

Augenblicklich brach seine Mutter erneut in Tränen aus, der Mann flüsterte dem Jungen etwas zu, der seine Frage, weinerlicher jetzt, wiederholte.

Gine zwang sich zu einem Schritt nach dem anderen, stocksteif gelangte sie an die Tür und durch diese hinaus, im Rücken echote die Frage: »Wo ist Vati?«

Heute

Nina spürte die Blicke in ihrem Rücken. Zum ersten Mal kaufte sie in dem kleinen Laden im Ort ein, den sie bis jetzt gemieden hatte. Sie brauchte nur noch etwas zum Abendessen und ein bisschen Proviant für die Fahrt, dafür musste sie nicht extra in die Kleinstadt zum großen Supermarkt. Und tatsächlich stellte sie fest, dass das winzige Tante-Emma-Lädchen ausgesprochen gut sortiert war. Sogar ihre liebste Bio-Schokoladencreme stand im Regal. Sie war also wieder einmal Opfer ihrer Vorurteile geworden, dachte Nina belustigt, das geschah ihr recht. Sie hätte sich einige Wege gespart, hätte sie gleich den Dorfladen angesteuert. Unangenehm war ihr jedoch der Blick, den die Frau hinter der Kasse ihr zugeworfen hatte, als sie den Laden betrat. Jetzt zog sie Ninas Einkauf über die Theke, ein Stück nach dem anderen, mit provozierender Langsamkeit, und tippte den Preis in ihre altmodische Registrierkasse.

Nina schwieg.

Ayla bellte draußen vor der Tür, das machte den Vorgang zur Qual, aber die Kassiererin ließ sich weder vom Hundegebell noch von Ninas Anspannung hetzen.

»Achtundzwanzigfünfundneunzig.«

Nina wollte nicht erst fragen, ob sie mit Karte zahlen konnte, und legte die passenden Scheine hin.

»Sie haben sie gefunden, 'ne?«

Jetzt verstand Nina, warum die Frau so lange gebraucht hatte und warum sie sie die ganze Zeit, während sie im Laden war, beobachtet hatte. Natürlich wussten die hier, wer sie war. Die Fremde.

»Wenn Sie von der Toten im Sand reden ... ja. Das war ich.« Nina verbesserte sich. »Das ist mir passiert. Es war mehr aus Versehen.«

Die Frau an der Kasse nickte. »Iss'n Trauerspiel.«

»Sie war von hier, nicht wahr? Die Tote?«, nahm Nina ihren Mut zusammen. Im Netz hatte sie einige Artikel gefunden, überall war die Rede davon, dass es sich bei der Toten um die Leiche einer Frau handelte, die aus der Gegend stammte und vor über vierzig Jahren vermisst gemeldet wurde. Da man nie eine Spur von ihr gefunden hatte, war die Familie davon ausgegangen, dass die Frau sich in den Westen abgesetzt hatte. Details wie die Todesursache und die genaue Identität hatte die Polizei aus ermittlungstaktischen Gründen nicht verlautbart.

»Die Frau von Achim! Wussten Sie das nicht?«

Nina nickte. Natürlich hatte sie es gewusst, er hatte es ja selbst gesagt. Trotzdem hatte sie eine leise Hoffnung gehegt, dass es anders war. Dass sie ihn missverstanden hatte.

»Kannten Sie sie?«

»Wollen Sie mich beleidigen?« Die Kassiererin lachte lauthals, Nina war ihr Fauxpas unangenehm – natürlich war die Frau sehr viel jünger, sie war ungefähr in Marcos Alter. »Der Arme«, schob die Frau hinterher, nachdem sie sich beruhigt hatte. »Jetzt kommt das alles wieder hoch.«

Nina wusste nicht, was mit »das alles« gemeint war, aber Ayla hörte nicht auf zu bellen, also verabschiedete sie sich, befreite den Hund vom Fahrradständer und trug ihre Einkäufe nach Hause.

»Bist du sicher?« Nina klemmte das Handy zwischen Schulter und Wange, öffnete eine Flasche Wein und goss sich ein.

»Na klar. Ich komm mit den Öffis.«

Jans Stimme floss wie warmes Öl in ihr Ohr, legte sich weich um ihr Herz, Nina schloss die Augen und versuchte, ihn sich vorzustellen. Vierundzwanzig Stunden, dann waren sie wieder zusammen. Leichten Herzens hatte sie vor ein paar Wochen den Entschluss gefasst, eine lange Auszeit zu nehmen, hatte keinen Gedanken daran verschwendet, ob es ihr schwerfallen würde, so lange von Jan getrennt zu sein. Ja, war die Antwort, jeden Tag wuchs ihre Sehnsucht, und wenn sie seine Anwesenheit in der letzten Zeit ein wenig zu selbstverständlich genommen hatte, seine Liebe, Fürsorge und Klugheit, Witz, den ganzen Jan eben, so wusste sie es jetzt besser. Jan war ein Hafen für sie. Er gab ihr die Sicherheit auszulaufen, aber bevor sie in einem Sturm in Seenot geriet, würde er sie auffangen. Immer und immer wieder.

»Bist du wieder negativ?«

»Yes. Ich kann fliegen.«

Jan hatte sich kurz vor der Reise Corona eingefangen, was noch einmal mehr zu seiner Frustration über den wenig befriedigenden Toronto-Aufenthalt geführt hatte.

»Aber ich bin immer noch ziemlich schwach. Viel Freude mit mir.« Er lachte leise.

»Ich liebe dich.« Nina nahm einen Schluck Wein, setzte sich aufs Sofa und zog die Beine unter sich. »Und mir geht's gut. Richtig gut. Ich kann dich ein bisschen betüddeln.«

»Bisschen sehr, bitte schön. Ich habe gleich mal eine Woche Urlaub genommen. Wir haben also viel Zeit, uns wieder aneinander zu gewöhnen.«

Nina schloss die Augen und dachte an ihre Berliner Wohnung, und zum ersten Mal in den vier Wochen ihrer Abwesenheit freute sie sich darauf, dorthin zurückzukehren. Das Gefühl, das sie umfing, wenn sie die schwere hölzerne Tür öffnete, die sowohl zum Treppenhaus im Vorderhaus als auch in den Hinterhof und die Seitengebäude führte und die ihr immer suggerierte, dass dahinter alles gut war, die Herausforderungen der Großstadt ausgesperrt wurden. Nina hatte das Klappern ihres Schlüsselbundes im Ohr und welches Geräusch das Türschloss zu ihrer Wohnung im zweiten Stock machte. Sie sah das milde Strahlen der Deckenleuchte im Flur und hatte den Geruch der Bergamotte-Duftkerze, nassen Regenjacken und Hundebett in der Nase. In Gedanken wanderte sie durch ihre kleine Wohnung, ihr Nest, in der sie und Jan viel Zeit miteinander verbracht hatten. Ohne sich auf die Nerven zu gehen. Ja, es war okay, wieder zurückzukehren. Mehr als okay. An ihr altes Leben konnte und wollte Nina nicht mehr nahtlos anknüpfen, dazu hatte sie in ihrer Zeit in diesem hübschen Bungalow am Stettiner Haff zu viel Neues an sich entdeckt. Aber eine gute Basis waren ihr behütetes Leben, ihre Liebe zu Jan und ihre sorglose Kindheit allemal.

Sie malten sich noch gemeinsam aus, was sie in der kommenden Woche unternehmen und vor allem unterlassen wollten, dann beendeten sie das Gespräch.

Nina klappte den Laptop auf. Die Seite von »Ärzte ohne Grenzen«, das Bewerbungsportal war geöffnet. Sie war sicher. Vollkommen sicher, sie würde mit Jan sprechen, aber dieser erste Schritt war ein Schritt in die richtige Richtung. Und dann mal sehen, wohin das Leben sie spülte. Ärztinnen wurden gebraucht.

Sie wurde gebraucht.

Wenig später zog sich Nina an, um mit Ayla die abendliche

Runde durch das Dorf zu drehen. Ein letztes Mal. Sie zog ihre Regenjacke an, streifte die Stirnlampe über den Kopf und der Hündin das Geschirr über, nahm die Leine und hielt inne. Ihr Blick war auf das Haus gegenüber gefallen. Wie es Marco wohl ging? Und Achim? Eine weitere von vielen Tragödien, die sich in der Familiengeschichte aneinanderreihten wie Perlen an einer Schnur.

Nina zog die Stirnlampe wieder herunter, griff nach der Flasche Wein und steuerte mit Ayla ihre Nachbarn an.

Nur einen Moment nachdem sie geklingelt hatte, öffnete Marco ihr die Tür.

»Ich weiß nicht so richtig, was ich sagen soll«, Nina hob die Flasche Wein hoch, »aber es ist auch nicht okay, einfach so zu fahren.«

Er lächelte. Und sah richtig nett aus. Marco ließ Nina und Ayla an sich vorbei eintreten und zeigte auf das Wohnzimmer.

Seine Großmutter saß auf dem Sofa, der Kopf war ihr auf die Brust gesunken, Nina hörte leises Schnarchen. Auf dem Tisch war ein Scrabblespiel aufgebaut, die Partie war noch nicht beendet.

»Gehirnjogging.« Marco ging in die Hocke und massierte Ayla, die sich an seinen Knien rieb, die Schnauze in seine Hände steckte und ihm ihre Zuneigung aufdrängte.

»Wer ist dran?«

Marco erhob sich und ging nach nebenan, um Gläser zu holen. »Du.«

Nina hängte ihre Jacke über den Stuhl, setzte sich und sondierte die Lage. Zwei P, ein U und die anderen Buchstaben waren auch Mist, aber sie nahm die Herausforderung an. Wenig später hatte sie »Uppsala« anlegen können und kassierte fünfzehn Punkte.

Marco hatte eingegossen, sie stießen an, die Hündin legte sich unter den Tisch, Hildegard Wetzlaff schlief ungerührt.

Scrabble hatte sie eine Ewigkeit nicht mehr gespielt, zuletzt als Kind. Mit ihrer Mutter hatten sie das Spiel immer noch erweitert – wer mit den meisten der gelegten Wörter einen Satz bilden konnte, bekam Extrapunkte.

Sie spielten eine gute halbe Stunde, die Standuhr tickte, Hildegard Wetzlaff schlief.

»Deine Zeit hier ist zu Ende?«

»Ja. Morgen fahre ich zurück.«

Marco nickte. »Hat's dir gefallen?«

Nina sah ihn an. »Kann ich noch nicht sagen. Es hat mir viel gebracht. Das auf alle Fälle.«

Er schwieg und betrachtete seine Hände. Arbeitshände.

»Wie geht es den Wölfen?«

»Weiß ich nicht. Ich habe sie nicht mehr gesehen. Der Winter kommt.« Er fuhr mit dem Fingernagel die Rillen des Holztisches nach. »Manchmal finde ich Spuren. Reste von Tieren, die sie gerissen haben. Fell, Kot. Denen geht es gut, ganz bestimmt.«

»Ich glaube, den meisten Tieren hier oben geht es ganz gut, oder?«

»Besser als in Berlin jedenfalls.« Er grinste, aber vermied es, sie anzusehen. »Willst du mit nach oben kommen? Ich will dir was zeigen.«

Nina zögerte. Sie wollte nicht mit Marco auf sein Zimmer gehen. Hier mit ihm zu sitzen, mit Ayla unter dem Tisch und der schlafenden Alten, das war okay. Sie erinnerte sich an das Gefühl, als er zu nah hinter ihr gestanden hatte, sein Atem in ihrem Nacken.

»Nicht, was du jetzt denkst.« Er hob seine Hände. »Nimm

den Hund mit, wenn du dich besser fühlst. Ich will dir wirklich nur was zeigen.«

»Sorry. Ich wollte nicht …«

»Schon gut.«

»Und deine Oma?«

»Bring ich nachher ins Bett. Wenn sie aufwacht, dann schreit sie.«

Er schien jetzt ungehalten, Nina kam nicht mit bei seinen Stimmungswechseln. Der Schalter legte sich verdammt schnell um. Marco Wetzlaff, der Waldmann, war ein Typ, aus dem sie nicht schlau wurde. In einer Minute schroff, im nächsten Moment ein kleiner Junge und kein Kerl Mitte vierzig. Aber vielleicht war das seiner Kindheit geschuldet. Bei allem, was die Familie durchgemacht hatte, der Schuld aus der Vergangenheit, der jüngeren und der weit zurückreichenden, war es vielleicht ein Wunder, dass er und sein Vater noch so einigermaßen normal zu sein schienen.

Aber was wusste sie schon. Sie stieg hinter Marco die Treppe hoch, Ayla folgte ihnen.

Das Zimmer wirkte wie ein Jugendzimmer aus dem Ikea-Katalog und weniger wie das eines erwachsenen Mannes, wenn nicht die Jagdtrophäen gewesen wären. Ayla schnupperte interessiert, Nina dagegen war befremdet. Über dem Bett hing ein Geweih, ein ausgestopfter Marder stand abwehrbereit auf dem Schreibtisch, dazu ein paar Hauer, die aussahen wie vom Wildschwein, ein Fell auf dem Boden – war das etwa Wolf? – sowie Fuchsschwänze.

Marco setzte sich aufs Bett und nahm ein Bild vom Nachttisch, das er Nina reichte. Ein junges Mädchen lachte in die Kamera. Die Farben waren etwas ausgeblichen und hatten diesen speziellen Rotton, den auch die Fotos ihrer Eltern in den

alten Alben hatte. Aber man sah sofort, wie schön und lebens-
froh die Frau war. Langes glattes Haar, sehr hell, fiel bis fast
zur Hüfte. Sie war sehr schlank, trug ein kurzes Sommerkleid
und war barfuß. Glücklich und offen lachte sie in die Kamera.

Und sie hatte ein Baby auf dem Arm.

»Meine Mutter.«

Marco hatte ihr keinen Platz angeboten, Nina ließ sich auf
dem Stuhl am Schreibtisch nieder. Das Foto in ihrer Hand zitterte. Sie brachte es nicht zusammen: Die Knochen, die sie mit
klammen Fingern aus dem nassen Sand gegraben hatte, und
das junge Mädchen.

»Und der Kleine bin ich.«

Nina nickte stumm und reichte ihm das Foto. Er stellte es
wieder auf den Nachttisch.

»Ich hab es jetzt dahin gestellt. Vorher war es im Album, ich
wollte es lange nicht ansehen.«

»Weil?«

»Weil sie mir erzählt haben, dass sie in den Westen abgehau-
en ist.« Er warf einen Blick auf das Bild. »Ich meine, welche
Mutter lässt ihr Baby im Stich.« Marco warf Nina einen kurzen
Blick zu, dann schaute er auf den Hund und tätschelte Ayla
den Kopf.

Nina schwieg. Sie konnte sich nicht annähernd vorstellen,
was er fühlen musste. Sein ganzes Leben … »Weißt du, wie …
also was passiert ist?«

»Nicht so genau. Die untersuchen noch.«

»Und Achim?«

»Ist auf'm Boot draußen.«

»Hat er gewusst, dass sie nicht geflohen ist?«

Marco zuckte nur mit den Schultern. Reden war nicht sein
Ding. Und das seines Vaters offenbar auch nicht. Jetzt aber

richtete er seinen Blick auf Nina, sah sie zum ersten Mal richtig an. »Ich wollte es dir erzählen, du hast sie schließlich gefunden.«

Nina konnte nur nicken, hatte einen Kloß im Hals. Sie hätte auf der Stelle losheulen können.

»Und dann hab ich das bekommen.« Er griff unter das Kopfkissen und zog einen großen Umschlag darunter hervor. »Eine Freundin von Mama hat mir geschrieben. Christa Krämer. Keine Ahnung, wie die an die Adresse hier gekommen ist, aber sie schreibt, sie hat in der Zeitung darüber gelesen und sofort gewusst, dass die Rede von Sigrun ist.« Er zog einige von Hand beschriebene Seiten hervor sowie eine Kassette. Eine richtige Kassette. Er hielt sie hoch. »Iss'n mixed tape. Keine Ahnung, wie die früher in der DDR gesagt haben. Aber das hat Christa mal für Mama aufgenommen. Ihre Lieblingslieder.«

»Oh wow!« Nina nahm vorsichtig die Kassettenhülle, die bunt beklebt und beschrieben war. »Hast du sie schon gehört?« Sie klappte die Hülle auf und sah, dass die Innenseite eng beschrieben war, Christa hatte alle Songs genau aufgeführt. Die ersten Titel sagten ihr nichts.

»Mein Vater hatte noch einen Kassettenrekorder im Keller. Willst du mal reinhören?«

Sie wollte Nein sagen, aber Marco war bereits aufgesprungen, hatte den Rekorder geholt und dann schnell die Kassette eingelegt und die Play-Taste gedrückt. Ein rhythmisches Gitarrenintro, dann setzte sich Schlagzeug auf den Beat, hörte sich ein bisschen psychedelisch an. Als die Stimme des Sängers einsetzte, knarzig und charismatisch, konnte Nina ihre Tränen nicht zurückhalten.

»Manchmal wär ich gern wie Wasser, manchmal reißend, manchmal seicht ...«

Marco nahm vorsichtig eine ihrer Hände und hielt sie. Sanft streichelte sein Daumen über ihren Handrücken. Als das Lied zu Ende war, stand Nina auf und ging.

1980

Die Kugeln rumpelten schwer die hölzernen Bahnen hinunter, sodass die Bank, auf der Sigrun saß, vibrierte. Marco quengelte ungeduldig, es war zu laut im Kegelkeller des Ernst-Thälmann-Klubs, die Luft stickig. Leute jubelten unvermittelt, wenn ihre Kugel die Kegel traf. Und sie machten ihrem Unmut laut Luft, wenn sie fehlging. Auf fünf Bahnen wurde gespielt, zwei davon waren für Achims Brigade reserviert.

Sie hatte nicht mitkommen wollen. Auf keinen Fall. Aber Achim flehte Sigrun an – er befürchtete, Klaus vor den Kopf zu stoßen. Schließlich willigte sie ein, in der Hoffnung, ihre Ruhe zu haben. Seit Wochen lehnte sie jedes Treffen mit Klaus und Karin, aber auch mit Karin allein oder mit ihren Freundinnen ab. Seit Christas Verhaftung. Schnell war Sigrun klar gewesen, dass Klaus dahintersteckte, dahinterstecken musste! Wie sollte sie den beiden gegenübertreten? So tun, als ahnte sie nichts? Dazu war sie nicht imstande. Jeden Tag fürchtete sie um ihre Freundin, die mittlerweile in Hoheneck gelandet war. Hoheneck, sie hatte das Schlimmste darüber gehört. Ein Frauenknast für Politische, es kursierten schreckliche Gerüchte über die Behandlung der Gefangenen dort, und Sigrun glaubte sie alle. Nein, für sie war es ausgeschlossen, sich noch einmal mit Menschen wie Klaus und Karin an einen Tisch zu setzen. Sie würde hier eine Anstandsstunde absitzen, sich dann verabschieden und zu Hause mit dem Kleinen einkuscheln, bisschen fernsehen. Ausnahmsweise passte es gut, dass Marco unruhig war – jeder würde verstehen, dass sie ihn nach Hause bringen wollte.

Quer durch den Raum, durch Rauchwolken und Bierdunst, nahm Karin sie ins Visier.

Sigrun guckte weg.

Karin ließ sich nicht abhalten und kam auf sie zu. Eisern hielt Sigrun den Kopf abgewandt, aber Karin steuerte zielstrebig auf sie zu und setzte sich neben sie.

»Na, Männlein?« Sie kitzelte Marco am Hals, der verdutzt innehielt und aufhörte zu quengeln. »Ist nicht das Richtige hier für dich, was? Gleich kommt das Sandmännchen.« Karin sah auf die Uhr.

Danke für die Steilvorlage, dachte Sigrun. »Ich werde dann auch mal gehen.«

»Sigrun«, Karin legte ihr eine Hand aufs Knie. »Wie geht es deiner Freundin Christa?«

Sigrun starrte sie an. Welche Chuzpe musste man haben! Am liebsten hätte sie Karin angeschrien: Du hast sie in den Knast gebracht! Aber sie beschränkte sich darauf, ihr einen bösen Blick zuzuwerfen.

»Ich hab gehört, wo sie ist.« Karin fummelte eine *Eve* aus der Packung und bot Sigrun eine an, die schüttelte den Kopf.

»Woher willst du das wissen? Von eurem Verbindungsmann?«

Um Karins Mund zeigte sich ein harter Zug, sie zog tief an der Zigarette, dann flüsterte sie: »Von meinem Bruder.«

»Was?«

»Von meinem Bruder.«

Klaus sah jetzt zu ihnen herüber, Karin lächelte augenblicklich und winkte.

Sigrun tat es ihr nach. »Wollen wir draußen weiterreden?«

Karin schüttelte den Kopf. »Nee. Hier drinnen ist es schön laut. Da versteht man sein eigenes Wort kaum.« Sie knibbelte an ihrer Strumpfhose. Wie immer war sie topmodisch gekleidet, eine gemusterte Strumpfhose, knapper Rock, kniehohe Stiefel. »Mein Bruder ist in der Szene. So wie deine Freundin. Bunte Haare und so. Die treffen sich am Plänterwald oder am Alex. Das sind 'ne Handvoll Leute, die kennen sich alle.«

Sigrun blieb förmlich die Spucke weg, mit offenem Mund starrte sie die Rothaarige an.

Leise sprach Karin weiter, ab und zu lachte sie zu ihrem Mann hinüber, aber der schien an ihnen das Interesse verloren zu haben und war mit seinen Kegelbrüdern beschäftigt. »Wenn wir in Berlin sind und Klaus in der Kneipe sitzt, dann treffe ich ihn.« Sie lachte verlegen und strich sich die Haare aus der Stirn. »Die zwei mögen sich nicht besonders, wie du dir denken kannst.«

Sigrun nickte lahm, sie wusste nicht, wie sie mit der Situation umgehen sollte. Sollte sie Karin jetzt eine Absolution erteilen? Also stand sie auf und gab Marco seinen Schnuller.

»Kann ich nicht verstehen. Wie du das aushältst. Zerreißt dich das nicht?« Dann ging sie.

An diesem Abend wartete Sigrun nicht mehr auf Achim. Sie bekam auch nicht mit, wann er ins Bett schlüpfte, und am nächsten Morgen stand sie vor ihm auf. Richtete das Frühstück und versuchte, sich gedanklich auf die Woche, die vor ihr lag, vorzubereiten. Düsteres Februarwetter, Nässe und Wind, Regen und Kälte drückten ihre Stimmung nieder, nicht nur ihre, Marco war unleidlich und wollte gar nicht mehr gesund werden. Nachts hustete und krampfte er, ständig hing eine grüngelbe Rotzfahne aus seiner kleinen Nase. Im Betrieb arbeiteten sie stumm nebeneinanderher und sehnten sich nach dem Frühling, nach längeren Tagen und einem Fitzelchen Sonne.

Nachts träumte Sigrun. Davon, dass sie flog. Immer und immer wieder kehrte der gleiche Traum zurück. Bunte Ballonseide, dunkle Wipfel. War sie glücklich dort oben, in der Luft?

Am Morgen wachte sie auf, mit diesem Traum hinter den Augenlidern und unter ihrer Hirnrinde, warf einen Blick aus dem Fenster und sah nur Grau. Nichts daran war fröhlich. Manchmal dachte sie an den Gottesdienst in der Samariterkirche. Und wie leicht sie gewesen war, getragen von diesem Gefühl, nicht allein zu sein. Damals, umgeben von all den anderen Menschen, in dieser Gemeinschaft, war sie glücklich gewesen. Und wusste, dass sie fliegen konnte. Manchmal, wenn sie mit Marco allein zu Hause war und die Kassette von Christa hörte, dann gelang es ihr, dieses Gefühl wieder wachzurufen.

»Manchmal wär ich gern wie Wolken, manchmal schwarz, manchmal weiß. Und wenn ich weinte, würd's regnen, wohin ich geh, blieb geheim.«

Das Gespräch mit Karin ließ sie nicht los, was wollte Karin von ihr? War das mit dem Bruder eine Lüge? Eine Finte? Wollte sie ihr Vertrauen wiedergewinnen? Oder war es die Wahrheit, und Karin hatte versucht, Solidarität mit ihr zu zeigen?

»Wir machen einen Ausflug.« Achim saß am Frühstückstisch, es war Samstag, er hatte Brötchen geholt und Eier gekocht. Marco patschte vergnügt mit beiden Händen in den Grießbrei und hatte sich die Hälfte ins Gesicht geschmiert. Sigrun musste lachen, ihre Laune hob sich sofort, wenn sie Marco ansah. Meistens war Achim genervt, wenn der Kleine mit Essen spielte, aber heute schien es ihm gar nichts auszumachen. Er schmierte Brote und pfiff währenddessen.

Sigrun setzte sich. War heute das Licht anders? Es schien ihr ein wenig heller durch die schmutzigen Fensterscheiben zu fallen. Achim lächelte sie an, und sie gab ihm einen Kuss. Er hatte die Heizung hochgedreht, mollig warm war es im Zimmer, der Kaffee stark und heiß. Sigrun schloss beide Hände um die Tasse und ließ die Wärme in ihr Herz ziehen. Familienwochenende. Fühlte sich gerade richtig an.

»Wohin denn?«

»Ins Moor?« Achim lächelte. »Da bist du mit Christa immer gewesen. Ich dachte, vielleicht findest du es schön, wenn wir drei heute mal da spazieren gehen?«

Sigrun nickte und fuhr ihm durchs Haar. Sie kam sich schäbig vor. Achim gab sich Mühe, viel Mühe mit ihr, seit Christa fort war. Und noch mal mehr, seit sie in Haft steckte. Aber Sigrun war bislang auf keines seiner Angebote eingegangen, weil sie viel zu beschäftigt damit war, ihre schlechte Stimmung, ihre Hoffnungslosigkeit und Angst um Christa zu navigieren. Jetzt lächelte sie ihn an und war einverstanden. Ab ins Moor.

Eiskalte Februarsonne, blass und glasig, verwandelte das Schilf in juwelenbesetzte Ruten, Eiskristalle reflektierten das Winterlicht schimmernd und funkelnd. Auf den Nassflächen zwischen Grasbüscheln und gefrorenen Moospolstern, die aussahen wie Igel aus Schnee, hatten sich hauchdünne Eispfützen gebildet, unter denen schwarzes Wasser gluckerte. Das Moor war immer schön, fand Sigrun, still und verwunschen. Schicht um Schicht bewahrte es die Geheimnisse aus Jahrhunderten, schloss sie ein und gab sie nicht mehr her. Unendlich viele Geschichten waren unter dem Moor verborgen, wurden dort konserviert, und ab und an drang eine an die Oberfläche und wurde gehört.

Im Gänsemarsch liefen sie auf den schmalen Pfaden, Achim schob vorne den Kinderwagen mit Marco, der zufrieden an einem Brötchen mümmelte. An einer Bank hielten sie an, holten den Kleinen aus dem Wagen und setzten ihn zwischen sich. Sigrun schloss die Augen und genoss das Sonnenlicht auf ihrer Haut, auch wenn es sie noch nicht wärmte.

»Was wollte Karin von dir?«

Sigrun schlug die Augen auf und blickte Achim verwundert an. War das der Grund für den überraschenden Ausflug? Dass er reden wollte?

»Ein bisschen«, gab er zu, nachdem sie ihn danach gefragt hatte. »Ich wollte etwas Schönes mit euch machen. Aber auch mal reden.«

Im Reden war Achim nicht gut. Er war ein Schweiger, fraß alles in sich rein. Ihm musste eine Sache schwer auf der Seele liegen, wenn er von sich aus ein Gespräch suchte.

Sigrun erzählte ihm davon, was Karin gesagt hatte, und dass sie nicht wusste, was sie davon halten solle.

Achim sah sie aufmerksam an. »Darum ging es also. Ich hatte schon vermutet, dass sie dich auch gefragt hat.«

»Gefragt was?«

»Klaus hat in der letzten Zeit Anspielungen gemacht.«

Sigrun verstand nicht, worauf er hinauswollte.

»Na, ob ich nicht mehr für den Staat tun will. Ich will doch auch mehr erreichen im Leben, ich könnte mir Vorteile verschaffen und so'n Quatsch. Auf gut Deutsch: Ich soll mal genauer hinhören, wenn meine Kollegen sich unterhalten.«

»Spinnt der? Wieso fragt er dich so was?«

»Weil er denkt, dass ich mich nicht traue, Nein zu sagen.«

Achim straffte die Schultern. »Aber da hat er sich geschnitten.«
Er fasste nach Sigruns Hand.

Sie zog einen Handschuh aus und verschränkte ihre Finger mit seinen. Achim hatte warme Hände. Das liebte sie so an ihm, seine warmen Hände. Sobald Achim sie berührte, mit dieser Wärme, die er ausstrahlte, fühlte sie Vertrauen und Geborgenheit.

»Ich bin keine Petze. Ich mag so nicht leben. Andere aushorchen und verpfeifen. Ich bin ja nicht mal in der Partei.«

Sigrun lehnte sich an ihn, Marco setzte sie auf ihren Schoß.

»Warum fragt er ausgerechnet dich?«

»Er ist der Meinung, ich vertrete einen positiven politischen Standpunkt und habe das Vertrauen meiner Kollegen. Vor Klaus hat jeder Bammel. Und alle wissen, dass er ein Stasi-Spitzel ist, vor dem nehmen sie sich in Acht.«

»Aber du bist harmlos, ja?« Sigrun musste lachen, obwohl ihr nicht zum Lachen zumute war.

Achim legte den Arm um sie. »Ich bin eben für alle der nette Achim. Davon versprechen die sich was.«

Sie saßen eine Zeit lang schweigend und blickten auf die Landschaft, die von der Eiseskälte und dem Sonnenlicht in ein Winterwunderland verwandelt worden war.

»Warum können wir nicht einfach so leben? So wie wir wollen?« Sigrun kramte einen Zwieback für Marco aus der Provianttasche. Der Kleine schien völlig zufrieden, ruhig saß er zwischen ihnen, baumelte mit seinen Beinchen und knabberte mit den neuen Vorderzähnchen, die ihm unter Qualen gewachsen waren, an dem harten Zwieback. »Christa hat keiner Fliege was zuleide getan. Jetzt sitzt sie im Knast.«

Achim nickte und zog die Brauen zusammen. »Da kannst du noch für weniger landen.«

»Hast du Angst, dass was passiert, wenn du Klaus eine Absage erteilst?«

»Ja. Ja, hab ich. Aber ich hätte noch mehr Angst davor, ein Spitzel zu sein.«

Sigrun strich ihm sanft über die Wange, hellblonde Stoppeln sprossen am Kinn. Wochenende, da rasierte er sich nicht, sie mochte es, das raue Kitzeln, insbesondere, wenn er sie küsste, mit seinem Gesicht ihren Hals hinunterfuhr, über ihre Schlüsselbeine, zwischen die Brüste. »Ich bin stolz auf dich. Egal, was kommt, wir stehen das durch.«

»Egal, was kommt.« Achim drehte ihren Kopf zu sich, ihre Gesichter waren nah beieinander, fast berührten sich ihre Nasenspitzen. »Versprochen?«

»Versprochen. Für immer.«

»Für immer.«

Es hatte Sigrun einige Überredungsarbeit gekostet, aber schließlich hatte sie geschafft, dass Achim sich einverstanden zeigte: Sie durfte Marco mit nach Berlin nehmen!

Sigrun schob nun den Kinderwagen durch den Volkspark Friedrichshain, es war kurz vor Ostern, erste Frühblüher zeigten sich überall im Park. Gelbe Teppiche dort, wo Winterlinge das Laub durchstoßen hatten, zartlila Krokusse auf den weiten Wiesen, um die gelb blühenden Kätzchen der großen Weiden tummelten sich Hummeln und Bienen. Schneereste verkrusteten die Wegränder, aber ihre Tage waren gezählt, es taute, der Frühling war da.

»Eines Tages laufen wir hier mit Christa«, wandte sich Sigrun an Annette, »so hat sie es sich gewünscht.«

Annette lächelte. Seit Christa verhaftet worden war, hatte Sigrun ihr zwei Besuche abgestattet. Auch wenn sie direkt keinen Kontakt mit Christa hatte, haben konnte, so fühlte es sich doch so an, wenn sie bei Annette in der Wohnung saß und sie über die Abwesende sprachen. Heute aber hatte Sigrun sich diesen Spaziergang vorgenommen, denn Christas Worte klangen ihr noch im Ohr: »Wir gehen mit Marco in den Volkspark oder in den Plänterwald!«

Beim Kinderspielplatz machten sie halt, Marco war zappelig, seit er laufen konnte, wollte er nicht mehr im Kinderwagen herumgeschoben werden. Andere Kleinkinder hockten bereits im feuchtkalten Sand in ihren gefütterten Schneehosen, sie sahen aus wie eine Ansammlung pummliger Außerirdischer, die sich zu ihrer Verwunderung in einer Sandkuhle wiederfanden und nun ohne Sinn und Verstand umeinander herumtorkelten. Marco fiel nach zwei Schritten auf dem unebenen weichen Boden auf den Po, ließ sich aber davon nicht unterkriegen, geschickt robbte er auf das Klettergestell zu und zog sich daran hoch. Stolz sah er zu den Frauen hinüber und grinste.

Sigrun nickte ihm zu. »Christa wird staunen, wenn sie rauskommt. Was ihr Mops schon alles kann.«

Annette antwortete ihr nicht. Sie war die ganze Zeit über sehr schweigsam, fiel Sigrun auf.

»Was ist?«

»Mach dir nicht so viele Hoffnungen.« Annette biss sich auf die Unterlippe. »Vielleicht muss Christa noch lange im Knast bleiben.«

»Sie hat doch nichts gemacht!«

»Nichts ist in ihrem Fall relativ.«

»In ihrem Fall – was meinst du damit?«

»Na ja. Ich meine nur. Es reicht ja schon, dass sie ein Punk ist. Und keine Arbeit hat.«

»Das ist doch nicht strafbar.«

»Leute kommen schon für weniger in den Knast. Außerdem war sie frech. Denk dran, wie sie die Stasimänner provoziert hat. Nach der Bluesmesse.«

Was war das für ein Unterton, dachte Sigrun befremdet, Annette hörte sich an, als wären die Gründe, Christa in Hoheneck festzuhalten, gerechtfertigt.

»Sie wollte Spaß. Sie ist keine Politische.«

»Sie hatte Flugblätter. Und Kontakt zur Kirche. Und die Texte, die sie geschrieben hat ...«

»Aber das ist doch bei dir nicht so viel anders! Ihr habt doch alles zusammen gemacht.«

Annette hatte ein Stöckchen gefunden und zeichnete Muster in den feuchten Sand. Die kastanienbraunen Locken fielen über ihr Gesicht, Sigrun konnte ihren Ausdruck nicht sehen.

»Oder nicht? Annette!«

Ruckartig warf Annette den Kopf in den Nacken, ihre Haare flogen durch die Luft. Die Wangen waren hochrot, Blut war ihr in den Kopf gestiegen. »Lass es einfach, Sigrun. Stell nicht so viel Fragen.« Sie erhob sich und ging zu Marco. »Wir gehen jetzt zu mir, trinken Kaffee und dann macht ihr euch auf die Socken.« Resolut setzte sie Marco in den Kinderwagen, woraufhin dieser sofort anfing zu protestieren. Viel zu kurz hatte er von der wunderbaren Bewegungsfreiheit kosten dürfen!

Während sie vom Park zu Annette in die Bötzowstraße liefen, dachte Sigrun darüber nach, was der Grund dafür war, dass Annette sie bei diesem Besuch schroffer behandelte als beim letzten Mal, als sie da gewesen war. An dem Kleinen konnte es wohl kaum liegen, oder doch?

»Was ist denn los?«, tastete sie sich vor, »du hast heute 'ne ziemlich kurze Zündschnur.«

»Tut mir leid.« Annette strich sich die langen Haare aus dem Gesicht. »Das geht mir alles an die Substanz.«

»Versteh ich.« Sigrun überlegte, ob sie Christas Freundin von Klaus erzählen sollte. Und dass sie ihm die Schuld an Christas Verhaftung gab. Und indirekt natürlich sich selbst, weil sie unvorsichtig gewesen war. Beim ersten Besuch bei Annette hatte sie nicht davon gesprochen, ihr gemeinsamer Schmerz und der Schock über die Verhaftung hatten im Vordergrund gestanden. Außerdem, dachte Sigrun, was sollte das bringen? Annette und Klaus kannten sich nicht, würden sich nie begegnen, stattdessen würde es vielleicht ein schlechtes Licht auf sie selbst werfen.

Sie hatten den Hinterhof erreicht, auch hier standen im Durchgang Fahrräder und Kinderwagen kreuz und quer, hier schien der Hauswart weniger streng als Ditte bei ihr zu Hause zu sein.

»Ich habe mir etwas ausgedacht.« Sigrun setzte sich oben in der Küche mit Marco auf das Sofa und schälte den Jungen aus dem Schneeanzug. Auf dem Tisch stand ein Nusszopf, Marco streckte beide Ärmchen danach aus, Annette lachte und schnitt für den Kleinen eine Ecke ab, die er sich gierig in den Mund stopfte. Die Zeit der Breie war vorbei, seit ihm Zähne wuchsen, steckte er sich alles in den Mund, was in seiner Reichweite war.

Im Hof breitete ein Kastanienbaum seine Äste aus, ein Eichhörnchen hüpfte von einem Fensterbrett hinüber, Kaffeeduft flutete die kleine Küche, und Sigrun dachte mit Wehmut an den Tag im November, als sie genau hier mit Christa zusammengekuschelt gesessen hatte. Eine kleine eiserne Faust boxte ihr in den Magen, der Schmerz und die Sorge um ihre liebste Freundin waren allgegenwärtig.

»Was hast du dir ausgedacht?« Annette stellte die Kaffeebecher auf den Tisch.

»Wir schicken ihr ein kleines Päckchen. Mit Erinnerungen.« Sigrun kramte in ihrer Tasche und förderte eine Kassette zutage, die Christa ihr geschenkt hatte. Wie lange war das her? Es kam ihr vor wie eine Ewigkeit, und wie viele Male hatte sie diese herauf und herunter gehört! Dass man sie überhaupt noch abspielen konnte, war ein Wunder. Sie trennte sich nur schwer davon, aber da Christa ihr die Platte von *City* geschenkt hatte, musste sie nicht auf ihre Lieblingslieder verzichten. Und Christa konnte im Knast jede Aufmunterung, jedes Zeichen von Liebe und vor allem gute Musik brauchen!

Sigrun legte die Kassette mit der bunt beklebten Hülle sowie eine kleine Stoff-Ente – Schnatterinchen aus dem *Sandmännchen* –, die Christa Marco zur Geburt geschenkt hatte, und einen Brief auf den Tisch.

Annette starrte sie an. »Das kommt doch niemals an!«

»Woher willst du das wissen?«

»Hast du Post von Christa bekommen? Ich nicht. Und ich habe ihr geschrieben, keine Antwort.«

Das war bei ihr nicht anders, aber Sigrun war nicht zu beirren. Sie glaubte fest daran, dass Christa die Post erhielt. Die konnten die Sendungen doch nicht einfach wegschmeißen! Schlimmstenfalls händigte man Christa die Post aus, wenn sie entlassen würde. Und das konnte ja wohl nicht mehr lange dauern.

»Man muss es doch wenigstens versuchen!«

»Wenn du meinst.«

»Willst du nicht mitmachen? Ich dachte, wir können zusammen ein Päckchen packen.«

Annette schüttelte den Kopf. »Man muss nach vorne schauen.«

Sigrun konnte nicht anders, als die Frau ihr gegenüber anzustarren. Nach vorne schauen? Christa einfach ihrem Schicksal überlassen? Die brauchte jetzt Menschen, die an sie dachten und sie liebten! Jetzt! Mehr denn je. Achim kam ihr in den Sinn, sie stellte sich vor, wie es wäre, wenn einer von ihnen in Haft käme. Sie wusste, und darauf würde sie ihr Leben verwetten, dass sie sich nicht im Stich lassen würden. Das hatten sie einander versprochen.

»Was soll das heißen?«

»Ich habe Oschi gebeten, Christas Sachen abzuholen.« Es war Annette sichtlich unangenehm, damit herauszurücken. Sie starrte auf den Tisch, schaute Sigrun nicht ins Gesicht. »Ich brauch die Miete für das Zimmer. Er kann die Sachen in der Garage seines Opas lagern.«

Ohne ein Wort stand Sigrun auf, zog Marco zu sich hoch und packte ihre Sachen. Annette machte keine Anstalten, sie zurückzuhalten. Bevor Sigrun die Wohnung verließ, bemerkte sie die Kartons im Flur. Wie glücklich Christa gewesen war. Wie sie getanzt hatten, in ihrem leeren Zimmer und Pfeffi getrunken. Berlin war ihre Rettung gewesen. Und so hatte es geendet. Elend.

Sigrun stand im Hof hinter Hildegards Häuschen und beobachtete ihre beiden Männer mit Liebe und Rührung, ein kleiner Lichtschein in düsteren Zeiten.

Die Wochen um Ostern herum waren schwer gewesen. Sie grübelte in einem fort darüber, wie sie Annettes Verhalten bei ihrem Besuch interpretieren sollte, gleichzeitig fühlte sie schmerzhaft, dass jeder Kontakt zu Christa abgeschnitten war. Sie hatte Angst, ihre Freundin zu verlieren, deshalb schrieb sie ihr jede Woche einen Brief oder eine Karte an »Christa

Krämer, Frauenhaftanstalt Hoheneck«. Schickte Fotos von sich und Marco, manchmal legte sie eine Tafel Schokolade in den Umschlag oder etwas anderes, von dem sie hoffte, dass es ihrer Freundin Freude machte.

Sie bekam nie eine Antwort, wusste nicht, ob Christa ihre Lebenszeichen jemals erhielt. Aber Aufgeben war keine Option. Sollte Christa freikommen, würde sie es erfahren. Vielleicht kehrte Christa dann auch zurück ans Haff, dorthin, wo ihre wahren Freunde waren. Sigrun, Oschi und die anderen. Und so lange würde Sigrun Kontakt halten. Trotzdem blieb sie verzagt und traurig.

Achim, der sich seit Christas Verhaftung um sie bemüht hatte, konnte sie kaum unterstützen, er hatte eigene Sorgen. Nachdem Klaus ihn kaum verhohlen gefragt hatte, ob er Interesse an einer Tätigkeit als IM hätte, und Achim dies abgelehnt hatte, war die Firma zwei Mal bei ihm vorstellig geworden. Einmal hatten sie ihn auf der Straße abgepasst, einmal ihm zu Hause einen Besuch abgestattet. Und Druck gemacht. Natürlich hatten sie sich das Wochenende, als Sigrun mit Marco in Berlin gewesen war, ausgesucht. Was sie nicht gewusst hatten, war, dass Sigrun vorzeitig zurückkehrte, zwar waren die Stasi-Männer nicht mehr in der Wohnung, aber sie hatte Achim völlig aufgewühlt in der Küche gefunden.

Es war ein Gefühl, als sauge ihnen jemand das Blut aus den Adern, als drücke eine unbekannte Kreatur ihnen ein Kissen aufs Gesicht, warf die Tür des Lebens vor ihrer Nase zu, sie fühlten sich beobachtet, abgehört, vom Weg gedrängt. Offen sprachen sie nur noch unter der Bettdecke miteinander oder draußen, wenn sie spazieren gingen.

Und am Haff, bei Hildegard. Der ungeliebte Haushalt ihrer Schwiegermutter war zum Rückzugsort geworden, hier fühlten Sigrun und Achim sich frei. Achim weihte seine Mutter nicht ein, sie wusste weder von Christas Inhaftierung noch von dem Druck der Stasi. Hildegard war immer am Rand des Nervenzusammenbruchs, das war sie, seit ihr Mann gestorben war, und sie misstraute dem Staat zutiefst, von dem sie nichts Gutes erwartete. Achim vermied alles, was seine Mutter noch mehr erschüttert hätte.

Marco hangelte sich mit Kleinkindeifer an einer langen Reihe Holzscheite entlang und gab dabei eine für Erwachsene unverständliche Litanei aus willkürlich zusammengesetzten Konsonanten und Vokalen von sich, wobei ihm die Spucke in langen Fäden aus dem Mund lief. Vor ihm kniete Achim, der den Kleinen filmte, aber offenbar vorhatte, daraus ein cineastisches Juwel zu produzieren. Er ging mit seiner Super-8-Kamera in die Hocke, hielt sie schief, filmte von vorne und seitlich und schien darin völlig aufzugehen. Vor einer Woche hatte er einem Kollegen die Kamera abgekauft, seitdem las er jeden Abend in einem *Leitfaden für Hobbyfilmer* und begeisterte sich für sein neues Spielzeug.

Sigrun empfand Dankbarkeit dafür, dass Achim endlich wieder auf andere Gedanken gekommen war, also unterließ sie es, sich über ihn lustig zu machen.

Marco blieb stehen, beide Händchen umklammerten Scheite, die säuberlich aufgeschichtet waren, eine Katze strich ihm um die molligen Beinchen und lenkte seine kindliche Aufmerksamkeit auf sich. Sigrun hielt ihr Gesicht in die letzten Sonnenstrahlen, bald war es Abend, langsam frischte der Wind auf, und es wurde kühl. Sie zog ihre Strickjacke ein wenig fester um den Körper, sie fröstelte, ihre nackten Füße in den Schlappen waren eiskalt.

»Lass uns langsam mal reingehen.« Sie wollte sich umdrehen, aber ihr Blick blieb an der dunklen Ecke des Unterstands, in dem das Holz fast bis zum Dach gestapelt war, hängen. Ein Lichtreflex, ein mattes Blitzen lenkte ihre Aufmerksamkeit ab. Ein Schritt von Marco war das Ding entfernt, zwei von ihr, Sigrun stand auf und griff hinter das letzte Scheit und zog die Pistole hervor. Wortlos drehte sie sich zu Achim um, öffnete nur den Mund, und das reichte, er verstand sofort.

Achim ließ die Kamera sinken.

»Du hast gesagt, du sorgst dafür, dass sie verschwindet!«

»Das hab ich doch. Da hinten, da findet sie doch keiner.«

»Ach, ja? Und ich? Habe ich sie nicht gerade gefunden?«

Marco brabbelte und beugte sich zu der Katze.

»Hier ist unser Sohn! Achim!« Ihre Stimme überschlug sich, Sigrun war egal, wer sie hören konnte, sie glühte vor Zorn und Entsetzen. Diese verdammten Wochen, der ganze Frust, ihre Angst, alles drängte aus ihr heraus, Wut, kalte Wut auf das Leben, das ihr übergestülpt worden war. »Du lässt zu, dass eine Waffe im Haus ist«, sie hielt die Pistole über ihren Kopf, sie war schwer und kalt, eine böse, dunkle Eisenseele, Sigrun spürte die Gefahr körperlich, die Macht der Waffe zog durch ihren Arm ins Herz.

Achim schüttelte nur hilflos den Kopf, er sagte etwas, aber Sigrun hörte nicht, wollte nicht hören, sie sah, wie Hildegard aus der Gartentür kam und sie entsetzt ansah, zu Marco stürzte und diesen hochhob. Sigrun lief an den beiden vorbei, nach draußen, entschlossen, diese Waffe loszuwerden, wenn Achim es nicht tat, würde sie es tun, ein für alle Mal.

Die Schlappen hatte sie verloren, auf nackten Sohlen rannte sie durch den Ort, auf dem Katzenkopfpflaster die gebogene Straße nach oben, zum Kirchplatz, vorbei an den vier Linden, Achim war hinter ihr, er rief, aber sie ignorierte seine Rufe.

Die Wut hatte sie fest im Griff, Sigrun wollte nur weg, rennen, schreien, alles musste raus aus ihr, alles, jetzt oder nie.

An der Binnendüne holte er sie ein. Er griff nach ihr, Sigrun fiel in den Sand, vorneüber, den Arm mit der Waffe hielt sie nach oben.

Sie rangen miteinander, keuchten, atemlos, ohne Worte. Diese bebende Wut, Sigrun ließ sie an Achim aus, dabei ging es nicht um ihn, um alle anderen, aber nicht um ihn. Schließlich gelang es Achim, ihr die Waffe aus der Hand zu winden.

»Bist du verrückt?«, keuchte er, steckte die Pistole in die Jackentasche und ließ sich neben sie in den Sand kullern.

»Ich denke, die ist nicht geladen? Du hast gelogen, Achim!« Sigrun setzte sich auf, hämmerte auf seine Brust, Tränen des Zorns und der Hilflosigkeit liefen ihr über die Wangen. »Achim! Du hast mich angelogen!«

Sie ertrug seinen Blick nicht. Diesen waidwunden Blick und seine Sprachlosigkeit, warum war er so? Warum beschützte er sie nicht, sie und Marco, warum schob er nicht alles, was sie belastete, zur Seite?

Sigrun wusste, wie ungerecht sie war; wenn sie Achim ansah, wusste sie, wie sehr sie ihn liebte. Aber es reichte nicht. Reichte nicht, um sie glücklich zu machen.

Sie stand auf und lief los. Einfach weg. In den Wald, dorthin, wo der Wacholder am dichtesten stand, sie wollte nicht, dass er ihr folgte, Kiefernnadeln und kleine Steinchen piekten in die Haut unter ihren Füßen, es fühlte sich gut an, Schmerz lenkte ab.

Schon nach wenigen Minuten wurde sie langsamer. Beruhigte sich. Der Wald beruhigte sie. Das Wispern und Rascheln der Blätter, der Gesang von Wacholderdrosseln und Zilpzalp,

Wind, der in den Kronen der Kiefern sang. Sanft zog sich unter dem Lufthauch ihre Haut zusammen, die innere Hitze verflog, Wut, Verzweiflung und Enttäuschung gingen, zogen aus ihrem Herzen aus und machten es wieder weit, der kleine starke Muskel entspannte sich.

Sigrun wollte zurückkehren, als sie den Klagelaut eines Tieres hörte. Ein Jammern und Heulen, matt, das Tier klang erschöpft. Sie lauschte in den Wald und folgte dem Klageton, ein hohes Heulen.

Ein junger Wolf saß in der Falle. Einer seiner Hinterläufe war fast abgetrennt, der Unterschenkel steckte in der Falle, eine blutige Wunde klaffte weit auf. Sigrun wurde schlecht. Der Wolf würde sterben, das war offensichtlich, aber sie konnte ihn nicht allein lassen, nicht so, es würde lange dauern, bis er verendete, eine unerträgliche Vorstellung, das Tier in seinem Elend allein zu lassen. Aber je näher sie kam, desto heftiger fühlte der Graupelz sich von ihr bedroht, er fletschte die Zähne, dumpfes Grollen stieg aus seinem Bauch.

Sigrun ging in die Hocke, weit genug entfernt, dass er sie nicht angreifen konnte, aber nah genug, um ihm leise zuzureden. Ob er sich von ihr beruhigen ließ? Und dann?

Der Wolf geiferte, bleckte sein Gebiss, er würde sie angreifen, wenn er nicht in der Falle hängen würde.

Sigrun saß festgeschraubt in seiner Nähe, schwankte zwischen Mitleid und Faszination für das fremde und gefährliche Tier – wo mochte es herkommen? Sie hatte noch nie gehört, dass es hier Wölfe gab. In Polen, ja, vermutlich war er von dort eingewandert auf der Suche nach einem eigenen Revier. Und dann war er in diese Falle geraten, ausgerechnet. Hier, in diesem Staat. Sie dachte an Christa.

Das Tier zerrte an seinem halb abgetrennten Bein, es jaulte, versuchte, an seinem blutigen Knochen zu nagen, aber es konnte ihm nicht gelingen, sich zu befreien.

Wie schön er war. Sein grauweißer Pelz war im Nacken dicht und flauschig, wie gerne hätte sie ihre Hand ausgestreckt, ihn angefasst, gestreichelt und beruhigt. Aber er tobte, war in Todesangst, und seine Furcht übertrug sich auf sie. Sigrun war unfähig, etwas zu unternehmen, sie war starr in ihrer Trauer um das Tier.

Ein Geräusch hinter ihr ließ sie auffahren, Achim stand da. Er sah sie an, dann den leidenden Wolf und zog die Pistole aus der Tasche.

»Nicht!« Sigrun warf sich schützend vor das Tier.

Der Schmerz kam überraschend. Heftig, dumpf, heiß. Rot und schwarz.

Vögel flatterten empor.

Der Himmel wurde weiß, so weiß.

Sigrun sah die dunklen Baumwipfel von oben, glitt darüber hinweg, ließ die Erde unter sich.

Ruhe.

Heute

Der Wagen war gepackt, die Wohnung aufgeräumt und geputzt. Nina warf einen Blick in die Räume, checkte, dass sie auch nichts vergessen hatte, und nahm Abschied.

Ayla war unruhig, ihre Sachen – Näpfe, Kuscheltier, Knabbersachen – waren in der blauen Ikeatüte, die als Einziges noch nicht im Wagen verstaut war.

Nina nahm die Leine vom Haken, schulterte die Tüte und verließ mit Ayla den Bungalow. Den Schlüssel legte sie in den kleinen Safe am hinteren Schuppen, dafür musste sie einmal quer durch den großen Garten, der still und braun der Winterruhe entgegendämmerte. Die Hündin markierte und schnupperte, schließlich nahm Nina sie an die Leine, gemeinsam überquerten sie die Straße und klingelten bei Wetzlaffs.

Marco öffnete. Achim schien noch immer auf dem Boot zu sein, es dümpelte nach wie vor auf dem Haff neben den Reusen, hatte Nina am Morgen gesehen.

»Geht's jetzt los?«

Nina nickte. Sie hatte einen Kloß im Hals, war unfähig, auch nur ein Wort herauszubringen, sie würde sofort anfangen zu weinen.

Die ganze Nacht hatte sie geweint. Aber ihr Entschluss stand fest und war richtig. Entschlossen streckte sie Marco die Leine hin. Ayla rieb sich an seinem Unterschenkel.

Marco sah Nina an, er zögerte. Sie ließ die blaue Tüte von der Schulter gleiten und stellte sie neben ihn.

»Ich kann nicht …«, setzte sie an, ihre Stimme versagte.

Marco nahm die Leine, dann schloss er Nina in seine Arme. Sie standen eine Weile so, vielleicht eine Minute oder länger, schließlich löste Nina sich aus der Umarmung, die sich überraschend tröstlich angefühlt hatte.

»Sie wird es gut bei mir haben.« Marco ging in die Hocke, Ayla leckte ihm das Gesicht ab, er griff liebevoll in ihr Fell.

»Ich weiß. Besser als bei mir in Berlin.« Nina zog ein Taschentuch aus der Jackentasche und presste es gegen ihre Augen. Es half nicht. »Ich geh sowieso erst einmal ins Ausland.«

Sie blickte hinunter, auf den massigen Kopf der Hündin. Sie musste weg. Nickte Marco zu und lief zu ihrem Auto.

Das Dorf lag vielleicht einen Kilometer hinter ihr, rechts zwinkerte das Wasser des Haffs Nina zu, zu ihrer Linken standen Fichten Spalier, als eine Nachricht im Handy aufploppte. Von Marco. *Viel Glück und danke*, dazu der Link zu einer Spotify-Liste.

Nina klickte sie an, ein schleppender Beat setzte ein, die brüchige Stimme des Sängers.

Manchmal wär ich gern wie Straßen, harte Steine im Gesicht.
Mein Rücken trüge Massen, auf dem weiten Weg zurück …

Draußen regnete es. Das Wasser lief in Wellen über die Frontscheibe, Nina schaltete den Scheibenwischer an. Im Takt schwenkte dieser hin und her, hin und her, aber wurde der Wassermassen nicht Herr.

Erst dann bemerkte sie, dass es nicht nur der Regen war, der ihr die Sicht erschwerte.

Ihre Augen waren voller Tränen.

Mein Dank gilt euch allen, die ihr mich unterstützt. Für mich da seid, mich fordert, fördert und an mich glaubt.
Ihr seid das Netz, das mich hält.

Danke

Ein einzigartiger Junge, der das Schicksal eines Dorfes für immer verändert

In Linares erzählt man sich noch heute von dem Tag, an dem die alte Nana Reja das Baby gefunden hat. Von einem Bienenschwarm umhüllt, erweckte der kleine Simonopio zunächst Misstrauen bei den abergläubischen Dorfbewohnern. Doch die Familie Morales nimmt den wilden Jungen zu sich auf die Hacienda, wo er stets begleitet von seinen Bienen aufwächst. Zwar wird er nie sprechen, doch er versteht mehr von der Natur, als irgendjemand sonst. Während die mexikanische Revolution wütet und die Spanische Grippe die Region trifft, rettet er die Familie mit seiner Gabe mehr als einmal vor dem Unheil. Doch nicht alle Bewohner der Hacienda meinen es gut mit dem Jungen ...

Sofía Segovia
Das Flüstern der Bienen
Roman

Aus dem Spanischen von Kirsten Brandt
Klappenbroschur
Auch als E-Book erhältlich
www.ullstein.de

ullstein